静海深林

夏衡◎著

四川文艺出版社

图书在版编目（CIP）数据

静海深林 / 夏衡著. -- 成都 : 四川文艺出版社,
2025. 6. -- ISBN 978-7-5411-7308-0

Ⅰ. I247.5

中国国家版本馆CIP数据核字第2025VU4823号

JINGHAI SHENLIN

静 海 深 林

夏 衡 著

出品人 冯 静
责任编辑 路 嵩
封面设计 琥珀视觉
内文制作 史小燕
责任校对 段 敏
责任印制 桑 蓉

出版发行 四川文艺出版社（成都市锦江区三色路 238 号）
网 址 www.scwys.com
电 话 028-86361802（发行部） 028-86361781（编辑部）

印 刷 成都紫星印务有限公司
成品尺寸 170mm × 240mm 开 本 16 开
印 张 24.5 字 数 330 千
版 次 2025 年 6 月第一版 印 次 2025 年 6 月第一次印刷
书 号 ISBN 978-7-5411-7308-0
定 价 98.00 元

01

2011年，我离开大学校园第三年，这三年里，我都在不停地咀嚼一句话：男怕入错行，女怕嫁错郎。

我觉得自己的运气很好，毕业后机缘巧合地进了一个从实验室走到工业化生产还不到十年的行业里。这个行业涉及能源领域，在政策扶持和技术进步的双重加持下，如火如荼地发展起来，民企、国企、外企等纷纷下场圈地，有这个行业内经验的人才奇缺，到处都在高薪挖人。和我同一时期入行的那些技术员、工程师、操作工都纷纷通过几次跳槽而身价倍增，让我印象最深刻的一个跳槽消息，是和我同一时期入职的一名主设备操作员，机缘巧合下他认识了一个想入行的温州老板，二十万年薪的诱惑让他跳了槽，到了新岗位后这哥们给我打电话的语气都变了，一口一个“我的公司”，一口一个“我那些工人”，让我实在无法和离开公司前一周还因为生产副总喜欢吃蒜泥白肉而自告奋勇卷袖子下厨颠勺的那个人联系在一起。这些跳槽升职加薪的人一度搅乱了这个行业的薪酬体系，却让我这种没有被猎头或者小老板看上的员工颇为受益。有人跳槽，职位就有空缺，我在三年内很快从一个刚入行的小小工艺技术员，快速爬升成为能够负责一间四百人的工厂的生产部部长，薪酬方面，自然也是水涨船高到了我不好意思和别人说的程度。就在刚刚过去的春节，高中同学聚会的饭桌上，一位在上海工作的同学开始问起同学们的收入时，第一个问的我："李泌，你不是在深圳工作嘛，北上广深发展差不多，你的收入应该不低吧？"

当时的我脸有一些发烫，估计当时我呈现在脸上的笑容一定很不自然，夹杂着尴尬和躲闪，但是我的嘴巴很利索，脱口而出的是我通过校招进入公司的薪水："不高的，我就两千多。"

"啊？不可能吧？"这位同学没有问我两千多的"多"到底多多少，就接过话去，"我个税都要两千多的呀。"

他的高调立刻引起桌上同学们的各种反应，据我所知，当年就两千多的月收入在我们这坐落在云南边陲的十八线小城市来说，已经相当不错，而个税要缴纳两千多的情形对于留在当地发展的同学们更是新奇，当然，他们新奇的更多是并不知道个税是个什么东西。

我没有心思去和这位同学比较收入，我实在不好意思说，因为它对于一个毕业三年的职场新人来说，真的太高了，我也想像这位上海同学那样用"我缴纳的个税都比你收入高"这么清新的方式来彰显自己的优越，但是理智告诉我不能，所以那顿饭的后来，我都继续扮演着低收入群体的角色，略带谄媚地给上海同学敬酒，大大方方地让他为那天晚上的所有消费买单……

和那些因为跳槽得到高收入，或者因为大公司背景得到高收入的人不同的是，我的职位，也在不知不觉中不低了。当我度完春节假期回到公司，就接到公司的外派意向，董事长把我从一个深圳总公司的生产部部长，提为成都新公司的生产副总，将前往成都参与新工厂的建设及生产准备，这大约是因为我身上除了有生产相关的工作经验外，还有在成都读了四年大学的背景，董事长认为像我这样的人才应该能够在新项目上发挥作用。

我觉得，董事长多少有点看人不准或者所托非人，接到调动消息的我脑子里没有第一时间计划工作如何开展或者担心我能否胜任这份重托，反而是从内心深处理解起了那春节期间炫耀收入的上海高中同学来。我第一时间想的竟然是：我该如何组织那些还在成都的大学同学聚一聚？如何在聚会的时候用一种很低调平和且不经意的方式让他们知道我已经是一家上市公司分公司的副总了？富贵不还乡，如锦衣夜行啊……

董事长出身行伍，公司的文化里也有着难以压制的令行禁止和雷厉风行，他和我谈完调动的第二天，人事行政部门就发布了调令并为我安排好了前往成都的机票和临时落脚的酒店，还专门安排了一名司机协助我打包行李并送到机场。

在那天之前，我从没有享受过这样全方位的待遇，而不顾价格地乘坐日间航班更是第一遭。到成都上大学期间，火车是主要的交通工具，工作后即便有能力负担春节假期往返的机票，我也都是买夜间的便宜机票，并且因为从来没有在农历十五左右出行，也就从来没有买到过所谓的“赏月航班”，于是我对飞机出行的体验从来都是人流稀少的机场和黑漆漆的夜空。这一次，我在人头攒动的机场出发层走下商务车，从司机手里接过行李的时候想，这一幕如果有人看见，会不会窃窃私语：“那人看起来那么年轻，就有专车接送吗？”这种内心虚荣的声音让我有种想要马上昂首阔步走起来的冲动，但是一迈开腿，我的气势就立马垮下来了——幼儿时期经过几次治疗的小儿麻痹症还是给我留下了左腿的病根，它让我无法快步走路。我只有在慢慢行走的状态下才能看起来没有任何瘸腿的症状，一旦想要走快一点，左腿就变成一个只能迟缓地跟随右腿节奏行进的累赘，我觉得大概没有人比我更能理解什么叫拖后腿了。

事实上，白天的航班并没有什么特别的。飞机起飞时，为了不让坐在我边上的人觉得我是第一次坐飞机的乡巴佬，我并没有趴在舷窗上看渐渐变小的地面建筑或者车辆，只是靠在椅背上通过打开的遮光板看飞机离地穿过云层不断爬升。当飞机穿过云层后刺眼的阳光直射进来，落在我和坐在我左边的一位微胖男人的身上，那阳光少了云层的过滤，在第一时间就让我裸露在外的皮肤感到烧灼发烫。我在微胖男人不耐烦的眼神掠过我身上之前，用一种对阳光的不耐烦和对窗外我从没有看过的景观毫无兴趣的架势拉上了遮光板，然后故作轻松地调整座椅靠背准备好好睡一觉。

闭上眼睛后，我的脑袋里浮现出一个人，他会是我到达成都后联系的第一个人，没有什么人能够像他那样，帮助我链接所有还留在成都的同学了。我不禁笑起来，我早该想到靳海了，像我们这样纯理科专业的大学生，班长？团支书？所谓的班干部都根本没有办法组织起一次同学聚会，但是靳海一定可以，哈哈，我开心地差点笑出声来，为自己绝妙的灵感沾沾自喜起来。

02

2004年的9月，高考的超常发挥把我送到了成都，和诸多同学一样，这是我第一次来到省会级的大城市。大概是上了初中以后，青春期对面子的需求让我开始关注起我瘸腿的毛病来，从那以后我就尽可能做任何事情都留够充足的时间，以便让自己能够用从容的步伐行走，不急不赶，这样我就不至于暴露出瘸腿的模样来，反而在他人眼中能有一种云淡风轻的气质。这种自以为是的习惯一直保持着，即便是来到成都的入学报到，我也比大部分同学提早一天。

在到达成都前，我在绿皮火车的硬卧上晃荡了一天一夜，从云贵高原缓缓落下到成都平原，即将开启新生活的兴奋和一路对小偷的防备让我没有办法入睡，只有看着头顶处的火车窗在黑夜和灯光交错中渐渐亮起来，伴随着清晨时分的雾气，我怀揣紧张，推着巨大的行李箱走出成都站的出站口，内心忐忑地走在了火车北站的广场上。听老家来过成都的人说这里

“偷儿”很多，路过的时候要提起十二分精神和怀揣千万个小心，已经有不少出来打工的人在这里折戟沉沙，就算把现金缝在内裤里都免不了被“偷儿”神出鬼没地划破裤缝摸走。当然也听过一些侠盗式的故事，据说曾有“偷儿”摸走一名贫困生的钱袋后看到里面有贫困生证明、录取通知书以及一叠具备各种票面的脏兮兮的钱币后良心发现，将这袋钱悄无声息地放回到正急得六神无主的失主背包里，另附了一张字条，歪歪扭扭写着“盗亦有道”。我对这样的传奇故事深信不疑，但也不会相信所有的“偷儿”都有这样的良心发现，所以虽然我走出成都站的时候身体疲惫，恍惚间甚至还有在火车上颠簸摇晃的错觉，但是我的精神丝毫不敢放松，因为我的内裤里缝着八千块钱，这是第一学年的学费和第一学期的生活费。这条特制的内裤花费了我母亲的一番巧思，她没有让厚厚的一叠钱压在我的裤裆上或者股缝里，也没有让它们留在我腰部这样容易被盯上的地方，而是将八千块钱分成四份，平铺在四角裤覆盖大腿的前侧裤脚里，为了防止刀片得逞，还将钱用涂了蜡的布片包上，她说：“有这蜡片在，再锋利的刀片贴上去都要打滑，他们偷不到什么。”

在准备让我穿上这条价值不菲的内裤时，她还继续部署着：“你最里面穿这条，外面再套一条内裤，然后再穿你那条宽松一些的牛仔裤，这样里面贴合，外面宽大，就看不出里面有啥痕迹。”

我很佩服母亲的智慧，这八千块钱贴着我的大腿，在牛仔裤的掩盖下不显山不露水地陪我来到成都站前学校的新生迎接点。这所在当年全国排名前十的大学同样拥有全国排名前十的占地面积，七千多亩的土地分布成三个校区。作为新生，我将被那些统一大小印着学校徽章的校车送到靠近成都双流县的新校区，我们会是到达那里的第二级新生，据说我们上一级师兄师姐们已经迫不及待地希望有新的一级同学加入那片荒凉偏僻的新校区，增添人气了。

校车在成都已经亮起来的早晨穿过天府大道往双流方向行进，我刻意坐在最后一排的角落右侧靠窗的位置，我将随身背着的书包立在我的左腿上，右手拿着小刀伸进自己的裤子里，一点点拆开右边内裤里的两包钱，我可不想在下车到达报名缴费点的时候当着收费老师的面脱下裤子拆线，那得多丢人啊？校车大概行进了不到一个小时就抵达学校，过程中我在顺利拆出右边的四千块后，趁着左边的仁兄睡着的时机缩着身子拆出了左边裤子里的四千块。下车的时候，我把背包抱在胸前，拖着行李箱春风得意地走向报名点，其他好些同学则在老师的指引下纷纷向厕所跑去，我猜想，他们一定也有藏钱的秘密地点，老师们大约是用这样贴心的方式让大家免除尴尬。

我很顺利地完成报到的一系列手续，成了我所在班级第一名到校的新生。我们专业的辅导员姓钟，看起来是个大姐姐，卷发浓眉，身材瘦削，我猜想她或许是刚刚毕业留校工作的学姐，担任我们这一专业的辅导员工作。在带我去寝室的路上她步履轻快，甚至有些蹦蹦跳跳的少女姿态，我没敢笑出来，尽可能保持正常走路的姿态，用我能够达到的最快速度跟上她的步伐。没一会儿，她大概是看到了我腿脚的不便，便问："你脚受伤了？"随后她露出恍然的神色，"哦，你是李泌，我晓得了。"

我对她笑笑："小儿麻痹症，小时候没条件根治。"

她摆摆手，一副大姐姐的神态，行走的速度慢下来，带着我慢慢走到寝室楼单元门前。她在一楼的寝室门前站定，沉吟一会儿后，让我站着等她，然后撕下一楼正对楼梯的寝室入住名单，跑上二楼又或者是三楼，下来后重新将一张名单贴在了这个寝室门上，然后冲我一笑："这就是你所在的寝室了。"

我看到重新贴上的寝室名单里，我的名字安安静静地躺在第三个位置，马上明白原来辅导员这一番操作是将我从二楼或者三楼的宿舍换到了一楼，我怀着感激冲她微笑："谢谢钟老师。"

"嗨，这是我工作失误了，你们的名单上都有一些备注，但是我不知道是这个意思。”她有些不好意思地指了指我的脚，然后拍拍我的肩膀，“进去吧，明天开始才是新生正式报到的日子，你先提前熟悉熟悉环境，我走了。”

我目送她蹦跳着消失在单元门口后，看起宿舍名单来。一个宿舍三个小间，每个小间入住四人，一共十二人，且姓氏都不一样，马少、吴昊、李泌、周勇、张清、曾保宝、曹伟、王国安、陈秦、郑盛瑞、赵文志、靳海。我在最后的名字上停留了一会儿，因为我没有见过这个姓氏，一时间不知道怎么读它，然后我一边想着一会儿得查一下它的读音，免得见了同学叫不出姓名，一边将行李拖进宿舍里，找到属于我的小间。新校区宿舍的床位除了方位不同，都是上铺是床，下面是书桌柜子的布局，我挑选了一个靠窗的铺位，安顿了下来。

03

第二天，因为我而改变了寝室楼层的室友们陆陆续续到了。

我是在准备去学校食堂吃中饭时碰到的靳海，碰面之前他正和他父亲在宿舍公共厅里用我听不懂的方言交流着，语速很快，音调很怪，让我觉得似乎有人在吵架。当我打开小间的门走出去时，先迎上的是靳海的父亲，他的嘴角上翘，眼角有因笑容折叠出的鱼尾纹，用一种大概在他自己感觉是友善的笑容看向我：“你是先到达的同学吧？”

我点头，下意识地避开靳海父亲有些锋利的眼神，转向站在他身侧的靳海。靳海如我一样穿着牛仔裤来的学校，淡蓝色的T恤衫看起来应该是被汗水浸透了几回。他和他的父亲一样留着鬓角剃光的“杨梅”寸头，只不过他父亲是方脸而他是圆脸，我想这大概是遗传自他的母亲。

靳海见我看向他，冲我点点头说：“我叫靳海，你就是李泌吧？”他说话的时候没有笑容但是也没有恶意，和他父亲锋利眼神不同的是，他的眼神平静甚至有一些淡漠，我不用冷漠形容他的眼神，是因为我感受到他眼神中还有一种深藏的灵性，让他呈现出来的不是那种冷酷无情，而是一种平淡善良。

“咦？你怎么知道我叫李泌？”我诧异，一方面因为他知道我的姓名，另一方面因为他是少有的第一遍就念对我名字的人。很多人看到我的名字，会把我错叫成“李沁”，因为“沁”字和“泌”字实在长得太像，大部分人认识“沁”字，于是就用这个字的读音来叫我，而有的人则认识“泌”字，但是只知道它在“分泌”这个组词中的读音“mì”，于是叫出来的也是错误的名字读音，靳海则很标准地用“bì”说出了我的正确称呼。

靳海松开还拉着行李箱杆子的手，指向宿舍大门上的名单，我看到在自己的名字后面多了一个钩，大概是昨天夜里宿舍管理员确认入住人员的时候勾上的，我微笑着向他点头，说：“原来如此，我先去吃中饭，你们忙。”

说着我往宿舍大门走去，在路过靳海身边时，他对我说：“大唐救国名相李泌，你的名字很牛的。”然后他冲我眨了眨眼睛，还是没有笑容，但是眼神中有笑意，他的话让我的诧异变成了惊喜，哈哈一笑，点点头，走出门去。

直觉告诉我，靳海是个很特别的人，但是我不太敢去接近他，他虽然没有表达出侵略性的恶意，却有一种生人勿近的气场，让人不太敢轻易打扰他，我的这点识人直觉很快得到了班长的验证。

班上的同学陆陆续续都到齐后，钟辅导员召开了一次我们班级的会议，当钟老师说“我们接下来要选出一名临时班长，协助我进行班级工作开展”的时候，坐在阶梯教室最后一排的我看到前面坐着的同学们排山倒海似的齐刷刷低下了头，只有一名身高最高的同学没来得及，迎上了钟老师鼓励的目光后，成功当选，成为临时班长。这位临时班长庆池身高超过一米八五，穿着考究，长相帅气，用那时候流行的网络词来说，是个不折不扣的高富帅。他接到的第一个任务，就是熟悉班上的所有同学，于是他开始拿着班级花名册挨个敲开每个小寝室的门，和每个同学深入认识一番。在这个过程中，我发现庆池很擅长与人交往，据说他有着蒙古族的血统，有着北方人特有的大气，在敲开我所在的小寝室门后，他很热络地和我们交流起来，我们都在这交流中不知不觉地将花名册上没有的信息，诸如特长爱好、家庭背景、有没有女朋友、入学后有没有需要帮助等信息透露了出去，当他走出我们小寝室走向下一个小寝室时，我心里已经把他头衔上的“临时”二字拿掉——他就是个当班长的材料呀。

庆池在我们大寝室里最后进入靳海所在的小寝室，但是没有超过三分钟就出来了，他路过我所在的小寝室时迎上了我有些疑问的眼神，迟疑了一下就走进来关上门，问我：“你们隔壁小寝室的靳海，认识吗？”

我点头。

“我怀疑他是个混社会的，黑黑的一身肌肉，这里还有一条长长的疤。”庆池看起来心有余悸，一边说着一边用左手在自己右边的锁骨前胸处比画着，“那疤至少有一拃长！说不好是刀疤！”

我摇头表示不知道，开玩笑地说：“我没见过他脱衣服的样子。”

“他看起来凶得很，我走进去还没说话，就被他盯了一眼问我‘有事吗？’我就不知道该说啥了。”看着人高马大的庆池在我们面前承认自己被别人吓到，我觉得很有意思，赶紧做起承上启下的出色听众来：“然后呢？”

“然后？还有什么然后，我就确认了一下他们的姓名和我手里的名单是一致的，就走了呗。”庆池的表情颇有些不忿。他们寝室的杨安说，庆池在后来的大学四年乃至毕业后都经常提起这段经历，对靳海总是有些又爱又怕的复杂情愫……

而后来我听到靳海在庆池再次提起这段经历时说的是：“当时我正准

备把一身臭汗的衣服脱下来换洗，一抬头看到班长驾到，不问一嘴不是不礼貌吗？于是我就问他有啥事儿，语气肯定是温柔而且带着询问的腔调，谁知道他被我这因为处理胎记而留下的手术伤疤吓成这样……”活生生地为我们上演了一场缩小版的罗生门。

关于靳海的这条神秘伤疤，我们班上同学私底下各执一词，有的人相信靳海说的，认为那是处理胎记手术而留下的痕迹；有的人则说那一定是在社会上打架斗殴留下的光荣印记。最初，我倾向选择相信后者，因为我觉得靳海是那样的人，但是我没有参与表达我的观点，只是找各种机会去观察他这条伤疤。在同一个大寝室生活，我倒是有不少的机会观察靳海的这条伤疤，他也并不避讳让人看见，于是我在去洗澡的照面中、到靳海小寝室和赵文志闲聊时（赵文志是个很有意思的话痨，我尤其爱找他聊天）、游泳课的课堂上……我都有机会观察那道疤痕，它从靳海右侧锁骨处延伸到右侧乳头的左下方，庆池说它长一拃，那是一米八个头的人比出来的一拃，对我来说已经超过我拇指到食指张开测量的范围。我有一次心血来潮比了比自己同样位置的长度，估摸出靳海伤痕的长度约为二十厘米，上宽下窄，最宽处应该有半厘米，整体颜色比边上的皮肤略浅略有些凹陷，表面发亮，直直地趴在那里。我觉得那样形状的疤痕不符合医生操刀切除胎记的说法，更像一个持刀恶徒在和靳海的缠斗中挥手划过的痕迹，而靳海能在这样的情境下成长至今，必然是受伤后暴起将恶徒干翻了。我想到这里，脑子里浮现靳海血染衣衫但是浑然不顾地对凶徒挥拳的场景，我觉得毫无违和感。

有一次我有意无意地将我脑子里的想象说给靳海的时候，他只是笑了笑没有说话，于是我对那疤痕来由的猜测消失了，我笃定他的疤痕必然来自一场惊心动魄的战斗，也只有这样才符合他那看起来平静淡然的样子——狠角色都是波澜不惊的！

04

事实证明，靳海确实是个狠角色，不仅他是，他父亲也是。

在开学完成报到后的第二天，靳海就在我们面前创造了一场流血事件。事情发生时赵文志正在自己的铺位上挂蚊帐，他是个很有自理能力的人，从初中开始就过着住校生活，他更清楚四川成都的潮湿和一楼的寝室结合起来会是一种什么样的蚊虫圣地，所以为了不让蚊虫打扰自己的睡眠，他铺好床后的第一件事情就是挂蚊帐。然而，赵文志同时也是个身体协调能力较差的人，在绑好靠墙一侧的蚊帐挂钩后，他大约是有点得意忘形，哼着歌转身去绑床外侧挂钩时脚底被缠绕的蚊帐绊了一跤，“啊”的一声往下栽，正站在边上削着苹果和父亲说话的靳海反应极快，甩开还没有削好的苹果用肩膀和右臂托住了掉落的赵文志，他的父亲随后伸手卸下后续的力道将赵文志稳稳地放到地面。赵文志在惊吓中回过魂来时，他呆住了，因为他看到地面上洒落了一串滴滴点点的红色血迹，顺着血迹看去，更多的血点正从靳海的右手流下。

靳海抬起右手，右手的食指根部赫然出现一条深深的伤口，血液正不断地往外涌，他没有说话，左手将水果刀放在书桌上，从他父亲手中接过递过来的纸巾压住，说道：“刚才丢苹果丢急了。”

他父亲没接话，看着伤口上压住的纸巾很快被血渗透后说：“去医务室吧，先止血。”

然后他们父子二人就离开了寝室，留下赵文志在原地发愣，要不是郑盛瑞提醒，他能一直愣神下去。当赵文志跑到医务室的时候，靳海正准备接受缝针，医生说好在只是皮肉伤，并没有伤到手指的韧带或者神经，但是为了止血，需要缝合三针，医生问靳海：“小伙子打麻药不？”

靳海摇头，然后看着医生在自己的食指根部穿针引线，完成了三针缝合，清理完创口后，医生将创口包扎起来，说道："一周不能碰水哈，不然怕感染。"

"好的。"靳海点头。

"你是大一新生对吗？"医生在收拾工具的时候，突然若有所思地问，在看到靳海再次点头后说，"后天你们就要进行两周的军训，你这个不能沾水怕是有点恼火哦，要不要校医院给你开个证明？"

"不用的。"这回是靳海的父亲说话，而靳海也还是摇头，然后这对父子起身向医生道谢离开。在返回寝室的路上，赵文志和这对父子走在一起时有种从未有过的如履薄冰感。他好几次和我闲聊，提起这段经历时这么说："看过《新少林五祖》没？我就像走在李连杰和谢苗演的那对父子身边一样，心惊胆战的很！"

"你是不晓得靳海看着医生缝针，眼睛都不晃一下，不是那种强撑的感觉，而是真的很冷静，很平静。"

"还有，他那个老汉儿，好像看起这种事情平常得很一样，送他回到寝室自己扚（四川方言，diā，提、拿）起包包就赶车去了。"

"我感觉我自己落下来还惊魂嘞，结果靳海回到宿舍就和啥子都没发生一样，自己该收拾东西收拾东西，该看书看书，该写字写字，右手除了多个包扎之外就像没受过伤一样……他恁个平静，我都不晓得该不该感谢他。多感谢两句吧怕他烦，少感谢两句吧又觉得自己过不去，你是不晓得当时我好烦恼……"

我很理解赵文志对靳海的这种描述，靳海的忍耐力的确优于常人，或者说他对痛苦的感知能力弱于常人，我甚至觉得，他的身体喜欢痛苦的感觉，也在刻意追求痛苦的感觉。他并没有因为这点伤痛而逃避军训，而我则因为身体原因，没有进入军训队列，但是学校为了学生管理的统一性，还是让我随着大部队在军营里待了两周。这两周里，我和教官住在一起，主要的军训科目是在炊事班做着切配的工作，洗白菜、洗土豆，切白菜、切土豆成了我的拿手好戏，不出三天，我已经可以一边看着操场上同学们军训，一边不停地削着土豆皮。

我们军训的军营炊事班正好对着我们班级所在的训练营地，不停干活的我非常庆幸自己没有进入这魔鬼式的列队训练。说是魔鬼式，大概只是我的感受而已，对于那些已经在军营里待了好多年的教官来说，给我们这些学生兵训练，是他们难得的美差。我们班的教官姓阎，阎罗王的阎，他在和炊事班对接我的归属时和我说：“这两周，我们不用每天负重五公里拉练，不用推着拉着大炮切换阵地调整炮位，只需要每天想着法子用最基本的军事科目就能把你们这些学生兵折腾得脱层皮，安逸得很。”

我看着阎教官狡黠的神情，附和着嘿嘿笑，更加庆幸自己没有进入训练的正式队伍里。成都虽然因为盆地的原因少有那种烈日晴空的天气，但是像焖锅一般的湿热却更让人难以忍受，我在室内不出一小时都已经汗流浃背，更别说那些站在操场上的同学们了。我饶有兴趣地看一些同学犯着同手同脚或者左右不分的毛病，炊事班的蒋班长看到我微露嘲笑的表情打击我：“你还莫笑哦，虽然我晓得你的身体情况，但是你们这些读书读多了的娃娃，大多数都身体协调性差。”

我有些不服气，正想辩解一番，蒋班长则直接让我站起来，说：“不服气，就来试一试。”

我立正站好，心下还暗自回顾了一番左右方位，当蒋班长轻呵出“向左——转”的时候，我往左边微微转向后还是斩钉截铁地转向了右边，在蒋班长嘿嘿的笑声中，我重新坐下来默默捡起刚才削了一半的土豆，内心倔强地尴尬。

蒋班长拍拍我的肩膀，也坐下来，说道：“你身体原因，锻炼少很正常，别往心里去，我们这些老兵，几年下来天天操练还不是有人要出错，莫伤心。”

沉默了好一会儿，我又削了五十四个大土豆，蒋班长突然说：“你们这个班，有个娃娃应该是接受过军事训练的。”

我抬起头，好奇：“谁？”

“那个娃儿，第五排左起第六个，脸黢黑的那个。”

我顺着蒋班长说的方向看去，数了数位置，坐标最终定格在靳海身上。我一点都不奇怪蒋班长挑出来的人是靳海，从第一天我见到靳海父亲的时候，我就觉得他一定是军队里走出来的人物，弄不好还是那种官阶不低的家伙。此时同学们正在练习站姿，估摸着已经站立了十几分钟，有的同学已经开始前后摇晃或者趁着阎教官不注意的空当放松一下，但是靳海一直站着，双眼平视前方，仍旧是那平静的眼神，没有那种咬紧牙关的忍耐神色，仿佛这训练对他来说是稀松平常的事情。他的眼神落在正前方某个位置，不在前方的同学身上，也不在偶尔路过前方的阎教官身上，但是他的眼神不松散不飘忽，就那么定在那里，安稳而平静。

“这个娃儿是标准的站姿，脚跟并拢，脚尖向外分开六十度，双腿打直，收腹挺胸，身体微微前倾，肩平微张，手臂自然下垂，手指并拢微屈，拇指指尖贴于食指第二关节，中指贴于裤缝，头正颈直，闭嘴收颌，双眼平视……”我顺着蒋班长的解说一点点看着靳海的标准动作，紧接着听到蒋班长拍击大腿的声音，“妈哟这个娃娃如果没有经过训练，我脑壳掰下来给你当球踢。”

然后蒋班长转向我，用很严肃的神情叮嘱我：“不要和别人说我刚才说的这些哈，这个娃娃是我押宝的对象了。”我立即明白这“押宝”应该是蒋班长他们这些炊事班老兵私下里的游戏，稍做询问，就明白这游戏是选择一名学生兵作为自己下注的对象，军训结束后每个教官都会给参加军训的学生进行各项军事素质训练结果的评分，谁的押宝对象分数最高，就胜出。至于他们押注多少以及如何避免暗箱操作串通教官进行舞弊，我就不甚了了了，也没心思深入了解，因为我的兴趣已经全落在靳海身上了。

05

学生军训的这些项目对于靳海来说，一定都是小儿科。

我在蒋班长发现靳海的军事素质后暗中观察了靳海三天，我敢说，他就是以军人的要求在安排自己军训的。所有的军训科目他做得一丝不苟，他可以很容易叠出豆腐块的被子；他的洗漱用具摆放从一开始就是按照教官要求的方式；他睡觉几乎从不翻身，深夜里阎教官折腾人的两次紧急集合，他在哨声响起的时候就已经睁开眼睛（每次紧急集合，我都和教官一起起来，教官的目标是折腾人，我的目标是观察靳海），亮着眼珠子迅速整装出发，精神得让我怀疑他是不是就没有入睡。

我还发现一件很有意思的事情，靳海拥有出色的军事素质，但是却从不冒头，所有的项目都一丝不苟地做，但是就是不去争那第一名。就比如紧急集合，他明明最早一个起来，也是最快一个收拾整理好行装，却总是在大概一半人列队的时候进入队伍，然后就是一如既往地平静站立，等待后续。大概是军训一周后，我把对靳海的一些观察告诉了蒋班长，尤其重点描述了他不冒尖的特别表现，蒋班长听完嘿嘿一笑，说："你看我的眼睛毒不毒，是不是人才我一眼一个准，这种又有素质又不显山露水的人最可怕。"

见我不置可否的表情，蒋班长继续说："和你摆个不恰当的例子，会咬人的狗，一般都不得叫，它们只会安安静静地待到冷不防给你一口，搞不好还是要命的一口。"

我点头，但是总觉得这样的描述和靳海的气质还是有些偏差，我脑子里存着这个疑惑，百无聊赖地削着土豆，眼睛时不时地看看操场中受训的同学们。这会儿阎教官正让同学们练习蹲姿，据同学们说，他们最最害怕的就是蹲姿，不出十分钟就能让落地的脚掌发麻，浑身不自在。按照阎教官的说法，标准的蹲姿是不存在换脚的说法的，但是为了我们这些没吃过苦的学生兵蛋子，部队特别交代可以在蹲姿中换脚，于是这会儿的蹲姿队列已经有人左歪右倒地在利用换脚的方式缓和身体上的不适了。在阎教官严肃的巡视中只有一个人一直用标准的蹲姿蹲着，就是靳海，他蹲得和受过训练的战士一样精神帅气，让我羡慕不已。而让我有些奇怪的是，在靳海左边的周钊和右边的杨安也同样蹲得不摇不晃，但我的奇怪没有持续多久，就看到周钊的右手手肘正搭在靳海左膝盖处，杨安的左手则搭在靳海右手的肘窝处，这俩家伙在靠着靳海这个支点借力，我难以想象靳海在承受了多出的重量还能坚持住，这俩占便宜的货真是脸皮厚到家了啊。然后，我明白了我认为的靳海的气质，虽然用狗的比喻很不恰当，但是和蒋班长说的那种“咬人的狗不叫”不同的是，靳海是那种“能咬人但是不咬人的狗”，他好像只是要求自己，并不强迫别人，也并不在乎是否能够获得比如教官嘉奖或者是考评高分之类的认证，这种对自我的约束让我对他的观感从羡慕变成了敬佩。

我觉得靳海这种对自我的约束，可能会让蒋班长在炊事班的押注游戏中落败，我带着有些幸灾乐祸的心情对蒋班长说：“你这押宝的对象怕是给不了你高分的回报呀。”

蒋班长摇头：“你走着看，他的高分是藏不住的。”

我觉得蒋班长这是有些嘴硬了，就目前来看，不显山不露水的靳海也没有在阎教官那儿留下什么特殊的印象，我估摸着他最终的素质得分总和在班级里再冒尖也就是个前十名而已，然而，我很快知道蒋班长说的“藏不住”是什么意思了。

大学入学的军训，一般是在半个月到一个月的时间，我们学校设定的是半个月的军训，科目主要包括基本的队列行进训练和射击训练。对于射击训练，我和同学们一样都充满好奇，我们这群和平年代成长起来的学生，绝少有触摸枪械的机会，于是虽然我不进入列队训练，但也厚着脸皮和阎教官申请加入射击训练。阎教官自然很宽厚地同意了我的请求，在前往射击场地的路上我和同学们一样压抑着内心的兴奋，即便是我们这群看起来有些运动能力欠佳、协调性较差、体能较弱的理科男生，骨子里仍旧藏着对枪械的无限热爱。

在射击场上，阎教官告诉我们供大家射击训练的是民兵预备役使用的56式半自动步枪，俗称五六半，射击训练主要教授我们如何进行卧姿开枪，然后就让我们进行五发子弹的百米胸环靶射击，至于枪械的装弹、上膛等操作都有战士在每个射击点位上协助我们完成。

我看到每个射击点位上的士兵，至少有一只手牢牢地握住步枪，即便在同学们进行射击时，他们的双手都保持随时卸枪的紧张姿势。

“这是怕我们拿枪掉转过来对着观众席。”我身后传来靳海的嘀咕声，见我转头看他，他冲我挑了挑眉毛，“看来射击训练就是让大家感受一下枪械的后坐力。”

我点点头，转过身去已经轮到我上场，我按照阎教官说的方式，在听到口令后伏地，采用卧姿，将枪托抵在我的右肩膀窝里，放松，瞄准，扣下扳机，在枪管轰鸣和突然产生的猛烈后坐力中，我完成了第一枪，然后是后面的四枪。下来后，我和大家一样都觉得意犹未尽，五发子弹太少，比猪八戒尝人参果还要潦草。当我回到队列里站好时，射击场上又传来了射击训练教官“卧姿——装子弹”的口令，我看向靳海，他右手虚抬，稍向前倾，左脚向右脚前迈出一大步。左手在左脚尖前支地，顺势卧倒，以身体左侧、左肘支持全身，右手向前伸出，握住放在枪位上的枪托。整个过程行云流水，我仿佛看到他一开始虚抬的右手中有把五六式自动步枪的虚影，随着他卧姿的执行到位，这个虚影和原来放置在地面的步枪重合，我仿佛能感受到靳海克制住自己执行后续装弹上膛、调整游标等动作，在脑海中将这串肌肉记忆清除后全身伏地，两脚分开，约与肩同宽，身体与射击方向约成30°角，目视前方，准备射击。随着教官“开始射击”的口令后，靳海第一个扣动扳机，随后射击场上此起彼伏的轰鸣声响起，靳海很有节奏地完成五发子弹的射击，然后恢复趴伏的姿势，等待所有同学射击完毕。我觉得靳海应该更加觉得这种被控制下的射击训练了无生趣，所以快速扣完扳机清空弹夹就算完成了训练任务。随着最后一排同学完成射击训练，阎教官组织队列返回前，一名看起来是阎教官的上级军官走到我们队列前，阎教官极富军事素质地行进到军官面前，敬礼汇报："报告首长，四连二班集合完毕，有何指示！"

"稍息！"

"是！"

阎教官回到列队前，在他的"稍息"指令下，我们稍息站立，对来到队列前的军官都有些纳闷。只见这名军官走到阎教官身侧站定，突然叫道："靳海！"

"到！"在我的身后传来铿锵有力的声音和稍息转立正双脚闭合的啪嗒声。

"出列！"

"是！"靳海正步出列，立正站定。

"入列！"

"是！"靳海回归队列后，调整好站位后稍息。

"你们班出了个可能是这次军训最好的射击成绩，五发子弹，48环。"不用说，这成绩只能来自刚刚被喊出列亮了个相的靳海，并且我突然想到，他扣动扳机的右手食指，还是个受伤的食指。

蒋班长在晚饭前用力拍打我的肩膀，得意非凡："我就和你说靳海他藏不住的。"

"你为什么知道？"我还是很疑惑。

"嘿嘿，就算他再低调，终究有些训练科目他对自己的标准是超过别人的，尤其在射击场上，就好比你会骑自行车，让你装作自己不会骑，能行吗？打过枪的和没打过枪的区别就是这样子，当然他可以装作自己没打过枪到处乱打，但我就是相信他不会这么干。”蒋班长越说越得意，看来在这场以学生兵为押宝对象的游戏中他的胜出已经板上钉钉了，他乐呵呵地从我面前端走一大盆削好的土豆，吹着口哨走开了。

学生军训就快进入尾声，射击训练后所有的军训科目就已经授训完毕，接下去的两天都是为了最终的汇报比武做的准备，就像高三的最后一个学期一样，各个班级都在复习之前的功课，不过各个班的教官都很默契地增加了间隙的休息时间，让这些接受军训的学生兵在走之前松松紧绷的弦，以便留下一些军营美好的记忆。这两天，每到休息的时候，阎教官都会和蒋班长聊会儿闲天，用四川话说是摆龙门阵，我则装作认真削土豆，实则竖着耳朵听墙根。从他们的闲聊中，我知道了靳海一身军事素养的由来，阎教官私下里问了靳海，原来他父亲出身解放军某军侦察部队，在军队里出生的他从小到大最多的玩具就是子弹壳，要不是因为身上的疤痕以及近视，凭借他的身体素质，进一个军校不成问题。

听了靳海的家庭背景，我反倒松了一口气，为靳海身上这些让我羡慕敬佩的特质找到了合理的客观因素而松了一口气。人大约就是这样，看别人优秀的时候总想找点外部因素来佐证这种优秀是因为有着得天独厚的外部支持才能达到的，隐含之意就是“如果我在那种环境下，做的多半还比他好呢！”这种心态很能自我安慰，但是马上也引起了我的警觉，我的理智告诉我，就算我处在靳海那样的家庭条件下，以我的身体状况，想成长成靳海这样是万万没有可能的，但是也说不好，如果这样的家庭环境下能在我最佳的治疗时机治好我的小儿麻痹症呢？我脑子里飞过无数的如果，最终我还是很清醒地明白，靳海终究只有这一个，换个人，都不会是靳海。

我庆幸自己的清醒认识，因为军训刚结束，靳海就给了我又一次惊掉下巴的表现。在军训返回学校的校车上，靳海和杨安坐在我的后排，和皮肤黝黑面相有些凶的靳海完全不同的是，杨安是地地道道的成都人，皮肤细腻白净，面相斯文，我完全不理解他俩怎么能够凑到一块儿，更让我不理解的是，他俩之间的交流，用的是地地道道的四川话。

没错，靳海仅用了两周军训的时间，就攻克了许多同学四年都攻克不掉的方言壁垒，在返校的一个小时车程里，他俩嘴巴没停，侃得天花乱坠。我深深怀疑这一路靳海是把杨安当成四川话的陪练，因为至少在我的观察里，军训期间靳海多数时间沉默寡言，不是在接受训练就是在自己的铺位上看书，他大概是在此期间将来自四川同学之间的交流在脑袋里消化完毕，只差使用了。

而杨安必然是个知情的陪练者，他们路上似乎还在商量着某些具体的事情，这些事情在后来我们物理学院和管理学院之间的诸多联谊活动中展露了成果，我不得不佩服他们俩在刚入学就为了狼多肉少的我们的学院盯上了肉多狼少的管理学院，而经过这些事件，他俩的友谊从那时候开始，一直到我开始写这本书都还在继续。

回到学校后，我除了在寝室电话机前听过靳海使用普通话以及他老家那些听不懂的方言外，其余时间靳海已经全方位地使用四川话进行交流，他甚至告诉其他同学自己是成都本地人，直至毕业，还有同学不清楚他的真实籍贯是江西，据说那里有座叫宜春的城市。

06

这个江西人靳海，将是我作为成都公司生产副总抵达成都后要联系的第一个人，他从来都有一种把同学们组织到一起的能力，并不是那种刻意的组织，而是只要他在，大家似乎就在等着他拿主意。

大学四年中，以我们大寝室为单位进行聚会的场合无一例外都是靳海拍的板，只要大寝室内有人提议集体聚会而且靳海也支持的，聚会就会顺利开启，反之则不可能成行，只会变成三两人的小范围聚会。大寝室聚会一旦开启，后续去哪里，何时去，怎么去，吃什么，吃完了以什么作为娱乐项目，怎么分摊费用，怎么返回……一系列决定大家都会按照靳海的方案执行，自然流畅得莫名其妙又理所当然。

我在飞机落地的第一时间，拨通了靳海的电话，电话接通得很快，没等我说话，靳海的声音从听筒那头传过来："这个工艺实验单必须走完流程，我才会同意进行相关工艺的推广。不好意思章博士，您执行的这是实验流程，正常应该先小试、中试再推广，而您的小试就要一次性布局到一半的设备，这并不合理。"靳海的语速均匀，语气平静。

"你们生产运营部只要负责将我的要求推行下去就行，这是我们技术中心的决定！"这是另一个声音，沙哑中带着尖锐，急迫却生硬。

"这种实验单我不能执行，一半设备进行生产实验耗费的成本您可以好好计算一下，光是物料就超过五百万，作为一项可能影响产品性能的工艺调整实验来说，试错的风险太大了，请章博士再好好考量一下。如果非要执行，按照相关流程，您需要让财务总监签字才能执行。"靳海的语气依旧不温不火。

"什么狗屁流程，我们为了提升产品效率做的工艺改善，你们没有权力阻止！"

"我并没有阻止您做实验，我只是在执行我应该进行的风险核对，如果您有疑问，可以去翻一翻相关制度。"我听出来靳海故意用了更慢的语速。

"不可理喻！"沙哑尖锐的声音消失后，传来一声重重的摔门声，然后靳海的声音再次传来："哈喽，李泌，不好意思，刚才出点小状况。"

我笑道："工艺部门要实验，生产部门要效率，互掐了吗？"

"对头，不过这不是工艺部门，是悬在工艺部门上的海归博士，可牛了。咋了，今天想起来给我打电话？"

“我被派回成都建工厂了，要工作一段时间，正好落地双流机场，我记得你好像在这附近来着？”我说出斟酌过的措辞，十分隐晦地用了“派”“建厂”这样的词汇，还十分委婉地表达我是因为靳海在这附近而临时想起他的，其实我哪是临时想起他，我可是清楚地知道他的工作单位就在双流航空港附近，并且我从飞机平飞开始就想他了，一直到现在。

“好呀，这下咱们留在成都的同学又多一人，你落地了吗？等会儿你直接到出发层，我把你的电话给一个司机，他会来接你。”听得出来靳海很高兴。

我没想到靳海略过了我精心设计的关键词，并且让我感到吃惊的是，他竟然说要派车来接我？难道他有了自己的司机吗？我连忙拒绝，因为公司已经给我安排好了接机的车辆。

“那要不然你直接到双流县城的怪味餐厅，我叫上杨安、廖伟、庆池、汤飞这些还在成都的同学，正好咱们一起聚聚，这会儿时间还来得及，我给他们挨个打电话去。”

我像还在大学里那样欣然接受了靳海的安排，在成都一如既往的灰蒙天空下，我尝试用四川话吩咐来接我的公司司机：“送我去双流的怪味餐厅，我到那边有个同学聚餐。”司机答应下来，但是我明显感觉得到司机在听我说四川话时有种欲言又止的别扭，这么多年，我始终没办法从我那云南边陲的复杂口音中跳出来去掌握好四川话这种相对简单的方言，自然我在深圳也没能掌握粤语，我相信如果让靳海在深圳三年，必然已经能把粤语说得顺畅圆溜，让本地人真假难辨。

双流县城的这家怪味餐厅我早有耳闻，店内只卖干锅兔头、鸭头、鹅头，我还没有到地方就已经闻到空气中逐渐浓郁的麻辣鲜香，肚子里的馋虫被迅速勾起，口水已经不自觉地从舌底冒出。当我看到怪味餐厅的小小门面，以及门面外看起来破旧但是油腻包浆的桌椅板凳时，我确信靳海给我安排了一顿特别地道的成都美食。在我的记忆中，靳海在刚进入大学的第一个学期里肉眼可见地胖起来过一段时间，那阵子他和杨安总会和好几个女生在周末出去海吃海喝，让他不论在新校区还是老校区都能找到味道绝佳的馆子，而经常在寝室窗口看到他们成群结队有说有笑出门的室友们的心情是复杂的——

赵文志常常在靳海出门后跑来和我表达不忿："凭啥子来找他们俩吃饭的女生比我们班上的女生还多？气人得很！"

马少则会给赵文志更加开朗积极的思考方向："他们两个不消化我们班级内部的女生，不就是给你机会吗？"

曾保宝不苟言笑，只有一回提前下自习返回寝室撞见靳海、杨安一行人离去，他抓着寝室的防盗窗网陷入深邃的思考："这铁窗内外，隔开了同样学物理的人的两个世界。"后来我每每想起他这句感慨，都觉得贴切。我们专业的同学毕业后的出路就像铁窗隔开的两个世界，一边是科研院所的数十年如一日，一边是社会滚滚洪流中的漂泊沉浮……

今天晚饭，靳海能够召集一起聚会的同学，就都是后者。靳海、杨安以及廖伟是在同一家公司的不同项目工作，庆池阴差阳错地进入了投资公司，据说过的是纸醉金迷的生活，而汤飞则更加离谱，摇身一变成了互联网行业的逐浪者，兢兢业业的码农……

在怪味餐厅摆在露天的位置里，我一屁股坐在看起来油腻实则干干净净的长凳上，日积月累的熏陶已经让辛辣麻香的味道完全融进了这些桌椅中，合为不可分割的一体。在成都这样的馆子最为长寿，产品单一、口味特别、没有包间、翻台极快。这会儿不到5点钟，前院后院约莫二十张桌子已经预订一空，每张桌子不是已经坐了客人就是已经放好了展示预订的纸牌，门口一人柜台前已经排起了取号的长队，有不耐烦等待堂食的客人可以选择打包带走，但是不远处的外带窗口也同样是长长的队伍……那个年头还没有现在这么多的预制菜品，这长寿小店侧面的排烟窗口呼呼声不停，不知道里面有多少口锅灶、多少位师傅在同时操作，每份端出来的干锅都色泽鲜亮饱含锅气，看得我不住地咽口水。

07

“李泌，我们来啦！”靳海和杨安、廖伟一同到达，看得出来他们仨应该是怪味餐厅的老主顾，身材微胖的老板娘听到靳海的声音就走了出来，一手拿纸一手拿笔，问：“弟弟们今天吃啥子？”

靳海和老板娘熟稔地说：“今天要个最大份滴干锅，兔头、鸭头多一点，鹅头少一些，配菜主要要土豆、魔芋，其他你看到来哈，重麻重辣，今天要让这个在深圳几年没吃过好吃东西的娃儿嘴巴都合不拢！”靳海说着冲我眨眨眼睛，继续和老板娘说，“毛豆、煮花生各一份，冰粉先来四碗，等下还有人来的时候再补，然后啤酒煮起，多放点醪糟和枸杞。”

老板娘带着热情丢下一句：“要得！”就上后厨交代去了。

靳海和老板娘交代之间，杨安和廖伟已经坐下来，廖伟双腿跨过长凳坐在我身侧，手在两腿之间撑着板凳，满脸笑嘻嘻地问我：“听说你现在已经是副总啦。”

这一问我毫无心理准备，原本设想好的用云淡风轻的方式公布自己职位高升衣锦还乡的对话没有在和靳海的电话里出现，而是拉了一道长长的反射弧，这道反射弧像一架超音速飞行器在我身边掠过，带起的阵风扑倒我时它已飞得无影无踪，我的反应除了“什么东西”四个大字之外只有无数的问号……

“也不是的。”我半天憋出了一句我十分不满意的回答，然后说了一句我更不满意的话，“还不是打工的嘛。”

“同样是打工滴，你这个段位已经上去咯，上市公司子公司的副总，还是不得了嘞，不像我还是车间里面苦哈哈干活的。”廖伟边说边戳开桌子上的碗筷包装，发出“啪”的一声爆响。他撕开包装后把碗盘杯子理好，放到边上的位置，然后拉过我面前的碗筷重复同样的动作，在桌子对面的杨安也在挨个拆包装，摆放碗筷，听到廖伟发的牢骚，他把手里的塑料包装往廖伟身上一丢：“苦哈哈个锤子，马上就是技术部老大的人了，在自己同学这儿装嫩。”

廖伟嘿嘿笑着：“那还是比不上你们噻。”

“他们怎么样了？”我好奇靳海和杨安的职业发展。

“杨安这娃儿去年年底就已经跳槽了，人家高薪挖走的，我只是个技术部副部长，他直接过去就是技术总监，你说有啥子可比性？”

“还有靳海，那个家伙更招人烦，入职半年就从我们技术部转去生产部，管了一个车间的一个工段，再后来好像还不到一年，就接管了那个车间的整个生产。现在更要命，直接管了我们整个公司的生产运营部，负责五个车间生产运营计划，我做个实验还要到他办公室排队，经他开条子了车间才能执行。”廖伟手里揉搓着刚才杨安丢给他的塑料包装，混合着自己撕下来的塑料包装揉成大大的一团，丢向早就坐下来笑嘻嘻看着他发牢骚的靳海，靳海伸手接住，丢到身边的垃圾桶里说：“李泌，你别听他说得牛气哄哄的，要我说我们其实是沾了老国企拓展新业务的光，我们这个公司总部在北方，愿意背井离乡从东北来西南闯一番事业的员工本来就少，再加上突然发展新领域肯定要更多的人才，所以我们这些正经名牌大学毕业的学生只要愿意留在公司，都有好的晋升空间的。还得是你，跑到深圳那样的一线城市，不仅站稳脚跟，还晋升封疆大吏衣锦还乡，那才是真的牛。”

“就是就是……”廖伟附和，杨安点头，弄得我不好意思起来，赶忙也表达了一番自己的成长是因为进入的新生行业，人才短缺，矮子里面拔高个儿让我这样的歪瓜裂枣踩了狗屎运，一路平步青云，站上了一个和我资历极不匹配的位置……我一面把自己的成长尽可能推给客观因素，一面表达自己到了新岗位如履薄冰的担心。

“要说到新岗位的适应，你让靳海传授经验，一点错都没有。”杨安听到我的担心，插进话来，“他那年刚接手工段就出了件资产失窃的大事，结果公司内控审计一番盘查，他接手时的交接材料以及之后的车间数据清清楚楚明明白白，盘点结果一丝不差，最终结果就是前任工段长和涉事员工进了监狱，他靳海直接进入火速升迁的名单……”

“行了行了，我就是胆小一点而已，工作的事儿交接清楚按章办事，总没错的。”靳海说着扯开话题，转向廖伟，和我交流时的普通话很顺畅地切换回四川话，“说到实验审批，今天你们章大博士还给我递过来一个要改一半机台设备工艺参数的实验单，这张随随便便就要投入五百万物料成本的实验单硬是要把我整神（把人弄蒙的意思），你老实交代，是不是你给他出的馊主意？”

“我多老了（表达反义的语气词），有能力给他出主意，他那个方案我在会议上就提的反对意见，他自己给自己写了实验申请的？”

“就是说嘛，实验单被我拒绝的时候还狠狠摔了我办公室的门。”靳海冲我抬了抬下巴，继续说，“李泌听了后半场。”

“哟，敢摔靳部长的门，那娃儿的实验还安排个㞞？”杨安在一边插科打诨，靳海看起来很无奈，刚刚扯开的话题又被扯回到了他的公司职位上，突然他像看到救星一般地站起来，将桌子中间盖住的一个圆盖子打开，招呼起来：“快快快，堵嘴的东西来了。”

果然，老板娘捧着一个大盆走了过来，稳稳当当地放进桌子中间凹陷的煤气灶里续上小火，带着浓郁热辣的干锅里还吱吱啦啦冒着热气，里面红彤彤如小山一般的景色映照着刚刚亮起来的路灯显得格外诱人，我不自觉地将筷子握在手中，原本还不那么饿的肚子不争气地开始催促我为了美食行动起来……

靳海问老板娘：“麻辣味道够的噻？”

“必须的噻，你不是交代了要让他嘴巴都合不拢的嘛。”老板娘促狭地看着我。

我有些不服气地回应："不得合不拢，我也就不到三年没吃到川菜……而已嘛。"我的四川话还是那么蹩脚，在老板娘饱含意味的笑容中说得我自己都觉得气势渐弱。

"吃起来吃起来，不用等庆池他们。"杨安见我没动筷子，以为我是在等待还没到的两位同学，抓起手里的筷子伸进盆里，"都是老同学，不讲那些规矩，吃吃吃。"

我确实久违了成都的美味，在深圳三年的时间我也曾听人介绍找寻过川菜馆子或者火锅店，但是总是缺些味道，不是太甜就是太辣，仿佛四川这个地域有种特别的结界，川菜师傅或者川菜配方只要走出去，就会被抽走一丝灵魂，让在别处复刻生长的川菜失去了那极富灵性的点睛之笔。

我不客气地伸出筷子夹了一只鸭头放在盘子里认真啃起来，滚烫酥脆的表皮带着咸鲜的麻辣，裹挟着内里入味软烂的小块肉质冲击着我的味蕾，好吃，太好吃了，我顾不得那烫嘴的温度，因为舌头已经舍不得让这入口的美味再回到碗里，我呼哈呼哈地哈着气，完成回归成都的第一口美食，然后是第二口、第三口……根本停不下来。坐在我对面的靳海同样在大快朵颐，他一边吃一边冲我露出得意扬扬的笑容："麻不麻？"

"麻惨了！"随着我逐渐失去知觉的嘴巴，想起军训时蒋班长给我讲的一个笑话，说的是蒋班长参军后的某年来到军营里的一批新兵中有福建山区的士兵，在交通闭塞饮食结构单纯的年代，他们大部分甚至没有见过花椒，更别提在第一次吃到花椒时嘴唇发麻失去知觉的感觉了。而其中一名士兵用他的行动提前为大家展示战友的义气情深——他在体会到唇舌麻木后用力掀翻菜盆大喊："菜里有毒，大家小心！"据说当时的场面一度混乱，这些不明所以的士兵惊慌失措差点炸营，蒋班长哭笑不得地好一番安抚后才让他们明白这是川菜独有的毒——让人上瘾的麻辣。

08

在我嘴巴彻底失去知觉时，庆池和汤飞到了。

靳海迎接庆池的第一句话是：“池池，快来买单。”

“给你买个锤子。”庆池一边翻白眼一边从一看就是名牌的手包里掏出钱来走进餐厅里面去买单。

汤飞则在我的左侧坐下，掏出香烟，小眼睛隔着厚厚的眼镜镜片看着我，见我摇头后自顾自点上一根烟抽起来。他和三年前一样身材瘦小高度近视，但是数学方面一向在我们年级出类拔萃，我想这应该也是他毕业后转向计算机领域的原因，在那个领域他一定可以创造更多成就。

庆池重新走出来后到靳海身侧坐下，用手拍着靳海的肩膀看着我说：“我是给李泌接风买单的，和你娃儿莫得关系。”接着又转向汤飞，“我的烟呢？”

“不给你发烟了，要抽自己买。”汤飞一边拒绝一边把刚才那包香烟丢在桌子上，庆池笑嘻嘻地捡起来抽出一根，也自顾自点上，深吸一口说：“下回别老抽中南海，偶尔也换换娇子或者玉溪，那个味道好。”

“去去去，有本事你别拿我的烟抽，不对，以后你给我买烟！”汤飞不忿。

“吔，这是咋个了？”杨安看出汤飞带着情绪，在我印象中，汤飞也是个情绪波动不大的人，从没和人起过冲突。

“好了好了，我错了我错了。”庆池从靳海身侧挪到汤飞身侧，搂住他的肩膀拍着，“一会儿就给你买烟去。”

“那多不好意思，我要求不高，尝尝玉溪和中华吧，各来一条不过分吧？”汤飞马上开出笑脸。

“不过分不过分。”庆池嬉皮笑脸。

“那我也要，见者有份。”靳海接话。

“一边去，你都戒了烟了，凑什么热闹。”庆池拒绝，“我这是搬起石头砸自己的脚，蹭了大半年汤飞的烟，今天还给他吃了只苍蝇。”

“就是，不带你这么恶心人的，你起来，我挪凳子。”汤飞把长凳向桌子前挪了挪，拿起煮啤酒给大家挨个倒酒，一边倒一边说，“今天李泌来，我们聚个餐是开开心心的事儿，我正好想把白天工作那些和项目经理沟通的糟心事儿丢得一干二净，结果你们谁想得到庆池这货，故意到我公司等我，一见面一边和我要烟抽一边数落我烟瘾大，抽烟浪费钱，如果不抽烟的话，怎么都攒下一台车的钱了，我自然反驳啊，我说：‘你不抽烟的话攒下钱了？’然后他拿出个车钥匙按了一下，我们公司门前停车场上的一台宝马就亮灯了，他说：‘这几年有烟就抽，没有烟就不抽，不巧就攒下了一辆车……’你们说这家伙是不是就是存心的，平时抽烟都蹭我的，感情拿我当冤大头了。”

“好了好了，向你赔罪，我们一起喝一个，来来来，为李泌接风，为成都又多一名同学干杯！”庆池号召大家举杯，仿佛这次聚会才刚刚开始。

四川特有的煮啤酒是冬天餐桌上的常客，有些类似江浙一带的煮黄酒。在啤酒中加入枸杞、醪糟、姜、红枣，喜欢甜味的加些冰糖，喜欢酸味的加点橙子、橘子，用铝质的大水壶熬煮开就能放在餐桌边上的小炉子上一直温着，喝的时候倒出来，在冬日的气温下很快就能入口，又因为煮过的啤酒散掉了一些酒气，一旦入口都是一饮而尽地干杯，一种煮酒论英雄的氛围就上来了。我们六个杯子碰在一起，让我终于感受到回到成都的惬意感来。

庆池没能利用为我接风喝酒来转移他买车的话题，毕竟对于我们这些初入职场三年的人来说，能够买车的有，但是能买上宝马车的应该算得上出类拔萃了。大家的话题围绕宝马车停留了很久，甚至廖伟还非得让庆池把车子开到靠近我们餐桌的马路边上停了会儿，好好地研究了一番。那时候的我对车子毫无概念，不懂得各种车子的品牌以及品牌下的各种型号，也不懂廖伟嘴里蹦出来的一个个发动机、排量之类的专业词汇，只能在边上有一搭没一搭地听着，我看到靳海显然也对车子的话题兴趣缺缺，一直在认认真真地翻找干锅里藏着的土豆和魔芋，直到庆池把话题引到他的身上。

“我这个车子也不过是公司融资租赁的业务盘活的二手资产，我占点先机买下来自己开的，不算牛的，要说牛，你们还是看靳海吧，不声不响在成都就首付买了一套房子，要我说咱们这几位在理财方面就他有想法。”

“嗨，我能有什么想法。”靳海一口否认。

“别人不知道，我还不知道吗？”庆池一边倒酒一边把目光投向我，在得到我鼓励他说下去的眼神后，继续说，“李泌，他们几个我都问过同样的问题，今天你来了，我问问你。”

“啊？”我疑惑。

“你理财吗？”

我的确对理财没有特别的概念，如果不是这次公司给我的任命里有因为我的计薪方式从月薪变为年薪而增加的一些类似限售股份配额之类的新鲜词汇，我可能还得过个好几年才会开始对理财、金融等产生最基本的了解。但是在庆池这个在投资公司工作多年的同学面前，我不会扫兴地说我有理财，我甚至还有公司的股份之类的信息，作为一个合格的听众，我得让他有话题继续聊下去，于是我用了我认为绝妙的回问：“存款算吗？”

“算是最基本的一种吧，也是我们大家都知道的一种，我也是进入投资公司才知道各种各样乱七八糟的金融工具，然后我就特别佩服靳海。”

“这都哪跟哪，说远了。”靳海试图阻止庆池继续说下去，但是庆池端起酒杯一饮而尽后没理会靳海，继续说：“人家靳海在成都买房首付的钱，是在大学就开始理财的结果，要说东南省份的人家教就是不一样，他家里要求他每月的生活费都记账，条条目目清清楚楚，否则就不给发下月的生活费，于是他就自己想办法理财，我刚进投资公司自己也要拉开户业务，人家靳海给力得一塌糊涂，不仅开了户，还把自己原来户头里的股票基金什么的都卖了转了过来，十多万对吧？把我都看傻了。”庆池说的让我难以相信，这个大学四年先和我在同一个大寝室，到老校区后共住一个小寝室的人竟然在刚毕业的时候就已经不显山不露水地怀揣巨款了？

我惊愕的表情让庆池十分得意，这就是他要的效果，他对靳海说：“这里都是老同学，没外人，都说苟富贵勿相忘，你好好交代，你是怎么有那么多钱的。”

“对对对，说说看。”廖伟和汤飞显得更加急切，杨安和我则笑眯眯地看着靳海。

09

靳海有些哭笑不得地看着我们，然后他讲了一个颇为传奇的财富增长故事。

在靳海的提醒下，我想起刚结束军训返校后，靳海从学校水果店买了六只小西瓜，一人半只，分发到我们寝室十二个人手里，让大家在成都湿热的酷暑中感受到一丝清凉。接下来的那天晚饭，靳海顺理成章地组织了第一次大寝室所有人的大聚餐，那也是我第一次吃成都的串串。

一群人围坐在中央放着一口火锅的桌子边，按照自己的喜好将店家用竹签串好的食材放进锅里煮熟，拿出来在自己调配的或干或湿的蘸料中轻轻一搅，送入口中就能享受到无与伦比的美味。结算的方式很简单——数签签儿——五分钱一串素的、一毛钱一串荤的。火锅就那么大，数十个人围着烫自己喜欢的食材，烫完一拨换一拨，吃得再快也需要时间，而慢慢吃的过程恰恰最容易饱腹，所以虽然刚入大学的我们大都处于食量最大的年纪里，一个人能吃下两百串已经可以惊为天人，而两百串就算全是荤菜，合计下来也不过二十元。像串串这样聚气的用餐方式和如此实惠的价格对当时我们这些学生娃儿来说，真的是最合适的聚餐选项了。

靳海挑选的就是学校附近镇上的串串店，十二个人连吃带喝折腾了三个小时，然后各个酒足饭饱满面红光地围着看三位大姐帮我们数签签儿，一百、两百、五百、一千、一千五，大姐数到一千七百余根的时候结束，在同学们惊叹大家都吃出纪录的声音中靳海和老板娘清点酒水、炒饭、泡菜等各种费用后，最终结算190元。在靳海的讲述中，我想起当时我还悄悄和赵文志说："这顿饭靳海大出血了。"对于当时月生活费大都在三五百元的我们来说，消耗近半个月的生活费的确是大出血的事儿。

靳海付钱的时候冲老板娘要了发票，据他说这个发票的作用是为了作为记账的凭据找父母要下个月的生活费，他会把聚餐的费用作为基础生活费之外的费用列支，以便父母在下月生活费中增加金额。而老板娘则大方地从抽屉中拿出一本手撕票，撕下两张一百的盖上红戳递给靳海。

"我在那之前还从来没有见过发票，我看着发票上那可以刮开的刮奖处，老板娘心领神会地递过来一枚硬币鼓励我：'刮开，看看中奖没有。'她可不知道这鼓励让她损失惨重。当时我拿起硬币唰唰地刮开，那第一张发票冲我说了声谢谢您，而第二张发票却赫然是一千元的字样，刮完发票我抬头和老板娘大眼瞪小眼地对视良久，老板娘的神色阴晴复杂，在我的坚持对视下不得已从抽屉里抽了十张一百元给我，其中还有我刚刚交给她的两张。最搞笑的事是，我在和同学们离去的时候隐约听到老板娘冲着电话嘟囔：'你快给老子问一哈，咋个假的发票还能中奖哦？'哈哈哈哈。"

我们和靳海一起笑起来，感慨这个老板娘也算是搬起石头砸了自己的脚。

“这一千元，是我的第一桶金，我的第一想法是花掉，但是不知道为什么，那时候我的脑子里浮现一句话‘货悖而入者，亦悖而出’，这是来自《大学》里的一句话，讲的是一种因果，是不正当方式得来的东西，往往会被别人用不正当的方式拿走，或者被自己胡乱花掉。然后我就想啊，我不能让这个钱‘悖而出’呀，所以从那之后，我就琢磨着怎么让它变多。”

然后靳海继续告诉我们，自从那次拥有一千元后，他一面从生活费里克扣省钱，一面开始了解关于如何让钱增值的操作来。

“我觉得我就是那几年有些财运，从2004年到2006年，我也不知道自己怎么想的，拿着一千元第一桶金就到证券公司开了户，被证券公司的业务员忽悠着做了个定投货币基金的方案，每个月定投三百元。要知道当时我每个月的生活费也就是四五百元，就算有那一千元铺底，我也不得不变成一个守财奴，一分钱掰成两半花，赵文志应该知道，有一阵子我都是吃的咸菜和米饭，就这样熬了快两年，当然过程中我也没少用一些巧立名目的方式找我爸妈要钱，生活费月均应该还是有六百的。结果在2006年的时候，我已经有了过万的小财库，这个财库在证券公司同一位业务员的忽悠下，转投了股票。”

“嘶……”庆池听到这里倒抽一口凉气，“这，你牛气！”

“我买的那只股票，从我买入开始的2006年到2007年底，让我的万把块钱就直接变成了十万多，说到这个，我还得感谢庆池。”靳海说到这里庄而重之地举杯，敬了庆池一杯酒，“要不是庆池当时在投资公司实习，说有开户和资产相关的任务，我估计当时我不会选择卖出证券账户里的那些股票，结果就在我卖出后，也就是2008年的1月开始，我那股票就开始一路下跌，一路回到我最初买入的价格位置。

“也就是说，如果当时的我不卖出，我的资产会很快回到省吃俭用积攒下来的那些，甚至更少。”靳海感慨，“所以我只是碰巧踩了狗屎运，这财富增长的路上净是遇到贵人，连池池都在帮我。”

庆池听得摆摆手，说：“这确实是你财运好，我刚才还以为你在那一拨牛市里及时收手呢，如果是这我都想给你磕一个，叫你股神都不过分。”

“你们有没有觉得，靳海这都是自己的善意转化成的财富。”杨安转动着他的大眼睛，所有所思。

庆池不耐烦：“快放，你这人说话从来都有股仙气，不说完的时候很招人烦，说出来以后又总是有些道理，更招人烦。”

“嘿嘿，你们看，靳海请客吃饭是想促进同学情谊吧，哦嗬，得了一千块，然后帮池池完成业绩吧，哦嗬，锁定了十万块，这是他应得的。”杨安的解释让我很服气，这是板上钉钉要落在靳海口袋里的财富，和他的为人有关。

“哪有说得这么玄乎，为人再如何，总有一股冥冥之中的力量让你有的事情做得成，有的事情做不顺的，你们看我地震后一直想去川西支教，不就一直没有批下来吗？”

10

提到地震，我们指的都是2008年5月12日的汶川特大地震，在经历过那场灾难的人心里，它像一个专有名词。聚会出现了短暂的沉默，大家开始埋头继续吃东西。

“你为什么想要去支教？”杨安打破这样的宁静，我们其他人仿佛松了一口气，又松弛了下来，都在等着靳海回答。

靳海没有立即回答，努力处理着刚才夹入盘中的一只鸭头，吃得很快，很潦草，吃掉了一些最有滋味也最容易吃掉的部分后，放下筷子，说了一个词：“斯德哥尔摩综合征。”

“不明白，说人话。”庆池说。

“这是我初恋女友和我说的词汇，意思是受害者对加害人产生好感的情况，比如被强奸者爱上强奸犯。”

“那不就是犯贱吗？”廖伟说这话的时候一脸认真，但是我知道他是想逗大家笑，不过大家好像没有什么反应，继续听靳海说。

“我曾经就地震写过一篇文章，描述的是地震改变了我对毕业后未来人生的规划，也改变了我和初恋女友之间的情感轨迹。我用有些隐晦含义的文字描述，但是实际上那是我内心对这场地震的深刻反思。我写我和女友的分手是在我家的床上，我那张床不太稳当，活动起来嘎吱嘎吱乱晃，她一直在问我‘大地震是什么感觉’，我就越来越用力地让床晃动得更厉害，告诉她就是这样的感觉。然后她说她懂了，因为地震强奸过我，所以我爱上了地震这个强奸犯，所以我要丢下她这么好的女孩。”

“我觉得她说得特别对，我们确实接受的是地震的强奸，当时我也是在一张床上，在宿舍的床上，它丝毫没有怜惜和前戏，只会硬邦邦地用行动告诉我们它来了，它让一切都来不及，来不及穿上衣服就跑出寝室的同学，来不及刹车就撞到一起的车辆，来不及反应就被撕裂的大地，来不及呼救就被掩埋的生命……

“我们在成都经历着那场灾难已经算是幸运的了，我们不是那被强奸犯直接侵犯的敏感区域，但是我们也不是那只会嘎吱嘎吱晃动的床，我们是能够感同身受的，我们仍旧是直接被强奸的对象，那些开裂掉落的宿舍楼梯，那些逃跑无助的哭喊，那些不顾风雨搬运物资留下的皮肤炎症，那些还没送到医院就魂飞天外的尸体，所有的这些我们都见过，所以我们有一个算一个都跑不掉。”

“你那文章不去发表可惜了。”我感慨，靳海把我们都拉回到了那个刚刚开始热起来的下午，临近毕业的我们大都在自己的位置上完成毕业论文，我也坐在上铺的床上，用笔记本电脑一点点按照论文格式要求调整论文，那是个很烦琐的工作，有一丝不对都可能让论文发回重修。然后随着一声轰响，我们就都晃动起来了，当时的我们都下意识地想指责自己上铺或下铺的同学，却都迎上了对方困惑转而恍然的眼神。

明白过来这是地震后，我们一同跑出那栋已有多年历史的宿舍楼，在宿舍楼下我们从寝室到班级再到认识的人，挨个确认大家是否没事。我们都有无数的问号，地震在什么地方？多大的地震？影响多大？我关心的人怎么样了？关心我的人怎么样了？……除了前三个问题我们在收音机里得到了统一的持续更新的官方消息，后面两个问题每个人身上各有不同。

那天夜里，我们全班都躺在物理楼外的草坪上，身下是临时用席子和床单铺的地铺，上方是塑料薄膜拉成的临时天幕，挡住了纷纷飞落的小雨，我一直看着它们飘落、聚集，从低处滑落到地面，毫无睡意。靳海躺在我身边，他的手机一直在使用着收音机的功能，里面滚动播报着地震的最新情况，大概凌晨3点的时候我看到靳海坐起来，套上外套起身，然后杨安、马少、庆池、周钊、廖伟等人也都坐起来，接着我和更多的其他同学也坐起来，我们开始漫无目的地在校园里闲逛。那个夜晚的校园里到处都是人，路边草坪上到处都是学校入学时配发的绿色格子床单被套，那绿色的方格似乎呈现某种规律排布，在入学军训的时候我曾经在非常无聊的时候数过它们。那床单被套由四种方格印花组成，一种是整体浅黄色方格印花，一种是整体浅绿色方格印花，一种是5乘5的小方格组成的印花，含有9块深绿色、12块浅绿色、4块浅黄色，一种是13乘13的小方格组成的印花，含有49块深绿色、84块浅绿色、36块浅黄色。我莫名其妙地把这“研究成果”说给身边走着的靳海和杨安听，靳海听完露出一脸落寞的苦笑：“听你说这个，我有这样一种感觉，我们自以为啥都会，从小到大走入高等学府，一直都把自己当成佼佼者，牛逼哄哄的，看到几何图形能很快找到规律，看到一连串的4个数字能很快算出24点，看到各种技术工具能大致知道它们的原理，看到星空浩渺我们都有一种能够征服它们的豪情，但是……

在当下面临这样的灾难时我们只能躺在草坪上看着天，只能漫无目的地闲逛，能做的竟然只有祈祷。

“祈祷雨别下了，祈祷余震别太大，祈祷通信快点恢复，祈祷灾区的人能坚持住，祈祷救援队伍一切顺利，我真想知道，祈祷能有用吗？”

“有用的，只要用心是好的，就都会有用。”杨安说这话时，大脑门上亮晶晶的，双眼神光清澈。

我们都做好了在大地震之后，和这片土地上的所有人一起去修复伤口的准备。

第二天开始，我和靳海、杨安、庆池、周钊、廖伟频频出现在需要提供体力的场所，搬运物资，推送伤员，这个时候有人干活最重要，哪里都缺人手，到处都缺物资。在红十字会的转运货场上，廖伟弯腰抱起库房里的一大箱矿泉水，鼓起劲儿小跑几步丢到货车上，货场的大叔拉住廖伟：“小伙子年轻是好，但是你这样干活方法不对，这样搞一天，我保准你第二天就来不了了。”

廖伟虽然不服气但是还是虚心求教，大叔当场授课，我们这些愣头青围了一圈，大叔直着腿弯腰，转头和我们说：“你们都这样搬东西，也算你们年轻腰杆皮实，这么搬东西最费腰力，持续下去就会腰肌劳损，别想再吃这碗饭。”大叔直起腰来拍拍双肾部，“腰不好，肾就不好，肾不好，人就不好。

“搬东西，最重要的是保护腰肌，大家看过举重运动员举重没有？”大叔拉开架势蹲下马步，右手在身体中间上下晃动，“重心，重心在最中间，这时候抱住你们要搬的东西，整体往上站起来，重心要稳，不要先抬屁股，是整体起立！”说着大叔轻轻巧巧地将两箱矿泉水抱到自己的胸前，顺势一托手就上到了货车里，动作轻巧自如。

靳海感慨：“果然劳苦大众才是智慧应用的第一线，亏我们还是学应用物理的大学生，物理知识好像学了一堆，在应用方面是真的连意识都没有，只知道用力，却不知道怎样用力高效而且安全。”杨安点点头，有模有样地蹲步，抱住三箱矿泉水，双小腿发力，然后顺利地坐在地面上，迎来一群哄笑。

体力劳动能让我们品味急促的呼吸、蓬勃跳动的心脏、酸痛交替的肌肉和湿热咸腻的汗水，没有什么杂念，唯一要想的就是把一箱箱的物资码放整齐。每天结束交班后，我们在货场边的夕阳下躺倒在台阶上，不想动弹。

杨安说某天回到宿舍楼时看到两名同学在打架，一人边打边哭，另一人边承受边哭，原来出手打人的同学确定地知道家里所有的亲人都在地震中丧生，结果在看到最好的朋友用QQ振动提醒消息的时候突然情绪崩溃，冲到好友寝室大打出手，好友只是默默承受，最后两人抱头痛哭。

庆池说某天走出寝室大门的时候身边突然多了一人，那是感受到余震后从二楼跳落的同学，幸好只是扭伤了脚，没有大碍。

周钊说自己某天夜里和疑似记者的人大吵一架，因为记者在看到他们班级同学在夜里打牌斗地主的时候痛心疾首地摄像拍照，认为国家重点大学的学生在国难面前沉迷享乐，这种行为应该受到谴责。周钊说当时的自己从来没有那么雄辩滔滔，竟然能用连珠炮的反问和排比句和记者理论：“我们距离震中并不远，走出危楼也是惊魂未定，每天都席地而坐露天而睡，我们算不算灾民？我们也是灾民，我们的同学每天都全体出动，红十字会、华西医院，甚至最近的都江堰灾区都有我们的身影，他们有的早出晚归每天只睡四个小时，有同学亲人都还在震区无法联系，但是他们都在用自己的方式做着在你眼里不屑的努力！我们难道应该奋不顾身冲向灾区，无组织无纪律地给国家添乱？我们难道应该每日表现得唉声叹气痛苦不堪？我们难道应该在疲惫一天回到露天的床上抱头痛哭伤心不已？”

“然后呢？”我问。

“然后人家肯定就在我的监督下删除了照片和视频啊！”周钊抽着

烟，表情很是臭屁也很是落寞，“我觉得我们的大学真的要结束了，这种狗屁事情我们都需要经历了。我之前听到的大学毕业过程，是用论文掐一掐我们的脖子，用就业单位拽一拽我们的手，用离校烦琐的手续推一推我们的背，用毕业散伙饭抱一抱我们的大腿，在拉拉扯扯中实现象牙塔到工作者的转变，没有想到的是，我们的毕业比任何时候都更加没有仪式感，狠狠一脚就被踢出了门外，你捂着生疼的屁股压根儿不知道接下来要干吗。”

我想，靳海当时大概和周钊一样也不知道要干吗，只是突然就不想离开这块土地了，就想多留一会儿。

“在地震头七那天，防空警报拉响，我们寝室所有人停下手中的事情为灾区民众默哀的时候，我看着对面寝室楼一排排不约而同站在阳台上肃穆而立的同学，看着楼底下街道中站在驾驶门边按着喇叭的驾驶员，看着防空警报响彻下这个静止的城市，我就决定不走了，留下来看看能做点什么的想法在脑袋里不停打转，落地生根。”

靳海在说完这段话后，举杯，和我们默默一一碰杯，干杯，然后再次对我说：“欢迎回来，李泌。”

11

回到成都后，这个生产副总的职位给了我很大的挑战。

按照职位的要求，在工程建设期间我需要再次提供生产工艺流程、设备选型等信息，以便工程建设期为设备定位、能源负荷等进行进一步的校核，这些参数信息原本在项目立项的时候就已经有过提供，但是在投入实际建设后一般还需要进行再次的优化调整，而且针对我所处的行业来说，技术革新迅猛，之前立项时所使用的工艺流程几乎已经更新换代，就更需要我进行深入细致的调整。此外我还需要做好一系列试生产期的准备工作，一旦工程建设结束，我就需要有能力让整个车间快速投入试生产，进而尽快达产，为集团公司创造收益。

于是三个月来，我一直都忙于工厂建设的各种琐事，原来那种大权在握挥斥方遒的自负，开始慢慢变成一天天没有尽头的加班，有无数的会议要开，有无数的问题要解决。在这个过程中，我觉得我成长得很快，虽然我没有在成都享受到悠闲的生活滋味，但是带领不断壮大的团队齐心协力完成一个项目的成长感让我更加的充实。而在这个过程中，我得感谢靳海，我不得不承认他是个很有天赋的管理者，那天聚餐时杨安无心的一句话——“新岗位的适应，问靳海保准没错”——我记在了心里，然后专门找靳海煲了一个晚上的电话粥。这碗粥香浓可口，让我三个月来吃得爽口滑溜，自信满满。

靳海极具天赋地帮我梳理我接受该岗位的各种因素，和我一起将当前的任务分成多个阶段，每个阶段都十分详尽地分类成具体的小项目。他像一名军师、一名师爷，提供一种让人清晰的观察视角，甚至还有着能够用简单话语将一件事情掰碎，让人十分容易消化的能力。让我震惊的是，他竟然还有着相当不俗的财务知识，在我做生产准备工作中的财务准备方面提供了巨大的支持，他甚至帮我建立好了一个电子表格套表，让我能够调整工艺类型，了解不同情况下的盈亏平衡点以及投资回报率，这套表让我在公司大大地露脸，逼着我不得不认认真真消化里面的所有财务知识，以及电子表格相关的知识。

“靳海，你是有几个脑子，什么时候装了这么多电子表格技能？”在我“剽窃”了靳海的劳动成果获得公司嘉奖的后一天，我告诉靳海他给我带来的巨大改变，“我觉得我昨天太过冒头了，我们财务部门都对我起了复杂的情绪。”

“嘿嘿，你消化完套表里面的勾稽关系，理解了那些财务概念和参数，他们就复杂不起来了。”靳海安慰我，“我这些电子表格技能都是三脚猫功夫，在大学拿账本换生活费的时候想着如何能简便生成结果，比如说利息能不能自动计算，比如说交给父母的台账能不能自动生成，于是我就深入地了解了电子表格，那段时间脑子轴得很，就那么把时间耗进去了，然后技能就上来了。”

“那财务知识呢？”

“嘻嘻，还是那个财运滚滚的阶段呗，为了看懂公司的财务报表，我就找上市公司的年报来看，里面不懂的东西就查，不知不觉也就知道一些皮毛了。”

“服了。”我开始反思自己的学习，我绝少有像靳海这种主动学习的动力，大部分时间，我都是被动地接受安排，去补充需要的知识技能，不论在学校还是步入社会。

“没事的，你多看看多学学也就会了，而且你现在在这样的岗位上，很容易就能够把知识转变为实际的操作经验，不用多久你就比我厉害了。”靳海不仅无私地教我，甚至还无私地鼓励我，他丝毫没有那种别人可能会超过自己的焦虑，其实想来也是，又有谁能有他这样的自主学习力呢？只要这个特质在，他就能不断进步，而别人也只能跟着他后边看尘土飞扬而已。

“从大学认识你，我就觉得你挺厉害的，但是你又很低调。”表达对一个人的佩服对我来说挺不容易的，但是对靳海，这话我说得顺嘴。

“嘻嘻，类似的话你在大学毕业纪念册上给我写过。”

“啊？这样？”我吃惊的是靳海竟然能够记得这些。

“其实有时候，我觉得人的名字还是对人有影响的，或者说，对我有影响，小时候我就在琢磨我的名字‘靳海’，很容易想到的是安安静静的海，深不见底、包容万物、波澜不惊，于是我一直都在想，我该怎么成为这样的人。”

“然后呢？”

“然后，好像我也没有给自己制订什么目标啊步骤啊，这种对自我的期待就慢慢进入了潜意识，成为我意识不到但是却真实存在的影响力，我好像就真的往这个方向行进了。”

靳海说的话给我很大的思考，我们这一代人，很少有从小就构建起足够远大的未来，至少对于我来说，我从小到大是面临一个个小目标走过来的，从懂事开始，中考、高考、就业……亦步亦趋地好像都是看一步走一步，要问我想成为什么样的人，我从没有认真思考，即便我的名字也有一种深远的意义，但是对我的影响绝没有靳海那样强烈明显。像靳海那样从小就有贯穿自我一生理想的人，应该都能像他一样对人生有着一种游刃有余的超脱感吧？

“我得请你吃顿饭。”我很感激靳海。

“好啊，不过得以后找机会了，我已经离开成都了。”

靳海的回答让我震惊，我完全忘记了那通电话是怎么结束的，可能我在震惊中也就只会用拙劣的词句表达遗憾，也可能我连表达遗憾的能力都没有，反而是靳海用洒脱的方式结束了那次电话，但是不管如何，我都有种难以言喻的缺憾感。

为了解决这种让我安静不下来的缺憾感，我在烦琐不停的工作中抽出一天的空当，从成都的西北边来到西南边去找廖伟，我本可以打一个电话询问情况，但是我总觉得非当面沟通不可。

来到靳海原来所在的公司大门前，我对靳海的离开更加疑惑，因为我看到是到目前为止现实生活中最为气派的公司正门。大门正中间是一块长约三十米高约两米的巨型风水石，上面雕刻公司的名字，风水石后面远远地能看到公司巨大气派的六层主楼，粗略估计，公司主楼到公司大门之间有着至少六十米的距离。风水巨石两侧各有一道宽约二十米的移动门，从移动门的间隙看进去，公司主楼前的空地上除了正对大门的主路外，都是经过精心设计的绿植园林，小桥流水、矮木繁花，在这初夏的季节里恰逢海棠花开，红的白的一片生机盎然。公司正门的两侧都有保安岗亭，正当我在门口一时闹不明白我应该从哪边进入的时候，右侧的保安岗亭有保安在招呼我过去："你好，你有什么事吗？"

"哦，我找廖伟。"我想了想，补充一句，"廖部长，技术部部长。"我想，廖伟经过这几个月，应该已经像上次聚餐时说的一样升职到了这个岗位。

"廖部长，好的，请问您贵姓？"

"免贵，姓李。"

"好的，稍等。"保安让我站在岗亭的阴凉处，进入岗亭用固话进行内线呼叫，在等待过程中，我的视线停留在保安亭侧面一排阅报亭中的公司简介上，原来这是一家有着央企背景的公司，也难怪有这样的排场。

不一会儿，有一名穿着工作服但是稚嫩的脸蛋看起来像在校学生的女孩子跑到保安岗亭，看到我问："您好，是李总吗？"

我点头。

"廖部长让我来接您。"随后她和保安交接了一下，拿了一张挂在胸前的访客证，带着我进了大门。来接我的这名女孩进了大门后就快步往前走着，我没能跟上，虽然我这几个月在工地上健步如飞的时候已经不顾忌展现我瘸腿的身体缺陷，但是在这气派的我不熟悉的公司里，我还是不自觉地端起架子来。我保持尽可能快的速度走着，装作缓步欣赏这企业内部建设的花园，试图用一种不失风度又不失气质的方式提醒这位来接我的女孩"请按照我的速度走"，这名女孩快步到我前方十几米处后才恍然我并没有跟上，转身看我欣赏风景的姿态，吐了吐舌头："哎呀不好意思。"然后小跑回到我身前两米处，向穿过花园中的石板路伸出手，"走这边，我带你看我最喜欢的一株海棠花。"

我欣然跟她走向右侧，从花园中的石板路上穿过，这条路通往公司主楼右侧的一座矮一些的三层办公楼，楼门口挡雨屋檐上"技术中心"四个大字在阳光下闪闪发亮。走到石板路还有三分之一路程处，她指着一株海棠树说："看，这就是我最喜欢的一株海棠花。"

这株海棠花应该已经到了花期的末尾，没有边上一些海棠花正值花期的满树缤纷，但是这株海棠花还是散发出淡淡的香气，在一枝枝小枝的顶端，一些未完全开透的花骨朵呈现出玫红色，而开出来的伞形花瓣上总是在白色中透着一抹胭脂的粉色，让我联想到晶莹白皙的美人脸上那一抹娇羞，又或是透过朝雾的那一抹晓霞，全是生命的诱惑力量。那女孩看我观察得细致，不无得意地说："好看不？"

我抬头，在五月初夏的阳光下，这女孩小麦色的皮肤下也透出一抹经过阳光照射的深红来，咧开的笑容让她嘴里一颗虎牙露出在外，亮得发白，我有那么一下地失神，大概看了她太久，她也觉察出不妥来，有点慌慌忙忙地说："这海棠花，是最名贵的西府海棠，你听过吗？"

"媳妇海棠？"我很奇怪这样的名字，不过脑子地问，"是在这海棠树下就能娶媳妇的媳妇海棠吗？"

"什么和什么啊，是西府，西方的西，天府之国的府啊。"女孩明显地脸色更红，转身快步走向前，"快点，就要到了。"

我跟随她走入大厅，她显然被刚才我自己都后悔的轻佻言语弄得有点不知所措，带我到电梯口，告诉我廖伟的办公室在三楼左手边的"技术部部长室"后就说自己还有实验要做，匆匆离开了。

12

我走进电梯，开始琢磨着这果然是有实力的公司，三层楼就要装电梯，把刚才的女孩抛到脑后，当电梯到三楼后，我倒是明白了这栋楼里装电梯的原因——这栋楼是技术中心的实验楼，应该是为了安装不同尺寸的试验线，所以每层楼的挑高估计都超过六米，说是三层楼，实际上应该比得上一般的六层楼，况且涉及实验器械、物料的搬运，电梯终究是明智的配置。

廖伟在我敲响办公室门的时候在里面大声喊：“请进！”

然后门就被拉开了，庆池从拉开的门缝里探出半个脑袋，以他一米八五的身高居高临下地看着我，露出贼兮兮的笑容。我莫名其妙地说：“怎么班长你也在这儿？”

“嘿嘿，我如果不在这儿，还看不到李总在人家公司花园里调戏女员工呢。”庆池把我让进门，我看到廖伟这间办公室的窗口正对着刚才我走过的花园方向，恍然大悟地说：“你们刚才一直在这儿猫着看的吧？”

“就是就是，要不我咋个晓得门卫说的‘李总’就是你啊，如果是另外的‘李总’，我肯定要让门卫问清楚姓名和具体单位的，免得烦。”廖伟坐在大办公桌后的老板椅上，看起来很兴奋。

“好吧，那班长咋会在你这里？”

庆池在办公室进门侧的接待区沙发上舒服地坐下，说：“公司投资项目的合作，正好有生产设备融资租赁方面的业务，我跑来和廖总谈谈合作的。”

“你们技术中心还管这财务方面的事儿？”靳海给我的学习动力十分充足，让我竟然没有对“融资租赁”这样的词汇有陌生感，虽然我还没有完全弄懂这里面的具体规则，但是一点模糊的理解已经能让我在交流中不用再去细问这个词汇的含义了。

我觉得庆池应该多少有点诧异我没有询问“融资租赁”的含义，所以有点准备好了措辞又要临时换掉的微妙表情——这大概也是我内心太丰富了——他解释说：“我这是先拜拜码头，先找业内技术大咖了解一下最新的工艺技术，以便针对最新的技术设备去设计融资租赁方案。”

“说白了，买的没有卖的精，他们这帮资本家，不见兔子不撒鹰的，弄些乱七八糟的条款把人先绕晕，然后把别人卖了还让人感恩戴德地帮他们数钱，屁眼儿黑得很（形容人心肠极坏）。”廖伟看来是在和庆池的交流中一定程度了解了融资租赁的含义，产生了一些常规的偏见，也或许是故意用这样的偏见来调侃老同学。

我和庆池都笑，因为都是老同学，我也没有什么顾忌，在廖伟的大办公室里也没有什么不自在的拘束感，在沙发上坐下来的同时顺手拿过桌上放着的矿泉水打开喝起来，五月的成都虽然还没有完全热起来，但从城西北到西南的公交车还是折腾得我够呛。

“对哦，李总来找我啥事儿嘞？”廖伟问我。

“我本来想来找你和靳海吃饭的，结果刚才在门口听说靳海不在你们这儿了。”我不知为什么，说来的理由时改变了原来的想法，大概我觉得这样比直接问靳海怎么离开了更能够有真实的信息吧。

“吃饭吃饭，今天晚上我们一起吃饭。”庆池倒是直接接上了话，“咱们自己吃不叫靳海，这哥们睡了他们公司一个女孩，私奔了。”

“啊？”我觉得我的嘴巴在当时塞进一个白炽灯泡应该能够再拔出来。

“莫在这儿乱扯（胡说八道），人家是自由恋爱，合理合法地离职走的哈。”廖伟抢白庆池，对庆池调侃靳海的言语不太满意。

“开玩笑的，开玩笑的。”庆池一向喜欢开玩笑，他打着哈哈，并不觉得开这个玩笑有什么问题，表情依旧我行我素。

“靳海这娃儿也是悄悄咪咪地，4月一结束就走了，公司还是在他主持的月度经营汇报会上宣布他离职的，之前啥子信息都没得，我们都在那里哈起（傻掉）。”廖伟回顾起这事儿的时候，气不打一处来，“还兄弟伙（哥们儿），这么大的事情都不让我们晓得，瞒得严严实实，最搞扯（扯淡）的是公司宣布他离职之前，夜里还跑来找我借了一小盒避孕套，狗日的也不晓得他好久能还。”

“也就是说，他在被宣布离职前还拥着美女为爱欢呼了一晚。”庆池像个捧哏，随时在为廖伟的话增加戏码。

“就是说嘛，你们说气人不气人。我是真舍不得他走，这娃儿才走了两周，新接手运营部的龟儿子就是个捣糨糊的，硬是要表演新官上任三把火，一周之内就把他们部门的人换了一半，也不管能不能正常运行之前的规矩，全乱㞞了。我们这边安排到车间的实验一下去一个杳无音信，跑到哪个环节都说不晓得，拉稀摆带（拖泥带水，不干脆，不耿直）地就在那儿装哈儿（装傻），把老子气得天天在生产日报会上冒火，结果卵用没㞞得……”廖伟说得气头上，一推办公桌，把坐在移动办公椅上的自己从桌子里往后挪出来，大叫，“走！吃饭！喝酒！”

我们坐上庆池的宝马车，到庆池选的烤鱼店吃饭，庆池说他要好好犒劳未来的甲方爸爸，这顿他买单，我们也就都没推辞，在出发前，庆池还电话还叫上了庆池公司附近的汤飞。

庆池大概和靳海一样有各种美食的储备，这应该和他应酬颇多的职业性质有关，在距离烤鱼店还有七八米时，他就大声呼唤烤鱼店的老板：“赵哥，我们坐哪里？”我有点惊奇地发现庆池那北方口音的四川话已经开始渐渐融入四川本地口音，不再那么字正腔圆地去发音，反而就具备了本地味道。

那烤鱼店老板赵哥把我们引到路边树荫下的方桌边，汤飞已经在等我们，桌上张罗了毛豆、花生、凉拌木耳，以及在正中间的烤鱼，那烤鱼埋没在红艳艳的干辣椒里，烤得干焦的鱼尾巴露出烤盘外边，随着底下咕嘟嘟的炭火上下打摆子，那浅浅的红色汤底里有块魔芋露出半截，我心想着这块魔芋我一会儿一定不吃，多半不入味儿。

赵哥接着搬来一箱子啤酒，对庆池说：“一半冻的一半常温的哈。”

庆池点头，动手开起啤酒来，人手两瓶，在每人面前都放了一瓶冰的一瓶不冰的，我以前在学校不太喝酒，一直纳闷为什么喝啤酒的时候总是一瓶冰的一瓶不冰的搭配，直到自己因为应酬开始饮酒后才知道，这样的方式更容易自己调节口感，我还甚至能喝出一些小麦的清香来。

庆池开完廖伟面前的最后两瓶啤酒后，突然纳闷地嘟囔了一句：“不对哦，靳海这家伙不是肾不行吗？找你要一盒子避孕套，他这是打肿脸充胖子吧？”

我忍不住笑出声，关于靳海肾不好的新闻，我们学院里尽人皆知也是因为庆池。我们专业对口的一个单位是知名的钱多事少，大三下期，这个企业提前来我们学校招聘时，靳海因其在体检报告上的肾功能有一项指标——血尿酸——超过了正常指标上限的50%而没能去成，母亲和姥爷是医生的庆池贼头贼脑地看了他的报告后一本正经地说：“靳海你这是肾不好了。”大约也就是当天，全班乃至全院都知道了——靳海才二十一岁，他的肾已经不好了。

靳海那天回到寝室听到这消息后一点都不意外，只是冲我们摊开手说：“这种事情我无法辩驳嘛，难不成我还在早晨顶着充盈的下体到每个宿舍去告诉大家我的肾不好只是某个方面不好，而不是所有方面都不好。”

“再说了，我和一帮子大老爷们证明这样的问题有个啥意义？毕竟我们都在乎的那部分肾功能又不发泄在相互身上。”

于是靳海大大方方地接受了肾不好的标签，然后戒了烟戒了酒，戒了高蛋白高嘌呤的食物。所谓高蛋白高嘌呤的食物，主要是蛋类、鱼虾类、大豆类、坚果类、内脏类、酒水类，更具体就是鸡蛋鸭蛋鹌鹑蛋、黑鱼鲈鱼耗儿鱼、河虾龙虾皮皮虾、毛豆黑豆大胡豆、啤酒黄酒奶咖啡、肥肠心肝猪脑花、花生核桃巴旦木……说得更白了就是只要看到好吃的靳海就不能吃，这在这个以美食著称的城市里只能说是造孽。

至少大四那年他的这些戒律保持得极好，后来多半因为工作应酬的关系，他除了烟之外其他全都重新捡起来，就算是这样，我也佩服他的自控力。

这么有自控力的人，睡了公司的女孩，私奔了？对刚才庆池没头没脑的话我一直挂了个问号在心里，当庆池此时又一次提到靳海时，我赶忙问：“你们说他咋了？怎么就走了呢？”

“要我说，贪图美色，淫乱车间，东窗事发，公司家丑不可外扬，和他私下达成协议，离职了事儿。”庆池还是不着边际地开着玩笑，我发现这是他习惯性的操作，即便靳海在场，他也会是这般说辞。

“放你个锤子屁，脑子里都装的是些啥子哦，我怀疑你们投资公司都是这种剧情，所以导致你娃儿脑壳里面全是这些东西。”廖伟拍桌子。

“哈哈哈，其实我是相当佩服靳海的，他竟然能把川妹子拐带出四川，光这点他不论是什么操作我都得给他磕一个。”

“那你是要佩服他，靳海和那女娃儿公开恋爱也就几个月，一声不响也跟到走了。”廖伟说这话的时候很得意，仿佛看见庆池在给靳海磕头。

原来和靳海一起走的是个四川妹子，在大学的时候我就听多数四川人有着不愿出川的情结，毕竟自古以来蜀道难难于上青天，而巴蜀富庶安逸的生活滋养川人绰绰有余，在这种背景下又何必出川？现在随着交通的发达便利，四川盆地里的人们和外界的交流比以前要更加方便，川人不出川的概念也就慢慢淡去。但是在当时，一个女孩子要跟着一个才相恋几个月的男人走出四川，确实是一件很重大的决定。不过就我看来，靳海那聪慧、负责、低调的为人，我是个妹子他去哪儿我也愿意死心塌地跟他走。

“对了，靳海之前不是一直在准备做支教的工作吗？”我问。

“这个我知道。”庆池又知道了，不过支教的申请要通过学院，作为班干部的庆池知道些信息，应该也是很自然的，“他去支教的事儿向学院申请了两次，第一次是错过了时间，第二次是人太多了没轮上他。你们是不知道这几年申请去灾区支教的人之多，只要有灾区服务经验的在考研和考公务员方面都有倾斜，第三次他就不申请了，自己考了个心理咨询师的证，跟着老师去了好几趟灾区做心理疏导服务，再后来他也没提过支教的事儿了。”

“估计他也是觉得，为了四川贡献了三年，仁至义尽了，想走了也就走了。”汤飞若有所思，说得有些萧索，连带着我们一时间的热烈气氛也萧索起来。

13

我以为，靳海离开成都后，我们的人生就不会有什么交集了，但是没有想到，交集很快就来了。

公司的新工厂项目从我到达成都的那一周完成地基打桩到工厂建成具备动力和生产设备进入的条件仅用了三个月，工程建设的喜人速度让董事长豪情万丈，给了我一个严峻的挑战：两个月内投产，三个月内达产。

董事长的通牒是上次和廖伟他们聚餐回来的晚上到达的，于是后来我都扑在工厂里，每天天不亮就进入工厂进行各项工作的推进，晚上走出工厂回到宿舍已经又是漫天繁星，这种不见天日的努力在一个半月后还是换来了阶段性的好成果：第一条生产线的产品顺利下线并且通过了质量检验。这个好消息让我紧绷的神经终于得到一丝放松。当天，我为生产准备的骨干团队安排了一次庆功宴。这支生产准备的骨干团队是我到达成都后通过社会招聘、校园招聘、集团内部竞聘等方式拉拢的行业精英，职能涵盖生产运营、生产制造、工艺技术、设备厂务、生产品质等方方面面，这个骨干团队的规模也在不知不觉中增长到了四十余人，这还不算生产制造团队已经培训完毕随时准备投入满产的近五百名车间员工。

当四十余人在我的带领下浩浩荡荡走入预订好的豪华酒店大包间，众人簇拥着我让我坐在最主座的时候，我莫名其妙地想起靳海。当我想到如果是他在这样的场景下会如何自处时，那被众星捧月的飘然突然就收敛不少，内心的膨胀感也开始收缩，我告诉自己：靳海只不过在三年等待支教的过程中顺带好好工作了一番就升职加薪，然后觉得差不多了就抽身走了，仿佛这只是他人生的一场顺路体验或者是游戏。上次和廖伟等人聚餐后的一个月，我听说靳海去了青岛，独立主持一个从零开始的项目，我幻想着他大概是和那个女孩说："我们去海边待一段时间吧。"然后就一起离开了这个他待了七年的城市，开启了面朝大海春暖花开的另一段人生。这种洒脱豪情感染了我，让我坐在主座上看着整个团队形形色色的同事有了不一样的感受，虽然此刻这些无论稚嫩还是老道的脸上都洋溢着成功的喜悦，我却在这里看出了一些迷茫追逐的萧索无味来，这种被目标推着走的阶段性成功和靳海自由选择的洒脱人生形成鲜明的对撞，让我突然间失去了狂欢的兴致，但是为了自己在这个团队中的角色和形象，我依旧用我最大的能力稳定了波动的情绪，把酒言欢，和同事们在回顾、成绩和展望的言辞套路中来回拉锯。

中途，我借口不胜酒力走出包间准备到外面透口气，豪华酒店装修相当考究，当身后包间的房门关上的时候，里面的嘈杂声突然隐没，让站在空荡荡走廊里的我有种恍如隔世的回归现实感。我走到酒店电梯厅的休息区，此时已是7月的天气，晚上8点多落地窗外的成都依旧是夕阳西下的傍晚景色，按理说这会儿外面路边的树上应该有无数的蝉鸣，但在这厚实的双层玻璃里的我只能听到隐约从包间里又或是后厨传来的人声和轰鸣声。

酒店里的空调开得很足，并不热，但是不知道喝了多少杯酒的我觉得浑身发烫，脑袋沉重，第一次抓心挠肝地特别想抽一根烟，我左顾右盼地寻找酒店服务员，可是他们大概都在每个包间里面进行服务，这会儿那些包间里估计都和我那包间的情况类似，也没有新的菜上桌，走廊里也没有推着小车路过的服务员。这时在休息区和走廊的转角突然出现一个人影，我像见到救星一般下意识地说："服务员，给我拿包烟，我是777包间的。"

"哪个是服务员哦，看清楚点哈，不过要抽烟的话我正好有。"转角出现的女孩显然也是喝了酒，脸上、脖子上、裸露在浅灰色背心外的小麦色皮肤处处都透出红色的光泽，和我这样皮肤偏白的人酒后皮肤一片一片红色截然不同，我是第一次看到红得这么均匀的状态，就多看了两眼。

“那，要不要？”女孩从裤子口袋里抽出一个扁扁的白色烟盒，小巧玲珑的样子，表面有个字母X，打开盖子的时候我看到那是娇子X，是细支的女式烟，我伸手去拿烟的时候注意到这烟的烟嘴处有一个橘色的点，然后我又想到了这女孩棕里透红的皮肤，不由自主地低头让视线从她穿着凉鞋的双脚上掠过——竟然也是黑红黑红的——她不会全身都是这样的均匀色调吧？这个想法在脑海里衍生出来的画面让我有些不好意思。

我没有打火机，但是为了掩饰自己是第一次抽烟的窘迫，尤其是在一名抽烟的女孩面前掩饰自己不会抽烟的窘迫，我用手在自己衬衫前袋、裤子侧袋里装作找寻的样子，而女孩早已不耐烦地拿着打火机点燃火焰，递到我的面前。我有模有样地用右手中指和无名指夹住香烟——这其实是我在抽出香烟后的无意识动作，用了个其实很别扭的夹烟方式——左手护住打火机的火焰，并在她给我点燃香烟后手指头在空气中虚点两下以示已经点燃……随后而来的，是剧烈的咳嗽，那似辛似辣的烟雾灼烧着经过咽喉，沉入肺里，伴随着剧烈的咳嗽冲到脑袋里，轻飘的晕乎感似乎清空了我因为酒精带来的沉重的晕乎感。

“哎呀，不会抽烟就慢点抽噻，哪个得笑你嘛？你们男人简直，要面子得很。”女孩扬起头看我，一种雀跃灵动的目光从她晶亮亮的眸子里扑过来，接着她的声音也变得雀跃起来，“呀，李总？”

我没能立刻从烟雾呛到的咳嗽中平静下来，一边咳嗽一边抬眼看着之前不敢仔细看的脸——依旧是小麦色的皮肤，根根分明的眉毛排布成弯弯的柳叶，下面依旧是我不敢直视的明亮眼睛，小小的鼻子下稍厚的两瓣嘴唇咧开灿烂的笑，露出白得发亮的牙齿——我在回忆里翻找着这确实有些似曾相识的脸，但是脑子昏昏沉沉的实在没能想起来。

“才多久就不记得了？提醒你，海棠花，西府海棠！”她琼鼻微微翘起，嘴唇张开瞪着大眼睛期待我的回应。

在她的提醒下，眼前这明眸皓齿的模样和那天在廖伟公司接引我看海棠花的面庞重叠在了一起：“啊，哦，媳妇海棠。”

“嘿，对啦。”她显得很高兴。

我摇了摇脑袋，又说了一句不过脑子的话：“你换了衣服，我都认不出来了。”

“啥子哦？”女孩表情变得有些嗔怪，又或是真的有些生气，“我发现你斯斯文文的样子，怎么和女娃娃说起话来恁个轻佻哦。”说着她一边把自己手里的烟点燃一边走开，用她瘦小纤细的手叼着烟，靠在酒店休息区的沙发扶手，自顾自抽起来。

我被她说得也有些纳闷起来，的确，两次和她说话，我都说了些没过脑子但是听起来像是轻佻的言语，但那都是无心的表达，我有点无奈但是也没有在意她是否真的生气，仍旧站在原地继续品尝第一根香烟。这女式烟的味道带有点橘子的香味，按道理这是女式香烟，一般应该比男式烟更加柔和一些，但是对于我第一次被烟雾洗礼的咽喉和肺部来说，还是呛人，渐渐地，我开始品味到刮喉呛肺的痛苦结束后那一丝若有若无的飘然。

我人生的第一根烟就在这孤男寡女共处的豪华酒店休息区，在不得不掩饰尴尬沉默的细嚼慢咽过程中结束了。

14

“李总，还来一根不？”

女孩看我抽烟渐入佳境的模样多半是觉得又好气又好笑，她再问我的时候我也不客气地把这当成她刚才对我有些嗔怪的台阶，赶紧快速点头：

“再来一根。”然后走到她面前，从她重新拿出的盒子里又抽了一根细烟出来，但是让我有些纳闷的是，这根烟是倒着插的，我心里一边琢磨按理说卷烟厂的质检应该不会允许这种情况的存在，一边把烟调整回正确的方向，又一次夹在右手的中指和无名指之间，准备等待女孩再次使用打火机给我点燃。

女孩这时候看我的表情充满了狡猾和戏谑，她抿着嘴唇但是止不住那种带着调皮嘲弄的笑意：“你真是第一次抽烟啊？”

“没有啊。”我脱口而出这话就在内心开始后悔，觉得自己实在没必要在这样的事情上嘴硬，但是我很快想到了补救的言辞，“这是第二次，第一次抽烟是在那里。”我指着自己刚才抽烟站立的地方。

“嘻嘻，好吧，那就不怪你了。”女孩给我点上烟，说，“我们抽烟有个规矩，今天让你晓得一哈（让你知道一下），每包烟，很多人都会抽出一根倒过来放，叫许愿烟，是放到最后抽滴，一般不得给别个（别人）抽哦。”

“啊？那我这个，咋办？”我突然间觉得嘴唇之间的过滤嘴有些发烫。

“嘿，还能咋办？抽都抽了，我还能让你负责不成咩？”女孩的表情里藏着看笑话的意味，让我有种黄花大闺女被流氓开了玩笑的感觉，一时间不知道怎么回应。

“这许愿烟，还真要许什么愿望吗？”我找到了个岔开话题的方式。

女孩被我这个问题问得有点发愣，我猜想她应该有相当一段时间没有想过这样的问题，又或者是我勾起了一些她不好的回忆。想到后者的时候我内心有点紧张起来，心想可别被我说准了，那这对话又要尴尬起来了……

女孩手中的香烟燃掉好长一节细细的烟灰，轻飘飘地掉落下来，散落在她灰色阔腿裤上。她低下头，伸手拍掉烟灰，若有所思地说：“被你这么一说，好像也没得人真用它去许愿。”

“流星、许愿烟、生日蜡烛，咋个到处都是些骗人许愿的东西哦。”她愤愤地屈指把手里的香烟往垃圾桶方向弹去，在空中划过一道优美的红色曲线，巧之又巧地撞在垃圾桶洞口上沿，燃烧的烟头被撞飞出来，碎裂的火星在空中散落熄灭，而香烟本身则啪嗒一声掉进垃圾桶内。

“厉害！”我鼓起掌来，抖落一手的烟灰，我在女孩愣神的时间里也忘记了抽烟，烟灰带着发烫的温度落在指背，烫得我龇牙咧嘴，倒抽一口凉气。

“嘻嘻，一般一般，世界第三。”女孩情绪似乎被我未经策划的狼狈给弄得回转过来，对自己刚才无意的弹烟头水准相当满意。

“你怎么会在这里？”我的公司项目在成都西北角，而她所在的公司在西南边，成都很大，按常理来说我不太可能在这儿碰上她。

“今天我过生（过生日），和同学们在这里聚会的。”她大概是明白我的疑惑，补了一句，“我之前在这边上大学的。”

“哦哦哦，生日快乐呀。”我说得有点生硬，突然觉得自己似乎不太善于在言语上表达祝福，马上我反应过来刚才女孩话里的关于许愿抱怨的含义来，“所以，你今天许了什么愿望？”

“没什么。”女孩甩了甩齐耳短发，我留意到她头发的颜色和眉毛的颜色是一致的红棕色，看来她染发的时候顺带一起染了眉毛，这让她的面容整体上显得更加协调，但她接下来说的话却极端不协调，“我就许愿我快点离婚。”

“啊？”我惊掉了下巴，就算再不礼貌也抑制不住问她，“你，你多大啊？”

“嘿嘿，看不出来吧，我今天过二十二岁生（生日）。”

“周岁？”

“嗯，周岁。”

“你说，离婚？”

“啊，是啊。”

“……”

“看你这样子好搞笑哦，再和你说个事儿。”她眼睛闪亮亮的，一字一顿地用带着四川口音的普通话说，“我——已经——是——两个——孩子——的——妈妈了。”

如果下巴可以在吃惊的时候掉在地上，我的下巴就真的掉在地上了，从脸上看，未脱稚气而且经常带着天真笑容，从身材看，背心和阔腿裤之间是轮廓分明的腰线，我不敢相信地想到了一种可能性：“领养的？”

“哈哈哈哈哈哈。”她发出一阵肆无忌惮的笑声，灿烂得整张脸都绽放开来，她说，“哎呀你好可爱哦，不是领养的，我自己生的。”

我被她笑得有点难为情，解释道：“你这么小，我还以为是领养了因为地震变成孤儿的孩子。”这是我能在她这样的女孩就已经是两个孩子的妈妈这件事上安排的最大可能性了。

“哈哈哈哈，不是不是，不过确实我儿子是因为地震才给他上了户口的，因为我生他的时候还不到法定结婚年龄呢。”她还是笑得很灿烂，仿佛生两个孩子，以及在法定结婚年龄前生孩子对她来说都是微不足道的事情，这对于我来说很难理解。

“……”

“哈哈哈哈，我觉得你好可爱哦。”我想我的神情是困惑迷茫的，但是在她眼里不知道怎么变成了可爱，她突然掏出手机来说，“嘻嘻，李总，留个电话吧。”

“呃，好，13…………”我报完我的手机号码，就听到从走廊那边传来我同事的声音：“李总？李总？”我探出头，看到是我的同事在喊我，赶忙答应：“我在这里。”

“李总快来，大家都要和你合影呢。”

“哦，好。”我说着一边走一边和女孩说，“我先走了，拜拜。”

“哦，好，拜拜。”女孩挥挥手，依旧收不住她脸上的笑容。

回到包间，我开始被各个部门团队拉着拍照，我在镜头前尽可能保持着一种自然平和但是又不剧烈的微笑，然而不论在镜头前如何调整，我都会看到照片中我的笑容僵硬而虚伪，然后我就想到刚才那位女孩肆无忌惮毫无忧虑的笑容，她为什么可以笑得那么自如呢？这个问题只能在脑子里放着，因为部门团队合照后还有大合照，大合照后还有个人合照，大家都红着脸扯着嗓子，宣泄着这几个月加班加点的努力，表达着成功的喜悦，表达着——又或是伪装着对我的敬意……人类的社交礼仪有时真的不知道尺寸，总是需要用酒精来推进大家的情绪进程，但是要组织如此多的人进行聚会，似乎又只有酒精才能把大家的情绪烘托到某种肆无忌惮的统一里，不论是沦陷在感激里挥洒眼泪，还是深入到愤怒里宣泄力量，又或是沉沦到不舍里肆意拥抱……只要情绪统一，大家就能从聚会的松散前奏中渐渐推向高潮，然后在这高潮后才有人及时收敛，让这种众人凝聚的情绪力量能被大家带回到各自原本生活的宁静里，沉淀凝聚，供未来发酵回味。

我不由想起大学毕业的散伙饭来，那是在大地震后两个月的匆忙散伙，似乎大家都觉得不在一瞬间就进入迷醉的状态对不起那种匆忙。于是班里三十三个人，在最开始的十分钟，在火锅里的肉丸还没有漂浮起来之前就喝高三十二个，那个还站着的，是靳海。每位同学捧着酒杯来到靳海面前时都是一脸“你肾不好所以不能喝酒，以水代酒，我懂得”的表情，然后笑容满面地搂着他的肩膀，用端着啤酒的杯子和他端着白开水的杯子或轻或重地一碰，说一些四年中对他的深刻印象以及对未来祝福勉励的话语，一饮而尽。后来我去翻看那毕业散伙饭的照片，里面的靳海也是一副油光满面双眼微眯的酒后气色，好像是和大家一起醉了。

三十三个人，每个人都要和三十二个人分别待一会儿，聊一聊回忆，憧憬一番未来，然后咕嘟地干掉一杯酒，继而寻找下一名同学。即便在同窗四年中没有什么交集，也会在这个时候憋出些话来，毕竟从此之后，天南地北，有些话说一句也就少一句，有些人见一面就少一面。按照这么计算，那一天每个人最少要喝掉三十二杯啤酒，而靳海则实打实地喝了三十二杯白开水，都说水比啤酒胀肚子，因为啤酒下肚，胃肝肾所有器官都上杆子帮忙消化，而水下肚就只有慢慢代谢，估计那天靳海喝的水，也让他醉了。

在某个同学们情绪高涨的时刻，我和靳海在前往厕所的路上碰到，他扶住我，一同通过那早已变得油腻不堪的路。地面上有香油有啤酒，在我们前面走着的庆池和廖伟在跌跌撞撞中相互搀扶，我听到庆池对廖伟说："早就告诉你我在老家的时候就学过滑冰，这种地面的平衡性我一定高于你，你悠着点，扶着我慢慢来。"

廖伟大着舌头摆着手，叽里咕噜不知道说点啥，醉得已经全凭最后一股精神意志支撑着，身子的肌肉记忆还知道随着庆池的行走节奏高高低低地进了厕所，没有真的摔倒，并且身手迅捷地站到了刚好空闲的小便池前。因为坑位有限，我和靳海在门口靠着墙等着，这让我想起军训时我们俩也有那么一天完训后像这样靠在营房的门口，我问他："训练蹲姿的时候，你为什么能蹲那么久？"靳海回答我："别把自己当回事儿就好。"

然后厕所里传来哭声，先是抽泣，然后是号啕大哭，我俩探头一看，廖伟站在小便池前摇摇摆摆，一双膝盖向外打着弯撑住裤子不让滑落，撅着屁股，左手撑着墙，右手胡乱在裆部掏弄着，一边哭一边喊着："没得了，没了，没得了！"凄惨无比的声音让原本站在两侧小便池解手的人快速收了小鸡鸡跑出厕所。而庆池则没脸没皮地在边上幸灾乐祸地大笑。

我和靳海踮着脚走进厕所，问廖伟："啥子没得了？"

廖伟仰着脖子转头看我们，满脸的眼泪鼻涕，右手在裆部前十余厘米的地方的虚空中试图抓住些什么，他想抓住的那东西现在正因为酒精的麻醉和撅屁股弯腰的动作而羞羞怯怯地缩在他的两腿中间。靳海伸手把廖伟虚抓的手往腹部靠了靠，耐心和他解释这东西还在，没有消失，只是每个人在不同的状态下它有大有小，即便在寝室被辅导员抓到看毛片的时候它硕大如婴儿小臂，即便在寝室围着蚊帐的床铺里用尺子量的时候它有十六厘米，也不会妨碍它在某些时候缩小到和大腿齐平，它在用行动告诉你：“大丈夫能屈能伸，别把自己太当回事儿。”然后我和靳海一左一右在廖伟渐渐消停下去的哭声中解开裤子释放压力，我努力对准在便池里放着的芳香球，它们随着放进去的时间顺序从小到大排列成一圈，小一点的两颗在我的冲击下来回撞击着，或许再来个几十泡尿就可以把它俩冲得了无影踪，然后就会有保洁大姐丢进去两个新的，填补空白。

我和靳海拉上裤子的时候，庆池还在那儿乐得前仰后合，因为廖伟还撑着墙尿不出来，他嘴巴里念叨着：“人类一小步，文明一大步，我原来连一小步都不用的，哎呀憋死老子了！”他踮着脚让小鸡鸡靠近便池，弯着膝盖不让裤子滑落，紧绷的肌肉让那精致规模的小鸡鸡更加缩紧，根本没让他那胀得满满的膀胱得到一丝一点的释放。他又气又急，继续又哭又叫，我和靳海忍着笑一左一右扶着廖伟，等待他身体放松，直到彻底释放。走出厕所的时候，靳海说：“这还是我第一次给人把尿。”

我和靳海在上回聚餐的时候重新提起过这把尿的事儿，廖伟和庆池竟然毫无印象，但我从他们的表情看得出来，他们一定是在说谎。

这些似梦似幻的回忆翻滚中，我突然变得十分清醒，充盈的尿意让我猛地坐起来，发现自己已经在公司安排的单身宿舍里，我跌跌撞撞跑到厕所，坐在马桶上释放那排山倒海的尿意，那哗哗哗的排尿声让我又想起廖伟，继而想起今晚的女孩来。

“她竟然是两个孩子的妈？”

“离谱……”

我提起裤子站起来按下马桶冲水键的时候一直在自言自语，回到床边我找到手机查看时间，屏幕上提醒有一条陌生号码短信，打开一看：

“李总好呀，我是凡昭。”

哦，原来她叫凡昭。

15

凡昭看来是个很健谈的人。

那个时候微信还没有普及，大家常用的聊天工具还是QQ，我和凡昭发了几个短信后就交换了QQ，少了短信字数（当时每条短信的字数长度限制在140字符）和价格（一般一毛钱一条）的限制后，她开始较为频繁地给我发信息，并不管我会不会回复。自从庆功宴那天我们正式投产后，我花费一定的时间带领骨干团队将第一条产线的投产资料整理成不同部门的操作规程、标准，后续从第二条产线扩到多条产线最终达成达产任务就已经是重复性的工作了。我带领的这支团队只会越来越熟练，而我则会越来越轻松，于是后来凡昭偶尔闪动的QQ头像，我也开始偶尔回复。

然后我知道了凡昭不仅是两个孩子的妈，她还曾是靳海的下属，虽然只有短短的半个月。

那半个月里，凡昭的岗位是物料计划员，配合物料计划主管进行五个车间的主物料管理。据我所知——拜靳海关于自主学习的影响，我学会了信息的调研——靳海他们所处的行业，生产主物料单价极高，最贵的时期甚至堪比白银，虽然后来因产能以及技术进步的影响其价格不断波浪式下降，但在当年单价仍旧有白银的十分之一，且因为供需的关系其价格波动极为剧烈，所以靳海作为负责人时期对于该项物料的管理极为严苛，要求其仓储周转量控制在严格的一天之内，这就让物料计划主管对该物料的仓储、物流情况的掌控要更为实时深入，不容一丝懈怠。凡昭一进公司就到了靳海的手底下，真不知是福还是祸。

“你是不晓得，靳部长之精，那个脑子清楚得很！一个个数字就像是他亲生的一样，小数点后面两位有问题都看得出来。

“你是不晓得，靳部长之严，我们辅料计划主管汇报有个辅料可能要短缺，他直接让他自己连夜开车去取物料，否则就不用来了。

“你是不晓得，靳部长之凶，他之前管车间的嘛，现在他去那个车间，眼睛盯到哪里，哪里的员工就紧张得很。”

凡昭口中的靳海，是个精明且邪恶的管理者，我觉得这很符合在生活中不讲究，在学习中自我加码，在工作中对自己所管辖范围严苛的靳海——他就是个先对自己狠，再对别人狠的角色。不过我发现，凡昭虽然觉得靳海凶神恶煞，但是评价倒是不差。

“我和你说哦，靳部长要求别个做的事情，他自己绝对不得偷奸耍滑滴，那他自己都做到位，我们也只有做到位嘛，这叫以身作则。不像廖部长，天天个跑来上班先打个卡，然后就不晓得哪里去咯，我估计他在办公室里眯了一觉（睡一觉），11点过才得起来工作，然后他的要求还丁点儿都不少，傍晚经常弄得我们和他一起加班，哼，弄得老子恩是（真是）想给他一坨子（一拳头）。”

凡昭口中的廖伟，成了靳海对照下的反面教材，是个拿着鸡毛当令箭的小人，大概是看我对于她描述靳海或者廖伟的事迹时反馈最多，凡昭渐渐开始在上班时间和我发信息。

“今天廖部长中午才给我任务，要做工艺统计表，我滴个妈哟，五十多张单子要我统计，还要计算平均值、最大值、最小值啥子滴，我挨个去加加减减的，不得弄到深更半夜啊，我要疯了……”

“你可以建个电子表格，把数据放到里面去，很容易计算的。”

“我不会啊！”

“……”我不解，如果凡昭在靳海手下工作过，而且是做物料追踪的工作，数据统计中使用到电子表格应该是最基本的技能，她竟然说不会？

“也没人教我啊。”

“那你之前的工作是怎么推进的？”

“之前？你说的是什么？”

“你在靳部长那边工作的时候，不用电子表格？”

“用的啊，但是我不用建表格，光用就行了。”

“哦……”我恍然大悟，以靳海的风格，怕不是已经把这些最基层员工使用的电子表格全部编辑好，固化成不能更改的模板了吧？这很符合靳海说的：作为管理者，要让基层员工做的就是让他们一开始就做对的事情——不思考都能做对的那种。再看看我自己给骨干团队安排的任务，已经都是参照靳海的管理风格来做的了，确实让我现在的管理轻松不少。

“这电子表格我是直接把数据一格一格填进去吗？”凡昭发来截图，她打算尝试这高效的工作方法。我想起靳海的耐心细致，正好当时我手头无事，就给她讲解起来，帮助她把原本要干到深夜的工作赶在下班前完成。

“你好厉害啊！

“这么复杂的东西你们是怎么弄明白的？

“哎呀，你这么厉害，我这么笨的脑子你都能教会。”

“我喊你老师吧。”凡昭很开心，连珠炮似的兴奋言辞，我仿佛看到她那眼睛和虎牙都亮亮的笑容，还有那雀跃灿烂的笑声。

“老师，不敢当的，这称呼太重了。”

“不得行，我就叫你老师，你就是老师。”凡昭的坚持，我没有反驳的余地，她不仅就这么开始叫我，还给我看截图，她把我的QQ名字改成了——“老师”。

16

名字和称谓是很奇妙的东西。

2011年和靳海在工作上有更为深入的交流之前，我常常会对那种“一个人的姓名影响其一生”的论断嗤之以鼻，觉得这只不过是江湖骗子为了赚取别人钱财而制造的焦虑话题。那种嗤之以鼻，是毫无根据的全盘否定，现在看来，不免有些未经调查研究的武断和草率，重新思考这个问题的时候，我能看到每个人对名字、称谓背后的理解尤为重要，这种理解不管是显性的还是隐性的，都在不知不觉影响着这个人。

靳海说自己对于自己名字的理解是“安静的海”，并对这样的定义赋予了“深不见底、包容万物、波澜不惊”的含义，这对他至今的影响是深远的。而我呢？在我所处的边陲小镇，众多孩子都有个和自身土味挨得很近的小名，并且因为当年人口交流较少，相互之间都是小名互称。在我的记忆中，就连我父母那辈人相互之间的称呼都还普遍用的小名。在这个地方背景下，我的大名直到上大学之前都只是使用在书面上的字符而已，从没有人叫过，更别提给我赋予意义了。老家人对小名的取法多种多样，有的取大名中的一个字，后面加上“娃子”就是一个小名，譬如我邻屋的冯明小名就叫明娃子；也有的取孩子出生时的季节特征，也能成为一个小名，譬如我小学同学詹菲，因为出生在桂花飘香的季节，小名就叫桂花；当然也有的取小名纯粹就是敷衍，怎么顺嘴怎么来，譬如我大名叫李泌，小名却毫无理由地叫rǎng娃子，具体哪个字，我从未从父母那儿得到具体的确证，自然也从未赋予过这小名以什么含义，于是我不论大名还是小名，自然就不如靳海那样对自己有长远的人生影响。

另外，即便有对自己名字的文字理解，也还得有对这种理解坚持的定力，靳海对自己名字赋予的理解中，可没管“靳”和“静”字在拼音中有前后鼻音的区别，也不管“敬净镜境竟竞靖……”的区别，而且我相信即便有人这样质疑，他也会笃定地坚持他自己赋予的定义。而我就不一样了，在父母那里我从来没得到关于“rǎng”的具体解释就算了，现在翻开《新华字典》，发现如此发音的文字只有三个，土壤的“壤”、熙熙攘攘的“攘”、大嚷大叫的“嚷”，不论哪个字我都不满意，更别提赋予意义后自我坚持的定力了。不过，当我写到这里时，我突然发现，如果是攘外安内的“攘”，结合中唐名相的“李泌”，它们赋予我名字的意义就变得宏大起来，但是此刻的我已经年过不惑，给自己重新立志，总有点力不从心的感觉。

和姓名同样道理的称谓，也一直给人以奇妙的影响。往后推几年到2018年，我开始陆续出版书籍之后，称呼我为老师的人也多了起来，但是我对老师的称呼始终不敢完全笑纳，直到杨安在某次邀请我进行企业内部员工培训时给我带来了一些觉察。

在培训过程中，员工称呼我为老师，我赶忙摆摆手说：“不敢不敢，可别称呼我为老师，这个身份太重了。”

当天作为我助教的杨安给了我一个反馈：“你好像很害怕‘老师’这个称呼。”

我发现自己从未深思过这个问题，我告诉他，我不仅不愿意承认自己是老师，也不愿意承认自己是作家——虽然此时我已有数本书出版——杨安立刻进入一名专业心理咨询师的视角问我：“你对‘老师’‘作家’的定义是什么？”

因为当天我的讲课还在继续，我没有当场回答他，而是在心里将这个问题挂着。我发现，我并不排斥别人叫我“李总”“李工”，也不排斥别人称呼我为策划者、创业者、职业经理人，等等，唯独“作家”“老师”让我有一种下意识的躲闪。

晚上吃饭时，我告诉杨安这个发现，他神色狡猾地说：“你并没有回答我白天问你的问题。”

“对于这两个角色的定义，是区别于别的角色的，在我看来，他们是将自己的所学所感呈现给世人，希望给这个世界带来一些美好或者积极改变的角色。从学识能力层面来说都应在某个领域无可挑剔，并且因他们要给世界带来美好或者积极改变，他们自然而然就应该是一种榜样，能够在社会的放大镜下生存，那他们在精神层面和行为层面都应该有着过人的品德。”我一边思考一边说着一段拗口烦琐的解释。

“我可以理解为，你觉得类似‘创业者’‘职业经理人’这样的称呼，不需要过人的品德吗？”杨安作为心理咨询师长期咨询经验累积下来的，就是擅长挖坑的技能，当然和我交流中有所区别的是，我们之间的交情会让他明着给我挖坑，而他如果在和来访者交流的时候，实际的情形往往是来访者不知不觉就在坑里了，而且往往还表现得坑里的景色十分美好的样子。我不会对跳进坑里这个事情有所顾虑，当然也不会在坑里了还为挖坑的人喝彩，但是我会在坑里好好看看这个坑的模样。

“其实也是需要品德的，只不过不需要过人的品德。”我有些恍然。

“你把这两个角色的品德定义拔高到了一个自己不可企及的高度。”杨安说着，把手高高地举过头顶，装作要站起来够着更高的地方。

“的确。”我点头，师者传道授业解惑，作家著书立说传世，在我的期待中，这两种角色的道德水平也理应需要到达一个极端纯粹的程度，“我好像觉得这样的人是表里如一的道德楷模，是终生不会犯错没有瑕疵的那种。”

“那我要纠正一下刚才我的措辞，你是把这两个角色的品德定义拔高到了人类不可企及的高度，你说的那种崇高纯粹，是一种没有人味的神性。”杨安收回空中的手，仰头靠在餐厅沙发上看天花板，突然又低下头看我，说，“给一个角色身份附加上无法企及的属性，对你有啥好处？”

“让自己别成为那个身份呗。”接着我一拍大腿，恍然大悟，“我害怕的正是这种神性泯灭掉了我的人性。”同时，我内心有另外一个声音——“我也害怕回顾作为凡昭的‘老师’的回忆。”

17

从凡昭叫我为老师的时候开始，我就在她面前扮演一种无所不知的全能角色，这种扮演在事后看非常可笑，但是当时成为“老师”角色的我却觉得十分受用。

每当凡昭问我一个问题——这个问题大部分是工作上的——譬如工艺实验制度怎么编写，加权平均值和平均值有什么区别、该怎么用，破坏性工艺实验怎么设计……也有部分是非工作方面的，譬如“靡不有初鲜克有终”是什么意思、《基督山伯爵》讲的是什么、成都市和北京市有没有时差……我都会把从靳海那儿看到的自主学习能力发挥出来，用一种孜孜不倦的状态去网上、图书馆等渠道去找寻相关的信息和资料，然后对凡昭提出的问题用一种专业的、全面的言语组织进行回复。我想，大概那个时候，我自己对于“老师”角色的定义就已经在潜意识中显现威力了，我只有让自己真的成为自己定义的那种“老师”，才能够让自己满意，而凡昭在每次收到我回复后的反馈，诸如“老师，你真是太厉害了！”“我滴天，老师你连这些都晓得？！”“老师，还有啥子是你不会滴哦？”则是对我最好的正向肯定。那段时期我们的聊天记录，是从凡昭提问我回答开始，经过她夸赞我谦虚后，以她表示谢谢而我表示不客气结束，模式固定，如果只看问答过程，在那个时期我接近于一台属于她的人工智能。

那个时期的我极端享受学习的过程，那种因为一个问题进而进行探索、解谜的过程不断让我产生一种成长感和充实感并存的享受。不仅面对凡昭，我开始在工作中也全方位地启动这种模式，面对下属的任何问题，我都相信它可以有解决的途径，即便已经有解决途径的，我也坚信其能够有再被优化的方向。在这种内驱力下，我把自己变成了一个“不疯魔不成活”的工作狂人。这个工作狂人很快在工作上有了更上一层楼的成果。

集团公司成都项目的总体生产规模、工程建设所用时长、试生产投产所用时长、达产所用时长均创下行业纪录，并且在我的极端坚持下，投产后第一个月，车间就开始进行数个自动化信息化改造的立项，在半年内实现相同产量下人工成本降低20%的成绩，这更是引得集团、行业、地方政府的注意，来我们项目参观学习的客人络绎不绝。那之后我也开始在各种应酬间穿梭，并且好学的我惊喜地发现，在社交领域也有不少新东西能学。

我在成长为娴熟的烟民的过程中学会了把烟当成社交工具。从第一次接过凡昭给的香烟后，我渐渐开始抽烟，我已经能够渐渐享受起那在外人看起来飘飘袅袅的烟雾冲刷肺腔的感觉，最初那些割裂喉咙的刺激渐渐变成了一种难以言喻的清爽，这种清爽感觉混杂着因为尼古丁刺激起来的神经和外人看着自己吞云吐雾而产生的与众不同的特殊感，让我觉得享受。我已经能够熟练地撕开一包软包中华烟的包装及封口锡纸，用食指在烟盒顶部中间部分敲击两三下，撕开封口处的香烟就会自觉地冒出来两三根，这两三根烟会一次性跟随着我的手指头分散到和我闲谈的人们手中。我还学会了适时地权衡该自己主动给人点烟还是在发完烟之后自然而然地接受人家点燃的打火机递送到自己面前，这一套因为香烟带来的交际能力我很快纯熟自如，外人绝对看不出来我是个吸烟界的新手。在公司里，我发现烟就是一种催化剂，改变了同事之间的工作氛围，和上级之间，一根烟能让严肃的逐项汇报变成吞云吐雾的对谈沟通；和下级之间，一根烟能让被严格训斥后的下属感受到被照顾和理解。我发现烟像是一种计时器，领导给自己发一根烟，就仿佛开启了一根烟的汇报时间，如果一根烟的时间不够，我还学会了自己给领导发一根烟；续上一根烟的沟通时间。同样的，我对待来给自己汇报的下属也学会了用烟来控制时间，如果我想要下属快速汇报，就不会发烟；如果觉得有必要和下属深入探讨，那烟就成了把下属拉进探讨氛围里的导火索……

我学会了安排社交活动。不知不觉中，我熟悉了成都不同风格不同档次的饭店、酒店及娱乐场所。我学会留意各种来客的个人特质，对应需要接待的对象，我能快速决断应该去哪个场所用餐，餐后安排什么样的娱乐项目，并且这些场所我都有联系方式，预订起来十分方便。我学会了包括四川麻将、长沙麻将、德州扑克、炸金花、掼蛋等在内的各种牌桌游戏……

我学会了喝酒。这里学会的喝酒，不仅说的是酒量，更是在酒局中的生存方式。我确信酒量是可以练习的，一瓶啤酒到五瓶，一两白酒到半斤，我经历了五六次大醉，但是在酒局中的生存方式则不容易练习。我们常常称“饭局”“酒局”，很巧妙地都用了“局”字，一旦入局，饭桌酒桌就是棋盘，而就座的男男女女就是棋子了。作为棋子，我很快觉悟到，原来在饭桌上围绕喝酒这个动作而产生的你来我往的辞令交锋，本质上仍旧是权力关系下的执行力测试。我们都希望在局中获得更高的权力，彰显权力的方式就是让别人喝下更多的酒，这除了需要自己有更高的酒量，还得有让别人多喝酒的能力。于是酒局上各个棋子计谋频出，推杯换盏中暗流涌动。有人勇猛，主动出击，杯到酒干，不顾自己酒量高低，不看桌面来往风向，一直战斗到趴窝下桌；有人示弱，酒精过敏，酒量欠佳，讨价还价，力求躲在炮火覆盖面最小的区域，苟活到终场；有人装傻，天真烂漫，故作不懂话外之音，力争惹得更多人入局帮衬，自己的一杯酒总要换得多人共饮才算值当；有人耍滑，嘴里手里皆不干净，杯酒入口，或从手里的纸巾毛巾溜走，或落入面前饭碗骨碟里高耸的食物垃圾中，或流入茶杯饮料瓶中，超过二成入口都算自己学艺不精；有人威逼，是不是朋友，是不是男人，全看喝得利不利索爽不爽快；有人利诱，合作能否顺利，升职加薪能否实现，此时此刻不看能力水平，只看仰脖子的角度和吞咽的速度……我算哪一种呢？以上，我全都学会了，我对勇猛的人装傻，对装傻的人示弱，对示弱的人利诱，对要滑的人威逼，对威逼的人示弱，对利诱的人勇猛，唯独不要滑。

我渐渐成为公司里大小聚会不可或缺的角色，有我在的场合，每个来客都感觉自己被关注和被照顾到；有我在的场合，我平时关注的娱乐时事、流行资讯，都会成为气氛持续保持热烈的关键。这些众星捧月的被关注感和左右逢源的掌控感常常给我带来一种膨胀的分享欲，这种分享欲含有虚荣的部分，也含有在公事为主要目的的社交之外想要卸下面具，让真实的自我出来喘口气的需要。我十分理智地明白这种分享欲无法在同事面前或者同学面前释放，它会被人理所当然地理解成为年纪轻轻突然的浮躁，或者是鲜衣怒马的炫耀……于是当我从社交场所中回到自己宿舍内坐在电脑前，面对凡昭隔三岔五对她老师提出的一些问题进行回复时，开始一点点地打开我分享欲释放的闸门。我用隐姓埋名或者化名的方式和她讲述那些酒局中令我不舒服的虚伪和肮脏，我和她讲述那些为了排场打肿脸充胖子咬牙开酒的供应商，半夜把我从被窝里叫出去买单的大客户品质总监……也是从这个时候我开始发现，我的文字和言语表达都在不断成长，而落在键盘上表达在文字里的自由度似乎更加广阔，那些在我重新排布后的文字变得更有表现力。

凡昭是个很好的学生，她总用仰视崇拜的视角看我，她总说：“老师，你说得我都想去见识见识这种场面了。

“也就是我的老师在那种虚伪场面能忍住不走，因为老师是上千员工的领导嘛，老师不是去花天酒地的，是去应酬的。

“天哪，这些人活得好虚伪，幸好我的老师你不是那样的人。”

因为凡昭很好地承接了我的分享欲，让我在社交场所收获关注感和掌控感的同时积压下的负能量得以释放，又收获了被崇拜感，我在这种正向的循环中度过了我觉得人生中最快的两年。时间很快来到2013年的1月底，在上一年的年终考评中我获得了预料之中的诸多荣誉，也收获了集团总公司将我调回深圳任职事业部副总裁的任命，我成了集团内最年轻的事业部副总裁。

18

集团公司一如既往地雷厉风行，我接到任命后仅仅给了我一周的时间进行马不停蹄的交接，让我不得不在工作交接中度过那年的春节。

越来越高的职位在给我越多收入的同时，也有更多的支持，以便让我可以把时间都花费在工作上，为公司创造更大的价值。在我进行交接的过程中，已经有集团行政专员帮我在深圳总部附近安排好住所，还有人到成都宿舍中协助我打包好三十多个大箱子，通过成都公司和深圳总公司之间常用的物流服务商进行运送，没能回老家过年的我，即将收获一次拎包入住式的返回深圳之旅。

离开成都的那天是大年初五，我在宿舍床上睁开眼时时钟已经指向7点，但是天还没有完全亮起来。我起床洗漱，把最后一点零零碎碎收拾进行李箱里，背上随身背包走出宿舍，天气一如既往地雾气浓密湿冷入骨，我略微胖起来的身材并没有给我提供更多御寒的能力，公司商务车司机已经打着暖气驻车等待我的出发。春节里的成都早晨看起来和平时没有什么两样，外出打工的人们贡献着春节的人口流动人次数，纷纷从祖国的东部回归到西部，这不同于深圳或者祖国东部的大城市，一到春节时期街上冷清异常，一些小区到了春节，甚至连个超市都关门歇业，让还逗留在异乡过节的人们倍感凄凉——我曾经就在深圳度过一次这样的春节，除夕夜我和室友走出五公里距离只买到泡面、鸡腿和火腿肠。

我坐在渐渐暖和起来的商务车里，脱掉臃肿的棉衣，放低座椅让自己能够半瘫着仰望窗外。天渐渐亮起来，不知道从什么时候开始，成都早晨的雾气在太阳出来后再也挥散不开，依旧浓浓密密地盖在城市上空，只能从天空明暗的变化判断太阳在哪个方位，今天也如此。在前往机场的路上，我突然想起了廖伟、庆池他们，这次离开成都交接匆忙，我并没有能够抽出时间和他们约一次散伙饭，但是想来春节时分，他们多半也是各自返回老家，在成都待着的可能性极低，但是凡昭是成都人，应该是在成都的。

拨通了凡昭的电话，我没有听到听筒里的响铃声就先听到了凡昭的声音："喂？老师哇？喂？听得到不？"

我诧异她接电话太快的情况下稍稍愣神，赶忙答应："听得到，听得到的。"

"吔，今天的日子给我打电话，老师你想咋子？"凡昭的声音带着调笑。

我不明所以："今天？什么日子？"说话间，我已经明白了凡昭说的"今天的日子"是什么含义，因为我看到商务车仪表盘上的日期显示：2013年2月14日，情人节。

"今天情人节哦，老师你竟然给我打电话，哈哈哈哈。"凡昭的笑声还是那么肆无忌惮，我意识到那次从她手里接过烟后，我们一直在QQ上文字交流，没有见面，也没有通过电话，今天这很偶然的电话，引起她的调笑似乎也正常。

"别想歪咯，我是在去机场的路上，想到你们公司在机场附近，就打个电话。"

"咋个了？"

"我被总部调回深圳了，一直忙，也没来得及和你们说。"

"啥子？！几点的飞机？哪个航站楼？"

"十二点半，T1航站楼。"

"等到我。"

……

凡昭赶到机场的时候，我已经不得不进入安检通道，我们被盘旋交错的伸缩警戒带远远隔开，看到我背着随身包即将走过安检门，她挥手大叫：“老师，慢走哦，二天（改天）我去深圳找你耍（玩）哦。”我冲她用力挥手点头，看到凡昭抹去滑落在脸上的泪水，重新露出灿烂的笑容，冲我用力挥手，目送我远行。

飞机冲破厚厚的盆地云层再见阳光的时候，我仿佛还能看见在机场站着的凡昭——想象中，她在听到我要离去的消息后从温暖的被窝里跳出来，松松散散地将长发扎在颈后，随意披上挂在家门口的白色长款羽绒服，一脚一脚地蹬进雪地靴，狂奔而来——我不知道她的泪水是因为什么，但和交接过程中及公司聚餐中同事之间的客套比起来，这些泪水所流露的感情更加真实，也更加让人感动。我突然发现比起在工作中收获成果，在学习中收获成长来说，在情感中能收获什么却是我从不曾思考的。我好像是个对亲情、友情、爱情都比较淡漠的人，这或许和小儿麻痹带来的瘸腿有关，我的内心应该是自卑的，我用一种保持距离的淡漠来降低对情感需求的欲望，以免自己陷入情感期待而带来的失望。我想起靳海，他带着心仪的女孩离开成都，奔赴他的下一个人生阶段，是否也像我现在这样产生过感情上的思考？他又是为何在事业发展顺利的彼时突然改变人生航迹？而那跟着他离开成都的女孩，又是如何下定决心随着靳海前往从未到达过的远方呢？他们当下又过得如何呢？

零散的疑问像飘过飞机舷窗的云朵一片片向后消逝，我无从得到答案。靳海离开后，我没有和靳海有太多的联系，微信在2012年推出朋友圈功能后，也没有在朋友圈看到靳海发布关于他的状态，他似乎就那么沉默下来了。不过在我的印象中，靳海一直是个深情的人，在大学时，我隔三岔五地都能听到他和父母通电话的声音，那是我听不懂的江西方言，快速生硬，像日语也像吵架，但是我知道那是靳海和父母保持沟通联系的方式，对待亲情的尊敬用心。他好像常常记得朋友的生日，即便是别人不经意的提及，他也能记录在心，虽然他总说他只是对数字有奇特的敏感，但是在寝室室友生日时买一块蛋糕或者是一个苹果，在朋友生日时电话短信一句生日快乐就不是对数字敏感能够解释的了。杨安和周钊常向他借钱，一会儿三百一会儿五百，还钱的时候一会儿一百一会儿五十，他也从不计较，像是个不定还款日的信用卡，甚至在庆池需要业绩的时候轻飘飘地拿出数十万，对待友情可谓疏财仗义。他和杨安因为各种联谊活动，在学校时总有无数美女相伴，不论聚餐、逛街、唱歌、自习，我都见过不同的女孩，但是从未见他夜不归宿，也没见他和具体哪位女孩有恋情公布，几乎每天他都和异地恋的女友在QQ上视频通话，在长假里硬座近50小时和女友见面，对待爱情认真克制……

“我是那女孩，我也跟靳海走呀。”想到这里，我差点把这句在心里默念的话说出口。我下意识地缩缩脖子，拉上遮光板，挡住舷窗外渐渐开始刺眼的阳光，闭上眼睛。

我不是个对感情有自信的人，但是我却在靳海身上找到一种“君子之交淡如水”的自信。我相信我如果和靳海再相逢，他依然会像老友重逢那样对待我，带我享用他觉得最地道的当地美食，和我回顾共同经历的时光，和我面对当下平凡的生活。不论我是一名上市集团的副总裁，还是一名市井底层的闲汉，他都待我如初。

我确信，他一定在那海边的城市，过着他想要的生活，不论是柴米油盐酱醋茶，还是琴棋书画诗酒花，他的每一天，都是全新的一天。

19

属于我的新篇章，也打开了。

回到离开两年的集团总部，我有种归家的熟悉感，熟悉的晴空，熟悉的海风，熟悉的园区，熟悉的居住小区，熟悉的领导，熟悉的部分同事……我从成都那在阴霾下、车间里不见天日的生活中脱离出来，像飞机冲破云层迎向太阳那样，回到了阳光里。我站在处于高层中的独立办公室中，从窗子里向外眺望，我能看到大概三公里外的深圳湾，碧海椰树，晴空白云，在这三公里范围内的陆地上，大楼高架，公园绿岛，着眼之处皆是绿、蓝、白这样明媚活力的色调，让我心旷神怡。

不过，就算是两年未回的家，也多半都有变化，集团公司在两年前决心拓展新业务领域的战略被证明是正确的。两年来，集团公司的业务规模每年翻一番，扩张极快，公司总部在原来的基础上扩建了新的更高的大楼，现在我就在新的大楼里拥有了独立办公室，而填充进这个大楼里的各种各样新冒出来的板块、部门，则是五花八门，甚至让我不明所以。

回到集团的一个多月来，我在各种会中度过，白天是各种会议，晚上是各种聚会，这些会议好像从来无法确定下一项具体的决议，而那些聚会好像也从来无法发酵任何一种情绪。我发现自己原以为回到集团后能开启崭新篇章的想法开始磨灭，因为我无法推动任何一项工作，哪怕一点小的改变都会面临系统性的阻碍。这些阻碍来自公司原有制度流程的普适性，已经适应整个事业部乃至整个集团的某项流程，哪怕做出一点点的改变都会让相关的部门增加额外工作，带来直接的或者消极的抵抗，让事情变得更加复杂。我坚持进行过几项具体改善的推进，在原有流程制度无法变更的情况下，另行制定了独立的制度及流程，当这些流程制度实施起来并被验证为有效后，表面上对抗的声音变得弱了，但是在桌子底下对抗的声音就变得更强了，一些莫名其妙出现的干扰不得不让我注意到，我曾经在成都项目上的管理方式已经在集团总部出现了水土不服的症状。

我非常怀念在成都项目上，带领团队解决具体问题时的游刃有余。我能带领团队就事论事地对一项工艺改善或者一项生产流程改善进行具体的分析验证，以数据和事实支持改善方向的确立，最终收获的是更高的生产效率和良率，以及团队的荣誉和奖金。那是一种封疆大吏在一方天地具备生杀予夺权力的绝对掌控感，在集团总部，则完全行不通。我不能在会议上拍案而起坚持某项改善，那会被看成是小孩子为了寻求父母购买某个玩具零食而躺在地上耍赖的行为；而我想要全面收集数据和事实进行改善正确性的论证时，改善相关路途上的牛鬼蛇神都会开始权衡我所作所为对其产生的影响，会不会增加自己的工作量？会不会减少自己的权力？会不会影响自己的收益？会不会让别人的收益更多？……然后再来权衡是否配合，以及是真的配合还是假的配合……我切实感受到了什么叫作内耗。

外部的消耗也开始让我自己产生内耗，我抽的烟开始变得越来越多，几乎是一根接着一根。夜晚离开办公室时，烟灰缸常常是塞满了烟头，底部那早上由秘书清理干净后铺上的一层洁白纸巾早就被染成黑黄相间的恶心模样，唯一可取的是我不知何时开始在熄灭烟时把烟头整齐地从正中间开始排布在烟灰缸里。一天下来，烟灰缸中就会出现一个或大或小的由烟头排列成的方形阵列，像是防空导弹的发射井。这座发射井的形状规格每天都有变化，但是总体是越来越大的，到后来，我自己已经开始担心如此巨大的发射井势必影响到我的健康，欲盖弥彰地将发射井里面的构成单元变成了细口径的女式烟，以此让自己觉得减少了抽烟的总体数量。

转眼三个月过去，5月的深圳早就开启“桑拿天”的模式，临近30℃的气温加上偶尔快闪而过的阵雨，总能让我联想到粤菜师傅在烧得滚烫的不粘锅内滴上几滴清水，迅速蒸腾的水汽环绕在锅里，将原本半生不熟的菜心快速炮制成熟，起锅上桌一气呵成的情形。

我在这天午后偏头痛犯了，这折磨我的偏头痛在多年后找到了专业词汇——先兆偏头痛——它总会以眼睛视野范围中间出现一块无法看见的区域开始，渐渐发展成为难以忍受的偏头痛。那天我翻遍办公室没有找到常备的止痛药时，不得不从公司返回住处去取，仅仅步行十分钟的路程让我热得汗流浃背，吃下止痛药时已经开始发作的偏头痛和轻微的中暑让我只有力气开足空调后就瘫倒在宿舍沙发上，一直睡到深夜。

等我睁开眼睛，透过客厅的落地窗，夜空之上的白云清晰可见，月亮不知道在哪里发挥它反射光线的威力。我看到那成片白云围绕成的空洞，空洞里面在白天是湛蓝的颜色，现在则是墨蓝墨蓝的样子，幽然静谧。在温度达到在空调运行温度以下的时候，空调停下来，处于小区中间小高层的住所里安静得只能听到我的鼻息声，那疼痛到无法思考的头脑已经恢复知觉，只觉得口干舌燥。我起来喝了些水，打开手机屏幕的时候发现已经凌晨一点。我躺回沙发上漫无目的地在手机里胡乱翻看，最终又打开微信，在朋友圈翻找两圈后，回到最初页面，点开了和凡昭的聊天界面。

这个时间，我没有打扰别人的兴趣，只是下意识地翻看起和她最近的聊天记录来，然后我突然意识到，职业的困境和倦怠是会滋长的，甚至当你关注到它们存在时，那些毛毛躁躁的杂草已经长得老高——从我和凡昭聊天记录中不断增加的相互抱怨中，不难看到这样的情形。隔三岔五，我都在和她抱怨我对成都工作生活的怀念，对在集团总部工作生活的憋闷，而她会尝试鼓励我，也会更多地开始和我抱怨她工作生活中因为孩子或者老公带来的层层烦恼。对于这些烦恼，我没有经历过也无法共情，只能用在我看来毫无营养的安慰了事，但是凡昭看起来却颇为受用，常说我总能在最困难的时候支持她。

突然，手机振动，和凡昭的聊天窗口出现一条新的信息："老师？你没睡？"

我吃惊地回复："你怎么知道？"

"点开聊天窗口看到上面有个'对方正在输入'，我还一直等你发信息，结果啥都没有等到。"

微信不知何时起有了这么个功能，我不知道其触发的机制是什么，或许我在看聊天记录的过程中的某些操作，在凡昭那边看来会有如此的提示吧？我老实说："偏头痛刚睡醒，正拿着手机翻看的。"

“嘻嘻，老师你是想我了吧？”

“算是吧。”

“哈哈，我来深圳找你耍吧？”

“你能请假？”

“不知道啊，公司最近没得啥子事情好做，但是还得每天去上班，回到家后两个孩子天天弄得我头大。”最近凡昭的日子似乎也过得兵荒马乱的，公司因为经营不善似乎正在打算从总公司剥离出售，公司从上到下人心涣散，全都在等待公司出售的事情尘埃落定。一些人在等待公司出售后的工作雇主转变，一些人在等待公司给足赔偿后另谋高就，凡昭大概属于后者。在零散的聊天和朋友圈她偶尔晒出的家庭聚会照片中，我隐约知道她的家境不差，不仅老公的家境不差，自己娘家的家境多半也不差，但是也只是从她的消费观判断出来的片面信息。如果公司赔偿遣散，她多半想着是将时间精力更多花在两个孩子身上，她那一儿一女中的儿子较大，即将进入幼儿园大班，但是学习成绩不如人意，而在幼儿园小班的女儿则在凡昭自己对儿子歇斯底里的吼叫中，学会了十以内的加减法。凡昭曾经因此很认真地问我：“女孩和男孩的智力，到底和父母是啥子关系哟？”

我找了诸多资料，了解到智力相关的遗传基因，主要集中在X染色体上，于是很无奈地告诉她：“研究显示，男孩的智商通常遗传自母亲。这是因为与智力相关的基因主要集中在X染色体上，而母亲拥有两个X染色体，所以母亲的智力在遗传中占据了重要的位置。女孩的智商则是由父亲和母亲共同决定的。因为女孩拥有两个X染色体，其中一个来自父亲，一个来自母亲，所以父亲和母亲的智力都会对女孩的智商产生影响。”

为了让凡昭不至于太伤心自责，我又补了一句：“后天的环境和教育也同样重要，遗传只是智力的一个因素而已，并非全部因素。”

凡昭看到这样的回答则很开心释然：“哈哈哈哈，那就对咯，就我这糨糊脑壳也不可能生出个聪明男孩来，那还幸好有个女儿，否则两个儿子都是猪脑壳的话我就太恼火了。”

“老师，我如果来深圳你能陪我耍不？”凡昭在微信那头问我。

“可以的呀，你想去哪里，我陪你去就是了。”我被凡昭这话问得有点莫名其妙，她如果真来，即便是个普通朋友我也会尽到地主之谊的，何况她还是称我为“老师”的人呢？

然后微信聊天界面就再也没有信息传来，等了会儿后，我又沉沉睡去，再次醒来是因为早晨6点多就照进客厅沙发上的阳光，算起来，我在沙发上躺了十二个小时。

20

凡昭来得很突然，她上飞机前给我的信息，我在上午会议完毕后才看到，此时距离她发出信息已经过去一个多小时。好在成都飞深圳的航班至少都要在空中经历两个半小时，我应该有足够的空当安排好工作，再去机场接她。

我让秘书帮我申请了用车，预订了公司签订长期协议的万怡酒店，思量了一会儿，又让她把安排好的司机取消，只留下车辆，打算自己开车去接凡昭。我开着公司作为公务用车的大众帕萨特穿行在前往机场的路上，车里很干净，但是有种混合了别人使用的味道，让人不太舒服。我开着空调开着窗行车，打算多散掉一些味道，心里想着我大概该买辆车子了——感谢自己瘸腿影响的是左脚，它并不影响我顺利取得驾照——想到买车，我的心思活跃起来，一边开车一边看着路上的各色车辆，真的盘算起来。当我把车子开进机场的室内停车场时，凡昭的航班已经落地。

为了赶在凡昭走出航站楼能在接机大厅第一时间看到我——我好像觉得这是接待朋友的基本礼仪，总不能让人在走出接机大厅的时候还茫然四顾，找不到接待自己的人呀——我有些着急地穿行在人群中。用我这左瘸腿跑步是个很奇怪的事情，因为从肌肉功能上来看它并无异处，甚至能够独立承担我全身的重量，但是它的反应成问题，它表现得就像我在玩一个有网络延迟的游戏，鼠标点击地面给角色发出前往某处的指令后，需要经过零点几秒，角色才开始前往指令地点。如果玩家不耐烦或者遇上需要诸多操作指令的战斗场面，游戏的延迟就会因为发出指令数量的增加而增大，最终导致角色僵直在原地，不知道该执行什么指令。我一旦跑起来，左脚就不知道该如何是好，于是有时候不得不赶路时，我会选择给左脚一个“你歇着吧”的指令，将它收起来，用右脚蹦跳前进，这比我需要给左脚发出指令要更快——至少，不会把自己绊倒。

我用单脚跳这样狼狈的方式把自己弄到了接机大厅，看着接机大厅的门还未打开，没有人流从里面出来，我松了口气，恢复走路的姿态，平复我已经有些紊乱的呼吸。这时候接机大厅的门开始打开，那些不用等托运行李的人空手或者背着包昂首阔步地走出来，似乎比别人快那么一丝就能得到什么奖赏似的，我饶有兴趣地看着各色人走出来的表情，从中筛选属于凡昭的模样。在来时的路上，我还抽空仔细回忆了她的模样，说起来只见过凡昭三次面，最为近距离观察的只有第二次，那时候的她还是齐耳短发，但是第三次见她就已经是松松散散扎在后颈的长发了。对于她的面容，我只有个模糊的感觉，这种感觉没有更多的细节，只有一种“我再见到应该能够认出来”的信心。

事实证明，不仅我模糊了对凡昭模样的记忆，她应该也一定程度模糊了对我的记忆。当我和一名已经走出接机大厅门，站在接机人群外噘着嘴四处扫视的女孩四目相对时，我们的神情从疑惑到微笑，有些拘谨地打了招呼后，我接过她手中的小行李箱，带她来到停车场，驱车前往酒店。

一路上沉默居多，有种见陌生网友的尴尬，之前在微信里嘻嘻哈哈的文字交流大概不需要表情肢体的配合，要多随意就有多随意，现在面对面了，反而不知道怎么反应了。

“打算在深圳玩几天呀？”我在一个红绿灯处实在不想一直沉默下去，找了个话题，正好问了以后好让秘书确认酒店的预订天数。

“没想好，可能明天就走了。”

“……”我接不上话，第一天飞来，第二天飞走，不是公务出差，只是自己想走就走，我一时间不能理解。

“嘻嘻，是不是把老师给说神（蒙）了？”凡昭笑起来，那种来自她笑容里的明媚感就回来了。

“有点，我以为都坐飞机来回了，成本不低，怎么都会玩几天再说的。”

“我就是想来就来了，估计明天还是要回去，后天六一儿童节，我要陪两个娃娃的。”凡昭提起这个对于现在的我来说毫无意义的节日，才让我意识到5月即将结束，我又要在公司开始准备新的一轮月度会议了，想到这个我有点莫名的烦躁，一时间没有去接凡昭的话，正好酒店也快到了，我在导航上寻找酒店地下停车场入口的位置，把这段可能有些尴尬的时间给搪塞了过去。

在酒店大堂做好登记，凡昭上楼存放行李，我就在大堂等她，等了一会儿后收到凡昭的微信：“不好意思，我要上个厕所。”

在等待的过程中，我本想抽根烟，但是又不想走到大堂外面接受高温的洗礼，于是我走到酒店侧面的沙发上坐下，漫无目的地数起酒店装饰墙上的几何方格来，数完整体数量，又开始对它们进行分类，相同大小的归一类能分几类，分别有多少个，亮着灯的不亮着灯的分别归类，各有多少个，直到想不出更多的分类后，我才开始打算把注意力放到其他地方。但是好像别处没有什么好让我关注的，抱着宠物狗婀娜走过的少妇，夹着手提包穿着挺括西装的成功男士，这里来来去去的人都精致华丽，看起来神情严肃目光坚定，只有我神色茫然。我脑子里开始回想刚才分类方格的数字，在脑子里盘算着找出四个个位数字来计算二十四。这个有点无聊的打发时间的游戏还是来自靳海，记忆是在毕业散伙饭的那个傍晚，我们在校门口等待着即将聚集前往聚餐地点的室友，靳海和我找了个树荫下看起来还算干净的马路牙子，一屁股坐下，靳海指着来来往往的汽车对我说：“我和初恋女友在高中的时候喜欢玩一个游戏，我们会从过往的汽车车牌上面找四个数字，用加减乘除进行二十四点的计算。”

当时的我饶有兴致地和他一起玩了几轮这样的游戏，靳海果然浸淫此道许久，我还在思考如何计算时，他往往已经有了几种计算方法，我表示佩服，他却一撅屁股站起来，用力拍着自己屁股上看不见的灰尘笑骂道：“操蛋，现在想想，能陪你玩这么无聊游戏的女孩，能有几个？”

“……”

当我的眼神再次聚焦时，凡昭已经重新站在面前，她冲我挥手——怕是已经挥了很多次——压着音量叫我：“老师？老师？”

我不好意思地笑笑：“不好意思，有点累。”凡昭应该是重新梳洗换装了才下的楼，我清晰地记得在下飞机时她穿的是牛仔裤和白T恤这样简单的搭配，现在的她换了一件浅灰色的连衣裙，无袖，长度到膝盖，在腰部有一根同样颜色的系带，松松垮垮地打成一个看起来像立方体的小结，鞋子也换成一双平底凉拖。她见我回过神来松了一口气，脸上绽放开笑容：“你一个人仰躺在这儿一动不动的，我以为你咋子了呢。”

“估计是最近太累了，天气也热，我很不耐热，只要天气热起来，偏头疼、中暑等各种问题就来烦我了。”我解释着，看向户外晒得刺眼的马路，原本带凡昭去深圳湾公园的打算没说出口，反而问起凡昭来，“你想去哪里玩吗？”

“那么热，去哪里啊？”凡昭也问。

我在脑子里盘算了一圈深圳相关的景点，在这下午3点的时段，去任何景点都尴尬，怕是等我们到达景点，关门时间也临近了。但是我不得不为了尽地主之谊找到个最佳的选项来，然后我后知后觉地想起来：“对了，你是不是没吃中饭。”

“啊呀，你才晓得嗦。”凡昭笑着翻白眼。

“不好意思不好意思，那我们就到酒店餐厅先喝个下午茶，然后再去好好吃个晚饭吧。”我赶忙安排起来，据我所知，这酒店有全日餐厅，可以舒舒服服地喝一顿下午茶，而在距离酒店不远，我知道一处精致小巧的日本料理餐厅，可以安排晚餐。

我们在酒店侍者的指引下来到下午茶餐厅，我要了一杯拿铁咖啡一份可颂，凡昭要了一杯巧克力奶一份提拉米苏，我另外又要了一些薯条、烤鸡翅作为共享的餐点，一起享用起来。可颂入口，我其实已经饿透的肠胃就蠕动起来，反馈更多饥饿的信号，我的精神好像也好了起来，同样的情形似乎也在凡昭身上发生着。

“你怎么想着来深圳了？”

“老师你咋个不好奇我咋来深圳了？”

普通话、四川话，两个语句问的是同一个范畴内的问题，我和凡昭相视一笑，空气中有什么东西裂开了，我们的肉体得到食物补充的同时也打开了见面后的隔阂，我喝一口咖啡，向凡昭抬了抬下巴，意思是“你说”。

“嗨，来都来了，好像也没啥子原因了。”凡昭搅动着巧克力奶，在杯子里形成一个看起来十分丝滑的旋涡，突然用一种调笑的神色看了我一眼，“我本来是想在机场见到你的时候，趁你不注意很用力地抱你一下的。”

“为什么？”我觉得我应该问的是“为什么没抱”，但是这么问，凡昭的理解就是另外的意思了。

“我就是觉得这样子你应该会露出那种很不好意思很可爱的表情的，就是想逗你一下。”

“……”

“哈哈哈，就是这样的表情。”凡昭笑起来，我发现我确实在她这样的调笑下露出了一种我自己意识不到的表情，从自我感觉来说，这种表情应该是掺杂了尴尬、羞涩、强撑在内的一种皮笑肉不笑的模样。我再次笑笑，露出了同样的表情。

“哈哈哈哈哈。”凡昭笑得更加开心，笑声让侍者和享用下午茶的别的客人好奇地看过来。我埋下头喝咖啡，有点奇怪自己的反应。

“我那次给你发烟的时候，你这样的表情多得很，我问你是不是第一次抽烟，说你抽了我许愿烟啥子的，你都是这种表情，满脸滴不好意思，但是又要挤出一些掩饰尴尬，强调自己‘不是，不是这样子滴’那种表情，但是表情管理又不够熟练，看起就很娇滴滴的样子，哈哈哈哈哈，好可爱哦。”被凡昭说自己“可爱”甚至是“娇滴滴”，让我有点恼火，但是又觉得她描述的应该是事实，我开始在之前一向自信的社交场合的记忆中找寻起来，是否我在那些场合也有类似的拙劣表现？这种心情就像在一套程序的某个角落中找到了一个bug，又被发现这个含有bug的程序有可能被用在了程序中的许多地方时的那种背脊发凉感，不过好在我很快给自己找到了一个理由：此前的社交场合，几乎全是男性，就算不是男性，因为工作场合的关系，也不会把穿着工作服的女性当成女性，而和凡昭之间的这种表情，大约是我还没学会和真正意义上的女性交流的缘故。

“想抽烟不。”凡昭提到了烟，我突然就很想抽烟，一边说着一边掏出口袋里的香烟来。

“哟，你也抽娇子X啦？”凡昭看着我手里的香烟，因为自己对抽烟量自欺欺人的调节，我从之前抽的粗烟换成了细烟，碰巧买了最早凡昭发给我烟，我看着凡昭饱含深意的表情，不由得又失去表情管理能力，露出了那种表情，惹得凡昭又一次哈哈大笑起来。

我无可奈何地摊摊手，放弃了表情管理的努力，继续对付起眼前的食物来，下午茶很快被我们一扫而空，中间我们走到下午茶户外的廊庭抽了几根烟，暂时缓解烟瘾。我发现凡昭的烟瘾似乎比我还大，抽第一根烟的时候肺活量惊人，几口下去一根细烟就消灭下去一小半，深深吞到肺里的烟雾再呼出来的时候已经缥缥缈缈，廊庭无风，烟雾在她面前蒙出一层薄纱，慢慢散去，留下她眯眼享受的表情。

“你从什么时候开始抽烟的？”

“我啊？好像生完第二个娃娃就开始抽了，当时想着第二个娃娃可以改善一下夫妻关系，结果生出来后还是鸡飞狗跳滴，把我奶水都闭回去了，心里也烦躁，就抽烟喝酒，啥子都来了。”

虽然之前在聊天中多少看到凡昭对家庭生活的抱怨，但是真的面对面听到抱怨的时候，我也不知道怎么反馈，和她一起分析原因，改善夫妻关系？还是和她一起抱怨男人多变？不管怎么反应都有种狗拿耗子多管闲事的感觉，于是我选择了沉默，把手里的香烟认认真真抽完，又来一根，继续抽完。刚才还晴空万里晒得万物发白的天色突然开始变了，狂风突然就把路面上的树木吹得弯下腰来，黑压压的云气也滚滚而来，一根烟还没抽到一半，暴雨就把廊庭的落地窗打成了一片水幕，外面的景色在流动的水幕里扭扭曲曲，我们就这么沉默地看了会儿，直到凡昭开口说话：“这下哪也去不了了哇。”

“深圳的这种雨一会儿就过的。”老天爷极给面子，我话刚说完就云收雨歇，太阳重新展现威力，路面上水汽蒸腾，重新从中间显露出发白的区域来。

“呀，杧果哎。”落地窗的水幕散去后，凡昭像发现新大陆一般地叫嚷起来，“天哪天哪天哪，这不就是我梦里的场景吗？满大街的杧果树，挂满了杧果啊……”

“都是景观杧果树，不能吃的。”

“啊……不能吃啊，我最喜欢吃杧果了。”

“那我们再点个杧果西米露之类的甜点吧。”

“好啊好啊。”

于是我们回到下午茶餐厅，要了一份杧果西米露，我又要了一杯美式咖啡，继续消磨起时间来。快到下午5点，我问凡昭：“日料，没问题吧？”

“没问题呀。”

接着我电话预约了常去的日料餐厅，又花了一些时间和秘书确认了一下今天下午的一些工作进展后，带着凡昭从酒店走去日料餐厅。

21

这家日料餐厅在附近一片老小区的内部商业街里，2008年我初来深圳的时候它就在了，第一次来是周钊招待正巧来深圳参加行业设备工艺学习的靳海、杨安和廖伟，而周钊之所以会知道这个餐厅，则是因为他那在金融领域从业的女友常常在此应酬，想来这种深藏在不起眼的地方的餐厅大都具备这种口口相传的生存风格。餐厅不大，实际面积约莫一百平方米出头，从木质移门进去后左侧是一排榻榻米，有五个四至六人桌的位置，中间用从吊顶垂落下来的竹帘隔开，右边则是收银台，紧挨着一个能够容纳约十人的榻榻米包间，再进去则是透明玻璃的厨房操作间以及面朝厨房的一排座位。我在再次回到深圳后不久的某天下班，还踅摸到这里坐在面朝厨房的座位上独自用餐，在那时饶有兴趣却不怀好意地看着两个厨师的操作，厨师们在刺身和烧鸟方面的操作基本满足了我观摩烹饪的兴趣，但是没有满足我想看到这个餐厅脏乱差的不怀好意，于是我越发愿意独自或者带同事朋友来这里用餐，当然，面容姣好身材玲珑而且穿着时尚的老板娘在进门时的那句：“いらっしゃいませ（欢迎光临），您来啦，今天吃点什么？”常让我在这段烦躁无功的集团总部工作中增加一丝积极的色彩。

今天，老板娘依然穿着时尚，紧身露脐的黑色吊带背心搭配下摆带着撕扯绺丝的牛仔短裤，修长的大腿和光滑的小腹在拉开移门后落进房间的夕阳下白花花地晃眼睛。我从未问过她的名字，只知道店员和一部分客人叫她尤米，猜想应该是英文名或者是日文名的发音，她那句表示“欢迎光临”的日语脆生生的，像移门触动的风铃声音一般，轻柔干脆却能在脑中存响回味许久。她表达完欢迎后，退回到收银台里面，白花花的光芒收敛，我看见她右手指向房间靠里的左侧中间位置，说：“给您留的位置在那里，今天吃点什么？”

我在凡昭之前脱了鞋站在榻榻米上，伸手指引凡昭坐在里面靠墙的位置，坐下来后拿起菜单，要了我常喜欢吃的一些烧鸟、牛油果沙拉、寿司拼盘、烤鱼翅、烤银杏果，然后把菜单给到凡昭，让她再补一些。她点了一份三文鱼刺身、杏仁豆腐、炸天妇罗，喝的方面她直接点了清酒，并且和老板娘说要一个冰桶，她要喝冰镇清酒。

在点菜的时候，凡昭说的带川味的普通话，我忍不住想发笑，迎上了她一个抿嘴瞪眼的威胁眼神，就顺势把笑变成咳嗽。

尤米在我们点单完毕后退下安排，凡昭轻轻拍一下桌子：“哼，你笑我。”

“不敢不敢，是觉得川普比较亲切。”

“我们四川人说普通话确实缺根筋。”

“我大学同学，怎么也改不了四川话的口音，来深圳好几年，闹过很多笑话。”我想到的是赵文志，他在语言上闹过的笑话极多。他最初和我进的是同一个企业，后来因为个人的规划回了四川老家，考了公务员，做了一名村干部。在第一次公司迎新聚餐时，公司为我们这批主要来自西南地区的应届毕业生安排的川味火锅，赵文志自告奋勇地为同桌同事担负起调火锅碗料的职责，他觉得以自己对火锅碗料的理解，可以给同事们提供完美的火锅体验，但是他说出口的话让众人忍俊不禁，他说：“你们别动，我去给大家调个尿（料）！”

我活灵活现地还原赵文志说这句话时的神韵，果然逗得凡昭笑得前仰后合："哈哈哈哈哈，你同学太喜剧了，我们四川人确实n、l不分。"

"还有还有，他还在大家问喝什么酒的时候说'白酒太纳（辣），啤酒太娘（凉），我还是喝饮尿（料）吧'……"

"哎呀，笑不活了，我估计我说也要糟（糟糕），不行不行，我以后不得出四川。"凡昭的笑声很有穿透力，每当她发出那种声音介于"哈哈"和"嘎嘎"之间的笑声时，隔壁听起来是来用餐的本地人——他们说的粤语——也一起笑。

菜陆陆续续上来，我给彼此倒上冰镇好的清酒，往凡昭的碗碟里倒酱油，挤好芥末，又想起赵文志的一个语言上的笑话来，于是组织了语言讲给凡昭听。

那是赵文志大学时期在面馆兼职打工的经历，一天店里来了名金发碧眼的外国美女，作为名牌大学的学生，他被店长推出来接待这特殊的客人。起初一切顺利，直到赵文志试图确认客人是否吃辣时用了一句极不恰当的英语："Do you like something hot？"赵文志自以为言辞极富感染力，却惹来金发美女的误解，直到他某天看美剧真实理解了这句话的意思时懊恼地给了自己一巴掌："妈哟，我当时咋会用的'hot'嘞？'spicy、spicy、spicy'！"

我也觉得我在给凡昭讲述时的言辞极富感染力，但是发现凡昭听完后的表情十分茫然，伸着脖子瞪着眼，还在等待我抖包袱揭示笑点，我问她："你，是不是没听懂？"

"啊？是啊，哪里好笑嘞？"凡昭果然没有听懂。

"咦，你不明白这句英语吗？"

"哎呀，我学习很差嘞，你们这些有文化的人说的笑话我们听不懂。"

"……"

"哎呀，你又笑我，哼。"冰镇的清酒冰爽甘甜，极好入喉，我们说话期间一小杯一小杯地已经喝了好几杯，凡昭说这句嗔怪的时候全身已经又是黑里透红的色彩，双眼弯弯地含笑眯着，厚厚的嘴唇咧开来，依旧露出发白的虎牙，我很奇怪为什么那么大的烟瘾没有染黄她的牙齿，但是没有问出口。我不知道怎么回应这种娇憨，只会嘿嘿笑着说：“没有没有……”

“我想抽烟，这里能抽烟不？”

“应该可以。”我已经闻到从竹帘隔开的隔壁飘过来的烟味，嗓子也觉得缺点什么，但是为了礼貌，我还是转身看向收银台。尤米是个非常有服务意识的老板娘，我的眼神刚刚探向她，她就带着笑容和询问的眼神走了过来。

“我们这儿可以抽烟吗？”我问，但是为了避免尤米误解为我们对隔壁抽烟有意见，我指着隔壁飘出的烟雾，补充说，“我们也想抽，可以吗？”

“不好意思啊，其实是不可以的，是我没有关注到。”尤米半跪在榻榻米上，身体轻微前倾，做了个抱歉的鞠躬，思索了会儿说，“要不，为了公平起见，我把排风开到最大，你俩自便？”

“还有这样的公平吗？”我没想到尤米会同意。

“是呀，正好工作日的客人并不多，我就担待啦。”

“好的，谢谢。”

“不客气，慢用。”说着尤米的身子向后一滑，站起来回到收银台，我回过头拿起坐下来时放在桌上的烟，和凡昭一起点上，我吸了一口，扬起头往上方的排风口吐去。

“你是不是和这老板娘很熟呀？”凡昭往骨碟里弹着烟灰，似笑非笑地问我。

“比较喜欢这里的氛围，来过几次，为了方便之前还充过会员卡，她应该认识我的。”

“每次都自己来的？”

“也不是，不过自己下班迟了来吃夜宵的情形居多。”

“嘻嘻，她往你边上一跪下来，我看你身体都要轻十斤。”

“……”

“哎呀，你们男人喜欢美女这不是很正常的事情嘛，我如果是个男人，也每天跑到步行街上去打望（看美女）。”

我大概又露出了凡昭觉得好笑可爱的那种表情，她是故意在找寻一些让我无所适从的言辞来逗弄我的，说起来，如果是男性朋友，同样的问题我会毫不犹豫地回应“那是的……”然后一同讨论起各自喜欢的美女类型，身材、穿着、长相、发色、性感部位……无所不至，说到兴高采烈的时候或许能深入讨论到性爱相关的内容，但是我从没有设想过或者体验过和女性在这种话题下如何继续，索性还是嘿嘿一笑，继续喝酒抽烟吃东西。

22

清酒喝得很快，我和凡昭面前各摆了四个长颈矮壶。

餐厅里的客人不知道从什么时候开始多了起来，约莫12点的时候，进来了一拨本来就东倒西歪的男男女女，从要座位到点菜都叫叫嚷嚷的，一时间人声嘈杂，正好我想不出什么和凡昭聊的，她大概也有点酒意上涌，正托着腮盯着手里的香烟。

在沸沸扬扬的人声中，我也学着凡昭把脑袋放在右手上，发起呆来。

尤米是个很有办法的老板娘，那群男男女女在点完菜后仍旧闹腾不止，但是没一会儿，餐厅的音响就传来一串清脆的吉他弦音，随后，比尤米本身说话声调更低一些的声音传来：“清酒浓茶，绿叶红肉，人间烟火，抚慰人心，一首*Starry night*送给大家。”

接着伴随清晰明亮的吉他弦响，尤米的声音进入音乐后变得低沉而富有感情：

Starry, starry night.

Paint your palette blue and grey.

Look out on a summer's day.

With eyes that know the darkness in my soul.

……

整个餐厅就这么安静下来，只听到轻柔婉转的歌声。我不太懂音乐，但是能听出作为女性的尤米是在用相比Don McLean的原唱更高一些的音调唱曲。这首曲子我极度熟悉，大三大四搬迁到老校区后我和马少、周勇、靳海分到一个宿舍，总在靳海手机响起时听到这首歌。人是很容易被所谓“意义”影响的动物，我在最初并不感冒这首歌，那些其实很清晰的英语词句在我的脑袋里也从来没有经过翻译消化加工，就只是英语单词的发音停留在脑海里的某个地方，大三那年暑假我和靳海都没有回家，暑期的宿舍并不熄灯，我们常常都在各自的电脑忙活到半夜才会入睡，某天睡前我问靳海：“你为什么那么喜欢那首歌？”

“哪首？”

“就是你的手机铃声，*Starry Starry Night*。”

“嗯……这样，你跟我来。”靳海跳下床，笑眯眯地向我招手，我跟上他，他带着我前往宿舍楼顶，从楼梯一路爬上顶楼的过程中我感受到靳海充满了一种莫名的兴奋，他很期待又很克制地在每层楼都说一句：“今晚应该看得到。”

我们从宿舍顶楼铺设在墙壁上的钢筋爬梯，穿过一个正方形的空洞，来到宿舍顶楼空旷的平台。当靳海把我从空洞里拽出来的时候，他很兴奋地对着这片空旷伸展双臂大声叫：“啊……”中气十足的声音冲向夜空，然后我看到他仰望的、千古横亘的、壮阔浩瀚的、深邃幽静的银河。

“咱俩的运气很好，这是成都夏夜里绝难见到的银河。

“我们要看到它，需要具备几个条件，无云、无月、我的音乐、你的提问、空旷孤立的宿舍楼顶可以让我们上来。

“天时、地利、人和才能有的美景，享受吧。

“星垂平野阔，月涌大江流。

“醉后不知天在水，满船清梦压星河。

“……”

靳海在我觉得他有一点点忘情吵闹之前，安静下来，不管地上的灰尘，四仰八叉地那么一躺，在夏夜微凉的风中向天空长长呼出一口气，再也不说话了。

“醉后不知天在水，满船清梦压星河。”我想到这里，喃喃地把靳海在那夜里说的这句诗背了出来。在只有歌声的宁静餐厅里，凡昭依旧托腮，脸上黑里透红，眼中繁星点点，她说：“这气氛，好暧昧哦。”声音像是叹气，嘴角带着微笑。

尤米唱了六七首歌，大都是乡村民谣，当她把吉他放下表示今夜演奏结束的时候，客人们大都意犹未尽。我和凡昭相视一眼，很有默契地一同站起来，我想我们都觉得在这个时候离开应该是最好的时机。

我确认了会员卡号后尤米笑着送我们出门，我不太记得我们是如何走回酒店的，只记得那天晚上浮云如丝如缕地在明亮晃眼的残月前飘过，还依稀记得凡昭平底凉拖在地面上划过时的沙沙声，除此之外，记忆再次浮现就已经是在酒店房间里了。

我可能是临时需要上个厕所，也可能没有，总之我和凡昭一起进了我给她预订的酒店房间，酒意上涌的我在写字台前的沙发上坐了下来说：“我缓会儿就走，你早点休息。”

凡昭斜靠在写字台前，迷迷蒙蒙地旋动着台灯旋钮，光线亮起又暗下，亮起又暗下……亮起时，我透过凡昭连衣裙的针织孔洞看到她平坦的腰腹曲线；暗下时，我看到她细腻黑红的手臂皮肤……当我准备起身的时候，凡昭转身抱住我，我们相拥着跌回沙发里，她紧紧抱住我，在我耳边说："老师，你别走好不好。"

我没说好也没说不好，凡昭发烫的身体贴到我的时候，一阵淡淡的木质香味飘进我的鼻孔，一种划过全身的颤抖让我不自觉地伸手抱住她，顺势从她光滑的背脊上滑，穿过她修长的后颈。她像是知道我的意图，当我右手插进她浓密的长发里时，她抬头，嘴唇离开我的耳畔，和我吻在一起。她的唇间有一丝淡淡的清甜，不知道是清酒还是口红，一种潮湿的感觉在我们两人之间汹涌起来。当我抱着她倒在床上继续寻找她的嘴唇延续刚才的温存时，她轻轻挣扎，从喉头仿佛呼出一口气，带出一句若有若无的话："不要，我会难受的。"

"轰"的声音在我脑海里响起，像是一声冲锋的号角，我更加用力地亲吻她，她仿佛真的很难受地在我怀里挣扎，在扭动中我们已经浑身赤裸，我们紧贴之处尽是紧绷、光滑、滚烫的触感，我硬得发痛，从来没有如此坚硬的感觉，仿佛血液要把那层皮肤涨破，我完全不去控制积累在坚硬处的快感，我想要释放出来，一种没来由的直觉让我觉得用这样的节奏驰骋下去必定能和凡昭一同登上那极致愉悦的顶峰……

不知道睡了多久，又或是没有睡，回过神时我已经斜靠在两个枕头上，凡昭趴伏在我右侧肩头，右腿伸进我的腿间紧锁住我，然后我一点点感受到她贴住我大腿的绒毛和挤压在我胸前的柔软……我觉得喉咙发紧，轻轻伸展身体，感觉到身体挪动的凡昭突然发出一下带着鼻腔的哼声，接着右手抱紧我，右腿一用力，完全趴到我的身上，很快我们再次融化在一起，梅开二度。

23

我们终于醒来已经是天光大亮。

明媚的阳光从没有拉好的窗帘缝隙刺进来，我们同时睁开眼看着彼此，凡昭抿嘴一笑，把头在我肩颈处埋进去，深深地在我脖子柔软处吸了一口气，我不自觉地颤抖起来，她嘻嘻笑着，喷出的热气又送给我一阵传达全身的酥麻，我忍不住翻身，低头吻她。她和我吻了一会儿，躲闪开来，笑着说："不行了不行了，再来我要死在床上了。"

我笑，然后我们坐起来，赤裸着身子靠在床头，各自点上一根烟。

吸烟的时候，凡昭咯咯笑着重新靠回床头，装着吓一跳的样子拍拍自己的胸口说："不得行不得行，不敢了不敢了，你身体咋个那么好，如果不是我已经上环了，昨晚我们那么疯狂绝对要怀起孕了。"可能是因为血液都往另一个脑袋里涌动了，我的脑袋在那一刻很木然，然后渐渐想起在昨晚的整个过程中从未想起任何的保护措施，醒来后也没有想到任何的补救措施，一种轻微的吃惊带着更多的得意感在我心里升起来，我笑着说："可以吃紧急避孕药的。"

"那东西吃了就来大姨妈，对身体不好的。"

"你上环，是……因为什么？"我吞掉了心里想的"和你老公更方便"。

"还不是怕再怀孕吗，我老公……孩子他们爸爸也不戴套的。"

"今天要走吗？"我问。

"要哦，明天说好了陪孩子过六一儿童节的。"

"……"

"我来看看机票。"

"我给你买吧。"我说着拿出手机，和凡昭确认了合适的时间后，帮她订下机票——期间我默记下她的身份证号，留意到她的生日就在7月7日——飞机起飞前的空当时间，够我们整理妥当再吃顿早午餐的。

现在回想起来，那天的分离对于凡昭来说很难舍，她总说：“哎呀，就要走了，我好想哭啊。”然后就真的有泪水漫出来，而对于我来说，则是凡昭飞走之后，我才感觉到一丝灵魂的抽离。

当天我回到办公室后，开始觉得在公司里需要面对的一切都了无生趣，每天要面对的各种会议汇报、流程审批中我所发挥的作用似乎都可有可无，我如此认真地对待这些工作，实际上没有给对应的事项带去任何建设性的优化。事实上，随着管理体系的不断完善，能够在流程上提交到我这里的事项已经经历了包括立项、实验验证、生产验证、财务核算、内控审查等环节，系统风险性已经十分低，我需要做的只是为这些事项做一个集合性的决断——我常常觉得，在我独立办公室椅子上放一只狗，把审批换成一键式的按钮，它也能做我的工作。我好像在那一天突然失去了对工作的一切热情，甚至失去了找回工作热情的一切动力。

我百无聊赖地在电脑上翻看网页，在乱七八糟的毫无营养的信息中闲逛，偶尔来一些下属汇报工作，我的注意力也只是抽出一丝来关照他们的汇报内容。我能够明显感觉到这些下属离开办公室时长长舒了一口气，大概他们从没有见过我有这么好说话的时候。在这种无聊的过程中，我抽的烟也越来越多。之前大约是在专注工作，一支烟抽上几口就可能因为注意力的转移而变成自然燃烧状态，回过来再抽几口就到了该掐灭在烟灰缸里的时候。而现在，抽烟就真的在抽烟，一口接一口，一根接一根，烟头红点一直在我的注视下明明灭灭的。二十三口可以抽完一根细烟，认认真真连抽五根，我会觉得有点晕……

凡昭在航班一落地就给我发来信息：“老师，我到了哦，刚才发现，身上都是你的味道，我好想你。”看她的文字“我好想你”时，我脑子里浮现的是她在我身体下伸长脖子闭着眼的样子，而这句“我好想你”则带着她愉悦时候的声音，让我刚才还消散一空的热情突然就得以回归。

“我也想你。”当这句话在聊天框中随着我的指尖触动键盘完成，发送出去的时候，我内心升起一种截然不同的感觉，仿佛这句话是我在工作中审批流程时写下的“同意”，它变得具有实际的意义，隐藏着一种对思念、爱意具有真实性的责任，是我内心诚挚、纯洁的呈现。

“真的吗？”

“千真万确。”

“嘻嘻，我先下飞机啦。”

“好的，注意安全。”

我双手离开键盘时电脑屏幕上还是和凡昭的聊天界面，上面的每个文字都显得生动热烈。一种难以言喻的喜悦感充盈着我的全身……窗外，深圳下午常有的阵雨再次落下，一切都开始变得滋润起来。

重新找回工作热情原来这么简单，只要每天早上凡昭的一句“老师，早哦”以及后续的那些拥抱、亲吻之类饱含暧昧的聊天表情，我仿佛真的获得凡昭那突如其来的感情真挚的拥抱，柔软清甜的舌吻，让我带着新鲜充分的能量迅速进入工作状态。那些原本觉得毫无意义的工作内容开始不一样起来，我开始变得在公司业务中极富敏锐的洞察力，极富坚忍的战斗力，面对那些之前我无奈且无所适从的大公司内耗横冲直撞起来。在下属们看来，这是李总在回到总部韬光养晦四个月后开始大刀阔斧地释放新官上任三把火，大有火烧冲天的燎原之势。在同事们看来，这是董事长眼光短浅的明证，让李泌这个没头脑愣头青在总公司充当搅屎棍的角色，非得把总公司搅黄了不可。在董事长看来，这个李泌终于领会了自己将其调回集团总部的隐藏意图，天宫寂寥，正愁没有孙猴子大闹一场……

那阵子我常常做一个相同的梦，梦里的我驾驶着一辆色彩奇特——如果真要描述，可以参考黑色蝴蝶翅膀在阳光下呈现出的那种斑斓色彩——的跑车，跑车的外形像是蝙蝠侠的蝙蝠车，驾驶的方式也很奇特，我需要从向上翻起的门进入车子，在手握方向盘后随着方向盘往车前方的缩进，变成趴伏的姿势，有点像摩托车手驾驶摩托车的姿态。梦的开始是在黑夜里，我在山区黄土石子道路上行驶，在车灯里我直觉上认为这是一侧悬崖一侧峭壁且只容一车通行的盘山道路，在高山里旋转而下。石子道路被长年累月路过的车辆压出车轮宽的痕迹，中间凸起部分总是会剐蹭到跑车那较低的底盘，剧烈的撞击和颠簸让我的胸口疼痛得像是肋骨要断开，我想要提速驶离这段道路，却受制于无数个几乎掉头的弯道……我开始经历一段烦躁而且憋闷的状态，像是身体被一种道具均匀地压缩，压缩成一个小小的光点。我想要逃离，于是不停地尝试这辆奇特车子的操作，油门、刹车、方向盘、空调、灯光、后视镜、座椅、显示器、音响……渐渐地，我开始熟悉这辆车子，开始将车速拿捏得恰到好处，过弯直行的转换开始顺滑流畅，天色也开始变亮，我身边开始出现倒飞的树影，开始出现一片宽广的水域——映衬着绵绵绿色的群山，这片水域也呈现开阔的绿色，在水和山相接的地方，有一截白色的岩石——我想，这时候大概是枯水季节……没等我多想，我突然就从一座窄窄的石桥上飞速穿过，黄土石子路消失，取而代之的是平坦开阔可供两车通行的水泥路面，原本在石子路上行驶的噪声和颠簸都突然隐匿而去，只留下发动机的轰鸣和轮胎在硬路面上行驶的声响。我的情绪突然变得激昂起来，水泥路面很快将我指引向一个高速路的入口，这个高速入口由大青石块垒叠构成，造型像一座巨大的城门，城门楼上还亮着巨大的探照灯，用明亮的光照跟踪照射着我驾驶的跑车通过这奇特的入口。随后我走上一条容纳四车通行的宽广高速公路，高速路上的限速路牌告诉我，这段高速公路不设速度限制，柏油路面让跑车的胎噪声变得柔和，除了发动机的轰鸣声外还能听到跑车音响传出的音乐声，那是林肯公园的*Numb*，在激烈、放肆的嘶吼中我兴奋地把跑车的油门踩到最深处。憋闷、疼痛、烦躁、压抑的状态荡然无存，我没来由地开始期待，如果能有一个向上的斜坡，我在速度爆表的时候是否能够从这不限速的高速公路冲出，飞上那越来越明亮的蔚蓝天空……然而这飞翔的期待从未在梦中实现，更多的是跑车在速度提升到最高之后，就进入一种无休止的行驶，不变的路面、护栏、隔离绿化带、天空、白云、太阳、远山……一切都是不变的，然后我开始在同样不变的胎噪声、发动机轰鸣声（此时音乐声已经不复存在）中渐渐感觉无聊起来，一种无意义的感觉冒出来，但在我还没有深入思考这无意义感是什么时，就开始脱离梦境，沉睡一会儿，然后醒来。

我觉得，这奇妙的梦境，就是我一点点走上事业、财富、爱情都节节攀升道路的呼应，我并不在乎那些来自周围的议论声音，就像我不在乎梦中结尾缥缈而来的无意义感。我要做的是把油门踩到最深处，把速度提升到最高处，把发动机的轰鸣发挥到最响处，一切，都要酣畅淋漓。

24

我又一次在酣畅淋漓、云收雨歇后被凡昭从她身上推下来。

我有点茫然地靠在床头，看着凡昭小巧的身子从床尾滑到酒店地毯上，顺手在写字台的抽纸盒中抽出两张纸巾走进卫生间。

水声传来的时候，我的手机振动起来，竟然是靳海的来电。我一边接起电话一边给自己盖上被子，好像生怕靳海看到似的。

“嗨喽，李泌。”靳海的声音传来时，我也听到了杨安催促的声音以及机场里播报航班的声音。

“嗨，靳海，好难得你打电话。”我很高兴。

“我和杨安要来深圳，赏脸请我们吃顿饭不？”靳海听起来也很高兴，这会儿我听清楚了机场播报的航班目的地，深圳。

“必需的，几点落地？我去接你们。”

“四点半落地，你来接我们正好赶饭点。”

“好。”

挂了电话后，凡昭已经冲完身子，只裹着浴巾走出卫生间。她径自走到沙发旁坐下来抽烟，浴巾随着她的活动散开来，摊在沙发上拖曳到地毯上。凡昭完全不在意身体的裸露，只是沉默着抽烟。

我疑惑地在记忆中搜索我们这半年多来的相处细节，不知道从什么时候开始——抑或是之前从来没有——我记不清了，凡昭总是用推开我的动作来拒绝做爱后的爱抚，前一刻还真真切切和我共同愉悦登顶的凡昭像是变了一个人，她会面无表情地把我推开或者是很快速地站起来。她会自顾自地梳洗、吹干身子、吸烟，在这过程中完全裸露，并不对我的注视有所羞涩，当然也不关注我的注视。好像最初几次，我还能死乞白赖地把她抱回到我的怀里，在和她的嬉笑中再次相拥一会儿，但是在某次她用高分贝的“哎呀，你好烦啊”回应我的故技重施，让我尴尬得无所适从。

回忆里的凡昭有很多这样突如其来的爱意表达，见面时雀跃活泼几乎扑到我身上的拥抱，深夜微信里突然跳出的“我好想你”“好想和你做爱啊”之类的话语，电话中聊着聊着毫无征兆的“我好爱你呀”……不论当面还是通过文字语音，我都觉得凡昭的表达中有种实质可见的能量涌到我的身体里，冲刷我平淡、疲累、烦闷、无聊等负面情绪，取而代之的是新奇、幸运、顺畅、兴奋等愉悦感受。我不知道这样的感受是我幻想出来的还是真实存在的，但是我总认为我的身体感受、直觉感受没有骗我——凡昭对我爱意的表达，都是真情实感的流动。但是当她完成这些表达之后，那种能量就像海啸前突然退去的潮水，在本体退去的同时还抽干了原本海岸线上的海水，我的内心开始裸露出了更多的沟壑，那里面深浅不一、颜色灰败、形状狰狞。有时候我很疑惑，它们之前就在那里吗？为什么我从来没有看到过它们，我怎么会有如此丑陋的世界，我想要去填补它们。我开始期待那股能量再次到来，想方设法地找寻凡昭对我表达爱意的条件，好吃的、好玩的、新奇的……渐渐地我找到了一些明确的条件，只要我给凡昭奉献新鲜感，她就能给我回馈这股富含爱意的能量。然而，新的疑问生出来——凡昭是爱我的，还是只是在和我表达爱意的时候是爱我的呢？

那些不断冒出的细节让我的疑惑越发深邃，也越发茫然，这个茫然遇到“爱”这个亘古难解的课题时，偏头痛隐隐袭来，索性一甩脑袋，自己点上一根烟吞吞吐吐起来。

“你给我买的好多点（几点）的飞机来着？”凡昭在酒店写字台上摆满了化妆品，站着在酒店的装饰墙面上的一块镜面前一点点往脸上布置妆容，她每次都会在化完妆后抱怨：“哎呀，我咋又忘记先穿衣服再化妆嘞，这样套上衣服妆要花的哇。”但是我并没有打算提醒她，毕竟谁能拒绝一位美女在你面前一丝不挂呢？

“三点半的飞机，现在11点了，我们出去吃顿饭再到机场，来得及的。”我起身掐灭手里的烟，从背后抱住凡昭，亲吻她的脖子。她总喜欢把长发在后脑上扎得高高的，露出修长的脖子，那里会有一些细细碎碎的绒毛般的头发没被扎到发束里，我喜欢用嘴唇蹭过它们，让凡昭头往后仰缩紧脖子，发出被撩拨发痒时难耐的喘息。

“哎呀，你烦不烦啊，我在画眉毛，你没看到吗？”凡昭的音量突然提高，在我耳边震裂开来。

在卫生间里，我抬头看镜子里的自己，相比大学时期，虽然发型还是一成不变的寸头，但面容已经成熟很多，偏长偏瘦的脸庞多出一些坚毅的棱角，原本杂乱的浓眉和偶尔胡乱支出的鼻毛现在也会适时地修剪齐整。单眼皮的眼睛是我对自己脸蛋最得意的地方，首先它没有近视，免除了诸多因为眼镜带来的烦恼；其次它有神而且并不小，有很多人说过我眉眼部分有某位明星的影子，我总是记不住明星的名字，但是想来如果是和明星有相似，总是好看的吧。这时候，我在镜子里的眼睛中看到一丝忧愁，两道眉毛中间的皮肤像是失去支撑，有种往下掉落的塌陷感，我的眼珠子总是不自觉地往下看，仿佛失去了支撑它的力气。我用手掬来冷水用力地在脸上摩擦几遍，让自己在强烈行动的支撑下打起精神来，洗漱收拾妥当后，靠休息椅上一边抽烟一边在等待凡昭完成她的收拾。

我不想让自己重新陷入对自己和凡昭关系的思考里，虽然此刻我觉得自己的情绪从巅峰摔落得太快，像是从高空突然摔落的人想要转身看看到底是谁把自己推落一般，我有种想要弄清楚的迫切需要，但同时也有个声音在告诉自己此刻不是最好的时机，因为我们并没有足够的时间来进行情感上的深入沟通，于是我拉开一点窗帘，让户外已经十分明亮的光线照进房间里。

深圳的冬天极其没有冬日应有的模样，没有阴云、白雪、冰冻、寒风、枯枝，反而到处依旧是绿叶繁花、温暖如春，除了偶尔落雨后的阴冷外，丝毫不见冬天的个性，我不喜欢。我开始把注意力放到今晚对招待靳海和杨安的安排上来，诸如在哪里吃饭，给他们安排住在什么酒店，以及在深圳的几位同学我是否需要联系到一起吃饭，等等，最终，我还是只在脑子里形成一些不同风格用餐地点的选项，其他的都等接到他们俩后再说。

凡昭化妆已经完成，她从行李箱中拿出衣物穿上，在穿上白色胸罩的时候，她用手试图将胸部从侧面往中间收拢，我下意识地想调侃她开个不大不小的玩笑，但是话到嘴边就连忙收住，免得自讨没趣。我看着她穿好粉色内裤、灰色打底裤、白色T恤衫后套上一件棕色的针织连衣裙，这件针织连衣裙是昨天一起逛街时看上的，她穿上能够很玲珑地展现她小巧的腰身——我自然毫不犹豫地给她买了下来——此刻她站在衣柜边上的落地镜前端详自己的打扮：“嘻嘻，好看好看。”她转过来站好，笑着看向我问：“老师，好看不？”语调软糯，饱含撒娇的意味，原本在我身上笼罩的低沉尴尬荡漾开来，我不自觉地也笑起来：“好看，昨天我就觉得好看。”

她在镜子前左右晃动，在胸前拍了拍说：“哎呀，应该把我家里那条水晶挂坠戴上，就更好看了。”接着又若有所思，扭过脖子转头看我，“老师，你给我买项链嘛，之前的水晶项链是孩子他爸爸买的，我不要，我要你给我买。”

“好好好，下次看到喜欢的给你买。”我忙不迭地答应，然后看她雀跃地扑进我的怀里，给我一个紧密贴合的拥抱。当然，脸上因为化了妆，没有贴到我的脸上，只是用涂了口红的双唇在我的唇间轻轻点过，然后她快速抽开，给自己喷上木质调的香水，重新理了理并没有散乱的头发，开始哼着歌收拾行李箱。她把昨天逛商场时买的零零碎碎装进行李箱，有衣服、玩具、零食……很快装满了登机行李箱。她一边压着行李箱拉上拉链一边问我：“我们吃啥子？”

面对这个我早就想好的问题，我从容应对：“我们到边上的商场买杯奶茶，吃个牛排，然后在商场里给你买点路上吃的零食。”凡昭偏爱甜食，只要在即将要吃的菜谱选项中增加几个甜食，她总是能欣然接受，这次也一样，她很满意地把行李箱立起来，将随身的拎包放在行李箱上，说：“走吧，我都要饿昏了，你一大早就折腾我……”神情狡黠妩媚，我之前总是在这样被调笑的时候不知所措，后来我常常在这样的调笑中主动去抱她吻她。

25

我们选了一家西餐厅，凡昭要了一份七分熟的牛排、一份蔬菜沙拉、一杯酸奶，我要了一份早午餐拼盘、一杯咖啡。在吃饭的时候，凡昭像是想起什么似的问：“你今天有朋友来？”

“是的。”我正用刀叉架着盘子里的单面煎蛋，试图把它放到烤面包上，不够灵活的表现让我有点不耐烦，回答完凡昭的问题后就放下刀叉，冲刚好经过的服务员说，“麻烦你，给我拿双筷子吧。”

“啊呀，你好丢人哦，这里是西餐厅，哪里可能有筷子嘛？”凡昭说这话的时候表情里充满了嫌弃，甚至是恼怒。服务员看着我，表情有点疑惑，问道：“还要吗？”

我觉得脸上有点发热，但是坚持地点头：“要的，麻烦你。”

服务员点头离去，凡昭则很不屑地拿着刀叉对付起牛排来，一边切割一边说：“用不来刀叉你还选个西餐厅，简直是，氛围感全都破坏完了。”

我没搭腔，脑子里浮现的是郭德纲关于喝咖啡吃大蒜的调笑，大学寝室里靳海尤其爱听相声，有不少次睡前他戴着耳机躺在床上咯咯傻乐，我们睡不着的时候就问他有啥可乐的，他也偶尔把他觉得可乐的段子放出来给我们听。不得不说郭德纲是个极有天赋的相声艺术家，此时，他在《你要高雅》中对来自周立波咖啡大蒜讽刺的反击在我脑子里响起来，“雅和俗分不开，喝着咖啡就着大蒜，秋水共长天一色。好多个高雅的人喷着香水我都能闻出人渣的味来……”服务员递给我筷子的时候，我打消了和凡昭分享这段相声的想法，用筷子轻而易举地把荷包蛋放到烤面包块上，接着布上一些蔬菜丝，整体夹起来入嘴咬下，吃上了今天的第一口食物。

“哎，我问你嘞，你今天来的啥子朋友？”凡昭的脚在桌子底下踢我，我皱眉，不记得她什么时候有问我这个问题，回答道：“两个大学同学。”

“男滴么女滴？”

“靳海，你认识的吧？他和另外一个大学同学，男的。”

“啊？靳部长呀，我也要一起吃饭！我好喜欢他的。”凡昭把刚才对我用筷子的不耐烦又丢得远远的，几乎要跳起来，“飞机票能不能改签，我要和你们一起吃饭。”

刹那间，我内心涌现了各种纷杂的念头：机票改签到明天，我和凡昭有更多相处的时间，或许我可以和她好好就我们的感情沟通一番，但是明天一早的工作上已经计划好了行程，今晚和靳海、杨安的聚餐带上凡昭会不会不合适，还有，凡昭说她喜欢靳海？……

我的念头在持续滚动着，刚开始滚动念头的时候嘴巴里就已经不自觉地说：“应该可以，我来看看能否改签。”说完话后，念头转动到“凡昭说她喜欢靳海”，让我生出一种不快，我面无表情地掏出手机查询航班改签的信息，一边看一边问凡昭：“改签到明天下午同一班吗？”

凡昭思索了一下，说：“还有别的航班吗？今天晚上或者明天早上有没有？”

我翻看航班，的确有，但是要不是今晚太晚要不就是明早太早，我举着屏幕伸手让凡昭看，凡昭伸手在屏幕上滑动查看，嘴里嘀嘀咕咕一条条念着航班信息。这个西餐厅的桌子宽度无法让我用手肘撑着桌面的方式举手机，我只能直直地伸着逐渐发酸的手臂，耐着性子让凡昭看完。凡昭看完了今天的航班信息，又看了看明天的航班信息，接着又回过头看今天的航班信息——我是从她嘴里嘀嘀咕咕的声音中听出来的——最终还是说：“哎呀，算了，不改签了，明天还有事情。”

我收回举着手机的手，一种烦闷带着凡昭这种随时变化计划的回忆在我脑袋里炸开来，出行不断改签机票，吃饭不断变更选项，连喝个奶茶都要不断变更配料……“如果是在公司里这样的员工我早就开除了。”我这样想。“哎，以为还能和你多待会儿呢。”我这样说。

“切，你们男人的聚会我还是不要参加咯，哪个晓得你们要去干啥子。”凡昭此刻的表情一脸的鄙夷，我在刚才的烦闷里还没有出来，没有理会她的话语，自顾自看了看表，把话题岔开：“时间差不多了，我们出发去机场应该正好。”

“看嘛看嘛，巴不得要我走咯。”凡昭站起来跺跺脚，拿过原本放在我身边的行李箱，快步走在我前面。

“生气啦？”

“没有。”

“我来拿行李吧。”我尽可能快步走到她身边，试图接手行李箱，但是凡昭则加快脚步更快地往前疾走，我的左脚开始使坏，给了我一个踉跄，让我摔在右侧卡座的沙发上——还好不是地上——我不自觉地发出轻轻地“啊呀”声，在客人们目光注视到我之前收住了音量，弯腰拍打左小腿，然后站起来放慢步伐试图再次跟上没有回头看发生了什么的凡昭。

我最终没有跟上凡昭，只能一边走一边看着她消失在餐厅的转角，等我走到停车场的时候她已经在车边站着，冷冷地看我走近，用尖锐的腔调吼道：“你好烦哦！走那么慢！搞快点啊！要赶不上飞机了！”

“我……”我指了指自己的左脚，在内心叹了一口气，凡昭是在我们第二次约会见面时知道我有腿部残疾的，为此她总说我是个骗子。“道貌岸然的大骗子。”她说这话的时候正坐在我身上挪动，“老师你是个大骗子，腿不好也骗我，斯斯文文的样子也是骗我的，哪个晓得你脱了衣服那么能折腾人，哎呀，你这个大骗子……”那时候我觉得自己的左脚丝毫不会影响和凡昭之间的感情，反而觉得那是她必然能够接受的来自我的缺陷，这种自信一方面来自我对自己的能力足够自信，另一方面来自凡昭传递给我的爱意足够浓厚。然而，现在我分明觉得当我指向左脚时，她像是看到一团极度恶心的物事一般露出嫌恶的表情，在我按下车子解锁键后就忙不迭地转身打开后座车门，把行李放在车内，然后犹豫了会儿，还是开了副驾驶的车门，坐了进去。沮丧的情绪很快让我觉得寒冷，我坐进驾驶室启动车子，打开暖气，把车子开进滚滚车流中。

“你是有病吗？那么热还开啥子暖气啊，热死了！”在深圳冬日阳光下行驶没多久，车内的温度就升起来。凡昭抱怨的时候，我也感觉有些气闷，将空调打回冷气模式，车里温度渐渐降下来，然后我开始闻到我刚给车子配置的香熏味道——不知为什么在暖气模式下我没有闻到——青柠罗勒和柑橘的清香在清凉的空气中显得非常清新，这让我沮丧郁闷的情绪稍稍缓解，最终还是不想让不愉快的情绪持续到机场的分别，我在行驶中伸出右手握住凡昭的左手："不好意思啊，让你不开心了。"

凡昭没有说话，也没有从我手中抽开她的手，就这么沉默着一路开到机场，因为要在同一个航站楼接靳海和杨安，我没有如往常那样将车子开到出发层，而是将车子开进露天停车场停下。

"对不起啊，我不该那样吼你。"凡昭在我停稳车子时不知怎么改变了态度，语气软绵绵的。我转头，有些欣喜地看向她。她没有看我，只是低头看着还被我握住的左手。深圳下午两点的太阳从前挡玻璃照进来，正好落在我们握着的双手上，她昨天才做的牛油果绿色美甲在阳光下润泽晶莹，把她原本小麦色的皮肤衬得白净光滑。我的心软化下来，被她温柔的声音抚平，轻轻地说："没有，我也想你开心一些。"

"我开心呢。"凡昭抱住我的手臂，仰头和我侧过去的嘴唇深深碰到一起，我贪婪地品尝着她唇齿间传来的水果清香，开始想着干脆让她今晚留下来一起吃饭好了。然而我的想法还没有说出口，凡昭已经离开我的怀抱，一边解开安全带下车，一边说："闷死了，下车抽烟吧。"

我熄火开门下车，在拿下行李之前，为凡昭和自己各点上一根烟，在暖阳下一口一口抽完，刚才的不愉快似乎就如同这从胸腹之间散落到空中的烟雾，微风一荡，四散而去了。我几乎是在最后的安检时间从怀里放过凡昭，她嗔怪地说："你好烦啊，我又要跑起去登机口……"然后头也不回地跑进安检口。我则暗暗开心，回味刚才在人来人往的出发大厅强行将凡昭搂紧，不顾她羞涩，在众人面前亲吻她的大胆举动来，以前一定没有人这么对她吧？我想。

26

靳海和杨安走出接机大厅时，我差点没认出他们。

在被靳海热情拥抱之后，我退后两步看他们俩：靳海一头浓密长卷发，前额中分，和鬓角头发一同卷曲垂落，盖住耳朵落到下巴处，其余头发松松垮垮地在脑后扎成一束，发梢略微覆盖住脖子，眉眼之间多了一副棕色边框的古典造型眼镜，脸蛋光洁但是在下巴上多了一撮小胡子，让他的圆脸显出一些修长的味道。上身是板型宽松的浅棕色皮夹克，内搭一件浅灰色的帽衫，下身是同样宽松板型的深蓝色牛仔裤，裤脚卷起三四厘米的卷边，露出灰色靴子的鞋帮。整体时尚明亮，咧开唇角冲我微笑，连双眼都带着浅浅的笑意。而在他一旁的杨安，则是近乎剃光的寸头，大大的脑门下面是依旧白净光洁的脸，银色金属边的眼镜方方正正一丝不苟。上身是白色针织衫打底，外套绳结扣的灰蓝色中式棉衣，下身是宽松棕色的裤子，裤脚宽松盖住软底布鞋的一半鞋面。外套和裤子的面布材质应该都是棉麻，因为看起来有些偏硬朗的清晰纹理。整体宁静出尘，带着有些慈祥的（我找不到更好的词汇了）微笑看着我。

“你们……你们……你们……”三年多没见，我完全无法想象他们俩的变化如此巨大，以至于我一时间感觉自身的词汇贫乏到了极致，半天挤出一句，“简直，简直太不可思议了。”

“极致反差吧？哈哈。”靳海笑，指着杨安和我说，“我们仨这穿搭组合，也是够亮眼的了。”

我低头看看自己的穿着，也笑了，在公司工作至今，我在车间穿车间工作制服，在办公室穿衬衫西服，无一不是公司发放的。最大的不同是升任副总裁后，公司给我发放的西装多了些色系，多了些考究的用料，增加了量体裁衣的环节，让我上身后更加挺拔精神。如果是出席正式会议，我还需要戴上领带，佩戴公司的徽章。今天我穿的是藏蓝色系的西装，内搭白色衬衫，站在他们俩中间，一种奇异的不伦不类感呈现在接机大厅里，大多数人都带着玩味的眼神看着我们。杨安调笑道：“我觉得我们像祖孙三代。”他说这话的时候，手依次从他自己、我、靳海身前划过，在划到靳海面前时被靳海拍开："别占便宜。"

我们哈哈大笑起来，原本对久别重逢可能尴尬的一丝丝疑虑无影无踪。我开始招呼他们一同前往停车场，在行走的过程中，我给他们罗列了不下五个不同品类的餐厅选项，最终决定带他们前往在我看来最最地道的粤菜餐厅，打算美美地吃上一顿。

"哟呵，安仔，李泌开的可是你的梦中情车呀。"走到我停车的区域，不知为何这一片只剩下我的车子孤零零待着，当我按下这辆黑色的牧马人的解锁键，车灯亮起时，靳海拍着杨安的肩膀大声地说。

我有些开心地看着杨安快步推着行李箱，绕着这辆我两个月前提的牧马人走了一圈，然后又是一圈。我买下它纯属一时的冲动，一方面是公司颁布了私车公用的补贴政策，如果没有自己的车子就无法享受；另一方面是我和凡昭曾经在一个商场闲逛，商场中庭中摆着这款牧马人，凡昭极其兴奋地拉着我说这是她最喜欢的车子，没有之一，并且说："你如果要买车，一定要买这个车子，你如果买了别的车子，我就不理你了。"于是，我就买下了这款牧马人。

在杨安还要再转一圈的时候，我打开驾驶室的门，对杨安做出一个请的手势："杨安，你来开吧。"杨安没客气，"好的"一声答应下来，然后熟门熟路地打开后备厢，把自己和靳海的行李放好后，迫不及待地坐到驾驶室里。

"李泌，你就坐后排吧，让我也体验一下这牧马人的前排风光。"似乎是杨安的兴奋感染了靳海，他跳进副驾驶室时还发出一声欢呼，"哟吼……"

我坐在后排，看杨安调整座椅位置、反光镜、后视镜，启动车子，驱车行驶，对这款车方方面面的熟悉程度完全超过了我，相比之下，我觉得这车子更像是他的。出机场的路上车流密集，牧马人在这样的路上行驶有种憋屈感，车头往前一抬又落下，发动机叫一会儿歇一会儿，走走停停，磨磨蹭蹭，杨安笑道：“这特大城市就是不一样，啥玩意儿来了都得趴着。”

我指着导航上另一条路线说：“咱们走高速。”

杨安侧过脸点了点头，驱车进入京港澳高速路口，并线进入高速主线，眼看前面车辆稀少，杨安降下全车所有车窗，直起身子，猛踩油门，在霸气震撼的发动机轰鸣声中我们的身子被压在椅背上，强劲的风充斥整个车子。我前方的靳海长发翻飞张开双臂长声大叫，左前方的杨安抿嘴收颌手臂伸直神情肃然，我则伸手抓住座椅扶手，任凭狂风打在脸上。牧马人很快提速到高速路限速的数值，推背感消失的同时，杨安关上所有的车窗，嘿嘿笑着说：“就当感受了一次西北旷野的风吧，每次试驾，人家4S店可不让我这么干。”

“咱们安仔看着淡泊宁静的，内心实实在在是一颗狂野的心。”靳海一边重新扎束长发，一边说，“李泌，你也是哦，斯斯文文的，内心也是有一丝的野性嘛。”我嘿嘿一笑，没有说话。这时候隐没在云层中许久的夕阳突然钻出，阳光从右侧照进车里，一时间柔和的金色和路边矮山上的树影交替在我们身上闪烁，一种久违了的温柔气氛升起来，让我们都沉默了好一阵儿。我不知道靳海和杨安在想什么，那一刻我的脑海里，回忆的是大学里我在清晨操场上踱步的场景，我无法像在操场绕圈的同学们那样肆意奔跑，却同样可以享受那刚刚升起戳破薄薄水雾的朝阳，感受那最是无忧无虑的生命力。

一个下穿隧道暂停了我们的沉默，靳海侧身从前座转头看向我，笑道：“李泌，你知道我们为什么来深圳吗？”

我瞪眼挑眉看他，表示疑惑，杨安的笑声传来：“你又要嘚瑟了哇。”

靳海向杨安挥挥手示意他闭嘴，然后尽可能地侧身，用正面看我，说：“我和安仔两年前出来自行创业，磕磕碰碰渐渐也弄了点不大不小的产品，具体什么产品晚点和你介绍，我先说事儿。”靳海大约看我欲言又止，猜到我想问他们创业的内容，在言语里卖了个关子堵上我的疑问，继续说，“我们自己为了商业推广，也搞了网站、黄页之类的做营销推广，前阵子有个来自深圳的陌生电话打过来，和我们咨询有没有某种性能参数的产品，别说，恰巧是我们有的，我和那人交流了半天，总体是顺利而且愉快的，到了最后对方邀请我们带着样品到他们公司洽谈后续合作事宜的时候报出公司名称，你猜怎么着，就是你们公司。”靳海在讲述到一半的时候，我已经猜到这多半就是我们公司供应链同事联系上了靳海，因为公司业务板块众多，需求的产品和服务也是五花八门数以万计，能够碰上靳海他们我并不觉得很奇怪。

“我当时特别开心，不过脑子地说：‘哎呀，我同学就在贵司。’对方也很高兴地问我是谁，我把‘李泌’你的大名说出来后，电话那头传来在我听来十分惊愕并且饱含敬意的声音：‘李总啊，那是我们老大啊。’

“你是不知道当时我的心情，就像那种互联网小说里扮猪吃老虎的情节，原本还是站在乙方的当孙子心态突然就变了。”

“因为你这孙子突然发现自己的同学是人家的爷。”杨安插嘴调笑。

“差不多吧，你才是孙子……总之，我有种虚荣心得到满足的饱满感，也有种自己同学身居高位的自豪感，总之开心得不得了。”靳海说这些的时候一直在笑，我也在笑，如在校园里的纯粹同学的情感染着我，看着靳海说完后满足地转回身子，伸着懒腰往椅子上放松地一靠，问道：“那你们这趟来，要不要我帮你们打个招呼推荐推荐？”

“嘿，说不用吧，是假的，说用吧，我又觉得挺没意思的。”靳海感慨，“其实我和安仔创业最初，就发现我们的产品和你所处的行业相关性极大，但是没做出点东西来，始终不敢来敲门。到后来有了产品了，又看到你们公司供应商准入的一系列标准认证，就又望而却步，更不敢来打扰。”

“而且很有意思，我和靳海在这一点上倔强劲儿到一块儿去了。”杨安接话，同时跟着导航改道下了高速，“我们不想靠着你的关系提前进入你们公司的合格供应商名录，就这么熬了两年，我们的产品已经开始在其他公司通过小试、中试并且不断提升使用比例，从市场的反馈来看已经是成熟的合格的产品，营收也让公司在生存线上站起来了，但是我们就是因为还没有通过你们公司所规定的一项认证，一直没敢来敲门。”

“一面想用符合标准要求的产品，以实力说话进入同学的公司，一面又因为产品有机会进行合作后，发现自己同学已经身居高位而喜不自胜。”靳海转头露出一个自嘲的笑，“咱就这么拧巴。”

“哦……”我点头，“我好像能明白为什么你们不说产品名称，就像你们说的，你们不希望是因为我的高管位置而快速打开了产品在我们公司的局面，而是更希望用正常的流程来证明产品的实际品质，进而形成合作局面。这样的合作局面在你们看来是因为实力带来而不是权力关系带来的，将更加稳固和长久。”

“没错。”

“但是，我有一个很有意思的问题。”一个问题在我脑子里形成，我觉得自己想不透彻，于是问了出来，“你们看啊，用实力获得长久合作的想法没什么问题，但是现在，靳海你在偶然间和我们供应链同事交流，让对方知道了你的同学，也就是我，是公司的高管，这个信息会不会就已经在某个层面上，对你们所想要的这种实力推进合作的纯粹性产生了某种变化？”

“有意思。”杨安和靳海都点头。

“我刚才在想，在这个背景下，我，或者说我们应该做什么，才能够让原来你们所希望的这种‘用实力获得长久合作’的想法得以实现？”

“嘿，李泌，这问题厉害。”靳海用力拍了下大腿。

“你们看啊，如果供应链的同事来问我，‘靳海和杨安’他们是不是我的大学同学，我说‘是’的话，我就介入影响了……嗯，其实不论我回答‘是’或者‘不是’，我都介入影响了。因为我如果回答‘不是’，和靳海你所给到供应链的信息就会形成冲突，让供应链的同事增加一个认为你是个骗子的印象，对你们将是负面影响……而如果我说‘是’的情形下，带来的是正向的影响，证实了我们是同学的关系。在这个情况下，供应链同事会有个新的问题是，他们需要对同学关系的好坏再次进行验证，因为虽然是大学同学，但是关系是否好可说不准。他们如果多嘴再一问，我的回答是‘关系不错’，那这个正向影响就更加厉害了，说不定会给你们一路开绿灯，甚至把你们和公司的合作和我深度绑定，对我也实实在在产生了影响。而如果我回答‘没啥关系’或者‘关系一般’，那这个影响可就往负面加速跑步咯，到时候别说开绿灯了，万事休矣也说不定……”

“嗯，你说这些的时候，我脑子里出现一个很有意思的隐喻。”杨安的笑总有一种神神秘秘的味道，即便从他的右后方看他的侧脸，依然有种云山雾罩的神秘感。他一边转动方向盘，稍微确认了一下导航上的方向，将车子往目的地餐厅的停车场拐进去，一边继续说：“你们看啊，如果把我们这个产品，当成一个人，这个人的人生信念就是想要通过自己的实力来获得自己的成长发展，包括他的父母——也就是我和靳海——也是如此希望的，那么当下的局面，对这个人来说，意味着什么呢？”

“一种宿命感浮现出来了。”靳海笑起来，“我突然想到我们学量子力学的海森堡不确定性原理和量子的观测效应，当时我就在想，原来看和不看，知道和不知道，对事物竟然有种宿命般的影响。”

“也像佛教里常说的一个‘发心’的概念，行为可能是同样的行为，但是不同的‘发心’却会导向不同的善恶结果。”杨安说这话的时候已经停好车，我们走下车来，我不太理解杨安说的“发心”概念，一边引导他们往餐厅走，一边问杨安：“发心？”

“嗯，我来说一个比较普遍的公案，也就是佛教里的寓言，说的是有一个人，经过一条路时看到路边有一尊泥佛像，日晒雨淋，摇摇欲坠的样子，他觉得于心不忍，就把自己穿的草鞋放在佛像头上，想的是多少能有个东西遮阳挡雨，虽然鞋子放在佛像头上是一种不敬，但是因为他的善心，他并没有被佛祖责罚。而后来过了一会儿，又来了一个人，他看到佛祖头顶上放了个鞋子，心想这真是不妥啊，于是他赶快把草鞋拿走了，让佛像继续日晒雨淋，但是他的发心也是善的，所以也并没有被责罚。”杨安说完，看着我，“这样说，你能理解发心了吗？”

我点头，若有所感。

“其实每次想到‘发心’的时候，我都会有种种纷乱的疑问，是对‘善’这个字的疑问发起的。之前，我总会用各种各样的标准去尝试衡量‘善’，比如什么样的行为啊，什么样的结果啊，但是后来发现，这是一种只能自行衡量的心理状态，它和平和、仁爱、温柔等美好的词汇相关联，无法通过外显的表征去判断。于是就有可能有人用看起来‘善’的行为，以试图达成他其实是‘恶’的目的。但是想到这里，我就更难受了，虽然有人确实是用一些善意的行为去试图达成自己内心邪恶的目的，比如说现在人们常说的‘道德绑架’，就是用看起来善意的行为，去为自己赢得更多的权力和利益。但是更多时候，人们是难以自知自己的真实意图的。就比如说，如果我现在回头去思考，我是否带有一种潜藏的让我们产品更容易进入你们公司的一己私利去透露我们是同学关系这个事儿呢？这很难说，我只能说，在脱口而出的当时，我没有恶意，我甚至能确定在当时我并不知道你已经是公司高管，但是是否‘善’，就太难说了。”靳海说得很绕，我很认真在听，但是听着听着就生出一种“我们怎么就聊到了这里”的莫名其妙来。

“嗨，我们不知不觉聊到这么形而上学的话题干啥，烧脑的，事到如今，还是先吃饭吧。”杨安在服务员开门之前快走两步，右手拉开餐厅的门，左手手肘弯曲放在腹部，上身向前微微鞠躬，开玩笑道，“两位领导，请进。”

27

杨安公司未来的甲方领导和现任总经理——我和靳海摆出领导的架势冲杨安点点头，走进餐厅，靳海在路过杨安身边时还故意说：“很好很好，小伙子很有眼力见。”

我选的这家粤菜餐厅，其实在口味上不是最佳的，但是它的地理位置和环境非常适合招待好友。装修虽然以红木材质为主，但是配合精心设计的灯光，并不显得老气，反而宽敞明亮精致时尚，餐厅不仅有室内的位置，还有室外临湖的座位。并且这些临湖的位置都增加了驱蚊、取暖、防风的设置，所以不论季节，也不论是早茶还是晚餐，在户外的位置都能有不错的体验。今天我订下的就是户外的位置，在今天这样有阳光的深圳温暖冬日里，根本不需要打开座位附近的暖灯，就能很好地在临湖的夜景中享受一顿晚餐。

我们仨随着服务员的指引落座，我和杨安面对而坐，靳海则坐在了我的左边。服务员在我们落座的同时就分发了菜单和酒水单，并给我们上了一壶红茶在小铜炉上慢慢煮着。

靳海翻看着菜单，说：“呀，李泌，这挺不便宜的呀，但是看着挺好吃，我可不客气了啊。”靳海是那种未接触时，总觉得他冷漠严肃一脸拒人千里之外的模样，但是一旦走近了，他总能和人把关系走得更深。我觉得，他和人交往总能有一种自然的平等感，这不仅体现在之前他为我张罗一次落地的迎接聚会以及给我分享管理知识时的无私，还体现在现在他大大方方地享受我在深圳为他准备的接待，这种不刻意的客气，其实让他更容易和走近的朋友关系走得更深。靳海点了烤乳鸽、豉汁蒸鸡爪、叉烧肠粉、干蒸排骨、白灼菜心，他一边点一边说：“这几样菜，我在杭州的粤菜餐厅必点，这次来到它们的老家品味品味，下次回杭州的时候好脱口而出点评点评，给他们一个下马威。”

杨安则点了叉烧拼盘、猪脚姜、炒米粉，我补了些如柠檬虾、蒸元贝之类的海鲜菜，这家粤菜的分量较为精细，看似点了一大堆，但是每盘菜估摸着也就人均吃上两三筷子，以我们三人的饭量，并不担心吃不完。

“喝点啥？”我问。

“我就不喝酒了，你和杨安可以搞点，梅子酒啥的，我刚才看到，杨安肯定喜欢。”靳海一边拒绝了喝酒，一边为我们提供了酒水的建议。

“梅子酒好，好久没尝了，还记得大学那次我们在学校草坪喝完了一整瓶梅子酒不？”杨安笑着附和这个建议，一时间回忆像是听到了号令一般在我脑子里冒出来。那个深秋的傍晚，我路过学校河边时碰到靳海和杨安两人，他们在已经发黄发硬的草坪上相对而坐，在他们之间铺开三个塑料袋，一个装着一整只的奥尔良烤鸡、一个装着卤鸡爪、一个装着凉拌菜。他们一边吃着，一边轮流拿着一瓶酒喝着，看到我独自路过，靳海大喊：“李泌，快来一起吃。”那是我第一次喝梅子酒，这种酒似乎在四川、广州、浙江较为普遍，在我老家云南却较少。那天的梅子酒是杨安自己用米酒泡的，泡的时间不久，颜色偏淡，口味上总体偏甜，极易入口。我们仨轮流对着一个瓶口喝酒，用手直接撕扯鸡块，拿着鸡爪，捏着凉拌菜入口，很快就吃完所有的菜喝完所有的酒。在太阳落下去时，杨安撑着草坪挺着肚子冲太阳打了个长长的嗝，说：“这才叫生活。”这些回忆带着细节在我脑袋里浮现，甚至带着当时秋日晒了一下午的枯草泥土味道。

“我记得我们那天醉倒在草坪上，睡了好一会儿。”靳海说。

“哈哈，那是你，我和李泌可都没事儿。”杨安笑道。

“嘿嘿，我酒量确实差劲，怎么练也无济于事，一瓶啤酒脸红，两瓶啤酒倒地，百试不爽的。”靳海一边从服务员手里接过送上来的梅子酒，一边感慨，“校园时光就是那么无忧无虑呀，周钊常和我感慨，他希望自己一觉醒来发现自己还在学校宿舍，大声喊着大家一起上电脑开黑……”

“你这酒量，怎么当的总经理？”我有些疑惑，不理解靳海如何应对那些商务场上的应酬。

“硬喝呗，为了公司生存，肾不好的事儿也不管了。也不知道怎么回事儿，不论我如何喝醉，这酒量都上不去，怎么喝都对酒喜欢不起来，不像安仔和庆池，他们俩喝酒是香的，是能够享受那酒后微醺感觉的。”

“那你可遭罪了啊。”

“可不是吗？最初那段时间，安仔要在家里负责技术研发，优化产品，我只能自己出去硬扛呀，可算是见识了不少酒文化。”靳海说着缩着脖子抖了抖脑袋，仿佛那些回忆让他心惊胆寒，“一次在山东，客户非得让喝冰啤酒，那玩意儿不仅是冰的，还带冰碴，把我喉咙割得生疼，第二天扁桃体就报销了，烧到39℃回的杭州，不过好歹带回来一份合同。还有一次在徐州，客户说：‘来吧靳总，一杯白酒一千平方米的量，你喝几杯，我们每月买几千平方米。’我心里一横，去尿，喝吧，就一杯接一杯喝起来了，一边喝一边想：‘一小杯三钱的量，二两酒量折合六小杯，努努力喝到十杯，一万平方米月销量就是销售额三十多万，怎么也算个小单子了……销售量上去，产量需求稳定，生产成本下来……’就这样，喝到断片，不过好在不像在厕所里找小鸡鸡的廖伟那样出丑，还知道摸回酒店，除了吐了一被子交了些清洗费，其他还好。”

说到廖伟的事儿，我笑起来，继而想起了凡昭。我掏出手机看看信息，发现凡昭已经发了好几条信息给我，告诉我她已经平安落地，告诉我她很想我很爱我，我连忙回复信息：“刚才陪靳海他们到餐厅吃饭，我也想你，我爱你。”发完信息，我熄灭手机屏幕抬起头准备继续刚才的话题时，看到靳海和杨安一脸不怀好意地看着我。

“这是，给女人回信息吧？”靳海问的时候，用一种侧头瞪眼挑眉露出抬头纹，紧闭嘴唇嘴角高高上扬的假笑表情看着我，在我点头时，继续说，“看来，还有点沉迷的意思？”我立即用力摇头，辩解道：“没有没有。”但是显然我自己也对自己的辩解感到有气无力，内心突然生出一种懊恼来，这种懊恼和下午面对凡昭反复无常时生出的“如果这是我的员工我早就开除了”的想法相呼应，进而让我开始意识到我在和凡昭的感情中处于更卑微处境的现实——我并不想“开除她”，反而用各种各样的方式留住她，比如一切开销都是花我的钱，比如每天都是我先主动给她发送信息，比如我说了更多的甜言蜜语……我不想让这样的懊恼情绪继续下去，赶紧把注意力转移，招呼靳海和杨安品尝刚刚端上来，人手一只的烤乳鸽。

不得不说这家粤菜餐厅的烤乳鸽确实地道，外皮焦黄薄脆，内里细嫩多汁，我和杨安都戴上一次性手套抓着盘中已经切开两半的烤乳鸽大快朵颐，靳海则用筷子夹起乳鸽，品尝起来。

“你怎么那么不喜欢戴手套。”杨安用戴着手套的手撕开乳鸽腿，对靳海说，“你吃个小龙虾都照样用筷子，失去了品味这些美食的灵魂呀。”

“嫌麻烦，事后洗手什么的，手上还多半会留下味道。”靳海依然用筷子，看得出来他使用筷子很是灵活，并不影响他享用烤乳鸽，但我倒是比较疑惑，怎么用筷子吃小龙虾？我把我的疑惑问出来。

靳海嘿嘿笑：“要不，再请我们去吃顿小龙虾，我当场示范？”

“不行不行，吃不下了，我最近在调整饮食，今天这分量已经足够了。”杨安拒绝。

“来，我用海虾演示，你想象吧。”恰巧服务员端上了我点的柠檬虾，靳海用筷子夹过一只，咬掉脑袋，用筷子托住虾身，咬掉虾腿以及虾腿相连的腹部薄壳，然后说：“在这里，小龙虾因为是螯虾，不同于这种海水虾，在腿两侧有硬硬的边，一般我会在这时候继续用牙齿把硬边咬掉。”

“那虾线呢？”我最大的疑惑，就是这个。

“一样用嘴巴咬，在尾部，轻一点，不要咬断，向外一拉，尾部和虾线会一起出来，然后就是同样这么托着往嘴里一送，吃就完了。”

“厉害厉害。”

“他之前还给我们表演过吃泡面时候用嘴巴开火腿肠，也不知道他怎么咬的，火腿肠的一头咬开但是那根包装凸出的线不断，往下一拉，整根火腿肠就完整地弄出来，后来我们泡面懒得找剪刀的时候都让他这么弄。”杨安邪恶地补充说，“靳海的口活儿就是好。”

“所以招女孩子喜欢呗。”我嘿嘿笑，想起那被靳海拐带出四川的女孩来，“对了，听说靳海你跳槽的时候拐带走了一位川妹子？”

“可不是吗，已经老婆孩子热炕头了，不止我，安仔走的时候也带走一位，抱儿子比我还早……”靳海说着，给我看他一家人的照片，照片里的靳海还是寸头，抱着胖胖的看起来和他一个模子刻出来似的女儿笑得龇牙咧嘴。他从四川拐出来的川妹子白白净净，笑得幸福洋溢。

“川妹子好呀，长得清秀、肤白水嫩、娇小可人、爽气热情、吃苦耐劳、敢爱敢恨……”我把我能够想到的词汇都放到四川妹子身上，其实再多形容也不为过，川渝地区独特的地理人文环境，让川渝妹子形成一种不同于其他地方的特点，如同川菜，又麻又辣又香，让人难舍难忘，欲罢不能。说到这些，我下意识地看了看手机，从我发出消息后半个多小时了，凡昭并没有回复，我的心里升起一丝的失落。

“你咋在成都不接触个川妹子带出来，保证你在深圳的小日子过得坚实，无忧无虑，你看我现在就过着中午能回家吃午饭的生活。”杨安说。

“我啊……”我一时语塞，最近几年，和父母电话的主要话题没有别的，就是什么时候结婚，甚至屡屡尝试给我安排相亲，我都以工作忙碌推脱了。事实上，工作也的确很忙，以至于我过年都少有回去，这几年基本都是在平日里用年休假回去看看父母，而回去最久的一次是妹妹结婚。我说的妹妹，是亲妹妹，同父同母。结婚当天，我才第一次见到妹婿，现在想来，我可真是个不合格的哥哥。妹婿是我们老家当地人，按照当地的习俗，婚宴主要由妹婿家一方进行张罗，娘家只要做好配合就行。妹婿家族在当地算是有头有脸，张罗的婚宴可圈可点，基本不用我们家里操心太多。我就更像个局外人，除了在婚礼上作为大舅哥上台说了几句祝福的话，多喝了几杯酒，就再无存在感了。到后来，妹妹生了第一个孩子，父母的精力被牵扯过去，盯着我的次数也就少了，加上我职位越来越高，大概在他们看来凭他们的交际圈子想要给我找个般配的姑娘也难，也就对我婚姻的事情越发随缘了。而现下我似乎也实实在在地找了个川妹子，只不过我如果能够像靳海和杨安那样把她从成都带出来，就真的得用上“拐”这个字眼了。

大概是见我回答得支支吾吾的，杨安很识趣地没有继续这个话题，将酒杯一端，对着如弓的月说：“吃了那么久，我们还是得假模假样地来一次碰杯呗。”

“敬同学。”靳海举杯。

“敬重逢。”我举杯。

“敬祖孙三代。”杨安调笑，然后赶紧改口，“敬美食。”

“干杯。”

28

喝下一杯酒后，我拿出烟用眼神询问靳海杨安，得到摇头的回复后自顾自点上，如满弓的月已经爬出来在天空中挂着，它过两天圆起来，再变缺下去就是春节了，对岁月流逝速度的感知在这几年尤其敏锐起来，总觉得时光像是拥有了一个加速度，越长大它跑得越快。我感慨：“时间过得真快。”

“可不是吗，前几年我还每天和周钊在线上相约游戏，这几年连游戏的时间都没有，只能在微信聊天窗口见缝插针地聊两句近况，更多也是感慨时光飞逝。”靳海双手在脑后漫无目的地用手指头在头发中穿插，仰头看除了月亮啥也看不清的天空。

时间一天一天在变短，事情一天一天在变多，人生的最初如果是个空旷的房间，现在则放进了各种各样的大大小小零零碎碎，拥挤不堪无处落脚。凡昭总是和我抱怨她的一天被工作、家庭的各种事情所挤占，完全没有自己的时间。我在她讲述家庭生活的琐碎时试图去体会其中的难处，但从她口中传递出来的鸡零狗碎对我来说犹如遥远的幻境，诸如教孩子做作业会气到崩溃、亲戚之间的小摩擦会让她觉得烦恼、老公事业挫败让她烦不胜烦……我其实都无法共情，但是在一种不自觉中，我把自己定义的那种老师角色扩展到了凡昭人生的方方面面，开始无意识地尝试解答，甚至是解决凡昭所有的问题。在她倾诉烦恼时，我会尝试了解事情的原委，为凡昭提供分析和解决建议，凡昭总会说：“老师，你真好，你太厉害了，你如果在我身边就好了……”被凡昭需要的感觉让我感到满足，更加沾沾自喜老师的角色来。

然而，我显然是没有好好学韩愈的《师说》，我从来没有想起文中的那句“是故弟子不必不如师，师不必贤于弟子，闻道有先后，术业有专攻，如是而已”。但凡后来的我能有那么一次想起这话，我也不会把老师这个角色设定得如此万能，也不会用这样的万能，去面对凡昭后续的所有欲望。

“人生到达我们这个阶段，都在疲于应付增加的各种角色和责任。”杨安给我和他自己倒酒，“我们一开始就是当个儿子当个孙子啥的，后来还得当学生，当班干部，当员工，当领导，当男朋友，当老公，当别人的儿子——也就是女婿——还得当爸爸，弄不好未来还得当爷爷当外公……当得越多，你的那份自己就被挤占得越多……等到这些角色和责任增加上来，你适应了，又要开始学着剥离这些，说不定哪一天，就突然发现自己当不了孙子了，当不了儿子了，退休了当不了员工当不了领导了……总之经历角色和责任的增加后，就开始平衡，进而减少，然后光屁股蛋升天。”

“咱们还可以换个思路，这人生就像今晚这一顿饭，一道菜一道菜上上来，品尝的滋味也越来越多，然后就渐渐有的菜吃完了，最后光盘，光碗，光杯子酒，放下筷子道声谢谢，下桌就好。”靳海换了个说法。

“嘿嘿，今晚这顿饭，好歹咱们还能点啥上啥，现实的生活往往是，你点的烤乳鸽，上来的是八宝饭，你点的豉汁凤爪，上来的是帝王蟹，好吃的不好吃的都得硬着头皮吃完……”杨安补充。

“这倒是，要换菜什么的，得加钱，换上来的菜也不一定就真的是你想要的菜。”靳海和杨安，不愧是绝佳的搭档，他们俩在一起总能顺着一个点子巴拉巴拉说下去，我好像就没能有如此天马行空的想象力。

“如果你实在吃不动了，想提前下桌，那也由得你。”杨安说，“这就是自杀了。”

“或者说，有的人有种能力，把桌上的饭菜想象成自己要吃的那一种，津津有味享用起来……”靳海一边说，一边指着柠檬虾，“有的人不吃虾，就只好想象这是一只大鸡腿，吭哧吭哧地吃，结果这虾有壳啊，咋办，就换个想象这是面粉炸鸡腿，外面的面粉炸得不好吃，得咬掉吃里面的嫩肉……”

我看他们俩聊天，仿佛看到他们在非常默契地搭建一个通往天空的台阶，杨安一层靳海一层，一块一块垒上去，每一层都能严丝合缝，而他们俩也好像可以不知疲倦一般，我尝试跟进他们的节奏，融入他们的谈话，却发现我无法融入他们的想象中去用同一个话题输出一些隐喻，尤其是在这口头交流的当下。或许给我几分钟的思考时间，我就能够跟上他们的节奏，想出一些绝妙的点子进行跟进，但是这种机会他们俩不会留给我，他们越聊越嗨，我不得不叹口气，感慨道：“还是非常佩服你们的想象力的，你们俩的脑洞真的让人难以置信，这些想法都哪里冒出来的。”

“嗨，我们这一聊天，就跑远了，我觉得我们得把刚才的那个话题重新捡回来说一说。”靳海伸出手在空中一抓，模仿乐队指挥做了个停止的手势，“李泌下午提的问题更有意思，我们该如何让自己的产品用实力说话的初心得以继续，而不因为李泌这尊大神而有所影响呢？”

我觉得更加无奈了。他们俩不仅可以在一个话题里迸发想象力构筑一座想象的高楼，还能在不同的话题之间快速跨越，回到这个由我提出的话题中，让我措手不及：“你们的聊天跨越性好大，我觉得我完全跟不上你们聊天的节奏，等等，让我捋捋，我到底是咋说的来着？”我仔细回忆下午我提出问题的出发点，我发现我只是提出如何让我在他们的产品进入公司的试用过程中降低影响，而他们则因此聊到了人生的宿命感。

“你提出的问题是，你该怎么做，才能让你在我们的产品试用过程中，因为靳海无心，嗯，暂且当作无心吧，他无心地透露我们和你同学关系的一句话带来的影响降到最低。”杨安很快总结了一下，然后也做了个靳海那样的停止手势，“靳海打住，咱们让李泌捋一捋，别飘太远回不来。”

听着杨安这话，我有种幼儿园学生混入成人队列参加百米跑步比赛的感觉，作为成人的杨安对作为幼儿园学生的我说：“让你先跑一会儿……”跟不上节奏的无奈让我干脆放弃了思考：“你们不会已经有答案了吧？”

肉眼可见地，杨安和靳海对视了一眼，然后杨安说：“其实，我觉得最简单的方法，就是两个字。”

肉眼可见地，靳海翻了个白眼，然后说：“真诚。”

“嗯？”我不明白。

杨安很平静地说：“其实，与其去等同事们的各种猜测，与其去设想自己的各种反应带来的后续发展，不如在一开始就把这个桌面掀翻，让桌子底下的那些东西无所遁形。

“作为李泌你呢，那么大的集团公司，在供应链方面已经成熟，必然有明确的流程或者是标准提供给内部推荐的供应商，一般来说，你可以使用那样的流程，合理地披露你和我们的关系，然后在所有相关的决策中予以回避。

“而作为我们的产品呢，也坦坦荡荡认命，谁让自己有亲戚在集团公司当大官呢？那就老老实实一边用实力说话，一边享受可能因为这个亲戚带来的便利或者仇视。

“只有这样，问题才不会复杂。”

不得不承认，杨安说的是对的，这个方式，是最简单的方式，省却无数暗流涌动和猜忌。我点头，非常赞同，然后有个绝妙的问题冒出来——我想，这其实是我试图在杨安和靳海之间找寻智力优越感的问题——我问道：“这好像也能如你们下午时说的一样，放在人生的尺度上去使用，‘真诚’大概也能让生活更加简单点。”

“没毛病。”杨安打响指，笑。

“不过，这里有个最大的难处。”靳海用左手撑着脸，侧过头的同时用嘴角吹开搭在右脸上的头发，说，“公司里，嗯，尤其是你所处的这种大公司，流程制度基本完善，可以就事论事地去说明，去执行，去完成整件事情，但是人生就有个不同的地方在于，我们人很少真的有自己是否‘真诚’的自我觉察。”

靳海又一次让我回到下午听他说那段关于“发心”的概念时的云山雾罩里，我觉得一时间我的眼睛不再聚焦，有点涣散的困意笼罩了我。我快速眨眨眼睛，看着靳海的眼睛问：“怎么说？”

“回到下午我举的那个例子吧，我在意识层面可以明确说，我对你供应链的同事说出自己和你的同学关系并没有任何的功利想法，但是我的潜意识层面是否在试图用这样的表达从你同事那里获得更多的资源便利呢？又或是我潜意识层面试图用这样的方式来体现自己在你同事面前的权力优越感？再或是我潜意识层面想要其他的？”

“潜意识，意识，你这心理咨询师可别对我这样的小白用太过专业的词汇。”我强打着精神。

“嗯，潜意识大概在整个心理活动的占比可以超过90%，也就是事实上每个人做出的很多行为，都是潜意识在作祟。”杨安解释道。

“怎么，你也是心理咨询师了？”我问杨安。

“当然，安仔为了保持和我沟通交流的一致性，自学成才，也是个心理咨询师了。”靳海调笑，“换个让你好理解的说法，潜意识可以看成是一种自动驾驶的模式，就如同当你学会骑自行车时，你就不用分心在保持平衡上面，哎，对了，还有个更好的比喻，你可以把它们看成是你们公司已经成形的制度和流程，很多时候这些制度和流程都是在程序化地运行，很少有人会去问这个制度和流程为什么要这么进行，但是一旦这制度和流程出现了结果上的问题，或者在执行过程中引来了不合理性的影响，它就会进入意识层面，也就是被公司注意到，进而进行分析、讨论、整改、优化、验证……然后再度实施，如果实施顺畅，就形成了新的制度和流程，也就形成了新的潜意识。”

我点头，表示这样就好理解了，但是困惑也随之升起：“觉察潜意识，真的有意义吗？”刚问出口我就开始懊恼，怎么会没有意义呢？公司的优化不就是这么发生的吗？

“有意义，知道自己为什么会做某些事情，其实挺有意思的。”杨安说，但是又笑着摇摇头，“但是有时候好像也没有啥意义。”

“啊？”我满脑门的疑问。

“顺着靳海所使用的隐喻吧，公司已经成形的制度和流程，重新拿出来进行检查和梳理，往往都会发生在这些制度和流程对公司的发展造成阻碍的时候。虽然不乏小部分公司会有精力定期地对已有的制度和流程进行检查和讨论，但是这种没有发生问题时的检查和讨论往往都会流于形式，甚至还有一些负面的可能：比如这种提前检查和讨论可能会增加公司的内耗，让公司需要付出更多的管理精力；还比如公司虽然没有内耗，管理人员齐心协力对制度和流程进行的优化，让这些制度和流程更加脱离基层使用的实际情况，造成更多问题的发生。”

我想起了自己公司的制度流程来，我好像就是那个强迫公司进行潜意识自我觉察的角色。如果按照杨安的这个说法，我自以为正确的做法，也可能给公司带来更多的困扰和烦恼，甚至带来结果上的错误影响……我突然有点紧张起来。

“不过，话说回来，虽然以公司为例，这种提前的自我觉察会有不良结果的可能，但是有这样自我觉察意识和能力的公司，总体来说还是会比别的公司更快扭转这种不良结果的影响，让公司再次往更好的发展路径上前进。所以好像归结起来，这种自我觉察仍旧是好事儿。”靳海依旧撑着脸，对杨安的话进行无缝贴合的补充，仿佛解答我的困惑一般，让我还停留在思想里的紧张放松下来。我粗粗地反思了一些近来在公司掀起的一系列变革，那都是基于新技术或者新的生产方式带来的对原有落后管理方式的改善。即便我不大刀阔斧，不久的将来也必然会有显性的负面影响呈现出来，我只不过提前让整体做好了准备。

“你们总能用人容易理解的方式来诠释一些观点和概念。”我表示服气，“所以，你们现在的这身穿着，是对自我觉察后的真实自我呈现吗？”

杨安和靳海都笑了起来，靳海说：“其实我们在等候行李时就已经远远地看到你了，我们就这个话题还怀旧了一番。”

杨安指了指我身上板正合身的西装说：“我和靳海在离开公司前，也都能算是高级管理人员，我们都有公司量身定制的西装，在车间就穿工作服，在办公室就穿西装衬衫，每天都是。而且做生产制造嘛，996已经不足以形容工作强度，基本都是7乘24小时随时待命，下班后自己的时间并不多，所以其他衣服也就不讲究了。”

杨安一边说，我一边点头，深表赞同。每次和凡昭逛商场，她都尝试给我搭配服装，无奈的是她挑选的那些服装在职业场合中都显得太过时尚前卫，买来之后往往都留在宿舍衣柜里，难得穿在身上。再次想到凡昭，我又给她发了条信息：“我还在和靳海他们吃饭，聊得很愉快。”

“我从进入职场到出来创业之前，一年估计都买不上一身衣服，等到被安仔忽悠出来创业后，发现那些镶嵌着集团公司领徽的西装不适合继续再穿，而衣柜里的好多衣服竟然还是大学时期买的，虽然我依旧能够穿上……”靳海说到这里笑嘻嘻地拍拍自己的胸脯和肚子，继续说，“像咱们这样没有发福其实挺难得的，我没有把那些衣服丢掉，想着40岁的时候再来试试自己能不能塞进去。后来我就开始花钱买衣服，尝试自己喜欢的风格，现在这个搭配，是我当下觉得比较舒服的搭配，所以要说是不是真实的自我呈现，我觉得当下必然算是的，但是未来会如何变化，谁也说不好，不过我估计安仔这身搭配，他应该能喜欢很久。”

“是的。”杨安点头，“我一直觉得，我可能在某天出家去，和尚啊道士啊这类职业应该也挺适合我的。”

我毫不犹豫地点头，十分赞同。

29

我把杨安和靳海送到酒店时，已经是夜里12点。

他们俩的组合很有意思，总能把话题往更深层思考的方面带领，我不得不保持专注力和思考以便跟上他们讨论的节奏，这给我制造的问题是脑袋隐隐作痛，在过程中我也不知不觉地抽完了一盒烟，以至于靳海下车时拍拍我的肩膀说：“李泌，少抽点烟，你瘾头有点大了。”

靳海这句话，让本来想在酒店门口再抽根烟的我一时间不知道该干啥。我打开手机，没有凡昭的信息，在刚才吃饭的时候给她发去的信息如石沉大海。黑暗的车内只有手机上和她的聊天界面这一点亮光，我的视野中，这点亮光越来越亮而周围的景物越来越暗，一切在变得沉寂的同时好像都停止在了这点亮光里，我开始有种不好的预感。

“小昭，你还好吗？”我只能发信息，深夜里给有夫之妇打电话的事儿我没法做，对着空荡荡的吞噬掉我的聊天界面不知道多久之后，我把自己拔出来，轻踩油门唤醒车子的发动机，往宿舍开回去。

“有夫之妇……”在临近宿舍小区的红绿灯口，我莫名其妙地说出自己脑子里盘盘旋旋的这个词汇，原本那种如鲠在喉的感觉随着声音的发出变成了如芒在背，一阵寒流从我的脑袋开始传达到手指脚趾这样的末端。不知道是在想象中还是现实中，我觉得身上的鸡皮疙瘩一个接一个地立起来，像足球运动场观众席上的人群造浪一般一圈一圈地在我身上肆虐，原本只是隐隐作痛的头突然变得疼痛欲裂，不就一会儿，我就觉得身子开始发热，干干地发烫，没有一滴汗——我好像发烧了。

回到宿舍，从常备的药箱里找出布洛芬吃下后，我瘫在沙发里等待头痛的消退。不知道这些药物是怎么寻找人类肉体里的疼痛源头的，不出十分钟，我就能感受到那欲裂的头疼如潮水般褪去，只留下一些暂时无法完全抽离的昏涨感。

“昏涨感……混账……”我意识到我的潜意识在教我说话，仿佛因为头疼，那些沉睡着的潜意识开始活跃，靳海和杨安关于“真实自我”的讨论在脑袋里冒出来，一种想要做“真实自我”的愿望被打开，让我觉得自己和凡昭这样不清不楚的关系非常混账。我再次打开手机，仍旧没有任何信息提示，往常每日都会说的晚安也没有出现。我犹犹豫豫地在信息框里打上“晚安”，却终究没有发出去，握着手机就这么在沙发上睡了过去。

梦境又一次浮起来，我在趴伏姿势驾驶的跑车中又一次在山路上盘旋而下，弯道、峭壁、悬崖、树影、水域、岩石、黄土路、水泥路、高速路……场景如出一辙地在梦里推进，疼痛、憋闷、激昂、无聊……情绪排练好一般地持续翻滚。在高速路面上的持续行驶中，我期待的能让跑车在极速下向天空冲去的斜坡依旧没有出现，梦中的我开始知道这就是我持续做的一场重复的梦。我知道在这样持续的无聊中，我就快要醒来了……我感到脖子酸涩，一直趴伏着开车的姿势让脖子持续承受脑袋的重量，我开始对自己说："喂，李泌，可以醒过来了。"跑车仍旧行驶着，没有颠簸，甚至没有了声音，我焦躁起来："快醒过来啊，啊啊啊啊！"在持续对自我的吼叫中，跑车冲进了突然出现的隧道中，看不到隧道的出口，没有隧道灯，只有跑车的近光灯亮起，照亮前方二十余米的范围。隧道内的墙壁像是刚刚开凿完成一般嶙峋怪异，地面倒是平平坦坦和进入隧道前一般，人行道清晰可见，贴着路面的台阶上新鲜光滑的白黄相间警示色在车灯照射下发出刺眼的反光，这反光在我正前方划出一道近乎90°的弯折，提醒我修建隧道的人是如何居心叵测，衔接在高速路上的隧道内怎么能有这么随心所欲的弯道设计？！我一边咒骂一边尝试减速，却发现跑车的刹车系统完全失去反应，我只能快速却均匀稳定地调整方向，让跑车尾部擦着人行道台阶急急地转过这个近乎直角的弯道。随后，跑车尾部燃起熊熊烈火，噼啪声和引擎声突然回归到梦境中，一种没有任何道理的信念告诉我这跑车就在爆炸的边缘。我慌乱起来，试图脱离驾驶位置，尝试从车的侧面抑或是车顶跳车逃生，但是我无法动弹，我像是被绑缚在了趴伏着的驾驶室里，连挣扎的可能都没有……跑车就要爆炸，我在试图放弃挣扎的时刻突然向后飞退，退出驾驶室，退出跑车，退出黑漆漆的隧道。我好像退到了隧道所在的山体里，放眼望去尽是漆黑，在漆黑中我却能看到隧道，黄白相间的路边台阶显示着隧道在山体里的痕迹，角度刁钻绵绵不断，一种绝望在我内心升起，随之而来的是梦境认定我已经死亡的宣告—— 一声巨响，我从沙发上猛然坐起，脖颈处传来痉挛式的剧烈疼痛让我刚刚睁开的眼睛陷入一阵炫目的白光中。我重新摔回床上，人事不知。

不知道躺了多久，再次醒来时，冬季的雨滴砸落在窗玻璃上，啪嗒啪嗒的，我缓缓睁开眼睛，确认我还活着，只是脖子无法动弹，身体任何一个只要能够牵扯到脖子的部位都不能活动，因为一丝一毫的牵动都让脖子疼痛无比。

“完了。”我想。外面的天仍旧黑着，只听到对于冬雨来说偏大的雨声，其余的声响一概没有，这让我觉得此刻应该是很深的夜里。我尝试放松身子，开始感受到手指头还能活动，也碰触到了睡前握在手里的手机，我在想象中解锁手机，拨出电话——随意的电话—— 一次接一次，终于我听到手机听筒传来弱不可闻的电话呼出时的提示声，大概到了快要响起“您拨打的电话暂时无人接听”的提示音时，有人接起了电话。

“喂？”谢天谢地，我的手机听筒漏音严重，我清晰地听到靳海的声音，“李泌，咋了？”

“靳海，我需要帮助，我动不了了。”我尽可能大声地说，生怕喉咙牵动脖子会引起疼痛。

“需要报警吗？”

“不用，快来就好。”

“你在哪儿？”

我迫不及待地说出住址，挂断电话后身子彻底放松，连脑袋都放松下来。如果此刻有人站在一边看我，大概会看到一具无法瞑目的死尸，这具肉体此刻连思考的活动都没有，甚至没能思考靳海如何能通过我宿舍紧锁的门。

显然，我不用思考是对的，不多时靳海就直接带着物业管理人员使用了备用钥匙进入我的宿舍。宿舍客厅灯亮起时，我的身体仿佛电脑按下启动键一般开始慢慢复苏，等到靳海在我眼前摇晃手掌时，短暂远离我的思考能力飘飘忽忽地回到我的脑子里，让我还有开玩笑的能力：“还活着。”

“看出来了，没死透。”靳海笑着，“哪个零件出问题了？”

“做了个噩梦，起猛了，天旋地转倒下来，身上各处只要一动，脖子就疼。”

“颈椎病？”

我上下转动眼珠算是点头，脖子似乎能够活动一些，开始不如刚才那么僵硬。近几个月来恢复工作强度的我的确有更多的伏案工作时间，落枕的频次也越发频繁，这么看来，靳海的判断没问题。

靳海点点头，和物业管理人员道了声谢谢，表示有他在没问题后，送物业管理人员出门，回过头来自言自语着：“起猛了加剧颈椎疼痛，冰敷试试呗。”说着他自己摸到厨房，从冰箱里找到一包我毫无印象的冰袋，找干毛巾包了轻轻送到我的脖子下，然后在我手上某几个穴位来回按压着，竟然一点点把我的知觉找了回来。

等我能够坐起来时，天色已经蒙蒙亮起，雨则更大了，被风席卷着扑打在玻璃窗上。靳海还蹲在沙发边按压着我手背中指和无名指手骨合并到一起的区域，他嘿嘿一笑，说：“忍住了啊。”话音刚落，靳海双手拇指用力地在不知名的穴位上按压下去，“啊——”我大叫起来，从穴位处快速蹿上来的热流在我身上炸出一层汗来，脖子瞬间舒缓多了。

“这是啥操作？”我问靳海，他仍旧半蹲在地面握着我的手。

“向你求婚的操作呗。”靳海笑着丢开我的手，站起来，“以前我落枕的时候一名老中医的操作，可管用了。”

我把头仰起来慢慢在空中画圈，经过这么一番折腾，脖子算是恢复到了常规落枕的状态里，不至于让我瘫痪或者半身不遂，好歹让我松了口气，我对靳海说：“谢谢啊，多亏了你。”

“来点实际的，把来回打车费报了吧。”

“……”

“还好你这通电话是打给的我，我睡眠浅，一点风吹草动就醒，安仔这会儿指定还不知道我离开了呢。对了，颈椎的毛病，什么都比不上多活动来得有效，我给你发个视频链接，你抽空下载下来跟着做，八段锦。”

“好的，这也要给点实际的不？”我可以点头，不用眼珠子上下活动的模式。

“啥实际的。”

“吃顿饭？”

“要不，折现吧。”靳海笑着往厨房走去，“我还是先给你弄顿早饭吧，煮饺子怎么样？刚才看到你冰箱里有速冻饺子。”

“好。”我没客气，任凭靳海自行忙碌。此刻的靳海，头发缺了发胶的加持，失去了白天那样蓬松时尚的造型，显得脑袋小了一小圈，其他则没什么变化。我往后靠在沙发上，手碰触到刚才把靳海叫到身边的手机，点亮屏幕，显示已经是7点15分，有一条短信提示，来自陌生的号码：“最近别给我打电话和发信息！有事！”

我想，这信息应该来自凡昭，一种自身难保又四面楚歌的无力感笼罩了我，让我在沙发上毫无头绪地呆坐到靳海把饺子端上桌。

不得不说，靳海煮饺子有一手，有三个关键点可以佐证：

第一，饺子熟了；

第二，饺子皮和饺子馅之间紧密贴合没有破裂；

第三，配了三种蘸料。

“蘸料有三种，辣的、蒜的、纯醋的，看你口味，我喜欢吃又辣又有蒜的，但是今天要去你们公司谈事儿，就只能对付点辣的了。”

“辣的吧。”

“得，咱俩用一个蘸碟吧。”

我支棱着脖子走到餐桌前，在靳海拉开的椅子上坐下，随手把手机丢在桌面上，屏幕亮起，短信的内容重新显示出来，靳海瞥了一眼，我觉得脸上发烫。

“昨天那个神秘女性？”靳海用筷子尖指了指手机，毫不掩饰自己看到了信息，“我不小心看到了，又觉得没有必要当没看到。”

“哪个？”靳海这么问，我第一时间想到的是和凡昭做完爱后靳海的来电——如果不是那通来电，估计我回拨电话也不会呼叫到正好来到深圳的靳海——我总觉得靳海在和赤条条的我通电话时，能看到我似的，让我有种被窥视的感觉。

“哟，不止一个？”靳海的笑变得玩味起来。

“哦，不是，就一个。”我很快明白靳海说的神秘女性是指吃饭时，我表情沉迷回复甜言蜜语时的神秘女性。虽然是同一个人，但是这个背景让我觉得被窥视感减小不少。

“这是，闹别扭啦？”

“不知道什么情况，突然让不联系。”我有些无奈地说，接着我迎上了靳海仿佛能看穿我的眼神，有种想要和盘托出的冲动冒出来，被我生生按了下去。

“嗯，没事，说不定过两天就好了。”靳海没有多问，但是我仍旧觉得，靳海仿佛知道什么似的。

30

几乎一夜的折腾让这一天变得有种兵荒马乱的感觉，在杨安和靳海到访我公司之前，我先完成了供应商推荐流程并顺利规避自己在其中的工作，中午他们到访之后，将他们俩连同相关流程一交接，我才得以回到自己的办公室里，回到身体大病初愈和心神吊悬混乱的疲惫状态里。

我在电脑上查了陌生号码的归属地——成都，更加确认这条信息是来自凡昭。我翻看和她的聊天界面，刷新她的朋友圈，试图找到她突然要求销声匿迹的真相，但是任何围绕她的行为都给我带来更多无所适从的感觉。于是我站起来在办公室踱步，远眺海岸线，抽烟，翻看提交到我桌面上的纸质文档……仍旧无济于事，每次心跳的频率都在提醒我：凡昭、凡昭、凡昭……所以我做什么都没用。

临近傍晚，秘书带着靳海和杨安叩响我办公室的门，我像看到救星一般从沙发中拔出身子来，叫道："完事儿了吗？走走走，吃饭去吃饭去……"

"安仔本想说今晚就飞走的，我和他说我们的甲方爸爸昨晚身体抱恙，这时候走不太好，显得用完人家就一脚踢开，不地道。"

"就是就是，你们可不能走，今天我们去吃海鲜大排档。"我必须把他们两位拽住，因为我实在不想一个人回到宿舍去面对内心无尽的猜想和无法求证的无力。

然而，事实上，即便是有他们俩的陪伴，那顿饭我也吃得心不在焉。我一面有一搭没一搭地和他们俩聊着，一面不停地深呼吸。胸口处空洞洞地一直往下沉，就算把五脏六腑填进去都填不满，深呼吸时当空气填满胸腹的一瞬间似乎能够缓解这样的空洞，但是再呼气时这空洞感又迅速回归。

"李泌，你还是不太舒服吗？要不要回去休息休息？"就是傻子也能看出我的问题来，杨安认为是我昨夜突发的身体不适导致的，不无担心地问我。

知道，或者说多少猜到真相的靳海仍旧坐在我的边上，他冲杨安扬了扬下巴说："没事，李泌就想我们陪着坐着，我们吃我们的，他想说了就和我们说说话，不说话就在这发发呆吧。"

"就是这样。"我点头。

"反正李泌买单，这么好的海鲜咱们就不客气地造啦。"靳海用右手拍拍我的后背，说道，"怎么舒服怎么来，我和安仔也经常这么一言不发吃完一顿饭，然后各回各家。"

我点头，那因为自己状态不好而对他们俩招待不周的一丝抱歉烟消云散，开始认认真真发起呆来。说是发呆，其实又不是发呆，脑子里什么都在想，但是什么都想不深。一个问题冒出来，就好像立起来一堵墙，思考透这个问题就需要拆掉这堵墙，而这堵墙的样子明明确确地告诉我：“想拆掉我，这一顿饭的时间可不够哦。”于是我选择放弃，转身换个方向再走两步，很快全新的墙就又立在面前，它也同样告诉我：“想拆掉我，可能得一个下午哦。”没有哪堵墙是好拆的，但是走来走去又是更多的墙。在思维中的我迈开双腿气势汹汹地跑了很久很久，却纷纷杂杂疲惫不堪，没有任何成果，反而构筑起了一座完全没有头绪的迷宫。

终于，我又深深地呼吸了一次，仰起头，把脖子放在椅背上，看向云层厚实的深灰色天空长长地叹出一口气。这家大排档的户外椅子竟然对我有着很好的肩颈支撑，让我可以在仰脖的姿势下完全放松僵硬的颈椎，而天空中厚实翻滚的云朵则渐渐占据了我的思绪，在思维迷宫中的我也开始不再跑动，不再面对不断破土而出矗立在面前的墙，仰头看着迷宫的天空。现实的云层和思维里的云层重叠的时候，我才真正发起呆来。

靳海和杨安如他们俩说的那样，一言不发地对付海鲜，在我仰瘫在椅子里把自己放逐的时间中，他们只发出和服务员点单及吃海鲜的声音。这种又有陪伴又随意的空间里我总算一点点把自己的心绪收拾了回来，接着，我口袋里的手机就振动起来，那个发来信息的陌生号码来电了。

“老师？”号码那头，果然是凡昭。

“我在。”

“我在买手机，钱不够，你能给我转一些吗？”凡昭刻意地压低声音，减慢语速，显得急迫又谨慎。

“要多少？怎么给你？”我问。

“五千可以吗，就转到支付宝，我一会儿把我的账号发给你。”

“好的。”

“谢谢老师。”

“不，不客气。”

凡昭挂断电话的忙音让我对她牵挂的心情落地，但她少有的感谢让我不适应。此前为她买机票、衣服、化妆品、首饰，她从来都是用拥抱、亲吻的聊天表情表达感谢，当然，如果面对面，那就是真真切切的拥抱和亲吻了。我的耳边回响着她刚才说的“谢谢老师”，想着为什么她不说“你真好”“我好爱你”之类的甜言蜜语，一丝淡淡的陌生感和距离感滋生出来，让我刚变踏实的心情，又颤颤巍巍地飘悬起来。

支付宝账号的短信在手机屏幕上亮起来，我很快操作了支付宝的转账，之后凡昭回复过来的短信是：“老师，我爱你。”我拿开手机，重新看向天空，云层中开始落下零零星星的雨点，闪着光芒往我的脸上飘来，随后天空被户外的草坪伞遮蔽，同时视野中出现了靳海看起来贼兮兮的脸：“看看看，我说他笑了吧，安仔喝酒！”

“喝喝喝，我喝我喝。”

在杨安的声音中，我双手抱住后脑把自己的头捧了回来，坐正身子，重新让脖子承担脑袋的重量，接口道：“我也喝。”雨渐渐大起来，一天的憋闷在酒精和雨水的冲刷下渐渐散去。靳海和杨安的话也多了起来，我再次羡慕起他们俩的搭档来：“真羡慕你们俩能在一个城市一起做事情，我如果在深圳也能有个像你们这样的好友该多好。”

“这还不简单，我把靳海给你留这儿了。”杨安说着拍板。

“那可不敢，靳海老婆孩子不得提刀来把我杀了……”我嘴上如此说，却在心里想着如果靳海在深圳常驻，对我来说真是一件再开心不过的事情，这样我就可以在如今天这样的情绪波动时刻，找到他在身边陪伴了——当时的我，并不知道这个想法犹如一语成谶一般应验，只不过应验的是我情绪波动的部分。

“不至于不至于，靳海老婆孩子在他老家巩固大后方，让他全心全意为公司卖命。”杨安说着给靳海夹一块煎蟹，“来，犒劳一下我们的总经理，有你这样的工作狂，是公司的幸运。”

“给点实际的，把产品的主料单耗调整下来呗。”

“得，上班下班都是工作目标……”

“不然怎么应付你这向上管理的能力，还好是在李泌面前，要不然别人还觉得你是总经理呢。”靳海笑着用筷子夹起煎蟹，一口咬下肉最厚的区域，说，“我最喜欢吃这个了，再来一盘呗。”

“你的肾功能吃得消这玩意儿？可别痛风了。”我一边问，一边招呼服务员又加了两只煎蟹。

“可别担心了，靳海经受烟酒考验的阶段，为了提升酒量而锻炼身体，结果酒量没上去，跑步的好习惯留了下来，现在每天五到十公里的跑步量，跑完了精神百倍地来公司折腾每个部门。去年公司体检，各项指标都好得不得了。”杨安说得我暗暗咋舌，对靳海又是敬佩不已。我数次尝试启动过以游泳——这是最适合我腿脚情况的运动——为核心项目的运动计划，都以失败告终。不论是坚持运动、戒烟、控酒我都被靳海甩下好几条街的距离，如此自律、聪明，现在又懂得表达真实自我的靳海，真是，让人嫉妒。

“靳海你要不真过来常驻一段时间得了，好给我一些正面的影响，你看我这，和你比落后一大截呀。”我说着拍拍自己微微隆起的肚子，虽然在衬衫西装的遮盖下并不明显，但是自家事儿自家知，收腹已经开始收不住它们了。

“对了，还有这。”我指了指头顶的区域，“上回去理发店的时候，理发师很严肃地告诉我：‘小伙子啊，头顶的头发一次比一次稀了啊，要注意别熬夜，多运动。’我担心长此以往，我会成为一个瘸腿胖秃驴……”

“这话说的，看来我不多来几次不行呀。”靳海的语气中没有玩笑，我感觉到他是在很认真地对待我提出的请求，他想了想说，“要不这样，锻炼的确是个在我看来挺重要的事儿，但是习惯的养成需要循序渐进，李泌你可以列一个运动计划，我负责监督以及用我的实际行动去影响你，怎么样。”

“……”

我有种立马要签订契约的错觉，但是靳海神色严肃眼神诚恳，让我无从拒绝，只能点点头，而我余光里的杨安正幸灾乐祸地吃着椒盐皮皮虾。

31

闹钟响起，我猛地睁眼，头疼欲裂口干舌燥……

房间里漆黑一片，只在遮光窗帘的顶部缝隙透出户外明亮的阳光，脑袋像是在慢速宽带网络下载一般，一点点加载出昨夜的回忆。

我仰头喝干一扎啤酒，杨安拍着自己的大脑门哈哈大笑，大排档厨师一手拍着肚皮一手拿着纸笔点单，夜市歌手扫着吉他大声嘶吼《海阔天空》，一只路过的癞皮狗被邻桌男人一脚踢开，草地遮阳伞顶部积满的雨水被服务员用扫把顶下来泼洒一地，杨安和靳海用性爱的前戏类比公司之间的合作磨合，凡昭用新的微信添加我为好友，杨安给我们展示他盘得油润的手串，靳海拿着夜市歌手的吉他像模像样地扫着和弦唱着《老男孩》，夜市歌手在杨安身边坐着抽烟，杨安脱下油润的手串戴在夜市歌手的手上大声说“送给你了，祝福你”，杨安说等忙完今年要开车旅行一个月，靳海端着椰汁红光满面说一切尽在奶中……回忆下载的进度条走到百分之一百之前，零零碎碎的记忆片段在脑袋里闪烁，东一下西一片的，没头没脑地连不成串，我只能直挺挺地躺着，看着一丝亮光中的天花板。

公司给我租的宿舍所在小区在这一片应该算得上高档，但是这老一辈人的装修实在不敢恭维，天花板上的方形平板灯中是镂空的繁复花纹，包上了或者漆成了银镜一般的镜面，时间一久，灰尘在镂空中积攒下来，好像搅烂成一团的银鱼肉，银银灰灰的难看至极。我突然翻起一阵恶心，猛地从床上弹起来冲向厕所，刚刚抱着马桶，嘴巴鼻子就已经开始喷射，呛得我不断咳嗽，眼前被不知道是眼泪还是从鼻腔冲到泪腺的液体迷住，好一会儿才算消停。经过这么一折腾，人倒是清醒了不少。我放开马桶站起来，拉开裤子释放把小腹胀得挺挺的膀胱，让小便冲刷马桶壁上的污秽，然后仔仔细细地冲了个澡，顺便把小便没冲干净的马桶也刷洗了一遍。我将全身吹干，赤条条地走出洗手间，打算躺回床上再睡一会儿时，听到手机铃声在响。

看到是凡昭的新号码，我赶忙接起。

“喂？”

“你为啥子不接电话？”凡昭几乎是叫嚷的声音传来。

我快速看了一眼手机屏幕，在刚才我呕吐洗澡的空当里有十六个未接来电，我赶忙说：“我昨晚喝多了，刚起床吐得一塌糊涂，没听到手机响。”

“哦，我要离婚。”凡昭说这话的时候，愤愤地在敲击着什么。

“怎么了？发生什么了？”我拿着手机瘫进被窝里，脑袋重新开始昏昏沉沉的。

“没得啥子，就是要离婚。”

“想好了？”

“想好了，必须要离，他竟然跟踪我。”

“什么？”我稍微坐直身子，靠在床头板让脖子悬空的感觉很不舒服。

“那天我去深圳回来，他问我怎么出差不是去逛商场就是一直在万怡酒店待着？”

“他怎么知道。”我感觉到一丝的惊吓。

“他在我手机装了啥子软件吧，回来他要看我的微信聊天记录，我直接把手机摔马桶里了。”凡昭摔碎了一个瓷器，传来一声清脆的碎裂声和一串瓷器碎片的滚动声。

“小心点，别割着手。”我提醒她。

凡昭没有理会我的关心，继续说：“我最讨厌他这样了，一点隐私都没有，早就想离婚了，这次我一定要离婚！”

刚才起床时那样恶心的感觉突然又从我的胃里翻腾到喉咙。我急忙起身跑到马桶边，干呕了几下，只出来些汤汤水水，电话那头的凡昭继续在说：“老师，我离婚了你要养我哦。”这段声音变得甜甜腻腻，如果她在我身前，此刻应该扭着身子撒着娇挤在我的怀里。

我点点头——好像她能看见似的——说：“好啊。”

“你说的哦。”凡昭的声音变得开心雀跃起来，仿佛刚才那些不愉快已经烟消云散。

“嗯嗯，我说的。”我点头。

“以后我发你信息都从新的微信里发，但是你不要主动给我发信息。”凡昭挂电话前这么说。

我点点头，说：“好的。”

挂上电话，我站起来拉开窗帘，突然意识到自己赤条条的，赶紧跑到衣柜取了一身睡衣裤穿上，回到窗边打开一丝窗缝，抽起烟来。窗外的小区中庭依旧郁郁葱葱，在太阳下闪烁着晶晶亮亮的雨滴，如果不走到户外，会认为这是某个夏天雨过天晴的景象。深圳的冬天就是这样，从气温上来说要冷不冷的，但是偶尔一阵雨过后，那受海洋季风影响的湿冷就不是增加衣物能够解决的了。记得刚来深圳的那个冬天，我有个很新奇的发现——坐着的时候，我可以把身子缩小一点，让皮肤不要贴到衣服——后来，我想可能当时我穿的包括秋衣在内的衣服都过于宽大，以至于我可以在坐下的时候让衣服撑开，形成一个人体形状的空腔——接着身体就会感觉到暖和，但是一旦身体移动，皮肤贴到衣服，冰恻恻的感觉就会从接触的那一点开始迅速蔓延到全身，让我冷得发毛。那阵子在冰冷的夜班办公室里我经常用这个游戏消遣自己，一边要强地看自己能够保持多久不碰触衣服，一边用那刺骨的冷来让自己瞬间清醒。

“今年过年，回家吧？”我问自己，同时点点头。

一根烟抽完，我坐回床上，在手机上对照接下去的工作日程，计划回家的路线。从深圳回老家，不论是飞机还是火车，都得到昆明中转，最顺利的行程也需要一整天的时间，费时费力，也费钱。也正因为此，之前的我总是避开客流高峰，选择工作日请假回家几天，春节中秋这样的团圆节气则大都一个人在外，也正因为此父母总是觉得与我聚少离多，常常不满。我对照工作日程，和秘书通了几个电话后，给董事长也去了一个电话，申请将年假和法定节假日放到一起，回老家过个长达半个月的团圆年，董事长爽快答应。几分钟后我就接到董事长秘书打来的电话，向我询问老家住址，说专门为我准备了包括海鲜、干果、糕点等在内的年货，生鲜快递直接寄送到老家，要注意查收，以免海鲜变质。不必说这一定是董事长的意思，我当然也欣然接受这样的特殊待遇。只不过在这安排下，我原本打算用突然出现在家给家人们惊喜的方式只能作罢，挂掉董事长秘书的电话后，我翻开通信录，犹豫了一会儿拨通了母亲的电话。

虽然拨通的是母亲的电话，却是父亲接的，他总是在接起电话的时候用超过平时音量的声音应答：“喂？！”

我皱着眉头把手机从耳朵边拿开，换成免提模式，说：“阿爹，我今年过年回来哦。”

“哦，好嘎。”

“最近该是有个快递会到，留的阿妈的手机。”

“她的手机都丢在这里不怎么听到，你咋不留你阿妹的电话？”

“哦，对嘎，我等下说一哈。”

“嗯嘎。”

“那挂啦。”我话音刚落，父亲那边就挂断了电话。我撇撇嘴，给董事长秘书重新编辑了地址信息，将妹妹的电话补充上去。信息刚发出，母亲的电话就过来了。

“喂？阿妈？”

“喂，攘娃儿，你过年要回来呀。”

“啊，刚给阿爹说的。”

“回来好，回来好，你阿爹还打算不告诉我，挂了电话自己跑上楼去了，我还奇怪得很嘞，问他干什么，他鼻孔朝天说：‘给你儿子收拾房间去，过年要回家嘎。’弄得我莫名其妙的，你几时到家啊？”母亲的话连珠炮似的急切蹦出来，还没等我回答她又继续说，“你也不早点说，我前两天才买了年货，明天我再去多买点，饵块你喜欢吃嘎，我要多准备点……”

“不不不，阿妈，不用买，我电话就是告诉你们我这边公司会寄年货嘎，不用买恁多。”我赶忙接上话头。

“啊，好嘎好嘎，你们老总体贴人啊。”

“嗯，我留的你的和妹妹的电话，到时候你们记到听电话。”

“好嘎好嘎。”

“年货里面有海鲜，要放冰箱的。”

“这样啊，那我还要去把冰箱腾空间呐，前两天冻肉整多了嘞。”母亲像是想起什么似的，突然提高音量说，“要不我去再买个冰柜，过年东西还是多的哟。”

我哭笑不得，却也没有反驳：“也可以，想买就买吧，要不我来买吧，给家里换个双开门大冰箱。”

“那不用，就弄个冰柜，过年冻货多的呐。”母亲说着，又絮叨起来，“那么多年过年都没回来，今年回来年货肯定不够呀，你要去亲戚们那儿拜年的。”

“那我再买点烟酒回来。”

“不用不用，我来想办法，你路上不带了。”

“那好嘛。”

“嗯啊，啥时候能到家？”

“还确定不下时间，买好票告诉阿妈嘎。”我其实已经定好了机票，但是不知为何，我没有明说，大约心里仍想着突然出现，给家人一个惊喜。

“好嘎好嘎。”

“那先这样。”

“好嘎好嘎。”母亲说着挂断电话。

窗外的阳光更盛，我的心情也越发喜悦起来。

32

回忆里那阵子的我，沮丧的时候，总想有人陪，喜悦的时候，总想有人分享。

我忍不住编辑了一条表达即将回家过年喜悦的文案，配上曾经在家乡拍摄的碧蓝天空在朋友圈发送。过了会儿，我又觉得这样的分享有些无趣，到底怎么无趣，一时间也说不上来，总之我又删了它，然后丢下手机整理衣装，准备去公司上班。

等我折腾完出门，已经快下午两点，临过年还有两周多的时间，但是深圳的街头已经有些清冷。在刚才买机票的时候我才发现，春运已经悄然开始，从珠三角往广西、贵州、云南、四川、重庆的摩托大军已经陆陆续续地开拔。据说去年这个摩托大军有110万人，不知道今年的数字将如何庞大。春节回家的大戏早就拉开帷幕，归心似箭的游子们都已经参与进了这场大戏中，而后知后觉的我则难得地觉得这个日子和我有了关联。

我的牧马人在冷清的深圳街头上难得地撒欢行驶着，一时间我想到杨安昨夜说他要开车旅行一个月，开着牧马人回家过年的念头在我脑子里冒出来，但是紧接着想到近两千公里的路途和我每开个把小时就要休息的驾驶技能，这个念头也就如松开的气球，噗的一声泄气，飞蹿而去。刚才发朋友圈又删除的原因终于浮现出来——我的生活和杨安、靳海他们比起来，显得毫无生趣。虽然他们俩较少在朋友圈展示自己的生活，但是他们所呈现出来的一切——无限信任的友情、对真实自我的思考和表达、事业发展的坚韧、家庭维护的和谐、自律的运动、说走就走的旅行、信手拈来的演奏、放肆的歌声、盘得油润又送得出手的手串——无一不在表达着他们对生活的热爱，那股蕴藏着生命真实的热情，让我羡慕，让我蠢蠢欲动。

随着我的蠢蠢欲动，凡昭的身影浮现出来，我试图回味和她紧紧相拥时传递过来的能量，那在体验时如有实质的东西却在回忆中毫无痕迹，无法构筑无法重现，只知道那是充盈活力的能量，让我迷醉深恋的能量。我想给凡昭打电话或者发信息，却无从下手；我想要听到她充满能量的声音或是传递能量的信息，哪怕是一句对我的称呼，都能在当下满足我对那种能量的回忆。我不得不回想我们俩做爱的场景，从第一次到最近一次，紧锁、滑腻、喘息……但是这种回忆无疑只能给我更多的空洞，让我对凡昭的思念更加急迫和烦躁。远远地，直行的绿灯闪烁着，我的速度没法通过这个路口，左转的绿灯亮起的同时我下了今天不去公司的决心，猛地一打方向盘，驶离直行路线拐向左边，打算找个地方散散心，结果车子拐弯的地方熟悉无比——尤米那日料餐厅所在的街道。于是我想，来都来了，脑子也没头没绪的，正好吃顿午饭吧。

“嗨，欢迎光临。”尤米在我一进门就认出了我，还是脆生生的声音，不过今天没有白晃晃的大腿和热裤，取而代之的是黑色丝袜和一步裙。

“嗨，今天怎么没有‘いらっしゃいませ’了？”我笑，觉得有人说说话挺好的。

“嘿嘿，从没见你中午来过，所以有点反应不过来。”大概是因为工作日，又是下午，店里没有客人，尤米把我引到面朝厨房的一排位置，问，“今天一个人的话，坐这边怎么样？”

“好的，都行的。”我点头。

在坐下之前，我看到这一排最右边的位置上有些没吃完的菜，其中一盘我从没见过，看起来是豆腐、牛油果和小番茄的搭配，好奇地问道：“这是什么菜？”

“你眼睛真尖，这是我们在研发的新菜，要不要尝尝。”尤米笑起来的时候，嘴巴边上恰到好处地皱出一个小小浅浅的酒窝，眼睛轻轻眯成两片柳叶，弯弯的，柔柔的。

我当然忙不迭地点头，在尤米双手拉开的第二个座椅上坐下，捡起位置上规规整整摆放好的调羹，然后我后知后觉地发现刚才那些大大方方甚至有些厚脸皮的言行举止不像我平时的举动，一丝不好意思烫红了我的脸。我看了一眼尤米，她误以为我在询问是否可以开动，大大方方地伸手示意我：“吃吧吃吧，一定给我们真实的点评反馈哦。”尤米所有的头发服帖在头皮上，在脑后扎了个高高的马尾，脸上依旧洋溢着温和的笑容。我才发现她的脸形匀称好看——她就算是个没有头发的尼姑，必然也是俏得很——我脑子里没来由地跳出这么个想法，不自觉地笑了起来。

对自己发出的笑很快打消了我的不好意思，我转回头用调羹剜出一块豆腐准备放进嘴里，尤米有点着急地拉住我的手说道：“不不不，不是这样吃的。”说着她拉着我的手，切了一小块牛油果，再捞起一块小番茄，这才扶着我的手让调羹靠近我的嘴巴说，“这样吃，这样吃才对。”

食物整体进入我嘴巴后，那些分散在手上感受尤米触碰的注意力被我硬生生地拽回，这样我才能有十足的注意力去感受这口食物的味道。但是很无奈，我很认真地对待结果只能给尤米一个很敷衍的反馈：“好吃。”

“真的？”

“真的，就是我突然脑子里失去了对它形容的词汇了。”我有些尴尬。

“嘿嘿，没什么，你说好吃就是真的好吃。”

“对了，为什么要这么吃？”我用调羹再次像刚才那样，盛起一块豆腐、一块牛油果、一块小番茄，举着问尤米。

“嗯，因为如果你像刚才那样，只是吃豆腐，就会少掉另外两种食材的口感，让整体味道少掉一些层次感。”

“口感？层次感？”我好奇这两个对我来说不怎么熟悉的词汇。

“嗯，就是，怎么说呢。”尤米托着腮转着眼珠子，认真思考了一下说，“我也说不来了，我的脑子也失去词汇了，总之，就是牛油果、豆腐、小番茄的口感是不一样的，那么它们一起吃，嗯，在嘴里的感觉就会不一样，嗯，就会有层次感。”尤米在边思考边说话时，每个“嗯”字都会点一下头，仿佛在同意自己的说法，也仿佛在给自己加油打气，神情十分认真。

“那我再尝尝。”我再次搭配了一勺食物放进嘴里，细细品味起来。我的脑子像是重新能够转动一般，一边咀嚼一边自动冒出对口感以及层次感的描述来，“味道上，有酸、甜、鲜、咸、辣，口感上，番茄多汁、牛油果温和、豆腐清凉，这样一口下去，舌头也好，牙齿也好，都好像在经历不同的过程，这就是你说的口感和层次感吧？”

尤米的脑袋近乎颤动地点起头来，眼睛瞪大，仿佛能放出光来：“你太会说了，就是这样的，就是这样的。”说着她左右瞧瞧，跑到收银台后拿着纸笔返回来，说道，“你能不能再说一遍，我好记下来。”

我趁着还留有些记忆，将刚才的言辞慢慢说了一遍，尤米写下来，自己又读了一遍，非常满意地说：“太好了，这个菜品上架后的描述，就用你的啦。”

“嘿嘿，说得我有点不好意思了。”嘴上这么说，我倒是被尤米对自己突然涌出才思的认可有些沾沾自喜，“对了，这个菜叫什么？”

“啊，日系菜品一般没有什么名字，就是直观描述的，比如这个就可以叫牛油果豆腐拌小番茄。”

“也可以叫豆腐拌牛油果小番茄，还可以叫小番茄拌牛油果豆腐，或者……”我说着，尤米捂着嘴笑起来，说：“哈哈，你真逗。”

“嘿嘿。”我打住继续要排列组合下去的冲动。

“你是不是有这个菜品名称的想法？”

“倒是没有，最初想的是‘绿肥红瘦’这样的名称，但是看看菜单，的确和整体不搭，不如不用。”

“真有你的，‘绿肥红瘦’的想法确实上个档次，不过日系菜用不上这么高端的名称。”尤米说着在我面前铺开菜单翻了几页，说，“如果要用这个名称，所有的名称都得改一遍，太头疼啦。”

我点点头，表示赞同，然后用手敲着菜谱说：“正好，我点几个菜。”

“好呀，今天我请客。”尤米拍着手说，“感谢你提供的菜品描述。”

“那多不好意思，其实还是我学习了新的词汇。”

“嗯？”

“口感，层次感。”我说着，突然想起和凡昭吃西餐时要筷子的事来，所谓西餐要用刀叉的主要原因，是否因为西餐更普遍地把不同的菜品切成小块，层叠起来，一次性入口，以便实现更好的口感和层次感呢？我把内心的疑问问出来。尤米又做出一手抱在胸前一手托腮的思考动作：“嗯，好像是这么回事儿。如果用筷子，好像就偏向夹一块肉、夹一片菜的吃法，就不容易有混合的口感，但是中餐更偏向把味道融合进菜品里，一片肉就可以通过不同的方法和调料做出各种各样的口味。”

“有道理。”我本还想继续顺着这个话题发表更多的探讨，但是话音刚落下的安静空当里，我的肚子很不合时宜地发出一声低鸣，尤米在我不好意思的神情中笑出声来，赶忙说：“哈哈，快点菜吧，快点菜吧，别饿坏了咱们店的贵宾。”

我点了个沙拉和几串烧鸟，又敲了敲那盘不知道是牛油果拌豆腐小番茄还是小番茄拌牛油果豆腐，说：“能再要一盘这个不？真的很好吃。”

“必须可以呀，以后你来，这盘菜都免费。”尤米说着把手写的订单贴到厨房的玻璃上，里面已经无聊了半天的厨师小伙就开始忙碌起来，而尤米走回收银台放下纸笔后又坐了回来，原来此前这里是尤米的位置。

尤米坐下来后，把一盘子烧鸟放到厨房隔断的台子上，吩咐厨师加热一番，然后转头问我：“不介意吃重新加热的吧？”

“当然不介意，光盘行动嘛。”我一边说着，一边指着从去年开始在各地餐馆都张贴的“光盘行动”宣传标语，“这是你自己画的？”

“是的呢，餐饮协会或者社区发的海报，总觉得和我店里风格不符，张贴出来显得太奇怪了。”

“好厉害。”我点头，之前就留意到尤米这家店里几乎所有在墙面上的、橱窗上的、收银台上的、榻榻米上的、悬挂帘子上的文字、图画无一不是手写手绘，没想到来自尤米自己的手笔。

“我上学学的插画，看不出来吧。”

“很符合你的气质。”

“什么气质？”

“艺术气质。”

“嘿嘿，你说笑呢，我反而觉得你有艺术气质。”

“什么？”我吃惊，这是第一次有人这么说我。

“我一直以为你是作家。”

“瞎说。”虽然我这么否定着尤米对我的直觉，但一个郑重其事地将八十元稿费汇款单夹在笔记本中，立志要当作家的小孩浮现在我眼前，那是小学三年级的我。

“真的。”尤米的表情很认真，大眼睛在完美的鹅蛋形脸上忽闪忽闪地。

“要不，我试试？”我看着尤米，也看着小学三年级的我。

“我看人可厉害了，你一定可以。”尤米一边从厨师手里接过加热好的一盘烧鸟放在我面前，一边用她白皙的手捏起柠檬在上面来回滴上几滴，然后用眼神示意我可以吃了。我确实饿了，也没有谦让，抓起一串葱烧鸡胸肉就吃起来。

“你们过年不放假吗？”尤米在我吃上鸡肉后，也拿了一串秋葵，边吃边问我。

“放的哦。”我嘴巴里吃着东西，下意识地把抓着烧鸟串的手挡在嘴边回答。

“不回老家过年？”

“要回的，今天上午才确定行程。”

“你老家是？”

“云南。”

“好地方嘞，我去过大理。”

“是的，欢迎多去玩玩。”

“不带女朋友回去过年？”

“嗯？”我疑惑。

“我记得你带过一个女孩来吃饭，不是女朋友吗？”

“呃……”

“不好意思不好意思，看来猜错了，嘿嘿嘿嘿。”

和凡昭第一次在深圳见面的夜晚不可抑制地闯进我的脑海里，又硬生生被我抛出去，我可不想在尤米身边去尝试调整我突然不听话的……我扯开话题：“你呢？过年怎么安排的？”

“我啊，守着这儿呗。”尤米还是柔柔地笑着。

“挺好的，自己的一亩三分地。”

“没办法呢，一家老小都靠这店养活。”

“嗯？没看出来，你结婚了？”

“哪有，养着我爸妈和弟弟。”或许是我的错觉，尤米在说到弟弟时神色闪过一丝厌恶，于是我很识趣地没有继续问下去。全新做的一份牛油果拌豆腐小番茄呈上来，和刚才不同的是这次有着精致的摆盘，豆腐、牛油果和小番茄都被切成了差不多大小，底层均匀平铺着豆腐，上层牛油果和小番茄交替散落，酱汁均匀地淋在表面，色泽明艳清亮，赏心悦目。我朝着厨师比出两个大拇指，顺势从台面上将它端下来，放在尤米面前，说道：“这次你先来。”

“好呀。”尤米笑起来，眼睛又弯成两条柳叶，煞是好看。

现在回忆起那个午后，我在尤米的小店里，获得了如同在靳海、杨安身边放逐的自我疗愈效果，那些因为思念带来的焦躁，因为期待带来的失落，因为孤独带来的迷茫，都暂时抛在尤米小店门外冷清的深圳街头。

临走的时候，我对尤米说：“谢谢你。”

“嘿嘿，也谢谢你。”

身后的日式移门关上时，思念、期待、孤独，都好像可以面对了。我冲那些列队欢迎我的负面情绪招手：“走呗。”

33

这天的睡前，来了三个电话。

妹妹来电话的时候，我正洗完澡刷着牙，咕嘟着满嘴的泡沫，用含含糊糊的声音答应她关于要从香港买一些化妆品之类的代购需求。我让她将需要的东西列一个清单，以便我抽空跑一趟买好带回。正在通话的时候，手机屏幕闪烁，提示有第二通电话拨入，我看了看，是凡昭的电话，连忙敷衍了妹妹几句后挂断电话，给凡昭回拨过去。

电话接通前，我突然担心电话有可能不是凡昭本人打的，于是接通后我用尽可能有陌生感的语气说："喂？"

"那么晚了，你在和哪个打电话？"是凡昭的声音，但是腔调冰冷，带着质问。

"我妹妹的电话。"

"哟，你还有妹妹了啊？"阴阳怪气的声音传来，我急忙解释："亲妹妹。"

"啊？老师你还有亲妹妹？"凡昭称呼我为老师时，指向我的亲切感犹如实质。

"对啊，就是平时没什么联系。"

"哦哦，那今天咋个联系的嘞？"

"我过年回老家，她让我帮忙从香港带点化妆品。"我老老实实回答。

"你过年回老家？云南？"凡昭的声音明亮起来。

"是的。"

"我也要去，我也要去，我最喜欢云南了，我一直都想去的！"我仿佛可以看见凡昭在电话那边跳着脚，满脸兴奋，她不停地撒娇，"老师你带我去嘛，我也要去，你带我去嘛……"

"好好好，不过我是回去过年的哦。"

"那我就跟你回去过年。"凡昭说得斩钉截铁，我虽有些迟疑，还是答应："好嘛。"

"真的哦？"凡昭显得十分兴奋，我也开始期待见到她，白天时分对她的想念情绪再度跳出来，不同的是，现在出现的思念有宣泄的方向，它以我对凡昭一切要求的满足顺着电波传递出去，再以凡昭兴奋雀跃的欢呼和亲密传递回来，有来有往，充盈满足。

“嗯嗯。”我点头，开始告诉凡昭我的行程计划，说到我会先抵达昆明的时候，她说：“我们在昆明碰头呀，你给我买同一天到昆明的机票就行呐。”

“那后续你是按照我的行程去我老家，还是想去哪里玩两天再说？”

“大理，大理好不好，我好想去哦。”

“可以的，到我家的话，大理正好顺路，在一个方向上。”

“嘻嘻，好吔好吔。”我仿佛看到凡昭开心地在床上翻了个身。

“那我就来订机票了。”

“嗯嗯嗯，老师你真好，我早就想出去散散心了，你是不晓得我最近好憋屈啊。”

“什么憋屈的事儿？”

“唉，算了不说了，说出来就烦。”凡昭说这个“烦”字的时候，我的心漏跳一拍，心脏仿佛蜡烛火焰被小虫冲撞后发出一下忽闪，胸腔内壁上闪过一圈狰狞的影子，小虫的尸体在火焰上爆燃起来，毕毕剥剥明明暗暗的，很久才趋于平静。

“那，正好出去散散心。”

“嗯呢，就是又要花老师你的钱了。”凡昭腻声说。

“别往心里去，你就开开心心的，好好的。”

“嗯呢，那我睡觉了哦。”

“好，晚安。”

“晚安，我爱你。”

“我爱你，晚安。”

挂断电话时，我还在洗手间的镜子前站着，嘴巴里早已没有了牙膏的味道，多半已经混合着我的唾液吞进了肚子里。我重新把牙刷塞进嘴巴里四处舞动几下，像完成仪式一般把刷牙最后的环节完成，漱口后口腔清新，镜子里的我看起来也清清爽爽。

时间指向十一点半，我丢开手机，拉紧窗帘，关上灯，把自己舒舒服服地缩进被窝里，困意很快涌上来，让我沉沉地陷落进柔软的床垫里。

迷迷糊糊中，一股清凉的微风从我脸上拂过。我眯着眼侧头，看到飘开的窗帘一角露出上午我抽烟时打开的窗缝，夜风轻轻鼓荡着从那儿钻进来，牵动着窗帘柔软地卷动，月光随着窗帘的卷动一片一片洒进房间里，床边的地毯上像是有个调皮的银色精灵，羞羞怯怯地探出身子晃动着脑袋，打量这个空空旷旷的房间。我睁开眼静静看着，耳边除了窗帘发出挂钩和轨道之间的摩擦声外就是自己低低的呼吸声，渐渐地，我只听到自己的呼吸，然后急切的电话铃声响起来……

我猛地惊醒，心脏剧烈地跳到嗓子眼，喉咙里涌出强烈的口渴感来，我极不情愿地爬下床走向书桌上继续大声尖叫的手机，嘴里骂骂咧咧："妈的没开静音……"

手机屏幕上，竟然是靳海的号码。

"靳海，咋了？"这么晚的电话，必然有急事。

"李泌，不好意思这么晚找你。"

"不会是借避孕套吧？"我没来由地想起廖伟说靳海离开成都时夜里敲门借避孕套的事儿来。

"……"靳海沉默了会儿，骂了声娘，"靠，廖伟是吧，下回收拾他。"

"不好意思，哈哈哈，我突然想到这事儿，多嘴了。"我笑起来，打算等下挂了电话告诉廖伟这个好消息。

"说正事，能否借你在深圳的社会资源一用？"

"哪方面的资源？"

"你们公司所在区的甲乙派出所。"靳海说出一个派出所名称，听起来熟悉又陌生，靳海直截了当地说需求，“今晚能否帮我约到这个派出所的所长？”

“很严重的事情吗？”我问。

“发生的事情比较严重，要拜托的事情倒是不严重。”靳海一边说，一边上了一辆出租车，和出租车司机说，“师傅，南山区甲乙派出所。”

“啥？你又在深圳了？”

“是哎，我和杨安在杭州刚落地，就接到消息，我自己又转头飞回来了。现在赶去那个派出所，所以刚才我说能否今晚就约到派出所所长。”

“什么事情这么急？”

“说来话长，你先帮我问问这个拜托你的事情，我还要打几个电话，处理完了详聊吧。”

“好的。”我挂断电话后，直接给公司行政部门去了电话，深圳遍地大公司，我们公司两百亿市值的体量总体来说中不溜的，但是联系上一个派出所所长应该不是难事儿。果然，行政部门的公关人员很快帮我搞定了这事儿，回复我的是派出所所长会到派出所等靳海到达。我想到靳海怕是还在一串电话中，就发了个微信告诉他派出所所长逯警官的电话以及行政部门给我的回复。经过这么一折腾，原本月光下的睡意消散殆尽，我在地图上看了看甲乙派出所距离我的距离也就六公里左右，索性换了衣服，打算去和靳海碰头，当然，也是好奇，想看看热闹。

上一次凌晨时分仍在深圳街头行走的经历，还是刚参加工作时的头几个月。公司从本科毕业生中选拔的储备干部都需要经历几个月的车间倒班锻炼，四班三倒的工作模式下，一天被上午8点钟和下午4点钟切割成了三个八小时的班次，分别是早中晚班，员工上三天班，休一天，然后进入下一个班次上班。

那个阶段里，每次晚班下班后我都会在厂区到宿舍之间的夜市摊上吃点东西，等下班上班的自行车、电瓶车散去后，独自一人慢慢走回宿舍。

我还记得那阵夏天凌晨的凉风中混着的潮湿、花香、绿树、灰尘、轮胎、尿臊、呕吐等气味。蝉鸣虫叫在少了发动机轰鸣声和轮胎碾压声后清晰可闻，让我偶尔忍不住吹吹口哨。沿路小区护栏内外都是茂盛的夹竹桃，胡乱地开着红的白的花，有几只野猫在里面生了小猫，我每次路过都提高警惕，以免被它们当成掠夺幼崽的敌人挠上两下。路边公交站里偶尔有人或坐或躺在长椅上，多数时候他们都自顾自打电话、吵架、发呆或者呕吐，其中有几个人看我慢条斯理地走过，就饶有兴趣或者不怀好意地盯着我。饶有兴趣的一般是衣着暴露的丰满女人，不怀好意的往往是穿着紧身裤紧身衣的瘦弱男人，回想起来，在那一刻，我们其实都是正经人。

即便冬日的凌晨没有蝉鸣虫叫，牧马人的车窗也隔断了深圳街头的一切声音和味道，仅剩下牧马人和我的声音。路上冷清得让我不敢深踩油门，只敢循着发动机的转速控制力度，把发动机的声音控制在最温和的范围内。路边大部分公交站空无一人，只有橱窗广告里拿着手机的女人扭曲着脸消失在橱窗顶部，取而代之的是拿着同样手机的男人。中途我跟着导航穿过一个遍布酒吧的巷子，突然间车水马龙人声鼎沸，路过每个酒吧门口都听到一阵阵鼓点的闷响，每棵树下都抱着个人在呕吐，每个车子打开车门后都要好久才有人结束谈话坐进车里。这一段大约一百五十米的巷子，我开了快十分钟，在十分钟里我无聊地数了数，这里大概有二十六家酒吧夜总会、三家便利店、一家药店，临走出巷子口的地方还有一家莫名其妙的五金店，让我觉得整条巷子都不正经起来。

再拐出巷子后，大路通达开阔，依旧清清冷冷，让刚才的这十分钟好像只是闯进我脑子里的幻象。

34

甲乙派出所在一个十字路口的西北角，门前左侧的人行道上划出的数个停车位里停了四辆警车和三辆警用摩托车，我在空着的停车位里倒车停下来，打开车窗准备给靳海打电话。

靳海的声音没有从手机中传来，却在我身边冒出来：“你咋来了？”

我转头，看到神情有些落寞和疲惫的靳海，虽然只一天没见，肉眼可见的胡楂在脸上四处戳出来，下巴上留的小胡子似乎也伸长了不少。我拍拍车子，说：“看看你需不需要司机。”

“嘿嘿，这个好，车里有烟吗？”靳海一边说，一边就着我的车窗搭手弯腰，进行着脖子和后背的拉伸动作，声音开始还在我耳边，在他双手搭窗头和身子往下压的时候，声音就跑到了车下边。

我从车抽屉里取出两条烟，一条中华一条娇子X，问靳海：“要抽哪个？”

“不抽，给我两包中华，备着一会儿给人发烟呢。”靳海说着，从已经拆了的中华条烟中摸出一包放到口袋里，另一包拍开，抽出一根递给我，“你抽一根。”

我接过来，把其余的烟放回抽屉里后下车，点了烟抽了一口，问靳海：“发生啥事儿了？”

靳海瘪着嘴摸扯着略微长长的下巴胡子，深吸了一口气，叹出来，说：“简短说吧，我的好友在这片区的某个宾馆里自杀了，警方联系了她的父亲，之后发现我好友给我留了张字条，就也联系了我。她的父亲也在杭州，刚才和我一班飞机赶来的，一路上老人家死活不相信他女儿自杀，不想按照警察说的等到明天，今天就想看到女儿，想知道真相，我没法，就想到了找你帮忙。”

面对死亡的话题，我一时间不知道如何反应，嘴巴和脑袋协调不起来，胡乱蹦出个莫名其妙的问题：“女朋友？”

靳海摇头：“是很好的朋友。”

“自杀？”

“嗯，目前看来是的。”靳海点亮手机，给我看他和逯警官的对话，“路上我电话了逯警官，你们公司的面子管用，他十分客气，说已经在回派出所的路上，会给我们安排查看相关证据，殡仪馆那边他也帮忙联系了，可以去查看尸体。”

“尸体？”我的脑袋其实一片空白，只是下意识地重复这个平时没有怎么听到的词汇。

靳海看了我一眼，又看了看我手里忘记抽的烟，笑了笑说：“是不是没怎么接触过死亡这个话题？”

我点点头，顺着他的眼神看到了已经变长的烟灰，把整根烟丢在地上踩灭。

“一会儿要去殡仪馆，你如果介意，就在外面等？”靳海还没说完，我就开始摇头，不是那种被激将的好勇斗狠的心态，而是一种鬼使神差随波逐流的感觉——既然在这样的深夜我自己要来，那就随着事态发展跟下去看看吧。

话音刚落，一辆警车开上人行道，往派出所门口开近一截后往右边转弯，灯光像拂尘一样从我们身上扫过，警车则十分顺滑地转进和我们隔了个车位的位置，刚停稳就听到换挡、拉手刹、熄火的声音，逯警官到了。

车上下来一名穿着制服的警官，年龄大概四十出头，瘦小精悍的样子，一双眸子在夜里发亮。

“逯警官吗？”靳海走上两步。

“嗯，靳海是吧？这位是死者父亲？”逯警官看向我，显然发现年龄不相符，直接再问道，“死者父亲呢？”

“在那边呢。”顺着靳海的手看过去，在派出所大厅的银色铁制椅子上坐了个蜷缩成一团的人，靳海继续说，“老人家应该不知道如何接受这样的事情，来了就坐在那里抱着头。”他一边说着，一边给逯警官发了一支烟，逯警官接过烟，用好像之前就在他手里的打火机点上，抽了一口，拿在手里看了看过滤嘴。

靳海给我发了一支，自己也叼上一支，然后看着我，我很识趣地拿出打火机给他和自己点上。

抽了几口烟之后，逯警官说："负责的民警等下就到，我让他带着你们看证据，他是？"

"他是集团公司的李总，我就是通过他们公司托人打扰到你们的，真是不好意思。"靳海帮我解释后，逯警官冲我点点头表示明白了，我笑着回应点头。

"老人家七十多了，从接到消息就没了魂，不是我一路陪着，估计都到不了这里。我估计就算今天让他好好休息，也只会让他的状态更差，所以我有点不识趣地请我这个朋友李总帮忙了。"

逯警官摇摇头，同时用手弹掉手中烟的烟灰，说："没事的，是我老婆直接和我说的，她就在你们集团行政部，我就来了。"

"原来是公司的'姑爷'，感谢感谢。"我笑着说，在心里记下这层关系。

一根烟抽完，一名身穿制服的民警骑着电瓶车出现在派出所斜对面的路口，逯警官看到后向我们招招手，一同走进派出所。靳海快走两步在大厅蹲下来拍拍抱着头的老人，说了两句我听不懂的方言，老人家站起来，神色木然地跟着我们上了楼。那名骑着电瓶车来的民警随后小跑着上了楼，在我们堪堪走到一个办公室前的时候他也正好到达，掏出钥匙开门，开灯，让我们进去。

我们在办公室门一侧的沙发上坐下后是一阵沉默，刚来的民警在办公桌前捣鼓了一阵后，把显示器转向我们这一侧，然后看向逯警官，在后者点头后，他说："家属们，这是这起案件的资料，包括三名死者的聊天记录、行程记录、酒店监控、道路监控等资料……"

这名民警的讲诉十分清晰，逻辑严密。这三名和我年龄相仿的女子从北京、青岛、杭州一路行进到深圳，在深圳、香港游玩了五天后，入住酒店缴纳了三天的房费，在门口挂上拒绝清洁请勿打扰的吊牌后就再也没有出来。第二天酒店保安在马路外侧看到她们所住的房间玻璃上贴满了胶布，产生怀疑后紧急开门，结果为时已晚，三名妙龄少女已经魂飞冥冥。

在民警讲述过程中，靳海一直都是认真淡然的表情，老人家则不停地变换着坐姿，数次欲言又止，嘴巴半张，呼吸紊乱。

“这些就是整个调查结果资料，从所有的证据中都排除了他杀的可能，三名死者自杀意愿强烈，认定为自杀。”终于等到民警把信息讲述完毕，老人家似乎想说些什么的时候，逯警官站起来说：“先去现场，然后去殡仪馆吧。”然后把车钥匙丢给民警，“小王，你开车。”

我想逯警官一定是经历过家属絮絮叨叨没头没脑无边无尽的折磨，直接干脆地主导起今晚的这个过程，毕竟对于他来说，展示证据和尸体让家属面对，也就可以结束使命了。我们只能跟着他走出办公室，我给老人家让路的时候，碰上了他昏黄浑浊的眼睛。觉察到我们的视线相碰，他原本耷拉着的眼皮向上努力抬起，抿着嘴巴大概想挤出一个表达谢意的笑容，却让他失去牙齿而塌陷的脸缩成苦瓜表皮一般的褶皱，然后慌乱地逃开我的视线，跟上先走出去的逯警官和靳海。

靳海和逯警官一边走一边说着什么，王警官则从我们的右侧跑下楼梯，等我们走到派出所门口时，车子已经停好，逯警官打开副驾驶门，坐进去时右手不留痕迹地把一包烟放在了衣服内侧口袋里。我有些好笑但是又不敢笑出来，内心十分佩服靳海在这么短的时间不显山不露水地完成了许多交际过程，一点都不让人感觉到尴尬。我们三人正好坐上车的后排，老人家在左边，靳海在中间，我在右边。

案件发生的酒店是一家中高端的连锁酒店，按理说这样的酒店烟感报警系统应该十分完备，但是再完备的设施都挡不住求死的决心。酒店房间里还保持着原样——我想这应该是警方的要求——酒店经理打开门后，逯警官手中不知何时出现的电筒就照向了房间顶部，大约是烟感报警器的位置被层层叠叠地覆盖住，然后循着光线，我们看到从地上撑起的一根伸缩杆牢牢地抵住了那些覆盖物，烟感报警就是这么失效的。

随着强光电筒的光圈，我看到房间里的各处缝隙都从内部牢牢地贴上了胶布，地上有三个烧炭的盆子、三个行李箱以及数个散落的药瓶和红酒瓶，床单枕头凌乱，有混合着红褐色的呕吐物痕迹。看到呕吐物的颜色时，老人家喃喃着问："那是不是血？"

逯警官摇头："那是红酒。"

老人家慌乱地点头："哦，哦哦……"

现场的场景如刚才王警官对案件证据的解释一样，她们封死了所有的房间缝隙，遮蔽了烟感报警器，喝了红酒，吃了安眠药，点燃了炭盆，安安详详地并排躺进被窝里，等待死亡的来临。在我有限的对一氧化碳中毒的知识里，我想象她们虽然在醉梦中，却还是有着一些中毒的基本反应，身体不可控制地挣扎、呕吐，最终没能如想象中那样安详地睡死过去，因为王警官说，发现的时候她们只有一人斜躺在床上，而另外两人歪在地上。

"走吧，我们去殡仪馆。"逯警官差不多用电筒在关键点上扫过了三遍之后，发出转移阵地的命令，我们一言不发地跟着他，如同刚才那样上了王警官早就启动停在酒店门口的警车。路上，警车仅用了一分钟就通过了那条酒吧街，此刻这里又是另一番景象，零零星星地游荡着几群男男女女，大都叼着烟晃着身子，音乐声音已经消失，能够听到他们哼哼哇哇的乱叫声，地面一片凌乱狼藉的惨象，不知道天亮时分的环保清洁工会如何收拾。

车子开出这条街时，我看了看手机，凌晨三点半。

35

逯警官突然打破了警车里的寂静："靳海，你是做什么工作的？"

"搞了个不大不小的公司。"

"哪方面的公司？"

"制造业，给李总他们集团供应生产物料的，李总是我的甲方爸爸。"靳海开玩笑，我笑着用手肘顶了他一下。

"哦，我看你的样子，以为你是搞艺术的呢。"

"是不是还挺有文艺范儿的？"靳海倒是脸皮厚实。

"非常有。"

"嘿嘿。"

"我想嘛，如果是文艺工作者，就得问一问凌晨时分去殡仪馆有什么顾忌不？"

"嘿嘿，听您这意思，对文艺工作者的信仰有点偏见哟。"

"多少有一点，担心你们有些玄学方面的顾虑。"逯警官伸手指了指车顶上看不见的天空，继续说，"什么鬼鬼神神的。"

"我想起有个朋友小时候是这么说服自己不用怕鬼的，他说啊，自己是这么想的：'人死了，会变鬼，那我如果被鬼干死了，我就也会变成鬼，那时候它也是鬼，我也是鬼，谁怕谁？'于是他就不怕鬼鬼神神的事儿了。"靳海说着，用手肘顶了顶我说，"安仔说的，六岁的时候。"我笑，这确实像是杨安说的话。

"那这么说来，你也不信鬼神了？"逯警官问。

"这话不敢说满，只能说我目前更相信因果吧。"

"嗯……"逯警官点点头，又问了我问过的问题，"死者是你女朋友？"

"不是，是很好的朋友。"靳海说这话的时候，我留意到他一直用左手挽着老人家的手臂，像是在给老人家精神上的支持。

逯警官在我前方点了点头，没有再继续话题，警车里继续回归一片寂静，直到快到殡仪馆，警官边开车边和殡仪馆值班人员确认信息时才算有点人声。

黑夜里，我庆幸没有自己开着车过来，这样我就不必知道殡仪馆具体的位置，事实上也不想知道。随着警车在一片类似山坡的路上来回穿梭一阵后，我们到了这座殡仪馆门前。和想象中完全不一样的是，正门上金色的"殡仪馆"三个字在底部射灯的照耀下熠熠生辉，丝毫没有低调幽静的觉悟。警车已经是这里的熟客，门卫没有丝毫阻拦，直接放行到一栋楼前停下，我下车，仰视那同样熠熠生辉的三个稍小一点的字：太平间。

靳海和老人家在我身后钻出车子，逯警官几乎同时站在我身边，我突然有种他们其实是来陪我认领尸体的错觉。这栋楼方方正正，整体就像一个骨灰盒，门厅是水磨石地面，五颜六色的碎石像是被封印在光滑透明的平面下，没来由地让我想起大学时，看过的泡在福尔马林里的老师，那是靳海不知何时认识的药学院同学偷偷带我们看的。沿着行走道路两侧有宽约二十厘米的暗红色碎石条，在偏黄的灯光下一直延伸到更加昏黄的深处。所有的门都是玻璃居中而边框为黄色木质结构的造型，统一都是竖式的金属把手。整体的场景结构不得不让我想起90年代的医院。

王警官没有把警车停到停车场，直接下车在前头带路。此刻的我们都像是一具具无法言语的木偶，而我们行动的丝线都牵在王警官的手上，在他行进到我们前面一米处时，所有人齐齐迈步跟了上去，没有人说话。我们的脚步踏进门厅时，我所幻想的阴风骤起、场景风云变幻什么的并没有出现，只是从有大面橱窗玻璃的值班室里走出一名身穿褐色棉衣的男人来。他的手里拿着银色的钥匙盘，上面几乎一整圈的钥匙，每个钥匙都挂着一块白色的纸片牌子，想来应该是尸体信息。

褐色棉衣的男人歪着身子歪着脖子站着，等我们走到近前，和王警官点了点头对了一下眼色，王警官手中牵扯我们的丝线就好像交接到了他手上。他开始走在前面，这时候我惊奇地发现，他和我一样，左腿是瘸的，只不过我可以在这样速度的行走下不显露出来，而他则不得不时刻都用右腿承担走路的重任，左腿是在右腿得以站定时快速挪动到前方短暂支撑用的。我不敢多看，我怕我顺着他的节奏瘸起腿来，会像不明真相的两个结巴之间说话一般，先说话的那个人会认为后说话的人在通过模仿自己来嘲笑自己。我刻意更加放慢速度以稳定步伐，靳海扶着老人家从我身边走过时拍了拍我的肩膀，低声说："百无禁忌。"

我点点头，但是还是落后半步，走进那个我们都知道意味着什么的房间。它大约两百平方米，地面依旧是水磨石铺就，顶部是分布均匀的白光板灯，中间空旷处摆着两张可能是固定的桌台和几辆可移动的床车——后来我从别人那里知道这可以叫灵床。四周靠墙处除了进出口的门和消防箱之外都排满了三层高的金属柜子，和电视里差不多，我想。褐色棉衣的男人问："看哪个？"

王警官没说话，看向逯警官，后者说："都看。"

褐色棉衣的男人点点头，看了看钥匙上的几个看起来比较白一些的卡片后，从口袋里掏出一个皱巴巴的口罩戴上，然后将三张灵床推往左侧的柜子。他虽然瘸腿，但是推起车子来倒是灵便至极。车子像是能听话一般在他手里滑向一个个目的地，正正好好地在需要的位置停下。在他一一打开柜门，将里面盖着白布——说是白布，其实已经偏米色——的尸体拉出来放在灵床上时，逯警官抬起手，挡住想要马上上前的老人家，他说："稍微等一下哦。"语气第一次显得有些温和。

等到三具尸体都摆放好，褐色棉衣的男人掀开遮盖头部的部分白布后，就退到一边，找了个小凳子坐下，不再言语。王警官和逯警官熟门熟路地走上前查看着三具尸体，背着手探着脖子，神情平静中带着一丝好奇，好像在拜访三位老朋友。

靳海扫了一眼三具尸体后，扶着老人家走向最左边。此刻我才看出老人家的苍老来，他白色的头发和眉毛都突然变长了一般，在白色的光线下杂杂乱乱地支出一些，显得整个人都矮小了一圈。他走得很快，身子不住地抖动起来，而且抖得越来越快，不得不用更快的步伐去配合身体的振动。在靳海的搀扶下，老人家还是几乎扑在了尸体的脑袋边，黑瘦干枯的手抚上那冰冷的脸庞时，老人家的泪水已经涌出来。他用自己的衣袖抹掉几乎和眼泪同时流出的鼻涕和口水，终于呜呜咽咽地哭出声来。靳海站在一边，像是松了一口气，他轻轻拍着老人的背，眼睛一直看着那发白的冰冷脸庞，不知道在想些什么。

我慢慢走近，看得更清楚了一些。躺着的那个她和我年龄相仿，白皙的脸蛋细腻光滑，眉毛浓密却呈现温柔的曲线，闭着的眼睛缝里均匀伸出的睫毛弯弯长长的，可以想象生前她一定有一双特别好看的眉眼，鼻梁挺拔高耸，颧骨微微有些高，嘴唇偏厚，看起来特别像来自西域的美女。此刻的她，即便生命已经消散，还带着微微的笑容，只不过从嘴角流出到鬓角黑发、耳朵的褐红色液体给原本宁静安详的微笑增加了一种惨然的凄美。

老人家的手颤抖不止，将碰未碰地在他女儿的脸庞上、头发上拂过，他的哭声在房间里回荡，在我们都没有发出声音的情况下，这间房间的空旷感通过哭声显现出来，呜呜咽咽的声音忽远忽近，弄得我鼻子发酸，几乎也想哭出来。靳海一直面无表情地拍着老人家背部，等待哭声渐渐平复，老人家的颤抖渐渐平静后，他的眼睛看向逯警官，缓缓点了点头。

“好了，走吧。”逯警官话音落下，褐色棉衣的男人就站起来，从右到左一个一个地把白布盖回尸体头部，推进金属柜子，关门。此刻我才想起来，我没有看到另外两具尸体的样子，但是也已经来不及了，她们一个个地重新回到了黑暗冰冷的金属柜内，而我们则再次通过昏黄的通道，回到警车里。

“明天下午，另外两人的家属也会到，到时候还会像今天这样过一遍证据，然后到这里就是交接遗体了。”上车后，王警官仍旧默默开车，逯警官则侧过身子看着靳海说。

靳海点点头：“感谢两位警官了，今晚的这通折腾，实在对不住。”

逯警官摇摇头，看向老人家，说道：“老人家，先休息好，什么事情明天再说。”

“嗬……好……”老人家干涸的喉咙中挤出几个音节，点着头，仍旧一副欲言又止的样子，但是看起来已经镇定许多。

返程似乎比来的时候更快，一路沉寂寂的，连警车自身的声音都小了一些。回到甲乙派出所门前时，已经凌晨5点多，警车放下我们后，王警官和逯警官一溜烟地直接开走了。靳海仍旧搀扶着老人，只不过后者现在看起来已经有了一些能够支撑自己的感觉了，力量感在恢复。

“老人家还好吧？”我问。

“直接面对真相后，应该缓过来了吧。”靳海说，声音有一些沙哑，“也折腾了你一晚上。”

“我吗，你就别客气了。”

“嗯嗯，不矫情哈，考虑了下，还想麻烦你一个事。”靳海指了指牧马人，说，“看这情形，想再借车子用两天。”

“你用吧，我上下班走路也就十分钟。”我把钥匙放在靳海手里，伸手截停一辆刚好路过的出租车，“我就先走了，有事电话。”

“用车子，有可能要带我朋友的哦。”靳海摊着手托着钥匙，再次和我确认。

“百无禁忌。”我说。

“嘿嘿，好，车里没有贵重物品吧？”靳海握住钥匙，解锁车子。

“没有。”我想了想，说，“副驾抽屉里有烟，还有避孕套。”

“去你的。”

“哈哈哈哈，中间扶手格子里有油卡，随便用。”

“这个好。”

“走啦。”

“好。”

我坐上出租车，走了。

36

靳海说的“两天”，具体是五天。

五天后的中午，靳海给我打来电话。

“李泌，我终于忙完了。”从电话中传来的声音状态听起来，靳海是在开车。

“挺会挑时间呀，今天小年夜，晚上一起吃饭？”

“好，我先去酒店住下收拾一番，五天没洗澡了。”

“好的。”

“你下班是6点对吧？”

“没错。”

“好的，我准点来接你。”

“早点也没事儿。”

“行，五点半？”

“5点吧，避开上下班高峰。”

“行，我准点到。”

挂断电话后，我想了想，电话到尤米的餐厅订了个两人位，打算晚上就在那儿用餐。靳海十分准时地在公司停车场靠着车门等我。牧马人被洗得干干净净，好像还打了蜡，我打趣道：“这车在你手里待遇有所提高呀。”

靳海嘿嘿一笑，拉开副驾驶的门自己上去说："你开车吧，我不想再开车了。"

我坐进驾驶室，看到车辆的出风口多了一个香熏，和我原来的香熏味道一致。靳海见我目光盯着香熏，撇了撇嘴巴："想着用了你的车那么多天，给它捯饬捯饬吧，没想到你用的香熏贼贵，我看着之前那个已经挥发得差不多了，就咬着牙还是给买了。"

"嘿嘿，咋了，这车不好开？弄得你都不想开了？"我点着车子，往尤米的餐厅开去。

"主要是陪老人家太累了。"靳海说着，放低座椅靠背，叹了口气，"老人家基本没有什么做事的主意了，前两天办交接，然后火化，火化完了捧着骨灰就更没了主意。弄回去吗？老人家说孩子既然要来这里，就不能带回去。在这儿买个墓地？老人家说太贵，而且买了墓地自己也不可能再来看孩子了，就这么在这儿他自己不安。讨论再三，老人家说四处转转找个地方吧。就这样，我们开着车子先是找山，结果发现这边的山都是矮山，而且也不让随便埋骨灰，立碑啥的更不可能了。昨天在海边开着的时候，老人家突然就决定撒到海里，于是我就找海边租了个渔民船，带我们出了海，在海上一点点撒了。"

"哎，就这么结束了。"我有些唏嘘，却也无从感慨，因为我对死去的她毫无了解。

"就这么结束了，老人家说，这样他也可以在杭州湾看她了。"靳海发出一声没来由的笑，"呵，反正都是海。"

"老人家呢？"

"今早的飞机，我让杨安在杭州接他，这会儿应该已经回到他自己家了。"靳海双手枕着头，像突然想起什么似的问，"呀，对哦，今晚吃什么？我可是几天没有安稳吃饭睡觉了。"

"日料，有烧鸟。"

“哦哦，那行。”靳海满足地伸了个懒腰，又把座椅打直，坐起来说，“和老人家一起，吃什么住什么，他都嫌贵，又不愿意敞开来让我花钱好好享受，于是弄得我一起受罪。每天吃得最多的就是面条，住的都是小宾馆小旅店。昨晚返程挺晚了，老人家甚至还说睡车里，哎，完全说不通，弄得我今天如果不是回酒店收拾了一番，一身汗味都怕熏着你。”

“老一辈的人，好像都这样。”说着，车子已经临近尤米的餐厅，我指着小小的餐厅门说，“就那家店，我常来的。”

“这种店，和成都街头的苍蝇馆子一样，大隐隐于市，生命力持久。”

“走吧。”我停好车，领着靳海一起走进店里，移门拉开的风铃声响起的同时，尤米的欢迎声也响起：“いらっしゃいませ，欢迎光临。”她看到是我，笑容绽开来，“是你来了呀，服务员和我说了，留好的位置在那儿。”说着，尤米伸手引着我们走到左侧榻榻米区域靠门一侧被酒柜包裹的角落，这个位置只有一侧有别的客人，相对来说较为安静，只不过这个位置是六人位，留给我们两个人，有些浪费。

我疑惑：“我们就两个人哦。”

“嘿嘿，就是给你们留的，这里清静一些。”尤米笑着看看我，又看看靳海，靳海微笑着点头表示感谢。

我们脱鞋上了榻榻米，靳海一边脱鞋一边说：“还好我下午在酒店好好休整了一下，不然我这闷了四五天的脚一亮相，这个店今晚不用做生意了。”

先上了榻榻米坐进里面位置的我在靳海说话的时候抬起头，看到尤米从背后看着靳海，用菜单捂着嘴笑，见我看她，竟然有些不好意思地红了脸。靳海落座后，尤米日式跪在桌子的端侧，递上菜单，等待我们点单。

“我不客气了啊。”靳海说着，头也没抬地翻看菜单，很快就开始指指点点地说，“这个，这个，这个，李泌，我点的都是我能吃完的，你如果也要的就加一份哦。”

我看靳海点的皆是烧鸟烤串，就和尤米说：“烧鸟类的就都要两份。”

“好嘞。”尤米今天上身穿着一字肩的米色紧身长袖针织衫，勾勒上身玲珑曲线的同时露出白皙的锁骨和修长的脖子，她正好看靳海翻到了新的菜单页，指着那道牛油果拌豆腐小番茄说，“这个菜不用单独点，每次他来我们都会免费上一盘。”

“呀，李泌你面子真不小。”靳海笑着看向尤米，“谢谢老板娘哦。”

尤米捂着嘴笑，点完菜，她如往常一样向后滑着退下榻榻米，站起来的时候我才注意到她今天穿的黑色喇叭裤十分好地包裹着她的臀部，从背后看挺翘、丰满、紧致，十分好看。靳海顺着我的眼神看去，伸手在我眼前晃了晃说：“口水要下来了啊。”

“没有没有。”我摆摆手。

“我算知道你为什么说自己常来了。”靳海坏笑着，“换我，我也常来，还得充值。”

“我确实充值了。”我认真地说。

“把你充值号码给我吧，我得常来。”

“那你得在深圳常待哟。”

“那是，为了服务甲方爸爸嘛。”

“还是，你想多陪陪她？”我说的她，是尤米，但我很快意识到，靳海理解的她，是刚刚撒到大海里的好友。一时间，像是盖了许多年的古墓被打开了封盖，一种落寞的气场从靳海身上散发出来。他低头摆弄着桌上的筷托，沉默了一会儿。

“你怎么看自杀这件事？”靳海抬头问我的时候，眼睛里一丝不可觉察的泪光悄然隐去。

“从来没有仔细想过。”我老实回答，那天过后，这件事情与我来说好像只是看了一场电影，即便后来和凡昭煲电话粥时提及这个话题，也像描述一个电影情节或者镜头那样平铺直叙没有波澜，凡昭自然也当成一个猎奇的故事听完就算。自始至终，我都在表面浅浅地掠过这次死亡相关的经历，没有思考，没有感悟。我对自己这般的冷血冷漠有点不可思议，像是自我确认一般说：“这次，是我第一次真实意义上看到死去的人。”我在内心排除了在福尔马林里泡着的老师以及那些在电视屏幕里播放过的死人。

“你觉得，你能理解一个人会走到自杀这一步吗？”靳海换了一种问法。

“不太理解，我觉得这应该和每个人对挫折的承受能力有关吧。”我觉得我的回答十分冠冕堂皇，但是我却没有更好的回答方式。

“我能理解她为什么自杀，但是我无法释怀，或者说原谅她的自杀。”靳海说着，转头从酒柜探出头对尤米说，“老板娘，来点酒吧。”我从酒柜的格栅看到尤米在收银台点了点头，就去准备酒水了，并没有问要什么酒。

“你想过自杀吗？”靳海问我。

我摇头。

“我想过，但那是小时候对死亡这件事情的纯粹好奇，并非真的想终结自己。”靳海看着我的表情笑，“是不是觉得有点神经病。”

我点头，收起看傻子的表情问靳海：“是多小的时候？”

“估计十岁左右吧，有一阵子我特别好奇死亡是个什么体验，想过甚至差点尝试过几种死亡的方式，比如我的床靠着的墙壁上挂了一把宝剑，我拔出来比着脖子划了划、试了试，还好那是一把未开刃的宝剑；还比如我无所畏惧地从我家所在的楼层跳下来过，除了脚有一瞬间的疼痛和麻木外没什么，还好我家是在二楼。现在想想，如果剑开刃，我家的楼层高一些，我应该就真的品尝到死亡的滋味了。”

“你可真是……”我想不出词汇来形容我的吃惊。

“傻逼，是吧。”靳海自己都在摇着头笑，这时候尤米端上了酒和一些已经做好的菜来，酒是清酒，在她端来的盘子里放着冰桶和小火炉，她问靳海：“冰的还是温的？”

“冰的吧，这样醉得快。”靳海说，然后没理会尤米在旁边布菜，问我，“你想听她的故事吗？”

“谁？”我下意识地问，又瞬间明白过来，点头说，“哦，想听。”

37

“她叫应捷，应该的‘应’，敏捷的‘捷’，本来是‘应该胜利成功’的寓意，现在却有种‘应验劫数’的谐音含义在其中，一语成谶。”

靳海开始一点点讲述应捷的故事：

应捷母亲自杀的时候，她才八岁，失去亲人的意义对于当时的她来说还懵懵懂懂，好在她没有看到母亲被泡涨发青的身躯——喝完农药后投河，求死的决心得有多大？应捷一直都无法理解为什么母亲会选择自杀，就像她们村里所有人说的一样：“这点话就承受不了？只能怪自己太脆弱。”

应捷母亲死的时候，她父亲从外地打工赶回来，了解事情的原委之后也只是说：“让人说两句而已，有啥？”应捷在坟前看着那石碑立起来时，仍旧不懂，为什么只是几句话，能够让人轻易结束自己的生命，连自己心中最伟大的母亲也是如此？

只是因为远房表叔在家里住了一夜，村里就传出各种各样的流言蜚语，剧情从住宿一夜到偷情出轨只用了半天，而母亲从崩溃到自杀只用了半个月……

那半个月里一切都像是一场幻境，此前的应捷还是个跟着母亲在田里河里疯跑的小丫头，之后却成为一个被父亲遗弃在农村和奶奶相依为命的孤儿。

“那是我感觉无比灰暗的时光，虽然我都不知道，还有更多的灰暗在等着我。”应捷是这样描述那段日子，所有的人都看到她脑袋上顶着的“婊子养的”的标签，所有人都可以欺负她，她无数次哭着在电话里对在外打工的父亲哀求：“爸爸，带我们走吧。”迎接她的只是听筒里传来的一声声叹息。

好在，上了初中，应捷终于得以离开，到父亲身边生活，因为奶奶年迈，摔了一跤，走了……

新的城市里生存并不容易，尤其对于应捷这样一个农村女孩，但是能够和父亲一起生活，她的生命中像是多出一座山，稳稳的，很幸福。

应捷在理科方面有着特别的天赋，初中开始崭露的优势让她成为老师的宠儿，彼时的她和人说话都带着难以言喻的快乐，没有人知晓她的过往，没有人嫌弃她的卑微。她像个重生的丑小鸭，伸展着白天鹅的羽毛，享受全新的阳光。

那个时候的应捷，是她父亲的骄傲，父亲宽大的手掌经常牵着她散步，在那座远离家乡的大城市，应捷觉得自己的生活已经完全好起来了。

我曾经和应捷在高中图书馆里坐着看书，她拿着理科类的书籍不停刷题，我拿着小说读得津津有味。那天在傍晚的阳光中，我斜靠在椅背上跷着二郎腿悠哉看书，我的余光告诉我她正看着我愣神，我转头看她：“咋了，不会做的题可别问我，我更不会。”

“你说，我什么时候能像你这么悠闲？”应捷的手还拽着我看不懂也根本没想过要去看懂的数学竞赛卷，眼神中满是羡慕地说，“我也喜欢看小说。”说完她低下头，没顾我欲言又止的样子，自顾自说道：“可是我还得做题。”

夕阳下应捷的睫毛闪动，看着题的眼神却显得有些暗淡，我尴尬地放下二郎腿，默默地摸出课本翻看起来，我当时想：“原来名列前茅的她，并不是那么喜欢当时的自己。”

后来我们一同在图书馆看书时，即便我的心里还是想着小说，但是手上仍旧捧着课本，只是不想让应捷显得那么孤单。我后来的好成绩其实要感谢应捷，那一刻她为自己的努力在我看来尤其可敬，那是她唯一可以拼尽全力的道路，不知晓她的过往，谁都不会懂。

应捷在那阵子告诉我：“我和你们都不一样，我只能够找到这么一条看似我擅长，却并不喜欢的路。”她其实内心无时无刻不在担心，只有小心翼翼丝毫不差，才能够让她渐渐走向那条在未来或许能够宽敞的道路。

高考后，我们都在离家一千多公里外的异乡求学，我在西边的成都，她在南边的这儿，深圳。我们经常联系，我知道她在大学过得并不好，无非是各种各样的落差，而我也只能远距离充当那个消化能力极强的情绪垃圾桶。然后应捷就在某一天遇到了她的劫，那天她提着结过账的一袋商品走出学校超市大门，报警声尖锐地响起后，保安仿佛从天而降地要求检查。她执拗地拒绝保安的搜查，在收银员的斥责和周围人群的指指点点中，她像暴风雨中的小树，摇晃无依。在那一刻，她觉得自己就像回到小时候，在家里的梯田中被同村的小孩子们围着打骂。她完全僵硬了，身体不听使唤。她那几乎封闭住的幼年记忆像泉涌一般突出来，淹没了她所有的意识。

在她慌乱无助的时候，她同系的师兄出现，站在她身边拿着小票核对商品和超市人员据理力争，才换来超市不疼不痒的道歉。但是那才是她真正的劫数，她对这个救她于水火的师兄情根深种，迅速地落入情网。后续的故事，其实不是始乱终弃的剧情——当应捷被人围堵在角落脱光衣服的同时，被脱光的还有她一直构筑的心灵防线。而更加要命的是，当时在国外的师兄只是轻描淡写地安慰了几句。

随后，应捷持续遭遇攻击，连她小时候的事情都被不知从哪里翻出来作为攻击她的内容。她开始失眠，开始出现幻觉，开始不知道梦里梦外哪边是真实。而远在国外的师兄在多番安慰后终于失去耐心，他说："别矫情了。"

那段时间，我总在安慰她，她也坚持着不断调整自己。她心里很清楚这一切没有什么大不了，她在努力摆脱那种神经衰弱一般的焦虑。

她对师兄说："我会好起来，我们会走向幸福的未来的。"

而师兄说："对不起，我们分手吧。"

就这样，情感支柱塌了，她觉得自己没了依靠。虽然父亲还在，但是自己好像无能为力让自己好起来了。

然后应捷的人生就往一种不可控制的方向发展，她告诉我：

"我开始厌食，确切地说，我是不知道饿了，完全没有进食的欲望。

"你知道大脑突然宕机的感觉吗？我在好些时候完全无法想起自己的名字，即便想起来了，我发觉自己也忘记这些字的写法了。

"有时候我连1+1等于几都要思考很久……"

"我不敢开车，看着红灯，我连踩刹车的动作都无法做到。

"我整夜整夜地做梦，真的不再是思考哲学了，我都不知道我这会儿和你说话，是做梦还是现实。

"我戳破我的手，看着血液流出来，那疼痛似乎能够告诉我仍旧在现实中，但我觉得证据还不够……"

…………

“我去看了心理医生，他说我是抑郁症，给我开了抗抑郁的药物。

“我知道我该控制，有人和我说忙起来就好了，我就开始忙碌，各种各样的忙碌，我可以不要睡觉，不要吃饭……”

…………

“连自己都控制不住，我是不是没有存在的意义？

“我是不是，该去死？”

有些时候，例如死亡之类的想法一旦打开一条缝，再关上就不再容易了。那另一头的世界透出一丝光，仿佛埋藏着未知的宝藏，诱人至极。

靳海说到这里，开始直接对着壶深深地喝了一大口冰镇好的清酒，苦笑了一下，继续说：

后来，在应捷的朋友圈里，我看到她到各个地方旅行，在厦门看海，在黄山观日，在南京品夜，在西安登楼，在成都买醉，在拉萨朝圣……我觉得她这么走走挺好，散散心，或许也就走出来了，结果没想到，那天，她给我发了条信息，说：“我想回家了。”

我说：“累了，有家可以回，就是幸福的。”

我没想到的是，她说的回家，是回那里。

说着，靳海指了指头顶上的冥冥天外，他说得激动，眼睛里的泪花闪过又干涸下去数次。这次，大概是止不住又不想眼泪流下来，他瞪着眼仰起头喝完一壶清酒，抑制住泪水后低头，把空酒壶用力插进冰桶里，对尤米冷冷地说：“倒酒。”

我这才意识到，尤米一直在边上，听完了这个应捷的故事，她被靳海突然的命令弄得有些慌乱，急忙低头倒酒。但是我看到，她的眼里已经掉下泪来，滴落在冰桶里。她倒完酒，急急忙忙地向后退去，一直低着头回到了收银台里。靳海多半没有意识到尤米的失态，自顾自吃着菜。时间过了一会儿，可能是很短的几十秒，也可能是稍长的五六分钟，我的思绪纷飞，乱七八糟的没有任何头绪，正在烤制烧鸟的厨师小伙面前腾起一团火焰，秋刀鱼在他手里翻了个面，鱼眼睛凹下去，鱼尾巴翘起来。应捷的脸庞突然十分清晰地在我眼前浮现，清晰得仿佛我可以伸手去抹掉她嘴边流下来的褐红色痕迹，脚底升腾而起直冲头皮的寒意让我突然涌上一种哭不出来的悲哀。我恨不得立即能够哭出来，但是酸胀的眼睛却只带给我一阵短暂的头疼和恶心……我闭上眼睛，缓和着一时间涌上的不适，不得不说靳海也给我打开了一条缝，对于死亡，靳海是好奇，应捷是吸引，而我，是迷茫。

“有点沉重了，是吧。”靳海正好在吃那盘对我们免费的新菜，不知道他是想快速转移话题，还是真的对这道菜十分满意，总之他做出发现新大陆一般的表情说，“这菜不错哎，你快尝尝。”

我稍微缓过神，苦笑道：“你倒是说完了这么沉重的话题后就没事人一样。”

“嘿嘿，不好意思啊，估计给你制造了一个困扰。”靳海继续自顾自大快朵颐，丝毫没有不好意思。

“不只给我，还有一个人。”

“嗯？谁？”

“喏，她呀。”我冲收银台努努嘴，靳海转头，看到了还低着头的尤米。他回过头，满脸狐疑：“她，怎么了？”

“你说应捷故事的时候，她一直在边上听着呀！”我不可思议。

“啊？我没注意……”靳海瞪大了眼睛，一样的不可思议。

“我的天，你说完了，还吼着让人家给你倒酒来着。”我也冲靳海瞪大眼睛，“我看她刚才好像还哭了，你这是……断片了？”

“真断片了，完全不记得有这回事。”靳海又转头看看收银台里仍旧低着头的尤米，问我，“我是不是得去道个歉。”

“你去呗。”我笑，准备看热闹。

“不去不去。”靳海摇头，我们渐渐收拾情绪，喝酒吃菜，又是一段沉默。

38

“不尴尬的沉默，是衡量两个人之间相处松弛感的标志。”上次和靳海、杨安两人一起吃饭时，杨安这么说。

现在我和靳海就在这样的状态里，他吃他的东西想他的事儿，我吃我的东西想我的事儿，我不用费心想着如何招待他满意，他就更不会了。尤米再也没有来上菜，取而代之的是店里的服务员。我从酒柜格栅看向尤米，她已经不再低着头，正用她清甜的声音和我们隔壁桌的客人告别，柳叶般的眉眼绽放温柔的笑容，脸上已经没有刚才的愁容。

“你是不是在猜她刚才为什么哭？”靳海察觉到我的视线越过他看向背后，知道我是在看尤米，问道。

我摇摇头，又点点头，说：“本来啥也没想，被你这么一说，倒是想知道她为什么哭。”

“那你去问问？”靳海坏笑。

“算了算了。”我摇头。

“那我去问。”没等我反应过来，靳海已经伸着手探出头，尤米的目光落在他身上时，他说，“嗨，能再来一些酒吗？”

看得出来，尤米抑制住了要翻白眼的冲动，皱着脸哭笑不得地点头，从收银台里走出来向后厨去了，再走出来的时候，端着清酒壶和冰桶，喇叭裤裤脚在她行进的小碎步中款款晃动，涂着酒红色指甲油的脚丫子在晃动中忽隐忽现。她重新跪坐在我们这桌的端头给我们布酒。靳海突然没了刚才叫酒时吊儿郎当的劲头，感觉有些不好意思地问："不好意思啊，我朋友说，你刚才被我吼哭了？"

"刚才你说的故事，是真的吗？"尤米没有回答靳海的问题，反而提了新的问题。

"嗯，我和她父亲刚把她的骨灰撒海里。"靳海点头。

"刚发生的事情？"尤米只听到应捷的故事，不知道别的背景。

"是的。"靳海打开手机，点了几下后放在尤米面前，"这个新闻，就是她，收尸的时候，我们俩都在。"靳海说着指了指我，我看到手机屏幕上大大的新闻标题《深圳三名妙龄女子宾馆内烧炭自杀，警方现场发现遗书》，尤米一根手指轻轻点在手机屏幕上，滑动着页面，认认真真地看完后点了点头："所以，应捷是其中的一个人。"

靳海收起手机，点点头。

"患抑郁症的人，真的会像那样发生无法自控的死亡念头吗？"尤米双手在两侧撑着榻榻米地面，仰头问靳海。

"是的。"他若有所思地看看尤米，然后把尤米上菜这一侧原本摆着的纸巾盒，酱油、芥末等调料罐移到桌子内侧，腾出空间来，拿出冰桶里的一壶清酒放在尤米面前，说："看来你也有故事，咱们有酒，要不要坐下来说？"靳海说完，伸出右手朝我往左边摆摆手，然后自己往里面挪了挪位置，把面前自己的碗筷骨碟也一样挪了一截。我马上明白如果我们不挪位，尤米坐下来，脚伸进这个桌子下空间的时候势必和我们碰在一起，立即有样学样地挪了半个人的距离。

"嘿嘿，那好嘞。"尤米倒是也不客气，撑起身子把跪坐在大腿下面的小腿释放出来，坐进榻榻米里，接着她又叫来服务员给我们增加了一些像烤鱼翅、烤银杏果、盐水枝豆、芥末章鱼之类的下酒菜，舒舒服服呷了一口清酒说：“这可都是你们付钱啊。”

我笑着点头：“当然当然。”

“其实我没有什么特别的故事，只是有个瘫在床上二十多年的母亲。”尤米的开场很简洁，故事也很简洁，“我六岁那年，她生下弟弟后跳楼自杀，没死成，高位截瘫，至今躺在床上。”

“……”我在等待尤米后续的话语，却什么都没有等来，忍不住问：“后来呢？”

“没了呀。”尤米像看傻子一样看我，“我可不像你朋友那么能讲故事。”

“抑郁症？”靳海问。

“现在看来，应该是吧。那个年代没有那么多的说法，也没什么人能理解。就像你说的，更多人无法理解好好的一个人怎么就控制不住自己了，更多人都觉得这是矫情或者是伪装，而且确实这种人在发病的时候比身体疾病的人更难照顾，更招人烦。”尤米说话的时候用白皙的手指在清酒壶口上画着圈，空气中的水汽凝结在冰壶表面，顺着白色的清酒壶滑下来，在底部积了一圈，“我只记得一些零碎的片段，关于我母亲的，比如整晚整晚地翻身不睡觉，坐在家门口椅子里发呆，见邻居和我说话大声了一点就突然跳起来骂人，拿着扫把追出去打人……拿着竹棍打自己的大肚子——我弟弟还能出生也算是命大——哭哭闹闹地被我父亲绑在床上……都是些乱七八糟的……”

尤米说的她母亲以及靳海说应捷身上发生的那些无法自控的情形，让我觉得不可想象。

“听起来，更像现在所说的躁狂抑郁症，它和抑郁症的区别就是，会在情绪过于高涨和过于低落之间切换。”

“精神分裂症？”我问。

“它们的一些症状听起来很像，但是总的说来还是不太一样的两种病，躁狂抑郁症总的来说还算是情感方面存在问题，精神分裂症就已经是思维层面或者说精神层面的问题了。”靳海用纸巾擦了擦清酒壶表面的水珠，举起酒壶说，“在我的理解里，可以用喝酒来类比这两个病，躁狂抑郁症患者就像是还知道自己几斤几两，再多喝点就要喝大了的人。他们可能还会有对自己状态的自知和改变的意愿，就像有的喝多了的人，会自己选择不喝了，找个地方睡觉去或者要解酒的东西。但是精神分裂症就不一样了，这种人就像那种嘴巴上叫着自己没醉继续要喝的人，他们会分不清现实和幻想，一般也不太会承认自己生病，不能配合治疗。”

“刚才，我其实还觉得这种心理疾病导致人的失控挺不好理解的，不过你用喝酒举例子，好像就好理解多了。”尤米点点头。

“没有体验过的人，都不会理解的。”

“我听说你们做心理咨询师的，有个技术，叫‘共情’，最近这个词很流行，是不是用这个技术，就能理解？”我问。

“你是心理咨询师？”尤米听我说完话，挺惊奇地看着靳海。

“我考过心理咨询师的证，也做过心理咨询的服务，现在也能够提供服务，但是我开始对心理咨询师这样的称呼有些汗颜，有时候甚至想敬而远之。”

“为什么？”

“其实学了很多心理学知识、心理咨询技术，也提供了很多心理咨询服务后，我会越发觉得心理咨询师没什么发挥空间。”

“不明白，有这么多人有心理问题的呀，怎么会没有发挥的空间呢？”尤米问。

“的确，有心理问题的人很多，有相当一部分也有求助意愿，但是这里面又有相当部分的人没有付费能力。心理咨询师虽然是一群愿意助人的人，但是也不可能一直用爱发光发电，提供低价甚至是免费服务。”靳海说，“在国内，心理咨询师普遍活得不咋地。”

“喂喂喂，你们俩聊上了，我的问题呢？”我敲桌子的同时，店里的服务员端上尤米点的下酒菜，烤银杏果在盐粒里裂开壳，露出嫩绿色的果肉，我捡起一颗来吃，被烫了一下手。

“正好接着你的问题说下去，在国内，人们寻求心理咨询师的帮助其实有很多障碍，一点是对于寻求心理咨询帮助的那种卑微感会让很多人不愿意找心理咨询师。我说的卑微感，是在心理咨询中对心理咨询师全盘开放自己的记忆、感受等信息的时候可能会有的感觉，不同于去医院和医生说我这里疼那里疼的肢体感受，表达自己的情感感受是更加触碰深层隐私的，这种暴露感往往会导致一种卑微感，让人们不愿意进行心理咨询。”靳海说到这里，用眼神和微笑示意我少安毋躁，继续说，“还有一个是人们并不觉得心理咨询师是真的有技术的人群，所以在支付费用的意愿上会明显有阻碍。这里，就正好来说说你刚才提到的‘共情’技术，这是一种心理咨询师试图和来访者达成一种‘感同身受’状态的技术。虽然从某些事实上来说，完全感受到来访者的感受是一种不可能，就像我现在把手戳破了说的痛，和你们俩理解或者想象的痛是不一样的。李泌可能觉得手戳破了不是事儿，不觉得多痛，但是……”靳海说着看向尤米，后者说：“尤米。”

“嗯，但是尤米你可能觉得很痛，这是根据不同人的特质、经历而有不同感受的。在共情这个技术里，心理咨询师是在实实在在地尝试把自己带入到来访者的过往经历和人格特质里去感受他的痛苦，有点类似于演员入戏的状态，这是一种耗神耗力的技术。我们常常听说演员入戏了出不来什么的，心理咨询师如果入戏，也会把自己搞出异常状态来，所以心理咨询师也需要督导老师进行疏导，以免自己的状态出问题。但是呢，大多数人都还是愿意相信也愿意同情演员入戏后走不出来的事情，但不太愿意相信心理咨询师在使用这个共情技术时的付出，这也影响着人们寻求心理咨询帮助时的付费意愿。不过，也可以理解，心理咨询毕竟不像传统医院治疗那样有检验、有参数、有药物、有疗效，更多的只是来访者的感受，这本身就很难评价了。”

“所以其实确实有人就是在那种无法自我控制的情感状态里？”我仍旧疑惑，或者用现在的新词汇来说，我还是无法充分共情有心理问题的人群。我一边说着，又吃下一颗银杏果，尤米把仅剩三颗银杏果的盘子往靳海那边推了推，对我说道：“这东西一天吃十几颗不得了了哈，给别人留点。”

“哈哈，没事，他应该扛得住银杏果的毒性。”靳海笑着说。

“这玩意儿有毒？”我诧异，“不过它还挺好吃。”

“李泌，我挺能理解为什么你问这个问题的。”

“啊？”我觉得自己好像跳空了一截对话似的，“什么问题？”

“你刚才说的意思是，你其实不太理解那种有心理疾病的人，会无法控制自我的情感、情绪状态。”靳海梳理着我的困惑，我点头。

“其实这就和你能吃更多银杏果，而有的人不能多吃是一个道理，这就是个度的问题。重复我刚才说的，每个人的人格特质和经历不同，所以每个人面对同样的情感、情绪的度都会有所不同。”靳海一边说一边吃着烤银杏果，我还想吃，但是忍住了，尤米则好似会读心术一般转头让服务员加了一盘烤银杏果。

“在大学时，我就觉得你是一个挺冷静、理性的人。”靳海这句话更让我吃惊，我一直觉得靳海是那个冷静、理性的人，却没有想过在他眼里的我也是这样的人。

“说些你的私密，别介意。”靳海从榻榻米下把自己的左腿抬起来，膝盖抵在胸前，拍了拍膝盖，问我，“不介意吧？”我明白他是在问我当着尤米的面说我腿部的问题行不行，我点头，没什么大不了的。

“你左腿因为小儿麻痹，快步走的情况下有瘸腿的毛病，在我们的相处中，我从没有在你身上感受过你对此有什么自卑的情绪。你能够接受这样的缺陷，从来没有觉得这样的缺陷对你来说是什么问题。”

尤米看了看我，我点点头，靳海说的好像是那么回事儿。

“你大概更擅长或者更偏向于用理性来看待你瘸腿的这个事实，但是有些人，天然就更倾向用感性来看待问题，他们可能更容易感受到别人异样的目光，更容易因为瘸腿这件事情带来伤心、自卑等影响。”靳海把刚吃完的一个银杏果壳放在桌面上的空旷处，说，“这是人与人的不同。也就是我说的人格特质的不同。”

“同样还是举瘸腿的例子，也同样是你这样的更理性的人。”靳海停了一停，快速眨了眨眼睛，好像在想合适的措辞，然后继续说，“我猜测，你从小到大周围的人可能并不是非常关注你快步走会有些瘸腿的毛病吧？”

我还是点头，靳海说得没错。

“但是有另外一个你，其他都一样，但是就是从小到大周围的人都特别在意和关注这一点，他们告诉你这个毛病很糟糕，对你的发展影响很大，你这辈子也就在穷地方待待就算了……每天都这样，你觉得你会怎么样？”

“我再冷静再理性，可能也会变得因此而自卑吧？”我说。

“对，这就是第二个影响条件，经历的不同。”靳海说着，在刚才那个人格特质的银杏果壳边上放上第二个，继续说，“说完影响条件，先解决一个你总问的‘为什么无法自我控制’的问题，这个其实好解释，就拿你瘸腿来说，你走快了左腿就无法控制地开始瘸，这是肉体上的无法控制，在心理方面，其实是一个道理。”

我点头，的确如此。

“那么回到刚才的两个影响条件下。”靳海指了指桌面的两个银杏果壳，说，“我还得继续用刚才的例子来说不同的人心理方面失控的度不同，还是那两个你，第一个你，就是现在的你，我们量化一下，你可以在每小时六公里的行走下保持不瘸腿的状态；而另外那个你，有可能因为自卑，只能在每小时三公里的行走下保持状态，超过了就不可自控地开始瘸腿。”靳海说完，把抱在胸前的左腿放回榻榻米下面，“这样解释，不知道明白一些吗？”

“你好厉害啊，用这样的方式就解释清楚了。”我还没点头呢，尤米已经惊叹起来了，“果然专业的心理咨询师就是不太一样。”

“你不当一个职业的心理咨询师可惜了。”我说。

“哈哈，银杏果好吃也营养，但是有毒，心理咨询师这个职业美好高尚，但是养不活人……所以，我考虑用别的方式来参与心理咨询的工作。”

“那你会怎么参与？”尤米的右手托着耳朵下方侧着头看着靳海。在我的角度看去，她修长的手指盘着一绺乌黑的头发，打上结又散开，快速而灵动，真不知道她如何做到的。

“我不知道你们小时候有没有被长辈问这样的问题，大概是：‘我们的家乡很穷，你出去大城市学习好了以后，会选择回到家乡投身家乡建设吗？’”

我点头，我的家乡穷。尤米摇头，她的家乡就是深圳。

“我那时候小，有一些天真烂漫，信誓旦旦地说：‘我要回来投身家乡建设。’长辈们都很满意我的回答，直到有天我的一个小舅舅听到我的回答后，说：‘帮助家乡建设其实有很多种方式，你可以自己回来参与建设，也可以在大城市打拼了自己的一番事业后通过对家乡进行投资、捐款等方式参与建设……有时候，后面那种方式也许对家乡更有帮助。’这个回答在当时给我挺震撼的感觉。我开始知道，原来世界上很多事情不是只有一种选项的，于是，我现在就准备抱着甲方爸爸的大腿，多赚钱，然后再考虑心理咨询师这个领域的参与。”靳海前半段说得正经，后半段就一直对我露出那种贼兮兮的邪恶笑容。

“嘻嘻，你们俩真有意思。”我觉得，尤米虽然说的是“你们俩”，但是她真正说的，是靳海。

新上的烤银杏果又吃完了，我们开始吃烤得韧韧的但不至于咬不断的烤鱼翅、咸鲜口味的枝豆，芥末章鱼则是在前两盘吃完的时候才开始对付的。清酒下得很快，不知不觉我们每个人面前已经摆了两三个空壶，靳海和我面前三个，尤米面前两个，按照靳海的酒量，他应该已经醉了。

夜深了，整个餐厅，只剩下我们三人。

39

靳海醉得睡过去之前，抱着吉他胡乱弹着，唱了一首歌。

客人们走了，带走了他们喝酒聊天的动静，厨师、服务员也在尤米的准许下离去，带走了排风管道的轰鸣和食物炙烤的声响。尤米的餐厅就这样和外界隔绝开来，沉静静的，让人突然想上厕所。

我们轮流去了趟厕所，我第一个，靳海最后一个，他晃荡着还算有些稳定的步伐走下榻榻米，再返回的时候抱着尤米的吉他，据他自己说，他也不知道自己从哪里拿到它的。那是一把棕红色的木质吉他，我每次来这里从来都是只听到尤米弹奏它的声音，没有见过它的样子。靳海梭滑梯一样地梭进榻榻米里，把琴在自己怀里放好。他的左手拂过油光发亮的琴颈，手指头按在磨损得一段黑色一段金色的琴弦上，右手从下往上拨过每一根琴弦，发出清脆明亮的响声，然后他像模像样地调了调琴弦的音——用“像模像样”一词的原因是，事后靳海告诉我他不借助调音器根本没有调音的能力，所以不知道那调音调的是个什么东西。

不论调音结果如何，靳海是拨弄着吉他唱的歌：

让我再看你一遍

从南到北

（靳海停顿了一下，撇了撇嘴）

像是被五环路蒙住的双眼

（靳海叹了一口气）

请你再讲一遍

关于那天

抱着盒子的姑娘

和擦汗的男人

（靳海自顾自笑了一下，闭上眼，放开声音，唱完后面的所有）

我知道 那些夏天

就像青春一样回不来

代替梦想的也只能是勉为其难

我知道　吹过的牛逼

也会随青春一笑了之

让我困在城市里

纪念你

让我再尝一口

秋天的酒

一直往南方开

不会太久

让我再听一遍

最美的那一句

你回家了

我在等你呢

……

我知道

那些夏天就像你一样回不来

我已不会再对谁

满怀期待

我知道

这个世界每天都有太多遗憾

所以　你好　再见

靳海强撑着弹完唱完，最后的一句“再见”，低沉、沙哑，宛如寂静旷野中的一声叹息，无法描述的情绪在房间里飘起来，悠悠荡荡，如有实质一般。

尤米一直托着腮听歌，在靳海乱弹琴的时候，我恶趣味地猜想她一定对胡乱弹琴还唱得理直气壮的靳海感到无语，但是她此刻无声滑过手肘的泪水却告诉我，她并不在意琴音是否准确，和弦是否和谐，当倾注感情的嗓音响起的时候，只有流动的情感最重要；当歌曲结束的叹息声消失的时候，只有属于自己的沉默最重要。

我再次想到应捷的侧脸，那褐红色的痕迹流淌起来，冲破想象的幻境，在家乡远眺的雪山上滑过，在红色夕阳的沙滩边流淌，在飞沙滚石的戈壁滩间肆虐，温柔、迷茫、凶狠、不甘、忧伤、绝望……一时间悲从中来，明明毫无感慨的方向，眼泪却自顾自地漫出眼睛，滑过脸颊。我们在这暂时与世隔绝的空间里任凭情绪肆虐，我们仿佛共同拥有这肆虐的情绪，它冲撞着我们的灵魂，释放着我们过往人生中压抑着的灰败，那原本应在人生某时以黑洞形式出现，继而席卷我们的灰败在这样的环境下毫无狰狞伤人的可能，只能一点点被释放被消化，我们在此刻被涤荡着、充盈着、疗愈着……

这一切的始作俑者靳海早就睁不开眼，斜斜软软地靠在酒柜上，手里还抱着吉他，嘴里喃喃着什么，声音低不可闻，渐渐就这么睡了过去。我们都睡了过去，醉的没醉的，斜靠着的，趴着的，躺着的，总之都睡了过去。

……

靳海最先醒过来，在叫醒我们之前，他给我们烧好了热水，加了几片柠檬。玻璃杯子在桌上发出碰触的轻微响声，我和尤米同时醒来，没有睡蒙了的模糊状态，精神清晰无比，嘴里一点异味都没有。同时，我们之间的话语，好像也不知道丢到哪里去了。喝柠檬水，站起来穿鞋，出门，锁门，直到站在门外，我们脱离了那个空间之前，沉默笼罩着我们，让我们发不出一言。

冬夜微凉，在小区中的这个商业街寂静无声。我们走在被车轮碾压得和行车道一样高的人行道上，小心避开那些底下积了水的地砖和窨井盖。路过路灯的时候，听到电流的吱吱声，靳海咬着牙齿张开嘴唇发出相同的吱吱声。一家新疆料理店的招牌明明灭灭，发出日光灯启辉器接触不良闪烁时的杂音，听起来像水泡破裂声，靳海用嘴唇包住嘴巴，张开，发出相同的声音。一只黑色的狗从马路中间跑过，爪子在有点湿的柏油路上发出嚓嚓声，靳海微微缩起脖子，发出浑厚连续而且威严的狗叫声，黑狗被惊吓着夹起尾巴逃进黑暗里……

“你这人，真是不可思议。”尤米捂着嘴笑起来，戳破我们之间的沉默——如果靳海那些口技只算沉默的背景音的话。

“嘿嘿。”靳海笑着伸了个懒腰，闭着嘴从喉咙里发出一声表达舒服的声音。

我仰头看天，刚下完雨的夜空中云层将散未散，天空像等待维修的柏油路面一样坑坑洼洼的。下弦月在一个坑洞里冒出头，月光丝毫洒不到地面，只有漫不经心地等待云层飘过，再躲回去。

“小年夜就这么过去了。”我说，“你们怎么过春节？”

“明天回去，不对，已经是今天了，回去后收拾收拾公司的事儿，回家陪闺女、陪老婆、陪父母咯。”靳海说。

“我就在这守着店，过年的时候赚那些无家可归的人的钱。”尤米伸手在空中虚抓一把，仿佛拿了一把钞票放进兜里。

“我两年没回老家过年了，今年回去陪陪爸妈。”我说，心里想着凡昭，我们腊月二十六上午的航班在昆明碰头，在昆明玩一天后，腊月二十七前往大理，腊月二十九到达我老家。定下这行程的夜里，电话那头的凡昭说这是她最期待的行程，和她爱的人一起，在她最爱的云南旅游，我在电话这头，决心为她安排一次完美的行程。当天夜里挂断电话，我就提前做好了几乎所有的准备，机票、酒店、租车、衣物、雨伞、水杯、药品、零食、充电宝、避孕套……我把养育自己十八年的故乡重新查了个遍，曾经身在其中，从不觉得云南是如此风情万种的旅游胜地，果不其然，旅游就是一个人从自己活腻了的地方到别的人活腻了的地方。带着凡昭对云南的向往，我会和她一同感受滇池的烟波浩渺，翠湖的人文风骨，大理的风花雪月……我没有告诉她这些更加具体的安排，我期待她轻松、自由地体验这趟旅行，期待走出机场的纵身入怀，期待品尝美食时的惊喜感叹，期待畅游花海的心旷神怡，期待自驾路上的畅快欢呼，期待洱海船上的温情缱绻……

“带着女朋友一起回家吗？”在我思念凡昭时，靳海冷不丁地问我，把我拉回不愿面对的现实。我无法自控地支支吾吾起来，点了点头又摇了摇头。此刻我内心的荒唐感觉终于强烈起来，它应该一直都在那里，只不过自己从来没仔细想过自己和凡昭的关系，也就从来没有正视过那些诸如凡昭是两个孩子的母亲，她和别的男人——这个人是她现在的老公——也会躺在一张床上睡觉，他们多半也会做爱的荒唐。想到凡昭在做爱时拒绝高潮后温存的反应，更多疑问冒出来，当想到凡昭在我之外是不是还会有别的情人时，我不敢继续想下去，用力把自己的思绪抽回来。一时间，思绪的急停就像蹲下太久突然站起来的供血不足，脑袋空荡荡地变得昏昏沉沉起来。

我们走到牧马人面前，齐齐上了车，大概是太过清醒的缘故，没有人考虑到我们刚喝了不少酒。我开着车在小区出口的拐弯放下尤米，她就住在小区靠近大门的楼栋，接着把靳海送到酒店，然后自己回家。

当车子里只剩下我自己时，天突然就亮了起来，新的一天，这一刻才开始。

40

我的航班比凡昭的稍早起飞，也将稍早到达昆明。

如之前凡昭对我的提醒，我一直都没有主动给她发信息或者打电话，每次联系都是等待她先发起，这次也一样。当我抵达深圳宝安机场时，凡昭给我发了条微信："我才起来，准备出发去机场，晚点联系。"

"好的。"我回复后，按部就班地托运行李，通过安检，到候机楼找到临近登机口的咖啡厅坐下，喝杯咖啡，百无聊赖地看过往的男女，过程中一直在想：凡昭为什么没有叫我"老师"。

此后，登机，起飞，落地，取行李，在取行李的地方找了个椅子坐下等凡昭——这个问题在我脑袋里来了又去，有时候多想一会儿，有时候摇摇头甩出脑袋，当凡昭的航班落地信息响起时，这个问题终于不再在脑袋里蹦跶了。我站起来伸展着脖子，然后掏出手机坐下，等待凡昭的信息。现在去回想那一刻，我满可以直接电话凡昭，因为航班既然已经落地，她理应是在我可以随时联系的时空中。但多半是因为手机里除了最初她说出发去机场的信息之外，没有任何信息到达的原因，让我不得不选择继续等待她的优先联系。

从下机口来到行李领取处的人群先是零零散散，然后稀稀拉拉，最终成群结队。行李领取处的转盘开始转动，我却没能在人群中看到那个我期待已久的身影。我猜测凡昭下机后可能去了趟洗手间，以至于没有跟着最密集的人群走过来。我编辑了一条看起来漫不经心的信息发给凡昭：“逢年过节的，真的到哪里都是人。”

凡昭所在航班的行李转盘已经没有行李可以领取，一名大概是遗漏了行李的女孩在和引导台的服务人员交涉。远远地看不清楚她的样子，只看到一袭红色的呢子大衣和扎成两条马尾的黑发。她激动地说着什么，头发抖动得厉害，服务人员不断在对讲机里说着什么。过了许久，一名空姐模样的人推着一个红色的小型行李箱来到行李大厅，红衣女孩接过行李后又是鞠躬又是双手合十，一整个不好意思的背影。我猜想，一定是红衣女孩忘记了自己将行李带上飞机，在行李转盘等了半天没有看到自己的行李后指责航空公司失职，结果航空公司和机场几经调查，在航班客舱的行李架上找到了行李，送到了这个马大哈的女孩手中……我笑起来，盘算着如何把这个有趣的事情说给凡昭听。点亮手机，却没有看到来自凡昭的回复。我终于忍不住拨出凡昭的电话，听筒里传来振铃声音，持续地，直到响起暂时无人接听的提示声。我挂断，再拨，再提示无人接听，如此往复五次，我终于放下手机，内心惶惶然一片。

我决定再等等，其实也是一时间不知道该怎么办，就这么继续坐在靠近洗手间的休息座椅上。行李领取大厅的人一拨接着一拨，转盘此起彼伏地转起来又停下，人们就像打地鼠一样哪里有转盘的动静就跑到哪里待着，然后都在找到行李后急急切切地离开，也再没有哪个航班有另一名红衣女孩让我看看热闹打发时间。

机场的服务人员来来回回走过几趟，看我的眼神越来越狐疑，但是也没有人来问我具体情况。我假装自己在等待临时在厕所上大号的朋友，直到清洁员例行确认厕所内暂时没人，立起“清洁中”的黄色三角牌后，我好像再也没有伪装的理由，只能站起来，推着我的行李箱灰溜溜地走出行李大厅。走出门之前，服务人员十分仔细地核对了我的登机牌和行李箱。

在机场的租车取钥匙点，我踌躇许久，最终还是决定领了租好的车子，虽然当场取消租赁订单不会有额外的费用产生，但是内心的期待仍旧让我租下车子。我想的是：即便凡昭没能到达，我也能开车回家，毕竟逢年过节的，买车票更难。

在租车公司的服务人员指引下，我在机场的室内停车场里接收了租的车子，一辆白色的大众高尔夫，在多数的租车攻略上都推荐这款车型，适合一到两人出行使用，空间合适，车型小巧，关键是还省油。我把行李丢进后备厢，坐进驾驶室里，驱车进入昆明的寒流中。

这一年的昆明格外冷，并非我的内心冷而感受的冷，也并非我从相对温暖的深圳来到昆明感受到的冷，而是客观意义上的冷——昆明这样四季如春的春城，这个冬天在我到来之前已经有过两场降雪，最低温度到了零下4℃。当车窗外的冷风灌进来的时候，我终于有种来自内心的确认：凡昭多半是来不了了。

我来到订好的酒店，打算住一晚上，如果再没有凡昭的消息，就独自返回老家，结果刚进酒店房间，就收到凡昭的微信信息："老师，我没赶上飞机，正好有朋友要开车去昆明，我就一起了。"

脑袋一片空白，直到酒店房门未关的预警提示声响起来，我才机械地将行李推进房间，任凭闭门器控制着酒店房门在我身后哐的一声关上，警报声随之消失。我的脑袋转动起来：她叫我"老师"了，她没赶上飞机，她和朋友开车来昆明……每个念头我都想问问题，又都好像没有问问题的空间，譬如她为什么没赶上飞机？她已然没有赶上飞机，或堵车或出发太晚，结果已经在那里，我没什么好问的。譬如为什么开车来昆明？既然赶不上飞机，用别的方式来赶赴我们的约会，我没什么好问的。终于，念头转到一些我想问的问题上：这个朋友怎么正好也来云南？他是云南人吗？

还是来云南旅游？这个“有朋友”是谁？是几个人？是男的还是女的？成都到云南，开车应该超过八百公里，路上不算休息时间也要近十个小时，是打算一路换人不换车地开，还是需要在路上住一夜？……

问题太多，我站在酒店房间的玄关里捧着手机，连房卡都忘记插上。犹豫再三，我发出一个看起来是关心而非质疑的回复：“好的，大概什么时候到？”

信息发出后，手机又是许久的沉默，拨打电话，是和刚才在机场拨打一样的情形，振铃到自动提示无人接听。我呆立半晌，无数猜测纷至沓来，却无从一一问出口。昨晚的那个关于凡昭是否有别的情人的疑问再次戳出来，让我的心情变得极度焦躁，面对黑洞洞的酒店卫生间，点上烟抽起来。

一根接一根地抽烟，很快让房间里蒸腾起烟雾。我插上房卡，打开卫生间的排风，一屁股坐在马桶上继续抽烟，脑子里糊成一团，抽再多烟也无法让胸口的那郁结着的东西呼出来。一包烟抽完，我起来握着手机在房间里漫无目的地游荡，走到窗边站一会儿，在沙发上坐一会儿，写字台前的椅子上再坐一会儿，烧了壶水，喝了几口矿泉水……想在床上靠一会儿，觉得自己没有洗澡，又作罢……期间手里的手机振动过几次，都是无关紧要的推送或者某些微信群跳出的消息，我的精神紧绷一下，又不得不强制自己放松下去，我觉得我要疯了。

不能这样，我终于迈开腿走出房间，夜幕已经降临，凡昭依然没有消息。当我走出酒店大堂时，天空极其配合地下起淅淅沥沥的雨来。门童小哥拦住踌躇了会儿打算冲进雨中的我，递给我一把伞，阻止了我想要淋雨的念头，也把我的注意力给抽开一丝。

“客人，莫淋雨哦，今年昆明冷得很。”门童小哥递上雨伞的时候，这么说。

我挤出一个笑容，也让自己的情绪缓和下来，我问门童小哥：“帅哥，附近有没有吃的地方？”

“多得很哟，你想吃啥？”

“小锅米线。”

“那这个就更多了，你走那个巷子里，那家王家小锅米线就非常好吃。”门童小哥指着酒店斜对面路口的小巷子，“很好找，走进去就看得到，人最多的，门最小的就是他们家咯。”

“谢谢啊。”我勉力笑着点头，撑开伞，钻进雨里，头顶骤然响起滴滴答答的雨水打击伞面声，我的脑袋里那些快速闪动的疑问画面突然蒙上一层黑白电视失去信号的雪花，被这雨点声强制抽开信号，让我暂时回归了自我。我开始一边避开地上积着水的洼地，一边走进那条在外面看起来黑黢黢的巷子。

这家小锅米线的门脸确实极小，而所谓门脸，其实就只是一间充作后厨的民房，所有的客人都在外面露天的桌子上用餐。像今天这样的下雨天，店家就从屋檐上拉出一大块雨布，用麻绳系着穿过两棵大树的枝丫，麻绳的端头绑住一块青石条，坠在地上，撑出一片黑压压的天幕来。已经过了吃饭的点，零星的几桌客人散落在桌子前，我瞅准了一张靠近天幕低点的桌子，积攒在天幕上的雨水顺着这个低点在空中滑出一条细细小小的水线，落进店家放在地上防止水飞溅的镂空桶里。我收了伞坐下来，天幕上的雨点声接替了雨伞上的雨点声，让我的内心持续安静下来。一位穿着围裙的孃孃手拿纸笔问我：“帅哥吃啥子米线？”

我看着挂在门头一侧的红底白字的菜单，说：“酸菜豆腐小锅米线。”

“几两？”

“三两。”

“好。”孃孃没有在纸上记录上什么，转身就走。

“多放点酸腌菜。”我说。

“酸腌菜在门口锅里有，不够自己加。”嬢嬢连头都没回，再回来就已经捧着一碗酸腌菜满得要溢出来的米线，放下时指着门口桌面上的一口铁锅，再次和我强调：“喏，那边酸腌菜多得很，随便吃。”

我笑着点头，笑容不再是挤出来的。酸酸的微辣的米线汤先下肚，然后是小口小口的发酵豆腐、米线、酸菜，接着是大口大口，再后来是稀里呼噜地往嘴巴里扒拉。这一顿晚饭，我吃得极饱，久违了家乡的味道，我在吃完米线后就着米线的汤硬生生吃了两碗酸菜才算罢休。

关于那晚有色彩的记忆，就到这碗酸菜豆腐小锅米线为止。雨停了以后，我走回酒店，无从求得答案的疑问继续笼罩着我，手里捧着手机，彻夜未眠。

41

在等待凡昭信息的夜里，我给她打过几个电话，发过几条信息，明确记得的有两条：

“小昭，你到哪里了？”

“小昭，你还好吗？”

电话和信息全都没有回应。

在那个酒店的房间里，我仿佛进入了一个被放逐的荒原，窗外小巷没有一个行人，门外走廊也没有夜归的住客，隔壁房间更没有丝毫声响，外界没有任何的信息进到里面，我开始怀疑自己也没能把信息传递出去。烟早就抽完了，我一下一下地点燃打火机，发出啪嗒啪嗒的声音，最终还是打算睡觉。

关了灯嫌电视机的开关灯刺眼，找了半天电视的插头，顺便拔了机顶盒的插头。好不容易躺下，盖上被子觉得热，掀开被子觉得冷，只盖肚子脚不自在，一个枕头嫌低，两个枕头卡脖子……折腾许久，口渴了，起来喝水，再躺下去，又觉得想上厕所……点亮手机屏幕胡乱翻几个页面，什么也没看进去……身体和脑子都极度疲惫，急需睡眠，但是睡意无影无踪……反复折腾，终于换来个把小时的疲惫睡眠。

早上五点半左右，手机在我手里振动一下，促使我睁开仍旧酸涩的眼睛，很是激动地看到来自凡昭的一个信息："我没事。"

我赶忙回复："好的，大概什么时候到昆明？"

往后又是再也没有信息，也照样怎么都联系不上，我放弃了继续等待回复的尝试，迷迷糊糊半梦半醒到天亮。窗外的小巷以及酒店房门外的走廊开始有脚步声、摩托车轰鸣声、电瓶车蜂鸣声、男男女女交谈声、行李箱轮子滚动声、服务员询问是否要客房打扫声，我终于完全醒来，头疼眼胀膀胱酸，比一夜没睡还要糟糕。

我支撑着爬起来洗漱，到酒店餐厅吃早饭喝咖啡，在酒店外的便利店买烟，为了避免麻烦，我一气买了两条烟和五个打火机。回到酒店房间后，母亲打来电话询问我何时到家，我一时间不知道如何说谎，告诉她我已经到昆明，有些事情要处理，估计除夕当天或者之前一天到家。母亲不太满意地嘟囔了两句，又叮嘱我一路小心，再絮叨了几句寄送的年货太多了之类的话后挂了电话。

我仰头倒在床上，盯着天花板上的烟感报警装置发呆。应捷自杀的房间里烟感大约也是如此，圆柱状，带着烟雾得以进入的格栅，偶尔闪烁红色的小灯。它真能发挥作用吗？疑问升起来，我坐起来拆烟点烟，不停吸着烟伸长脖子往烟感报警装置吐烟，连续三根烟下去，它毫无反应，没有报警声、红色小灯闪烁的频率没有变化、没有酒店服务人员敲门……我起来关掉空调和卫生间的排风扇，关上门窗，继续抽烟，为了保证烟雾效果，我在烟灰缸上架起一圈点上的烟，吸进嘴里的烟也不过肺，直接吐到房间顶部。功夫不负有心人，当第二包烟折腾到快结束时，烟感报警器的红灯终于快速闪烁起来，刺耳的蜂鸣声伴随响起，我哈哈大笑起来，重新开启空调和排风扇，打开门窗，叉着腰站在床前看着着急忙慌一边叫一边闪的报警器，仿佛获得了某种胜利。

“这就是个度的问题。”靳海对我和尤米解释人为什么会心理发生病变时的话在脑子里响起来。烟感报警有个度，它应该比三根烟多，比两包烟少；我的焦虑也有个度，它在凡昭没有赶上飞机时开始冒头，至少现在还没有到让我崩溃的程度。虽然我此刻无法自控地想要获得凡昭的信息，但是经过一晚上的猜测和无奈，我多多少少已经能够接受凡昭这种没有回复的状态，开始有精力和能量来思考接下去的事情，比如开始发愁后续的行程安排，是继续等待凡昭，还是就此独自返回？

烟感报警器在烟雾散去后不知何时停止蜂鸣和闪烁，服务员也没有敲门询问——看来这个烟感报警并没有和酒店消防系统联网——我脑子里抽空想着，手机突然振动起来，我拿起来一看，凡昭来电。

我急忙接通。

“你在酒店哪个房间？”

“啊，你到了？”我惊愕中报出酒店房间号，被喜悦冲得在房间里转了几个圈。

“好的。”凡昭那边传来和酒店前台说话的声音，报出了我的房间号，然后凡昭的声音继续清晰地从听筒传来，“我到了，马上就要走，我把给你带的东西放在酒店前台了，你自己来拿一下。”凡昭的言语平静得近乎有些冰冷，这个安排让我一时间无从反应，只听到她似乎在行走。我一边往房间门口快步走去，一边问：“马上就走？刚到就要走？怎么那么急？”

“有事。”凡昭对我的无数疑问只有毫无迟疑的两个字，平静清晰，没有什么情绪，末尾仿佛有休止符一般地斩钉截铁——有事，是什么事？再没有后续的解释。

“来都来了，好歹见个面，吃顿饭什么的呀。”我急切地按电梯，右脚发力冲进恰巧停靠楼层的电梯。

“不行的。”凡昭带着撒娇的语气说，一如在我怀里的甜腻声音。

“为什么啊？”我感受到自己的声音急切起来，冲破喉咙，带着一些沙哑和哀求。

“有事。”还是这两个字，我尽可能地快步跑出电梯，在酒店前台看不到凡昭的身影，侧头看向酒店的旋转大门，一个仿佛是凡昭的身影消失在一辆白色车子的副驾。

“到底什么事情啊？”我一面克制左腿的瘸拐快步行走，一面哀声询问。

“真的有事。”凡昭的言语平静，没有理会我哀求的语气，车子没有丝毫停留地离去，留在我记忆里的只有宝马车车标和成都市的车牌代号……

“好吧。”我满肚子的愤怒，却让嘴巴憋屈地说了句不疼不痒的话，像小孩子般赌气地不继续追问具体的事情，但是内心却期待用这样被冷落的情绪换来凡昭的开口解释。可惜此刻我是小孩子，凡昭却仍旧是个大人，她并不理会一个孩子的无理取闹和幼稚心思，只是笑嘻嘻地回答我：“嗯嗯，老师我先挂了哦。”

“嗯，好吧。”我还是如小孩一般。

“……”凡昭挂断电话，忙音传来，我已经不知不觉地站在酒店外，一身烟臭，一瘸一拐，失魂落魄。一种不得不宣泄的郁闷压得我弯下腰，声嘶力竭地对着地面大吼大叫起来。吼叫声让我全身跟着颤动，瞪圆的眼睛没有一滴泪水，缺乏锻炼的身体很快进入缺氧的状态。当身子驱动着我再次尝试吼叫的时候，只发出了犹如破碎瓷片在铁锅里滑过的声响，突如其来的呕吐感让我开始快速清空肠胃里的一切，最后发酸发苦的液体呛得我涕泪横流，终于筋疲力尽，瘫软地坐在了地上。

神志一点点回复到我身上，让我恢复对自己身体的控制，但是却一点都提不起维护自己在公众场合形象的意愿，我就这么呆呆地坐在自己制造的呕吐物面前。直到那些污秽的液体开始往我两腿之间流淌时，我才挣扎着起身，不管不顾周围异样的眼光，行尸走肉一般返回房间。期间，还在前台拿上了凡昭给我带的那包东西。

那包东西是零食，来自那种往常凡昭总带我去逛的进口零食店，薯片、矿泉水、肉干、巧克力、坚果、酸奶……品牌还是一样的品牌，味道和国内的确实有些微差别，总体来说更腻更甜，但是价格却贵出好多，就连一瓶矿泉水都能卖上几十块钱。凡昭第一次带我进入这样的进口店时，说："老师，我要给你买我最爱吃的东西。"

虽然最终仍旧是我付的钱，虽然我仍旧质疑这样的商品价格相对其价值的虚高，我还是十分乐意为凡昭最爱吃的东西买单。此刻，这包零食，并非我买单，它们来自凡昭的同时，也可能来自凡昭那同车的朋友或者朋友们，或者男朋友……他们从成都出发，先逛了这样的零食店，买上好多零食，欢声笑语地一路走来，接下去还要去别的地方，只在路过的一个站点给我丢下一包零食，仿佛施舍，又仿佛示威。我坐在酒店房间的卫生间，开始问自己两个关于爱的问题，俗气且老套：我爱凡昭吗？凡昭爱我吗？

最终，我没有任何答案。在凡昭爱不爱我的问题上，我只有翻翻滚滚的证明和反证明；在我爱不爱凡昭的问题上，我只有自认为是和对自己控制情感的劝说。

在昆明又住一夜后，我独自开车回了家乡，原本旅途上的所有安排全都取消，至于沿途风光和长途驾驶的经历、感受什么的，在记忆中完全无从搜寻，仿佛那段长达六百多公里的路程我是从什么管道里"哔啵"一声就从昆明穿越回了老家。

42

这年的春节，微信开通了微信红包，让我找到了一个不用等待凡昭先发信息的聊天方式：先发红包。

在我的想象中，即便凡昭的老公打开微信，一个以祝福为主题的微信红包躺在随手就删除聊天记录的对话框中并不显得异常。那段时间我们的聊天结构基本以我发红包时开启，相互分享一些正在做的事情以及心情，间或表达一些对彼此的思念，然后或开心或安慰地结束。现在回想起来，这种对话无聊透顶，但恰恰就是这样的对话，构成了我和凡昭之间的链接，让我对她的情感有所归处，也让我能偶尔感受她对我情感的存在。

在假期中，远离了公司的工作，也没有能够让我插手的家务——其实即便是想干什么，也不懂得如何干——于是我的注意力就更多停留在手机屏幕这么一块巴掌大的地方，心情随着凡昭起起伏伏。凡昭回复信息的快慢、心情的好坏、回应我思念的方式……全都成为我心情变化的源头。她说在打扫卫生在带孩子很无聊很烦躁，我就跟着无聊和烦躁起来；她说看春晚放鞭炮很温馨很高兴，我就跟着温馨和高兴起来。这些原本对于我来说毫无体验或者能平静面对的事情突然增加了情绪元素，在事情本身之外让我感觉到了一种和这些情绪关联就和凡昭关联的存在感来，于是我像是魔怔了一般任凭这种情绪在我内心肆虐着，好像这样就是在凡昭身边陪着她，又或者，是凡昭在陪着我。

临返回深圳的前一天，母亲在帮我收拾行李时问我：“攮娃儿，你是不是遇到什么难事了？”

“没有啊。”我停下手里收拾的东西，抬头看着母亲。房间里吸顶灯白色的光正好照在她的头顶，年前找理发店染黑的头发已经冒出花白的发根，她浮肿的眼袋上已经浑浊的眼睛正满怀关切地看着我。我这才意识到，这趟回来，我从没有像今天这样好好看过家里的任何人。

“有事能解决就慢慢解决，不能解决要帮忙就不要瞒到屋里人哦。”母亲说着通过窗口指了指楼下院子里搬弄花盆的父亲说，“你阿爹那些退休工资都在我这里放着的，你要用就说。”

“没有事的，阿妈不要多想，钱什么的更不多心哦，你们该用钱就用钱，不够我还有。”

“那就好哈，反正有事情不瞒到屋里人啊。”母亲重复了一句，低头继续收拾东西，我也嗯了一声低下头去，蹲在地上收拾行李箱，内心愧疚的感觉让我从心口到鼻腔都发起酸来。我终于发现，这个与家人团圆的春节里，我只有躯壳陪伴着父母家人，贴春联、包饺子、吃年夜饭、看春晚、放烟花、走亲访友拜年……所有的事情我们都在一起做，但是我的注意力都放在手机那头的凡昭身上，我的情绪都随着手机的振动而牵动，对身边陪伴着的人却毫无波澜，可以说过得浑浑噩噩。我不能再这样了，我想。

我花了一些费用，异地还掉了租赁的大众高尔夫，买了从家乡飞到昆明的机票，接续上之前从昆明返回深圳的行程。飞机起飞前，我在小小的候机厅仰望家乡蓝得无比深邃的天空，几朵白得发稠的云低低矮矮地在这已经存在两千多年的城市上飘过。它们自横断山脉而来，沿着怒江沿岸的这片如刀劈斧斫的山川一路向南。它们看不到地面上的我，更无所谓我当下的感受，只随着风飘荡聚散，时机一到就随别的云朵激荡汇聚，往这片土地上肆意洒落，也许在一片干涸土地上滋养沁润，也或许在一处山涧河谷里卷出泥石汪洋。我开始反思我随凡昭而起伏的情绪，就如这随风飘摇的云，可以滋润也可以肆虐。而我意识到自己不是随风的云，我本该让它飘向滋润内心的方向，却在这段日子里任凭其大作风雷，撕扯出一片狼藉。想到这里，我终于下定决心找时间向凡昭问清楚，从昆明那个无穷疑惑的夜晚，到我和她相互之间的情感，我都想要一个答案。

飞机起飞，我沉沉睡去，到昆明落地再登机后，又沉沉睡去，一路飞机用餐饮水什么的对我毫无影响，在深圳机场飞机落地时的颠簸才把我完全叫醒。我感到一种精神焕发的恍如隔世，仿佛这趟返乡的行程是一场经历数年的梦，在深圳一落地，就醒了。

走出接机大厅，我见到了一个人，他笑眯眯地看着我出来，在我惊诧的神情中接过我手中的行李，说道："李总这个年过得真踏实，正月十七，这硬是在老家把年过完了才来呀。"

"靳海，你……这……"我惊愕得说不出话来，怀疑自己是不是还在做梦。

"哈哈哈，吓到你了吗？走走走，边走边说。"靳海推着我的行李往停车场方向走去，我只得赶紧跟上。挤出接机的人群后，他放慢脚步和我并排，说，"李泌，在你休假期间，我们可是提前结束休假，和你们公司达成了战略合作框架协议了。"

"好事儿呀。"靳海的声音激昂，让我也随着振奋起来。

"对于我们公司来说，算个小小的挑战，我们需要在深圳开设办事处，建设一个小型的实验室和仓储物流中心，配合你们公司进行生产技术研发以及JIT生产供应链的建设。"

"JIT……"我的脸皮微微发烫，这是我在成都建设工厂时为我们这样的新行业引进的生产制造方式，JIT就是Just in time，目标是让生产线达到准时、准点、准量的生产模式，让生产线用最经济的方式进行生产运行。这首创在丰田的生产制造方式非常有效，在国内汽车行业也迅速流行起来，进而扩展到了几乎所有规模型制造企业，不过推行这套生产方式需要物流和信息流的高度配合，往往在改造公司内部的同时也需要改造供应商，常常让供应商叫苦不迭，不是我们这样业内产能占比较大的公司，很难实际推行起来。

"哈哈哈哈哈哈，是不是你在成都搞的那套？还是熟悉的配方，还是熟悉的味道。”靳海看我有些窘迫的样子，笑得十分放肆，他感叹道，“一饮一啄自有定数啊，我自己做制造业的时候也大搞精益生产，颇有成效，等到你在成都，我隔空给你也输出了各种方案，最后这套玩意儿落到了我自己头上，那滋味，啧啧啧啧。不过，作为战略合作伙伴嘛，能让我们工厂满负荷甚至超负荷生产，这其实也是相当美好的。”

看来，靳海和杨安的确在和公司的合作中凸显出了自身优势——产品质量、供货价格、响应速度、服务能力都占优的情况下，公司自然是愿意通过战略合作的方式来扶持这个领域属于自己的深度合作供应商的。这也是公司到达一定规模后的常规做法，不用自己投入建设拓展供应链，而是让供应链和自己一同成长，互利共赢，求得更长远的发展，才是更好的企业发展方式。

我们走到停车场，杨安站在一辆别克商务车边上等我们。我对杨安说：“恭喜恭喜啊，看来你们确实技术过硬，公司才会敲定战略级别的合作协议。接下来，你们以后要常驻深圳了吧？”

杨安一边坐上驾驶室启动车子一边说：“那是的，我们会一起在这边待大概三个月到半年，顺畅后靳海会更多地常驻在这边。”

“我们杭州的实验室技术研发力量更强一些，无法完全挪过来，所以杨安在这边顺畅后会回到杭州，而我估计得待个一两年，把地面服务团队培养起来后，办事处升级分公司，我就可以回去继续做我的傀儡总经理了。”靳海一边在后备厢帮我放好行李一边调笑杨安。

“瞎说，自己不声不响在杭州买了房子，准备安安稳稳老婆孩子热炕头，非得顺带戳我一下。”杨安笑骂。

“我不是也喊你买房子的嘛，我得告诉你，今年这房价就是低点，不出一年，必大涨。”靳海转头帮我开了商务车的侧门，随我一起坐在后排，继续说，“李泌，我建议你今年也考虑在深圳买套房子。”

我点点头，相信靳海对未来经济形势的判断，脑子突然回过神来，大声问道：“对哦，你们怎么知道今天我落地？”

杨安和靳海同时大笑起来，杨安转动方向盘，让车子驶出停车位，说道：“签完协议那天，你们老板和我们打趣你来着，说你主动汇报我们是同学的这层关系，在供应商试用的全过程避嫌，甚至不惜请长假回家让这个嫌避得更彻底一点。”

靳海接话道：“我们都知道你避嫌这回事儿，倒是没料到你们老板把你请长假回家的目的也归结于避嫌，就顺水推舟询问你的行程。你们老板二话不说，叫来你的秘书，把航班信息给我们了。”

“那我们就想着，得好好感谢一下这个举贤不避亲、选贤知分寸的老同学啊。”杨安把车子开出停车场，明亮的天空下，他通过后视镜看向我，“老同学，晚饭想吃啥？”

43

在熟悉的海鲜大排档里，我吃着新鲜滚烫的煎蟹，心想：新的一年里最好的消息，莫过于杨安和靳海到深圳常驻了。

手机里一天没有出现的凡昭，也在我喝得微醺时出现了。

“老师，我想你了。”凡昭发来的仅仅是文字，我却可以感受到被凡昭真实需要的情感流动。又一次，我在杨安和靳海面前露出迷恋的笑容，引来靳海和杨安侧头眯眼的询问神情。我好像忘记了假期中凡昭给我带来的痛苦，有种冲动让我想要和靳海、杨安分享关于我和凡昭的一切，好在这样的想法生生被我压下去，被压抑下去的同时还有刚才看到凡昭发来思念文字的喜悦。在机场下定决心搞清楚的疑问不合适地跑出来，让我再看凡昭发来的文字时生出浓重的陌生感。我给靳海和杨安一个“就不告诉你们”的表情，举起酒杯和他们碰杯喝酒，然后点上一根烟，仰着靠进座椅靠背里，打算就在此刻把缠绕在内心整个假期的疑问弄清楚。

我给凡昭发送文字："小昭，我也想你，我很想问你一些问题。"

凡昭："你说。"

我："我担心我问你，你会不高兴。"

凡昭："那你就别问了。"

一种被噎住的感觉卡在我的喉咙里，让我觉得憋闷，我能想到各种各样的回答方式，就是没有想到这么一种——小老鼠，上灯台，偷油吃，下不来——幼年的儿歌莫名其妙地在我脑袋里响起来，我处在了一个不上不下的境地里，没来由的慌乱让我踌躇了会儿，还是问出想问的问题："来昆明的那天，是什么事情让你着急离开？"

凡昭："就是有事。"

我："你是和朋友一起？"

凡昭："不然呢？"

我："男的女的？"

凡昭："呵呵，原来你关心的是这种问题？"

凡昭通过文字传递过来的不耐烦和冷漠让我有种犯了严重错误的感觉，心跳加快，喉咙发紧。我不知道问的问题在哪里出了错，一时间也不知道如何回应凡昭的反问。

凡昭："我都说了是朋友，你还要我咋个说？"

我："对不起，那我不问了。"

我被凡昭反问的压迫感弄得迅速往后退缩，或者说我已经不知道要如何继续下面的疑问，只想快速逃离，快速终结这场对话。

凡昭："你不用对不起，你就是不相信我嘛，不用对不起。"

我慌乱起来，但是脑子里却在想：刚才我为什么要说不问了，我应该问凡昭："如果是朋友为什么不能回复我信息，也不接我电话？"可惜时过境迁，问这个问题的合适时机已经过去，我需要面对的是凡昭新的质疑，对我相不相信她的质疑。从事实上来说，我的确对"凡昭爱我"的这个事情产生了怀疑，但是我对“凡昭爱我”这件事情上的期待，以及爱情本身的忠贞定义来说，信任感是基础，不容置疑的基础。我忙不迭地解释：“我没有不相信你。”

凡昭：“你就是不相信我。”

凡昭：“我那么爱你，你竟然不相信我。”

凡昭：“你太让我伤心了！”

我彻底慌乱起来，只知道一个劲回复“我相信你的”“对不起”“你别生气了”之外，再无任何别的能力，心脏一直跳到嗓子眼，脑子里又是一团糊涂，身体毫无力气，脸色大概已经憋成了猪肝模样……

根本不知道如何结束的信息来回，只知道当我从椅子里把自己的身子撑起来时，从脖子到后背都是汗。靳海和杨安都没能持续保持沉默，当我脱力一般坐直身体时，靳海的语气无不关心：“李泌，你还好吧？”

我苦笑着点点头，不自觉地一直在深呼吸，对自己和凡昭的对话极度失望，失望的不是凡昭如何对我，而是我在凡昭面前如何的没有自我。杨安举起酒杯送到我面前：“有烦心事情就喝酒，是有道理的。”

“借酒消愁，能有什么道理？”我把面前的酒杯举起来和杨安碰撞，满腹郁闷。

“你也说嘛，借酒消愁，那就是能够多少消点愁，那些古人书比我们每个人都读得多，一般不骗人。”杨安喝酒，示意我多喝点。我也感觉身上汗水流出后口干舌燥，咕嘟咕嘟地喝下了大杯子的一半。

靳海则喝的椰青，这时候正用不锈钢勺挖着椰子内壁的椰子果肉吃，他说：“多喝点酒，话就多一些。开心地说出来，别人还没乐呵自己就哈哈笑了；不开心地说出来，不管别人听不听自己吐掉了郁闷。这么看来，确实多少都能消点愁。”

说话间，杨安放了个小范围有声的斯文屁，靳海笑道：“喝完了，放屁都有力气一些。”

“子曰：屁乃腹中之气，岂有不放之理？放屁者欢天喜地，闻屁者垂头丧气。”杨安大笑，突然双目瞪圆神情严肃，正襟危坐着，双手从两侧向上托举，在头部抱球下按，手掌经过肚子前时，又崩出个肆无忌惮的响屁。

“看，这就是喝酒消愁的作业指导书，把说得出来的愁说出来，说不出来的愁就放出来，反正自己欢天喜地。”靳海拍手鼓掌后把双手一上一下在杨安身侧做着亮相的手势，对我一本正经地说，“想要自己爽，总是要失去点什么的。”然后眨了眨眼睛。

他们俩一番插科打诨哄我开心的好意起效甚快，我虽然没有放肆喝酒然后吹牛放屁的打算，却也心情舒畅不少，自己都觉得紧绷的眉间松开一些。我闭着眼睛把冰啤酒杯子放在眉间揉搓一会儿，算是让自己冷静下来。

“女人，真是搞不懂。”和凡昭的不愉快好像又要钻进脑袋，我随意地说些什么，试图转移注意力。

“先把自己搞懂吧。”杨安在刚才发功一般做了个气功姿势后，就干脆脱了鞋盘腿坐在椅子上，一副老神在在的模样，“我们其实往往连自己都搞不懂，但是总是还想搞懂别人。”

“搞懂自己？”我不明白。

杨安歪着头看我，目光灼灼，神情严肃，看得我有些不自在。转头看看靳海，他托着腮帮子也歪头看着我，目光倒是不如杨安那么摄人心魄，多了一些疑虑的意味。

“咋了？”我有点发毛。

“倒是没咋，关于搞懂自己这个话题，有点潘多拉魔盒的意思。”靳海说，“它常常像个坑，开启这个话题后，不知不觉人就在坑里了，还挺不容易爬出来的。”

“怎么个爬不出来？”我好奇起来，从刚才到现在，我除了被他俩莫名其妙的眼神弄得觉得自己像被坑了，没有什么别的异样。

“我来问你一个问题。”杨安把身子往前倾，光光的额头正好在灯光下熠熠生辉，他问我，“你是谁？”

“我是李泌。”这是十分天然的答案。

“李泌只是你的名字，你是谁？”杨安的额头油光发亮。

“我是公司的事业部副总裁？”我有些不好意思地说自己的头衔。

“这只是你当前的职位，你是谁？”杨安好像在笑，有讥讽的意味。

“我是父母的儿子，是我妹妹的哥哥，是公司的管理层，是老板的下属……”我想到曾经和靳海、杨安聊过的每个人在人生经历中不断增加的角色，一口气把我当下涉及的角色都说了一通。

“这些都是你扮演的角色，你是谁？”杨安讥讽的表情让我有点感觉到僵硬。

“我……”我不知道如何说了，有点懊恼起来。

“这就是我说的，这东西像个坑。”靳海在杨安和我一来一回的逼问中好整以暇地吃东西，他一边剥皮皮虾一边说，“一般来说，到我们这个年龄了，会对许多东西都理所当然，很少会用探究的视角去看了。之前安仔问我这问题的时候，我比你还差劲，一问三不知。然后就迷糊了，怎么‘我’这么个每天都在用的玩意儿，自己却完全无法去定义？完全不像我们常规对事物的定义，比如金刚石，我们会说它是一种由碳元素构成，有面心立方结构的单质晶体。但是这套没法拿来定义‘我’这么个玩意儿。所以我说安仔擅长挖坑。”

“那我该怎么说‘我是谁’？”我问。

“你问安仔……”靳海摇头。

“我也搞不明白。”

“那你一副自己知道答案似的看我？”杨安说得我哭笑不得，大声抗议。

“如果这事儿那么简单，就不会有那么多的名言盯着这事儿说了，老子就说‘知人者智，自知者明’。希腊阿波罗神殿上刻着名言‘人啊，认识你自己’。全都说的对自己认识的重要性，但是真能认识自己的，古今中外又能有几个人？”

“那怎么办？”我问，同时又想到一个问题，“我们干吗要把自己搞懂？”

“现在如果让你的公司，立刻马上梭哈去进军互联网大数据领域，你觉得怎么样？”靳海没头没脑地问了我一个问题。

“那不就是找死嘛。”我不明白靳海这个问题的用意。

“为什么是找死？”靳海问。

“既没有这个领域的专业能力，也没有足够的资本储备，怎么梭哈？”

“对嘛，这就是把自己搞懂的重要性，知道自己几斤几两，就不会让自己去做作死的事情。”

靳海这么说，我恍然大悟地点点头：“把自己搞清楚，就能知道自己能够面对什么样的事情。”

“很多能够量化的事情，是很容易被自我觉察的，比如你的身高、体重、酒量，你会知道给自己买多大的衣服，知道自己喝了多少酒就该去睡觉了，不然再过一会儿就要出丑了。”杨安说，“然而，不能量化的事情就不太好觉察了。”

“比如呢？”我一时间没想到不能量化的事情。

“比如涉及体力之外的能力的评估。”杨安显然斟酌了一下自己的措辞，解释了一下，“一下子想不到好的词来表达‘体力之外的能力’，本来想用文和武来分类，但是不恰当，先不那么细致。体力的能力评估也比较好量化，比如能跑多快，能跑多远，能举多重，这些都是容易被量化的，但是这些之外的能力，是确实存在的，但也难量化，比如，嗯，比如说一个人的搞笑能力。”

“哈哈，你们俩就挺搞笑的。”我想着刚才杨安崩屁的情景，忍不住又笑了两声。

“嘿嘿，你只能说我们俩挺搞笑的，而不能说出我们的搞笑是多少分，对吧？”杨安说。

我点点头，倒是有些启发：“而且这也只是我的评价，也可能因为我的笑点高低而有变化。”

“没错，所以常说，文无第一，武无第二。”靳海说。

“这些评价都很个性化，会因为每个人而有所不同。”我一边说，一边想到自己和凡昭这段日子的经历，对自己为何在和凡昭的关系中有如此笨拙的应对感到疑惑，隐隐约约觉得杨安、靳海所说的把自己搞清楚好像是一种思考方向，但是却不得要领，于是问，“那在感情中呢？刚才我说女人搞不懂的时候，杨安让我搞懂自己来着。”

“感情这东西，个性化的因素就更多了，萝卜青菜各有所爱，如果萝卜和青菜，你来选喜爱的，你选哪个？”杨安又在问问题。

“萝卜吧。”我其实什么都没想。

“那你觉得，你是喜欢萝卜的形状、颜色、口感、味道、功效，还是什么？”杨安问问题的嘚瑟样子让我有点不爽，我打算不顺着他的问题回答，我故意说：“我喜欢它圆圆的形状、红红的颜色、脆脆的口感、甜辣的味道、滋阴补阳的作用。”

“很好，我挑一个来问，那你为什么喜欢它圆圆的形状呢？”杨安很轻松地绕过了我给他设置的陷阱，让问话回到了他的掌控中。

“因为圆圆的形状很可爱。”我只能顺着杨安的话分析下去。

“为什么圆圆的才可爱，方方的不可爱吗？三角形的不可爱吗？”

“圆圆的握在手里很柔和。”

“所以，你真正喜欢的会是握在手里很柔和的感觉。”杨安说着，和靳海对视一眼，两人贼兮兮地笑起来。我立刻明白他俩笑的原因，感慨：“你们俩真是，就这都能有联想吗？”

靳海和杨安两人都神情严肃地点点头，又继续贼兮兮地笑。

“其实往下我就不用再引导你去讨论为什么喜欢握在手里很柔和的感觉了，你可以自己去想那些深层次的原因。”杨安说，语气中仍旧有种贱兮兮的味道。

“不过感情这事儿，其实大部分人都在随波逐流地感受两个人相处时制造的情绪，很少有人在感情中发生事情时去思考自己为什么如此，即便偶尔有思考，也往往陷入个人情绪的思考，会走偏。”靳海补充了些我似懂非懂的话，但是总体来说我多少有了些思考自己和凡昭感情的方向。

“握在手里很柔和的感觉。”我对自己说，莫名其妙地也想起邪恶的东西来。

44

理论和实践都是有差距的。

大学时靳海就有晨练和晨读的好习惯。我在大二夏日里的某天，心血来潮地早起，打算给自己建立新的作息习惯，在靳海跑步出门后也出了门。我拿着晨读的书籍沿着校园的步道往湖边行走，路过校园小山的一片空旷处时，看到靳海在打太极拳，他打得行云流水，缓慢的动作中有种自如闲适的韵味。我觉得这运动应该是我这样身体残障的人可以尝试的，就走近前让靳海教我，靳海当然欣然答应。靳海开始一个个动作教我，我眼看动作简单，满以为照猫画虎地跟着就能很快学会，结果到第二个动作野马分鬃时我不是同手同脚就是搞错了方向，后续就更不用提了。我以为可以在一个早晨学会的二十四式简化太极拳，硬生生用了一周。

这次杨安、靳海和我聊完关于把自己搞懂的话题后，我也觉得我明白了如何通过搞懂我自己的方式去理解自己在和凡昭感情中的状态。然而那天夜里回到家后，我仔细回想和凡昭相处的一点一滴，试图剖析和她相处中我的各种表现背后的原因，这种分析飘飘悠悠地又回到了凡昭和我是否相爱的问题上来。我尽量避免去想凡昭是否爱我，而是更多地问自己究竟爱她什么。脑子不自觉地总在想和她欢好的场景细节，再有就是她对我撒娇的样子——我最终承认了这是我爱她的一个部分，但是总该还有别的部分吧——想了半宿依旧不得要领，脑子最终还是糊成一团糨糊，在迷迷糊糊睡过去前，所想的又变成了：我得找机会和凡昭当面确认昆明这次事情的真实原因。

这一夜，我睡得极沉，没有梦，啤酒充盈的膀胱也没有憋醒我，早上醒来时，拿来手机发现闹钟已经响过一个小时。我打电话给秘书让她给我准备一份带咖啡的早餐，然后从衣柜中随意拿出一套公司配发的衬衫西装穿上，一边穿一边想，一直都是同样的衣服，省却了挑选的麻烦，脑袋上顶着的寸头发型，也不需要像靳海那样给头发做一些造型。我可以在五分钟内就完成洗漱穿衣出门，如果是靳海，怕是动作再快也得半小时吧？我这么想着，有些得意，盘算着找机会问问靳海关于他穿衣搭配造型头发所耗费的时间。

来到地下车库开上牧马人出门的时候新的想法出现，我虽然不用耗费这些时间，但是所有的这些配置都是公司给我的，是我不得不接受的。我从来没有思考过喜不喜欢或者享不享受，而靳海他们则不同，他们现在的穿搭是自己选择的，是自己喜欢和享受的。对比起来，他们十分清楚自己多耗费的时间是为了什么，而我节约的时间呢？并非为了自己，而是纯粹没有想过自己的选择。所以，我没啥值得得意的。

原本觉得有意义的思考兜转一圈又回到原点，除了给我一个自己从来没有过自己选择穿搭的真相之外再无贡献，心情却从平静升级到得意后再跌回比平静更加低沉一些的位置。这么看起来，有时候勤于思考也不是个好事儿。

临近公司的红绿灯口，处在非主干道的我要面对长达一分半钟的红灯，于是把车子挂到驻车挡，摇下车窗打算抽烟。我一边点烟一边打开手机翻看，凡昭的头像突然亮起两个红点，点开一看，发送信息的时间是凌晨3点40分，内容是：

“老师，我觉得我抑郁了，怎么办啊。

“老师，活着好没意思啊。”

死去的应捷在我脑海里浮现，还是惨白凄美的侧脸，呼应着凡昭深夜里对我的求救般的倾诉，回忆中应捷的侧脸开始变得像凡昭……我的身体传来一阵难以自控的颤抖，眼前斑马线上走过的人群好像突然加快起来。手指间的烟灰落在裤子上，随着我下意识地拍动在黑色西裤上留下一抹灰白的颜色，再抬头看交通指示灯，它已经完全变绿，左右两边的车流像是从静止突然就进入快速行驶的状态，身后急切催促的喇叭声让我在猛地回过神的同时把手机落在了脚下。我犹豫着该先开车还是先捡手机，但是身后更加急切此起彼伏的喇叭声容不得我如何反应，稀里糊涂地找调整挡位往前开去。动作慌乱的同时，脑子里也是七零八落的，猜想凡昭发生了什么事情，担心凡昭真的做出像应捷那样的事情，担心没有及时回复凡昭信息会惹她不开心……耳边传来从我车边路过司机的叫骂声，我脑子抽出空当来指挥身子把车窗关上。进到公司停车场停好车后，我才捡起手机，给凡昭回复过去：“昨晚睡得沉，小昭你还好吗？发生什么事了？”

几乎一整天，凡昭都没有回复信息，我在秘书制订的会议日程中一个接一个地更换会议室，坐在会议桌前不一会儿眼神就不自觉地飘向手机屏幕，一有推送亮起我就拿起手机，在魂不守舍中完成一天的工作。下午六点出头，收到凡昭的回复：“没事。”

我突然对凡昭发送信息的态度感到恼怒，之前问她慌忙离开昆明是什么事情的时候，她说“有事”，这会儿问她同样的问题，她说“没事”。

冰冷冷的两个字眼，背后明明都有具体的事情，但是偏偏就说这俩字。让我更恼火的是，我不知道怎么回应——刨根问底吗？好像有强迫窥探凡昭隐私的嫌疑。不问吗？又好像无法帮助凡昭处理烦恼。左右都不知道怎么办，心烦意乱地回复："如果有事情你可以和我说，看看我能不能帮到你。"

凡昭："真的没事。"

我："你可以和我说说发生了什么，我很愿意帮你的。"

凡昭："嗯。"

我："你想说的时候，告诉我吧？"

凡昭："嗯。"

我不明白，为什么明明有事情不能说事情，为什么对话中显得能够说事情也不说事情，用一个字眼的回复中似乎还隐藏着些对我不能够完全帮助到她的怨气。这种欲拒还迎的感觉让我不得不保持一种随时待命的姿态，以方便随时为凡昭提供帮助。我丢下手机，满腹憋闷。一时间想给靳海和杨安打电话约吃饭，眼见时间已经六点过半，办公室外面已然黑漆漆一片，这时约吃饭显得不上不下，况且昨日刚刚吃过饭，天天凑饭局总也不是事儿。无奈之下，我点上烟，吸了一口，伸着懒腰把身体瘫进办公椅里。我百无聊赖地看着吐出的烟雾，在烟雾的背景下寻找眼睛里偶尔飘过的飞蚊，然后尝试慢慢移动眼珠，在不牵动如长条形细胞一般的飞蚊的情况下，让眼珠能够聚焦在它身上，好看清楚它的模样。尝试数次，成功后又晃动眼珠打散它们，抽一口烟继续重复这样的游戏。

办公室的门响起来，我抓住办公椅扶手坐直身子，说道："请进。"

秘书捧着一叠文件推门进来，有些诧异地看我："李总，您还没下班？"

"嗯，第一天上班，事情有点多，梳理一下。"我看了一眼自己空空如也的电脑屏幕，心想这倒也是个转移注意力的方法。

“这里是今天交到我这里的流程文档，我已经筛选过一遍，需要签字的地方贴好了绿色标签，其他有疑问需要关注的点我用黄色标签贴好了，您抽空看。”她一边说着，一边按照我和她约定的习惯按照交付时限分别将文档放在桌面上的三个区域。我看着今天清理干净的桌面又堆起一堆文档，心里想着这倒是又多个事儿，今天可以用更多的工作来转移一下注意力了。我抬头，看到往常摆好文档就应该退出去的秘书，她仍旧站着，看着我，一副有事的样子。

“怎么了？还有事儿？”我问，发觉她看起来有些局促。

“李总，我当您的秘书一周年了，承蒙您工作上的照顾，想请您吃顿饭。”她这么一提醒，让我想起确实如此，去年我乘坐情人节的航班来到深圳后，公司人事部门在我桌面上放了近十份的秘书简历，有来自内部招聘的，也有来自校园招聘的。我一眼就看中了一名来自湖北，毕业于运筹学专业的本科应届毕业生。关于这个专业我和靳海偶然聊到过，是我们认为比管理学更加贴近管理学的专业学科。带着这种好感，我面试了这名叫童舒的求职者。

第一次见面时，她和所有内外部求职者一样随着人事主管的带领进入我的办公室，齐耳短发的她穿着略微偏大的黑色西裤和白衬衫，虽然想尽力表现出成熟老练的模样，但她仍旧带些婴儿肥的圆脸蛋却已经给她贴上了稚嫩的标签，临时更换的隐形眼镜藏不住她因为长期佩戴眼镜而凸起的眼球以及在鼻梁上轻微的镜托痕迹，让她显得更加的不自信。我一开始有些失望，随意招呼她坐在我对面后开始让她进行例行的自我介绍，然后挑选其简历上的实践经验进行提问。结果是让我惊喜的，虽然工作经验缺乏，但是她对于具体问题的解剖分析、方案制订甚至模型建立都有清晰的思路，更难能可贵的是她相当程度了解数据库软件并且有基础的编程能力，虽然在工作中不一定完全能够用上，但对于我被靳海打开的学习、思考、探索、创新的新天地来说，无异于捡到了一个宝。面试结束，我就在心里敲定了她作为我的工作秘书的人选。

今天，恰好是童舒入职一周年的日子，这一年来她作为我的秘书在工作方面可圈可点，不仅对于基础工作上手极快，还经常带给我工作创新改善方面的惊喜，让我省了非常多的心力。当然，作为回馈，她在公司内的职级也是快速地升到了秘书岗位里的中高级别。平日里，我和她也仅仅是工作上的交流，其余时间从无交集，也难怪她对请我吃饭这事儿感到局促。

“好啊好啊，应该是我请你吃饭，庆祝你入职一周年。”我欣然接受邀请，“有什么想吃的吗？你选地方，说好了，我付钱。”

“还是我付钱吧，不然我不好意思说我选好的地方。”童舒有些不好意思地用手揉着脖子。

“嗯？什么地方？”我好奇。

“嘿嘿，铁锅炖大鹅……”童舒笑道。

45

还没走进童舒选的这家菜馆，穿着东北红绿大花袄子的男服务员堆着满脸的笑容迎了上来，开口就是浓浓的东北腔：“来了啊，大舅、舅妈，咱们今天吃点啥？”

童舒在我忍不住的笑声中说：“我预订了两人位，小份大鹅，麻辣口味。”

“好嘞，大舅、舅妈里面请……”服务员确定完预订号码后抬手躬身，用拖长的嗓音把我们迎进门，交接给了里面的“外甥女”——女服务员叫得更亲热：“大舅、舅妈这边走。”

门帘一掀就把我们让进了一片东北的天地里，水泥地面报纸糊顶，黄泥墙面错落有致地挂着大串的玉米、辣椒、蒜头，大厅中横平竖直地排布着十几个砖砌泥塑的灶台，灶台四周是宽宽的长条木凳，现在已经满满地坐的都是人，看来如果不是预订了位置，此时我们就只能在门外排队了。

“这地方，还真有些特色。”我坐下来，一边脱着束缚人的西装一边对童舒说，“你应该早点告诉我是这样的地方，我就回去换身休闲点的衣服来，甚至穿他们服务员的衣服也挺不错的。”

“大舅要穿吗？我去给您拿一件。”正在给我们打开餐具包装的服务员听了我的话后接话，诚恳的态度一点都不像开玩笑，我惊愕：“你是说真的，还是和我开玩笑的……”

“说真的大舅，咱们有这个服务，衣服可都是洗过干净的，您放心穿。”

“不不不，我是开玩笑的，没想到你们还真有这服务。”我哭笑不得。

“您如果想穿，千万别客气。”虽然服务员说话的时候一脸严肃，但她的麻花辫朝天翘起，随着说话微微抖动的样子总让我觉得她还是在开玩笑。

“我真开玩笑的，不客气不客气。”我忙不迭地拒绝，看着对面抿着嘴笑得身子颤抖的童舒说，“这店服务意识太到位了。”

“来咱们这儿都是大舅、舅妈，咱们可都是为家里人服务的。”服务员的嘴巴不停，手上布置桌子的动作也不停，大拌菜、小酥肉、花生毛豆等的配菜陆续摆上桌子，因为是童舒预约好的关系，此时桌子中间大铁锅里的热气已经随着咕嘟声从锅盖缝隙里不断冒出来。

“嘿嘿，我选这里的一大原因，就是这儿的氛围能够快速破冰。”童舒神秘地说，“等会儿您就知道了。”

“哦？”我好奇起来，“是什么？”

“等会儿您就知道了。”童舒仍旧一脸神秘。

“我说，下了班就不要用‘您’这样富有等级成分的称谓了。而且在这里，一不小心就和他们说的串味儿了。”我说着，指着热情洋溢满场叫大舅、舅妈的服务员们。

“嘿嘿，好。”

这会儿扎着俩翘天麻花辫的服务员见我们在对话，没有多嘴，自顾自戴上手套揉搓了一会儿一碗玉米面团，然后把手放在铁锅把手上对我们说：“大舅、舅妈，这就要开始贴饼子了，锅气烫，还请靠后。”

我和童舒往后倾斜身体，锅盖打开，热气蒸腾起来后我看到深深的锅底有些看起来分量不多的鹅肉。服务员将锅盖放在身侧移动菜架上设计好的卡槽中后，面团像是自己长了翅膀，在她手里左右翻飞一下之后落在锅内壁，同时动作的，还有她的嘴巴，清脆连贯的声音响起：“咱们贴饼子有说辞的哈，这第一个饼，祝大舅事业有成一帆风顺；这第二个饼，祝大舅身体健康好事成双；这第三个饼，祝大舅生活美满，三星高照……这第十个饼，祝大舅十全十美万事如意。”

在这过程中，周围几桌客人的视线都被吸引过来，那些锅里面也有贴饼子的客人脸上洋溢着喜滋滋的欣慰笑容，而没有贴上饼子的客人则有些着急地确认自己桌子有没有点这道菜。我在这种视线聚焦下正襟危坐，笑也不是不笑也不是，最终在脸上留了个我自以为礼貌的微笑。麻花辫的动作和贯口同时结束，依旧是麻利地脱手套，重新盖上锅盖，拧动一个计时器，放置在桌上，笑容满面道：“大舅、舅妈等会儿，这计时器响铃的时候我来给您打开锅盖，就可以开吃了。”

“好厉害。”我看着服务员麻利离去的身影感慨。

“是吧？”童舒用一双公筷将东北大拌菜拌匀，往我面前推送一段距离，“我觉得，他们在服务中增加了很多要素都是能够让一些尴尬的聚餐变得活跃，刚才这个只是一小部分。”

“还有？”我诧异，没等我表达更多的疑惑，大厅里几乎所有的服务员就在过道中排出了两列队伍，男的一列，女的一列，隔着一排客人面对而站。紧接着音乐声响起来，是流行的广场舞歌曲，在主持人对店内表演节目的介绍声中，红红绿绿的东北大花就在店里翻飞起来。整齐划一的动作中，麻花辫服务员还不忘抽空过来帮我们揭开锅盖，示意我们边吃边欣赏节目，接着快速归队，跟上舞蹈动作。一时间，音乐激昂，人声鼎沸，我和童舒无法听到对方说话，都是一边享用入味软烂的鹅肉一边用眼神和表情交流。过了三四段舞蹈、两三首串烧歌曲后，一名帅气的男服务员用鼻子喝水和倒立喝水的绝技完成压轴演出，将整个场面推上一个高峰，整场演出才算结束，气氛也渐渐温和下来。

“服了。”我不得不再次感慨，一时间我仿佛在东北大炕上过了个除夕。

“我说的吧。”童舒神情有些得意，方形黑框眼镜随着鼻子的轻微挤弄往上抬了抬，透出后面饱含得意神色的眼睛，“你看，是不是看完节目，大家就有聊天的内容啦？”

“可不是吗。”我看看周围，大部分桌子的客人都还沉浸在对刚才节目的议论中，隐约传来诸如“他怎么用鼻子喝的水”之类的疑问，表演绝技的服务员则用话筒适时地提醒客人：“各位大舅、舅妈，咱这鼻子喝水的功夫可是正经练过的，台上一分钟，台下十年功，大舅、舅妈如果没看够，让我再表演就是了，千万可别自己尝试，如果呛着了可不是闹着玩儿的。”

“别说别的客人想尝试，我都有跃跃欲试的冲动啊。”我对童舒的观点表示赞同，“的确让每个桌子上客人的气氛活跃了起来。”

“还有啊，刚才那音乐声音很大，客人们之间只能用肢体和表情交流，我觉得这样也有利于人和人之间拉近关系。”童舒补充。

我回想刚才看表演过程中激动地朝童舒打手势的状态，以及邻桌一些挨着坐的男男女女为了听清楚对方说话几乎要把嘴巴耳朵凑到一起的情形，恍然大悟地点点头，冲童舒做了个“我懂了”的表情，说：“相当赞同。”

“所以啊，这里聚餐待客，最适合不过了。”

“这儿的生意肯定不错。”我点头。

“那是自然的，就算是工作日，晚餐基本都还是需要提前预订的，我就没有碰到过临时起意来还能有位置的时候。”她好像在回忆着什么，眼珠子转动着，我仿佛能看见她的脑子也在随着转动。她说：“按照我等位的经验，基本上这儿晚餐每张桌子都能有两桌以上的翻台数，我们就算是两桌，每桌消费应该在两人到八人之间，取个平均数应该能有一桌四百元的消费，这里加上包间一共是二十九桌，算他三十桌吧，一天光晚餐的营收就有……”

我庆幸她在这里停顿了一下，没有像传说中那种数学天才一样马上说出计算数据，而是嘴唇默念着计算着数据，大约用了五秒钟，她说了个概数：“大概光晚餐的营收能有两万四，再随意估计一个中午餐收入六千块，日营收三万。餐饮业毛利率算百分之六十，也就是毛利润约莫一万八一天。这里的服务员大概有二十人，因为这里的菜品单一，后厨我估计有十个人差不多了，人均工资加上社保什么的算一个月六千，日均人工支出估计六千。场地租金这一带应该在两百元左右一平方米每月，这里前前后后应该有五百平方米，那么日均场地支出估计三千四。其他水电燃气杂七杂八的算个两千六……不算装修折旧的日均费用成本算一万二，毛利润减去日均费用，每天就净赚六千，一个月就是十八万净利润，这还没算他们的外带、成品销售，应该是偏低估算的结果，这里生意是真的好。”童舒噼里啪啦地一通估算，把这家餐厅的收入扒了个底儿掉，我无奈地用手敲敲桌子：“喂喂喂，你这是来吃饭还是来做市场调研了。”

“啊呀。”童舒张着嘴往后缩脖子，露出不好意思的表情，说道，“不好意思不好意思，有点职业习惯了。”

“这习惯好。”我神情严肃地说，“继续保持。”

“好的李总，我继续保持。”童舒也神情严肃地配合我的玩笑，就差站起来立正并且略微前倾，做出在工作中接收我指令时的状态来了。

“我倒是有个朋友，和你刚才那样的状态很像。”我说的是靳海，“他和他初恋最喜欢玩的游戏，就是在路上看到车牌的四位数字计算二十四点，看谁算得快，看谁算的方法多。”

“哇，这个真的和我一样，我就喜欢在脑袋里捣鼓些数字相关的游戏。”童舒看起来很兴奋。

“估计你们会有很多共同话题，他也非常擅长做战略规划。”我说着，突然意识到什么，补充道，“对哦，你见过他的。”

“哈？是谁？”

“靳海。”

“他呀！”童舒的眼睛肉眼可见地亮起来，“他确实好厉害的，但是我总觉得他不好接近。”

我想到靳海有些天然的拒人于千里之外的状态，赞同道：“这倒是，不过，成为朋友后，他还是很亲近的。”

“我们都觉得他看起来有些凶凶的样子。”

“我们？”我捕捉到一个关键词。

“对呀。”童舒笑得有些八卦的意味，“咱们办公室的女孩子们呀。”

“哈哈。”我笑，表示明白，靳海和杨安两人的组合，在公司来来去去，不被同事们注意到才怪呢。

铁锅底部看起来浅浅的并不多的鹅肉，在我们两双筷子不停奋战下竟然没能吃完，这口锅像是能够复制鹅肉一般，不论怎么往外夹锅底总还有那么几块鹅肉，感觉已经撑到嗓子眼的我最终放弃了继续吃的想法，偷偷放松了一截皮带扣，放下筷子休息起来。

身材相对偏瘦的童舒在吃这方面倒是战斗力惊人。我一开始就留意到她吃东西的样子虽然慢条斯理，但是效率并不低，这会儿她不仅吃下了与我数量相仿的鹅肉——我从骨碟里留下的骨头判断的——并且还吃完了靠近她面前的一整盘小酥肉。我摸着自己鼓起发硬的肚子，有些恶趣味地揣测童舒西装下的衬衫扣子是否会崩开……

可能是看到我停下筷子，童舒吃了几口之后也不好意思地停下来，说：“是不是觉得我还吃得挺多的。”

我点头。

“脑力劳动者嘛，对蛋白质的需求会比较多。”童舒自我解释说，“尤其像鹅肉这种优质蛋白质，更要多摄取，不然怎么保持良好的职业状态呀。”

“哈哈，这倒是，不然经受不住公司里那么繁多的事务呀。”我突然想到什么，举起一边的茶水杯，说，“忘记为你的一周年举杯了。”

“呀，这么正式？”童舒举起茶水杯与我相碰。

“感谢你工作上的大力支持。”我说。

“感谢你工作上的大力栽培。”童舒说。

“哈哈，干杯。”我们碰杯，以茶代酒，一饮而尽。

46

我和童舒终究没能在铁锅炖大鹅这顿饭上实现光盘行动，不过最终童舒向麻花辫要了打包盒，勉强算是把光盘精神贯彻到底了。

我在收银台结账的时候，童舒提着打包盒走过来，说：“这份鹅肉加一些汤底，拿回去明天早上煮碗面条那是绝配。”

“会工作，会生活。”我朝童舒竖起大拇指。

“还会省钱，请领导吃饭还大大方方让领导付钱。”童舒哈哈笑起来，她不矫情的状态让我再次想起靳海，他虽然总有拒人千里之外的外表和神情，但是深入接触之后他总能通过他自己的放松状态营造一种群体氛围的松弛感。就像如果我们能不计较沙土灰尘粘身，躺在海边沙滩上会是一种很舒服的感受。继而我又想起凡昭，和她的相处的感觉就像欧美犯罪动作大片中的盗贼在通过激光线密布的安防系统，每个动作都必须丝毫不差，否则就落入万劫不复的境地。也好像在蜂窝密布的蜂场行走，动作必须缓慢轻柔，一些稍微快速的动作都可能引起蜂群的敌意，就连意识上都不能露出丝毫的侵犯之意。总之是身心紧绷丝毫不能松懈，相比和童舒、靳海相处的松弛感来说，我自己都闹不明白为什么愿意和凡昭如此相处。

吃完饭才八点出头，夜并不深，我们也并没有饮酒，我为童舒拦下一辆出租车告别后，自己开着车返回住处。深圳这样的城市似乎一直就和传统的年味搭不上关系，还在正月里的街头早就恢复到了车水马龙的状态，在高架上通过时很容易看到那些灯火通明的写字楼，在夜幕下的玻璃幕墙里坐在工位上加班的人们清晰可见。现在回头去看那一年里互联网与其他行业跨界融合的各种创新，去重温因为创新模式爆发的各种烧钱大战，好像这些灯火通明都是战前的最基本的开胃菜，一群一群的互联网创新者们都在这些不眠不休的夜晚中准备为互联网+时代贡献自身的青春活力。而当时的我，在滚滚车流中犹如接收到某种奇特的感召，鬼使神差地驱车回了公司，决定用加班将刚才又开始在脑子里冒头的凡昭挤出去。

然而，事与愿违，我没能把凡昭从脑子里清理出去，刚在公司停车场里停稳车子的我被急促的电话铃声吓了一跳，凡昭伤心的抽泣声在宁静的夜里清晰可闻，敲击在我的胸口，不自觉的紧缩感让我着急起来："怎么了小昭？"

凡昭的声音在抽泣中断断续续："老师，呜呜呜，你快来接我，呜呜呜，我受不了了，我好想死啊……"

"你在哪里？"我在车里几乎吼叫起来。

"呜呜呜，我在深圳机场，呜呜呜，你快来接我。"

"别着急，我就来。"我重新启动车子，往机场方向赶去，电话那头的哭泣声不停，我不敢挂断，一边安慰凡昭一边用牧马人的导航规划行进路线。自从交付就从未更新过的车载导航在这样的关键时刻只给出些乱七八糟的指引，让我在手忙脚乱中错过好几个路口。凡昭大概是听到导航不断提醒的“您已偏航，正为您重新规划路线”的提示音，在电话那头压抑着啜泣声说：“我先挂了，你先开车，我就在机场停车场。”

我还没说出“好的”，凡昭就已经挂断电话，让我的回应落在电话忙音的嘟嘟声中……

我无奈地摇头，在路边停下，用手机连接导航，总算找到路线，在兵荒马乱一般的行驶中，顺利地上了高架。在高架行驶切换下个路口还有好些公里的时候我给靳海去了个电话，询问他如何处理疑似抑郁症患者的自杀倾向，靳海的回应简单明了：“先处理情绪，再找专业帮助。”

“怎么处理情绪？”我问，急切地。

“具体方法有很多，深呼吸、倾听、音乐、运动、旅行，等等，主线是分散注意力和宣泄负能量。”靳海的声音有一种平静的力量，不管我再怎么急切，他都很清楚地表达，尽可能让我在急切的情绪中接收到一些镇定的能量。我握着方向盘点点头，一种这样的场景似曾相识的感觉冒出来，让我摸不着头脑，但是好在心绪安宁了一些，我对靳海说了谢谢后挂断电话。

导航恢复工作，它提示我两公里后即将切换到另一条高架路线。我抬头，在即将进入的高架枢纽中，一座灯塔高高耸立，白光洒落到这片层层叠叠的高架枢纽上。在每条高架的护栏上，LED灯带沿着路线行进的方向颜色渐变地流动着。我随着它切换，汇入另一条高架，想着会不会有人看这灯带的颜色流动方向是逆流的。念头只是一闪而过，没有答案，因为前方就快抵达机场。

在机场候车点的人群中我一眼就看到坐在湖蓝色小型行李箱上的凡昭。她的身影萧索，充满颓败的气息，蜷缩着身体把长款黑色棉衣多余的部分抱在胸前，长发胡乱披散着，眼里毫无生趣。我下车喊她时，她看了我好一会儿，眼神仿佛从无限远处收集着涣散的碎片，跌跌撞撞地拼凑回来，聚焦在我的身上。看清楚后，她什么也没有说，木然地自己上了车，我提起行李箱和边上散落的手提袋放到车子后座，确认副驾驶室的车门关好后，先把车子开到停车场靠边停下。

我侧头看凡昭，问道："你还好吗？"

"你说呢？"凡昭躺在恨不得调整到和地面平行的座椅靠背里，头向右侧偏着看向窗外，头发几乎遮住了她的左半脸。她说话的时候，盖住嘴唇边的发丝赌气一般地掉落下来。我没有理会她话语里的不耐烦，尝试用最大的耐心去面对她。

"发生什么了？"我问。

凡昭用头用力撑起自己的腰背，重重地把自己的身体往右边侧过去，背对着我吼道："没得啥子的，老问老问的，你烦不烦啊？"

我在内心做了个摊手的姿势，仿佛在对谁表达我无可奈何的情绪，随后柔声说："饿了吧？我们去吃点好吃的吧。"

"我要喝酒，你带我去买酒！"凡昭依旧不回头，话语依旧充满怨恨的情绪。我暗自叹了一口气，伸手拉过副驾驶的安全带，给凡昭系上后说："那我们去进口超市，买酒，想买什么就买什么。"

这回凡昭没有说话，只是用烦躁的情绪侧着支撑起自己的身体，将刚刚系好的安全带解开，从身后穿过重新扣住，然后重重地让自己的身子落回椅背，头发重新覆盖她的侧脸，发丝和背影都写着满满的不耐烦。

我无可奈何，重新设定导航，前往我们常去的商场，一路无话。好在等我们抵达商场时，进口商店还没有打烊，不然就凡昭当下的状态，多半会不管不顾地发起情绪来。在进口商店里，凡昭如同往常一样往我推的购物小车里不停放着各种各样的零食，我又开始在内心估算起这些零食较国产商店里的价格倍率来。路过酒水区域时，小瓶装的伏特加、威士忌、琴酒、苦艾酒、雪利酒、龙舌兰、白兰地……叫出名字的叫不出名字的，只要看到外包装不同就会随着凡昭的手掉进购物小车里。50毫升装的小瓶洋酒看起来还算可爱，落进购物小车里后就藏在薯片、糖果、坚果的包装之间探头探脑。我在成都应酬多的日子里喝过一些洋酒，不论说它们如何口感柔和风味独特，都和粮食酿造的白酒差距甚远，让我实在无法品味。就快走出酒水区的凡昭突然回头，皱着眉在购物车里翻弄着，不耐烦地说："咋个都是洋酒，我还要啤的。"说着走回刚才因为侧头关注洋酒区而遗漏的啤酒区，这下又把白啤、黑啤、清啤、黄啤什么的凑了个全。看着这些洋酒和啤酒的价格，我倒是开始庆幸这是进口商店，"但凡换个国内的超市，要像凡昭这么买酒，不仅我的口袋要空空，牧马人也必须得塞得满满当当的"。我的脑子里用铁锅炖大鹅的服务员的东北口音响起这段话，不自觉地用东北口音低声重复了几遍"必须的"这个词，倒是让自己感觉有些好笑。

"你笑啥子？"我抬头，正看到凡昭斜着眼看我。

"我想到一个东北菜馆，我们可以去吃，他们有节目表演，场面很欢乐的。"我提议，有些为自己的主意感到兴奋。

"我才不得去嘞，东北人那些表演你也喜欢？"凡昭露出一脸的鄙视，把我快速燃起的好点子扑灭。我下意识地找补着自己的些许尴尬："那你有没有想吃的想逛的地方？你想去哪儿我就陪你去哪儿。"

"我哪里也不想去，你陪我回酒店喝酒。"凡昭说这话的时候，又是撒娇的口吻，我点头，刚才的尴尬消退不少。可能第一次来就给凡昭预订的万怡酒店的缘故，凡昭此前每次来深圳，都住万怡酒店。我一边跟着凡昭继续在进口超市里转着圈，一边给万怡酒店打去电话订了房间。

我们几乎是在进口超市打烊的时间点结账出门的。我双手提着营业员分配好重量的两个大袋子亦步亦趋地走在凡昭身后，她自顾自看着手机在前面快步走着，不一会儿就拉开了一小段距离。我想快步跟上，却发现在负重的情况下我的左腿反应更加不堪，于是果断放弃了快步跟随的打算。看着凡昭的身影从超市门口拐弯，再看着她先走上前往地下停车场的扶梯，继而看她走出扶梯门厅消失在车子停靠的方向，我的失落难以抑制，但是想到她必然有难言的伤心导致抑郁轻生的念头，就又重新鼓舞起自己的情绪状态，打算好好地帮助凡昭开解她的情绪。

重新坐上牧马人，凡昭还是如刚才那样几乎侧躺在副驾驶的位置上，不同的是这时她面朝向我，在我往后座放好两大袋进口商品，回到驾驶室里坐稳时，她伸手环住我的右臂，把脸贴在我的手臂上说："谢谢你陪我。"

我在她额头上亲吻，左手拍拍她的头说："没什么难事过不去的，会好的。"

她无声地点点头，在我启动车子的时候松开双手，拿出手机继续看着，像是在回复什么人的信息。因为凡昭是面对我的缘故，我无从知道凡昭在手机上是在随意翻看还是在和什么人对话，某些虚无缥缈的猜测在我脑子里刚冒头就被压了下去。我把注意力抽回来，专心驾驶着牧马人冲入夜色中。

47

猜测是一种很奇怪的东西，它只要冒出来，就会往一种无法控制的方向发展。

记得有一次我问靳海和杨安，他俩之间为什么能够有如此融洽的相处状态，他们异口同声地回答是："不猜。"

靳海说："只要猜疑升起，后续的嫉妒、贪婪、奢求就会一步步逼近，这近乎就是每个人迷失自我的必经之路。"

杨安说："比如我们俩合伙创业，我和靳海总会在不同领域有优劣之分，如果我们其中一方开始猜疑对方对自己的看法或者容忍程度，这种心态就会渐渐产生演变，可能先在某些方面开始嫉妒对方，再对对方打起内心的小九九，不管是否自己应得的都产生不合理的贪婪，用奢求的姿态去费尽心机……最终失去自我，仇人相向，迷途不知所归。”

靳海说：“猜疑心起，走火入魔只是时间问题。我和安仔已经有种约定一般的默契，有什么事情，简单说就好，省却了猜疑来去的思虑，就算有优劣之分，大方承认自己不足之处，直接说明自己拿不准的问题，双方共同进退，就没有猜疑之后的戏码了。”

我无比佩服当时靳海和杨安传递出来的智慧，但是在牧马人里，猜测凡昭是否在和其他男性发送信息的当下，靳海和杨安的智慧对我没有丝毫影响，因为我在漆黑的夜幕掩饰下，在牧马人副驾的车窗中，看到了凡昭的手机屏幕。

那一刻，我仿佛拥有了瞬时记忆的能力，虽然只是看右侧后视镜的短暂时间，从副驾驶窗上近乎诡谲的角度中，我看到了凡昭明晃晃的手机屏幕，微信聊天界面上往来文字不多，却清晰可见：

对方：我一直在忙。

凡昭：你终于肯理我了。

凡昭：我好想你。

对方：你怎么啦，我有点事情，等下说。

凡昭：我想你陪我。

一种我明确知道它叫醋意的情绪在身体里迅速滋生，胃里莫名其妙地翻滚着，仿佛胃酸已经消化殆尽今晚的鹅肉大餐，开始往其他可能消化的地方肆虐。灼痛的感觉从胃部顶到喉咙，让我想要马上呕吐出来，我憋红了脸抑制住这样的恶心感，随之而来的是厌恶，对自己的厌恶。前方大约一百米的路口，红灯开始倒数秒数，我毫不犹豫地压下油门，让原本用时速六十公里速度行驶的牧马人轰鸣着往一百以上提速，在绿灯将将变黄时冲过路口，然后是下一个路口，再下一个路口。我像是踩在了这段路的红绿灯节拍上，也或许是那条道路怜悯我，让我肆意挥泄着那荒唐的嫉妒，直到渐渐冷静下来。

这一切，凡昭毫无察觉，她的注意力一直都在自己的手机屏幕上，而我再也没能找到那个能够窥探她屏幕的角度。内心的疑云越来越多，已经毫无拨开的头绪，甚至也没有拨开的动力。我近乎麻木地跟着导航，开进了酒店的地下车库。

若是以往，我都会把车子停在酒店正门，让凡昭自行下车登记信息进入房间，以免我一同进入被前台以同住人的信息记录下我的身份证——这种遮遮掩掩欲盖弥彰的方式其实在酒店前台看来幼稚至极——今天，我的厌恶感让我不得不和凡昭一同从停车场乘电梯到酒店前台，一同登记信息，一同前往预订好的房间。我在内心近乎执拗地要这么做，做好了一切凡昭如果拒绝的应对方式，但是一切准备都像蓄力而发的一拳轰在了柔软的棉花上——凡昭根本就没有觉得这有什么异常，她始终拿着手机走在我前面，而我则手上提着两大袋进口商品，推着她的行李箱和手提包跟在后面，像个鼓足了气势的随从。

走进熟悉的酒店房间，凡昭走到床边丢下手机，转身扑到我怀里，不顾我身上挂着的大包小包，腻声说："老师，我好想你。"她说的时候，我想到的是她在手机里和另外的人发送的"我好想你"，醋意不可抑制地再度出现，让我有些气愤。我松开手里的大包小包，让它们掉落在地毯上，用力地环抱住凡昭，累积一个多月的思念情绪在我触碰到她柔软身体的时候漫过了我的气愤，心口流淌的暖流让我暂时忘记了那些猜测。我原本禁锢式的拥抱变得柔软，开始炙热地亲吻她，她也热烈地回应我。我如痴如醉地品尝着她柔软唇舌间的一丝清甜，双手已经很不老实地钻进她的棉衣里。她突然抽离我的怀抱，蹲下身从两个进口商店的大袋子里拿东西。

“我要喝酒。”她说这话的时，像是有人不让她喝酒似的，赌气一般靠着床尾在地毯上坐下。“咔哧”一声，一罐不知道什么口味的啤酒被打开，易拉罐口随着凡昭的手凑到她嘴边，吞咽声随着脖子伸长和头部后仰的动作渐渐清晰起来，床垫恰到好处地给脖子和头部完美的支撑，让凡昭喝空一罐啤酒后发出一声舒服的叹息。

凡昭就这样靠在床边，眼睛在天花板上转了一圈，没什么可关注的事物，就在我以为她要说点什么时，她就着这个姿势拖过袋子，在里面再度拿出一瓶啤酒打开，一边小口喝着一边翻翻找找，然后生气地说：“我买的巧克力呢？我的巧克力呢？”

“我们好像没有买巧克力。”我确信在结账时里面并没有巧克力，凡昭所装的零食大都是薯片、坚果一类的东西，去过如此多次的进口商店，她也从未吃过巧克力。

“我要吃巧克力，我的巧克力？我要吃巧克力，我就要吃巧克力！”凡昭的声音越来越大，没有拿啤酒的手在购物袋里胡乱翻弄着，在确认两个购物袋中都没有巧克力后，她突然用近乎哀求的语气和我说，“你去给我买好不好。”

迎着她噙着泪水的哀求表情，我没有拒绝的可能，事实上也不会拒绝，我点头：“我去买，你等我一下。”

我在走出房间的时候瞥了眼手机，临近12点。我站在房间门前踌躇了会儿，去哪里买巧克力，毫无头绪。在等电梯的时候，我想着找附近的二十四小时便利店又或是自动贩卖机买巧克力，来到大厅时，顺嘴问了站起来问我需不需要帮助的前台——我当然需要帮助——结果酒店就有礼品装的巧克力，我连忙购买，省却了让我已经不堪重负的腿脚继续承受在冬夜里漫无目的寻觅的麻烦。

等我回到房间，凡昭正一边踢着地上的三四个空啤酒罐一边脱衣服，脱衣的窸窸窣窣声，空罐子的噼噼啪啪声，凡昭因为衣服卡在头上一时脱不下来的不耐烦声夹杂在一起，场面有些凌乱。在我反身关上门时，她已经脱得一丝不挂，原本小麦色紧致光滑的皮肤染上了一层均匀的红色，一种独特的妩媚从她身上的每一寸溢出来，我眼里的她仿佛蒙上了一层氤氲的薄雾，朦胧迷醉。她摇摇曳曳地蹦跳到我面前，嘴里哼哼唧唧地说着什么，软软烫烫地抱着我亲吻了一会儿后从我手中抓过巧克力，靠在玄关吧台边拆开包装吃了两块，嘴里嘟嘟囔囔地说着话，听不真切。她眯着眼睛看着我笑，又扑上来亲了我一口，说清楚了一句话："我先去洗澡，老师你到床上等我。"

我被撩拨得有些兴奋起来，卫生间里传来花洒出水的声音时，我在窗边的沙发里坐下，转头看到凡昭丢在写字台上的手机，那清晰的聊天对话在我眼前浮现，无数的困惑再次蜂拥而来，让我茫茫然地发起呆来。

看着在眼前散落一地的衣服和啤酒罐，我猜想凡昭借酒消愁的原因是信息那头因为忙碌而不能陪她的情人，继而又想起自己也是第三者的身份，终于感到自己可怜的醋意中那种五十步笑百步的荒唐来。一直以来我都有意无意地回避着一个事实——凡昭有老公，住在一个屋檐下、睡在同一张床上的老公——此刻自己对她另有情人的浓浓醋意中我看到了自己对独占她的渴望，也看清楚自己只是希望在她老公之外独占她的卑劣渴望。一种指向自己的羞耻感和罪恶感像一记重锤敲击在胸口，无形的压力和脑子里的一声闷响让我一时间喘不过气来，刚被撩拨起来的性欲同卫生间里突然消失的水流声一起沉静下来。我突然有种想立刻离开房间的冲动，我不知如何应对即将出现的凡昭，更多的也是不知道如何面对自己。

凡昭裹着浴巾走出卫生间，依旧是黑里透红神情妩媚，没有洗头的她将头发高高扎起，露出光滑修长的脖颈。她一边走一边任凭没有裹严实的浴巾掉落在地毯上，最终一丝不挂地走到我面前，在我准备迎接她倒在我怀里并发出一声笑后转身走回到床边，仰头倒在床上。

现在在我眼前的，估计是许多男人梦寐以求的画面：地毯上驼色针织连衣裙上是小小的淡蓝色蕾丝内裤和黑色裤袜，它们和淡粉色的胸罩松松散散地搭在一起；而床上则是一名肤色健康光滑，在酒精带来的微醺中含情带魅的人妇。我本该如野兽一般被这场面撩拨起原始的欲望，如以往那样在凡昭的身上宣泄，然而此刻的我却在内心极度的自我谴责中只想逃离。

“小昭？”我的喉咙仿佛被说出的两个字割开，声音沙哑得吓了我自己一跳，不自觉地发出一声咳嗽后，我再次说，“小昭。”

床上的凡昭没有回应，保持着刚才仰躺下去的姿势，双手依旧平稳地放在身子两侧，均匀的呼吸让她的身体有节奏地起伏着。

“小昭？”我站起来走到床边，眼前的凡昭依旧没有回应，眼睛自然地闭着，眼珠子似乎偶有颤动，但是脸色平静，已经沉沉睡着了。

48

面对醉倒睡着的凡昭，我有种如释重负的感觉。

我把她往床上挪了挪，她毫无反抗地把原本耷拉在床尾的双脚放到床面上，用力一蹬，舒服地把自己全身在床面上放平，又沉沉睡去。我拉过被子的一角给她盖在肚子上，把空调的温度打高，自顾自去洗澡洗漱。

淋浴过程中，刻意而短暂的冷水淋浴让我感觉到一丝清明，但是这种清明也只是振奋精神方面的，对满脑子的困惑无济于事。我没带换洗衣物，不想穿上饱含着铁锅炖大鹅味道的衣裤，也索性只裹着浴巾回到房间，凡昭已经在睡梦中把盖在肚子上的被子掀开在一边，裸露的身子依旧氤氲一片。我坐在她身边，靠在床头发呆，疑问开始继续在我脑子里出现，和此前蜂拥而至的混乱不同的是，在昆明那个孤独的不眠的夜晚像一列火车的车头，随着它的出现，后续的疑问一节一节地被拖出来，我忍不住自言自语起来。

“小昭，我很爱你，你知道吗？”

“我知道。”凡昭突然一板一眼地、缓慢地用普通话说，我略一迟疑，猜想这大概是凡昭在醉梦中的反应，有些开心，那些不得不说的话和问题，仿佛因为有了回应而变得清晰起来。我继续说：“但是这个春节，你让我很伤心难过。”

“我知道。”依旧是普通话，一个字一个字地缓慢发出声音。

“和你一起的朋友，是男的吗？”问出这话时，我不由自主地抓着床单。

“是的。”凡昭的回答，很平淡。

“是男朋友吗？”我好像忘记了紧张，问话的时候自以为毫无波澜。

“不是，他喜欢我，但是我们只是朋友。”

“为什么到了昆明就走了？”我问。

“我不知道怎么样和老师回家去，我害怕的。”

“害怕，什么？”

“我有老公，有孩子啊，就算我放弃一切和老师在一起，他家里人一定会反对的。”

“你为什么不和老师说清楚？”

“我不知道说什么。”

“为什么你那天一路都不接老师的电话？”

“我不知道说什么。”同样的话再次重复，凡昭的声音开始变得含糊，或许是清醒的意志和醉梦的对抗，让她的表情开始变得难过。我有些着急地问出今晚的疑问：“今天，你来深圳是见那个朋友的吗？”

“是的。”

“他没来接你吗？”

“他说有事。”

“你会和他住一起吗？”

“会吧。”

“上次你们住一起了吗？”

“是的。”凡昭的表情变得挣扎起来，紧接着说，“不能告诉老师的。”

“什么？”

“这个不能告诉老师的。”凡昭表情越发挣扎，眼皮开始有些颤抖，似乎在挣扎着睁开眼睛。

“为什么不能告诉老师。”

“我爱老师的，我只爱老师，这个朋友他只是亲了我，我推开了，没有做什么。”凡昭说完后，眼睛突然睁开，眼珠在看到我的时候闪过一丝的清明，然后归于涣散，眼皮闭上，继续沉睡过去。

我再度试探了几次后，凡昭毫无回应，看起来已经全然睡过去。我放弃了继续追问问题的念头，开始回味刚才得到的诸多回答。

“酒后吐真言吗？”我自言自语，安安静静地看着已经全然进入沉睡的凡昭。一丝不挂的她此刻于我来说毫无色情的性欲可言，在感受到了凡昭对我的明确爱意后，此刻我的内心是无限的温柔。凡昭一板一眼说出来的，是自己愿意放弃孩子放弃老公不顾一切和我在一起的爱意，对她来说，大概内心挣扎的是与我相同的问题。她无法确认我对她的爱意是否如她这般炽热，所以她这些看起来乖离的举动只是在情感上的自我退却和保护。她怕我们的感情深入下去，她会像飞蛾扑火那般，被我那在她眼里缥缈不定的爱意烧得遍体鳞伤。我突然理解了什么叫共情，此刻的我，就在深深地共情凡昭，那天抵达昆明后我经历的一切煎熬挣扎，都是她同样经历的，原来她也同样如此痛苦。

我爱怜地躺下，右手从凡昭的脖子下穿过，把她往我怀里搂抱。她如往常那样柔和顺从地随着我的手臂动作伸出右手搂住我的脖子，右腿跨进我的腿间，整个人滚烫地侧趴进我的怀里。我情不自禁地把凡昭紧紧抱在怀中，低下头用心地亲吻她——先是轻轻碰触她滚烫的双唇，然后是下嘴唇和上嘴唇，再是同时品尝她的双唇，接着用舌头撬开她的牙齿，寻找和她唇舌互动的愉悦——我像在履行一种仪式，用尽可能缓慢而用心的前戏，给她一次酣畅淋漓的完美性爱。好像只有这样，我内心的感激才能得到奉献的平衡。

正当我一边亲吻一边将凡昭重新放平，准备在她身上寻找更多敏感点的时候，凡昭皱着眉头不耐烦且愤怒地推开我，严肃地大声说："走开！别碰我。"

我愕然，有些慌乱地重新抱住凡昭，安抚她突然激动的情绪，问她："怎么了，小昭？"

"我只让我老师抱的，你，走，开。"她虽然闭着眼睛，但是一字一顿非常认真。

"我就是老师啊，你和我在一起的呀。"我重新抱住她，在她耳边温柔地说。她仿佛在思考着什么，一时间没有说话，表情中有些挣扎和疑惑，眼睛仍旧没能睁开。我不停地在她耳边说着话，亲吻她的耳垂和脖子，手同样很不老实地在她身上抚弄。在我不停的说话声中，她仿佛得到了某种确认，突然伸出双手环过我的脖子，带着哭腔说："老师，我好爱你，你不要离开我，好不好，好不好。"

"好，我不会离开你的，我一直都在。"我在无限感激的情绪中变得更加火热，压在凡昭身上轻而易举地进入她的身体，在她难耐的呻吟声中不断告诉她，"我们在一起，现在就在一起，不分开。"

"好，你要好好爱我……给我，我要你都给我，全部都给我。"凡昭在到达顶点时，依旧没能睁开眼睛，我在逐渐平息下来的热情中退出她的身体，在余韵中重新将她抱进怀中。她恢复了和我严丝合缝相贴的趴伏姿势，依旧软绵绵地沉沉睡着。

在一种无限充实满足的状态中，我似乎回到了第一次和凡昭做爱的那个夜里，那一刻诸如久旱逢甘霖之类的词汇完全无法形容我的满足感，我如愿以偿地再次体验到身心交融的酣畅淋漓。我终于明白自己深深迷恋的是和凡昭在如此刻创造的一种近乎完美的完整感。此前我和凡昭的种种自我煎熬，都是在对这种完整感的追求中因为彼此的错位带来的痛苦，我们都期待彼此相融的完整，却又害怕在这种追求中可能受到的情感伤害。而过早经历婚姻和家庭折磨的凡昭对于潜在伤害的恐惧无可置疑地比我更深，换而言之，此刻的凡昭犹如站在洪水中的一栋楼房顶上，周围是肆虐而过的一片汪洋，脚下的楼房是无止境的荒漠和琐碎，而我只是摇荡着徘徊在周围的一叶小舟。凡昭的爱意被这叶平平无奇的小舟所牵引，却无从知道跳离这栋楼房到这叶小舟之上是何种未来。她想要将心绪从对小舟的吸引中脱离，却发现情根深种已然毫无抽离的能力，更多的痛苦在这种渴望和回避的拉锯中滋长，让她抑郁苦痛，甚至失去了活下去的意愿。

“希望是个好东西，也许是世间最好的东西。”我无声地念着来自电影《肖申克的救赎》中的台词，却十分清楚因为我的出现凡昭所抱有的希望无异于在沙漠中看到海市蜃楼。这虚无缥缈的希望给沙漠中饥渴难耐的旅人带去片刻激动狂奔之后，是更加靠近死亡的痛苦。我不想成为凡昭的海市蜃楼，我愿意和她共同承担未来的风雨，因为我们彼此相爱。

我的内心无比热烈，我再次亲吻凡昭，抽出被子给我们俩盖上，伸手关掉酒店的灯光，像安慰婴孩一样轻轻拍着凡昭的肩膀，听着她安稳平静的呼吸声，渐渐也睡了过去。

梦毫无预兆地闯进来——狂奔的蝙蝠车在预警，它没有说话，却在梦中我的眼前浮现全息式的车辆结构图，其中某些部位红光闪烁，频率逐渐加快，传统得不能再传统的示警声也随着频率加快，嘟嘟嘟嘟地让我不可抑制地慌乱起来：“你倒是说怎么办啊？”

说出话的同时，我才看清蝙蝠车行驶在坑洼不平的隧道里，剧烈的抖动引起车身多部位受损严重——这是因为车子的振动频率和固有频率一致导致的强烈共振——我的内心自动解释着剧烈抖动的原因，我对蝙蝠车骂骂咧咧起来：“去你妈的，既然知道是共振了，那就刹车减速啊？傻了吧唧地报什么警啊？”

蝙蝠车此刻仿佛有了回应的能力，它无声地告诉我刹车系统早就失灵，只能加速或者丢弃严重损坏的部位。我不耐烦地吼叫：“既然有办法就做啊，先丢弃严重损坏的部位看看能否改变固有频率，如果不行再加速啊。”蝙蝠车则在我的吼叫中传来一阵无奈的回应：“要丢弃严重损坏的部位只有手动操作。”

无可奈何，我从趴伏驾驶的状态试图起身去拉动身后某个地方的手动拉环——梦就这么毫无逻辑地告诉我，只要拉动拉环，严重损坏的部位就会自己脱落——然而我无论如何努力都无法起身，我的身子像是被束缚在这奇怪的驾驶舱里，无法动弹——而梦又毫无来由地让我知道在非常短的时效内，如果我不能拉动拉环，车子就会自爆——我急出了一身燥热，扭曲着挣扎着，终于醒了过来。

酒店的房间里幽黑沉寂，我感到身上细细密密都是黏腻的汗水。随后，我听到凡昭轻轻稳稳的呼吸声，她仍旧安睡在我怀里。我没舍得脱开和凡昭相拥入睡的难得体验，只是轻轻将被子往下掀开一些，让身上绵密的汗水在开了空调的室内自然消散，内心在温柔的气氛中徜徉了没一会儿就也沉沉睡去。

之后再也没有记得住的梦境。

49

“呀！”这是凡昭醒来时发出的声音，惊讶而羞赧。

在记忆中某些饮酒后的早晨，我也有过这样的状态，夜里从饮酒到入睡前好像经历了一趟兵荒马乱的旅程，但在醒来时则像是从睡眠状态一瞬间进入清醒状态，没有惊醒时的那种心跳加速冷汗蹦出，是实实在在的清醒，仿佛从来没有睡过，并且丝毫没有未休息好的困乏。

我比凡昭更早一点醒来，她依然在我怀中保持入睡时的姿势，当我正看着她浓密的眉眼时她睁开双眼，神情清明，但是随后她从我身上撑起身子，发出声音的同时脸色发红，她好像从脚到头细细品味了一遍自己的身体，右手在我胸前拍了一记："你昨晚和我做爱了？"

我坏笑起来，点了点头说："你让我在床上等你的呀。"

凡昭把左脸趴回我的胸口，右手在我脖子和胸前来回划拉着，突然往下摸了一把，继而又拍了我胸口一记："哼，你趁我喝醉了强奸我。"

我做出无辜的表情说："就这个姿势，也只能是你强奸我。"

凡昭"哼"了一声，迎着我充满爱怜看向她的眼睛，轻轻柔柔地说："老师，我爱你。"

我胸口温热，满怀爱意，说："小昭，我也爱你。"

凡昭又是"嗯哼"的一声嘤咛，把脸埋进我的脖子里，像只撒娇的小猫那样不停地用身子贴着我磨磨蹭蹭，又在我燃起欲念时推身起床，嬉笑着跑进洗手间，花洒冲水的声音随之响起。那一刻，这个世界好像一起醒过来了。

我看了时间，已经是上午十点一刻，过完年回到公司岗位的第二天就睡懒觉迟到的领导，多少有些不像话。我靠在床边点上一根烟，正犹豫着应该编排什么样的理由来和童舒打电话，结果童舒的电话先闯进来，我有些心虚地往被窝里缩了缩，接起电话。

"李总，董事长刚刚通知召集管理层开会，时间是11点，您能赶来吗？"童舒是个极有分寸的员工，在工作状态中，就只是做好她该做的一切。我再次看了看时间，10点20分，对着电话说："我能赶来的，知道是关于什么会议内容吗？"

"会议是临时召集的，看起来比较紧急，但是没有说具体主题，也没有让准备具体资料，不过我已经将近期的重点工作项目及其简要信息整理好了，您来了可以拿着进会议室，同时也发送在您邮箱里，您抽空可以先看一眼。”

“太好了，谢谢。”我对童舒一如既往的省心周到发出难得的赞叹。

“嘿嘿，应该做的。”

收了线，我继续靠在床头通过手机连接的公司邮箱查看邮件。童舒为了防止邮箱因为一些莫名其妙的问题导致打开邮件的格式不对或者内容错位，还贴心地用截图的方式通过微信给我补发了一份资料，都是一些其实我已经有数的重点工作推进情况。我走马观花式地看了两遍之后，就算完成了会议准备工作。

洗手间的淋浴声还未停，我猛地掀开被子，闯进洗手间，在凡昭嬉笑的抗议声中和她挤在一个花洒下快速地冲完身上黏腻的汗水。我告诉她我得去公司一趟，让她在酒店等我或者先自己逛逛，她的神情肉眼可见地落寞下去，在滴滴散落的水流中更显得梨花带雨楚楚可怜。我抱紧她，看着她说：“小昭，我爱你，我也希望你相信我对你的爱，我愿意和你一同面对未来的风雨。”

凡昭看着我没有说话，流水中她的面庞像是蒙上了一层我无法识别的面具。我难以判断她听了我的真心承诺是喜悦还是质疑，但是我能够感受到刚才凡昭的落寞表情如有实质般地散开来，变成一种落寞的气氛。我用最温柔的拥抱把她揽进怀里，和她一遍遍诉说我的真心，直到她也伸出手环绕过我的身体，仰起头问我：“你会好好对我的，对吗？”

我点头，凡昭将头埋进我的胸膛，说：“谢谢老师，有你真好。”

充满爱意的身心交互总是有饱含无穷后劲的能量，我来到办公室时，童舒一边抱着准备好的文件夹跟我走进办公室一边好奇地问：“李总，是不是会议上有关于您的好消息？”

“没有啊。”我莫名其妙，“怎么这么问？”

“我看您今天精神状态特好，就问问……”童舒有点不好意思地笑笑，“嘿嘿，领导有喜事儿的话，咱们员工不跟着沾光嘛。”

“我也不知道突然召集的会议是什么，还想从你这里探听点消息呢。”

“我也没有头绪，董事长通知了会议之后就在办公室没出来，我估计大家也纳闷呢。”

“有看到他今天的状态吗？”我问。

“没见到他人呢，是秘书出来通知的。”

我点点头，没有继续问下去，看看时间差不多，接过童舒手中的文件夹就往会议室走去。凡昭的信息在我坐下来的时候出现在手机屏幕上，告诉我她已经收拾妥当，准备买中午的机票返回。我虽然不愿意她离开，但是在不知道会议将持续多久的情况下也只有答应下来，快速在手机上替她买了机票，把航班信息发送给她之后，会议室突然变得鸦雀无声。

我抬起头来，看到正往自己位置上走的董事长，明白了集体静默的原因——董事长今天的穿扮与往日大相径庭，西装革履变成了灰色棉麻衣裤和黑面白底布鞋，大背头变成了几乎贴头皮推光的寸头，让我一时间几乎以为是杨安进了门。董事长见我们的惊愕模样，嘿嘿笑着将手从脑门抚到后脑，走到自己的位置上坐下，说道：“看我这样子是不是变化太大了。”

大家发出礼貌的笑声。

“今天，召集大家开的这个会议，是一个务虚会议。”董事长坐下来，给会议定了个很奇怪的调子。

“这个假期，我有了一些新的思考。”董事长往日颇有威仪，说话一向是斩钉截铁铿锵有力，今天却用一种娓娓道来的语速和低沉温柔的语气，让我们多少有些不习惯。他给我们讲述了自己在假期中和儿子相处从矛盾对抗到和解的过程，他说：“你们好多人还没有孩子，或者有了孩子还没有到上学的年纪，不一定能够体会到我当时的那种恼怒。那几天夜里我躺在床上气得睡不着觉，但是渐渐平静下来之后呢，我开始发现，我在用对孩子这个年龄来说过于严苛的要求来对待他的成长。在最初，他是能够跟上我的要求的，但是我只要看到他达成了我的要求，我就会开始加码，让他继续尝试跟上我的新要求。最终，他承担了超越他能力和年龄的要求，而我则开始感受到失望，然后我们之间的关系就走向了恶化。

“凡事总是有个度的，我后来调整了对孩子的要求，放宽了对孩子的限制，结果发现我能够看到更多他的优点，他也愿意在合理的期待下继续进步，相处起来也更和谐了。在结束假期返回深圳的路上，我就在想，我们集团经过这几年的发展，在这个行业领域内突然跃迁到了国内领跑者的地位，创造了巨大的成就，也给我们带来了极大的压力。作为领跑者，市场对我们的期待就像家长对孩子的期待，是持续加码的，每年都要保持勇猛的发展势头，只有一年比一年更好，才有可能让市场满意。而我们呢？就像孩子一样，总会发展到某个阶段无法满足市场的期待。这像不像父母和孩子之间的拉锯？现在回头看前两年的我们，我和在座的每一位管理者就像面对不断加码压力的孩子，我们一直都紧绷着一根做好公司管理的弦，优化组织结构，优化管理流程，技术创新，降本增效，我们用了各种各样的方法试图跟上市场的期待。至少在前两年，我们的表现良好，但是终究会有一天，我们无法跟上市场的压力，那，我们应该怎么办呢？

“我们不是孩子，面对持续加码的压力从来没有说过要放弃，但是我们也不能像小孩子一样，只知道一味地去接受压力却不思考。所以，我想到我们可以有这样一个务虚的会议，目的就是让大家抛开那些来自市场的压力，抛开平时管理的目的性，把我们紧绷的弦松开，一起来回顾一番我们成长至今的好的地方，尝试找一找对于未来的新想法。”

董事长用很奇特的方式抛砖引玉，带领管理层用了几乎一天的时间完成了这次务虚的会议。会议没有任何的成果，却实实在在地带来了一些管理层在工作理念上的变化。而对我来说，这次务虚会议过程里在董事长言辞中不断出现的“期待”一词，让我看到了自己对凡昭的期待，也似乎看到了凡昭对自己的期待，而这样的期待导致的误会和猜疑，是让我们之间关系走向恶化的导火索。我和她之间，也需要一次对彼此期待的深入沟通，才能更好地让我们的关系有所成长和前进。

会议结束后，我饱含着对董事长良苦用心的愧疚和对改善凡昭关系的谋划离开了会议室。

50

距离，是个很糟心的东西。

凡昭离开深圳后，那醉梦一夜里我们彼此建立起来的关联好像拔丝芋头之间甜蜜的丝线，在距离恢复到一千七百公里后，丝线的连接已经若有若无，我们彼此之间的联系又渐渐回到了之前的状态里。我发出的信息和电话依旧常常得不到回应，最初一阵子，面对凡昭对我的回避行为，我总能想到这是她面对内心真实感情的自我保护，这种自我保护像是一种咒术，需要外界的真诚和她内心的笃定才能够解开。这有些像被咒术束缚住的青蛙王子，只有爱他的人真诚一吻才能解开他身上的咒术，让他变回风度翩翩的王子。然而童话终究还是童话，它只告诉我们爱他的人真诚一吻就能解开魔法，却没法告诉我们怎么才是“爱”，又如何才是“真诚”。这就像凡昭和我之间关于爱的证明题一般，我们试图为解除魔法添加最后一剂药草，但是却无从得到。

我依旧经常和凡昭分享我的生活，关心她的情况，在她有需求的时候为她解忧排难，她却如千年寒冰，毫无化开的痕迹。渐渐的，那在凡昭酒后吐真言中修复的感情信心，也随着距离和时间的推移变得不再坚定。猜疑的种子依旧在我内心拱出一株枝繁叶茂的问号，我常常在思念凡昭时自然而然地思量起关于凡昭和那不知名男性之间的关系来，诸如凡昭和他是何时何地如何认识的问题已经不是我思考的重点，脑子里更多萦绕着的是凡昭会像之前独自来到深圳见我那样去见这个人，他们也曾经住在一起，虽然只发生过凡昭推开的亲吻，那下次他们如果再次单独见面会发生什么呢？他们有没有再次见面呢？……

每当想得深入，我就急切地想要得到凡昭的信息，她在哪里，她在干什么，我都想知道。我开始尝试更多的方式和她联系，无一例外，都是些平淡回应。每当我觉得和凡昭之间的丝线开始断裂，我就不顾一切地尝试制造和她见面的机会，我认为只要见面，关于彼此爱意的链接就会开始重建，让我有机会更多地证明对凡昭的爱意，自然也更有机会感化她这块坚冰。春去秋来，我们仍旧保持每月一到两次的见面，但是为了见面而付出的沟通难度就像天梯一般越来越难，凡昭总有各种各样的事情导致不能见面，也总有各种各样的事情耽搁临时见面的行程，所有这种情形，她都只有两个字“有事”。

不知何时，我开始怀疑那醉梦一夜的真实性。我无法理解在心理防线最脆弱的时候口口声声说爱我的凡昭，为何在行为上会有如此剧烈的反差。在昆明的那夜里的经历开始不停地在我独处的夜晚上演，常常让我感到无与伦比的焦躁，直到有一天，我和杨安、靳海再次见面，我才意识到自己身上发生着一些不自知的变化。

国庆期间，深圳发布了一个持续时间超长的台风蓝色预警信号，一波接一波的台风挂着一些我完全记不住的名字，它们在海上升起，披风带雨地在广东福建的沿海登陆，让我和凡昭约定的见面第一次因为我的原因而搁置。她因此对我大发雷霆，对我的埋怨指责倒是让我感受到来自她的在意。我惶恐不安又有些美滋滋地给已经到达约定见面城市的凡昭转了一笔旅游经费，让她安心游玩，不用顾虑银钱耗费，这才平息了她的怒火。

那天我给凡昭转完钱后，靠在沙发上感受了十分难得的片刻宁静，在大雨哗哗的背景音中，雨幕一波又一波地冲刷着客厅的落地玻璃。我看着外面的世界在流水荡漾中不断破灭和重建——路灯在破灭和重建，棕榈树在破灭和重建，楼房在破灭和重建，天空在破灭和重建，就连瓢泼的雨本身也在破灭和重建……我想到霍金的金鱼，想象自己是个被困在落地玻璃里无知却有钻研精神的金鱼，我看着外部世界的破灭和重建，开始建立一套符合我观测结果的世界理论——《雨幕周期理论》《路灯明灭周期理论》《棕榈树生命周期理论》《天空颜色理论》等研究著作都将出版——无知的我开始觉得自己富有智慧，天地之间尽在我掌控的感觉油然而生。然而，如果在这落地玻璃外有个人，他会看天气预报，知道天气变化，他知道路灯开关的时间，他甚至可以联系物业挖走那些棕榈树，他看着落地玻璃里那个无知的我创造的一系列理论忍俊不禁。他如果有着怜悯之心，会尝试将我从这落地玻璃的围困中解救出来，看到更广阔的世界。他如果有着玩闹之心，会在我的落地玻璃上毫无规律地涂涂画画，让我看着莫名其妙的世界崩塌掉……不论怎么样，他都可以轻而易举地让我感受到自己所秉持的智慧是多么荒唐可笑。

一种宿命的无意义感让我觉得这种思考似曾相识。杨安和靳海自然而然地随后闯进我的思绪，虽然他们今年已经和我在同一个城市，从开年至今，我们竟然未曾相聚，这个事实让我在沙发上支起身子，惊诧不已。农历年已经过去的八个多月，我搜肠刮肚地找寻一年中的重要回忆，竟然主要都是和凡昭之间的来回拉扯。在工作中，则只有董事长的务虚会议，仿佛这农历年过去的三分之二，都因为董事长的务虚而一语成谶，落进了虚无之中。我摸出手机，翻到和杨安、靳海建立的群聊，发出时隔八个月的招呼：“约个饭不？”

杨安和靳海一前一后回复道：“好啊。”

接着靳海就发了一个定位，说：“这家韩式烤肉还不错，今晚6点，就约这里吧。”

“烤肉店在商场四楼，车子停到地下停车场，保准让你在台风天里滴水不沾。”

既然可以滴水不沾，我心血来潮地从衣柜里找出一些和凡昭逛街时购买的时尚衣服，挑选了一件白色宽松板型的T恤和浅蓝色休闲短裤，搭配一双白净的板鞋。临出门，我还找出一瓶香水往身上随意喷洒了一些，这瓶香水也来自凡昭的挑选，据说味道上像是存放在腐烂药匣子中的麝香，有一种摄人心魄的能量，但对于我来说除了产生和凡昭的联系之外没有其他特别之处。

商场里的人们手中大都有一把套在透明塑料袋里的雨伞，湿漉漉的像块馊臭的抹布，他们大都湿着鞋尖，一副狼狈的样子。而我则两手空空闲庭信步，平日里由西装带来的束缚型挺拔感被时尚穿搭带来的一种向上延伸般的挺拔感所取代，让我不自觉地露出一些带着得意的笑容。在商场四楼转了一圈，没有发现靳海所说的餐厅，我才意识到自己跟着车载导航的指引进了南楼的停车场，而要去的餐厅则在北楼。好在商场南北楼之间在三楼和五楼有连廊相通，我看了看时间尚早，于是依旧迈着缓慢轻盈的脚步前往北楼。

商场间用玻璃幕墙搭建的风雨连廊在大雨中变成了水帘洞，原本能够远眺的长街外景消融在不停流淌的水流中。长街上刚刚开启的路灯、霓虹、店招、车灯扭曲成一片一片一块一块的光影，呈现出另一种风景。台风天并没有减少商场的客流，在商场闲逛的组合里，带着孩子的一家三口、夫妻情侣、闺密姐妹最为常见，像我这样自得其乐的独行人实属异类。那些行人若有若无的眼神总在我身上扫过之后，试图在我行走的方向上寻找那理所当然应该有的和我同行的另一个人，在没有找到合适对象后回到我身上的眼神总带着一些疑惑，甚至是怜悯。我不管不顾地保持着自己慢斯慢理的步伐，原本轻松的心情带上了一点固执，让原本轻盈的动作开始变得僵硬。在这种僵硬没有恶化到左脚在缓慢走路也发瘸之前，我在连廊上涂装成小黄人模样，能坐下四五个人的长凳上坐下，尝试让自己紧绷的身体慢慢放松下来。事实上，这样的僵硬感在我小的时候常常出现，它都在陌生场合中，就如同刚才那样的陌生人的关注视野中出现，我十分清楚那些关注视线是自己幻想出来的，是根植于我内心深处的自卑召唤出来的，却无法说服自己的身体不去相信这种幻想。每每这样，我都需要坐下来让我的思绪从对周围人指向自己的关注中抽离开来，用大概五到十分钟就能让身体恢复状态——有问题，也有解法，就是耽误事儿。

商场的凳子仿佛有隐身的功能，在我坐下来后，就似乎从路人的关注点里消失得无影无踪。他们陡然变得神色匆匆，不再和我有眼神对视，而我则可以像装在墙顶角的摄像头一般肆无忌惮地看着来来往往的人群。此刻，能够感知到我的只有抱在大人怀里或者行走高度和坐着的我差不多高的孩子们，只不过他们顶多看我一下后就看向他们更感兴趣的小黄人凳子，往往是跑过来，肚子撞到凳子上后任由惯性将整个上身都倒下去，两只脚丫子在身后高高翘起又快速落下，小肚子一顶又恢复站立姿势，好像只是为了跑过来拥抱一下小黄人后又噔噔噔跑开，继续追上神色匆匆的大人们。小时候的一个场景闯进我的脑袋里——我一边喊着“阿妈”一边跑着穿过老家门前平整的空地，顺着向下斜坡通往公路的小路跑出去，远远地看到母亲并没有因为自己的呼喊而停下。她已经走出小路，往左沿着公路行走，消失在院墙转角。我着急起来，往前奋力跑着，没跑两步被突然从胃部传来的剧烈绞痛牵扯着蹲了下来，继而躺倒在地面，疼得哭叫起来……

我咀嚼着莫名闯入的幼年回忆，拍拍双腿站起来，步履平稳地继续前行。

51

我是在六点十分左右才走进餐厅，营业员温和礼貌地半鞠躬询问："先生您好，请问有预订吗？"

"靳先生定的位置。"我说，"'靳'字是左边一个革命的'革'，右边一个斤两的'斤'……"

"我查查，看到了，好，您这边走。"餐厅点评软件上人均消费在两百元的餐厅服务水平可圈可点，营业员在指示方向后，一直保持和我行走速度相似的状态在我的身侧将我带领到杨安和靳海已经落座的餐桌旁。她指着挨着靳海一侧的椅子看着我，眼神里透露出的意思是："这个位置行吗？"在见我点头之后，拉开椅子让我坐下，并为我倒上柠檬水后离去。

我从到达到坐下，杨安和靳海都没有说话，而是用好奇的眼神打量我，我自嘲地指着身上的衣服说："原本换了身衣服，走得悠闲自得，结果被路人盯得连走路都不知道怎么走了，不得不在椅子上坐了会儿，所以迟到了。"

"被人看得左脚跟不上右脚了吗？"对我瘸腿毛病知根知底的靳海在我坐下来后，用只有我们这桌的人听得到的声音说。

我点点头，拍了拍左大腿。

"这我懂，有一次在公共厕所尿尿，身边站了俩大爷，都在掏出小弟弟的时候侧头看我的，也导致我半天尿不出来。"靳海很快在自己的记忆场景中找到和我相似的状况，说，"当时我想啊，咱年轻，吃得快拉得快，那怎么也得是脱了裤子掏出家伙就开始扫射才对，再不济也得比俩大爷先尿出来啊，结果铆足了劲，只憋得满脸通红，大爷结束后路过我身边时，还深深叹了口气，就差拍了拍我的肩膀了。"

"就是那种感觉。"我不住地点头，靳海把话说进我心坎里，感动得我就差涕零了，“这大爷是以为你年纪轻轻也前列腺不行了吗？”

“哪里，这些都是我自己幻想出来的，说不定这大爷叹气是因为看到我的青春活力，不由得感叹自己日薄西山呢……”靳海耸耸肩膀撇撇嘴，说，“其实后来我仔细想想，我尿不出来的时间估计也就十几秒，只不过是那种被注视的紧张感让我对时间的感受拉长了。”

“我刚才也觉得别人其实也没有那么关注我，都是我自己想象出来的而已，但是就算我知道这是想象出来的，在当时我还是无法掌控自己的身体。”我保持着点头的动作说着，疑问猛地从嘴巴里冒出来，“我这算心理疾病吗？”

“《卖拐》这个小品看过吗？”杨安接了我的问题，反问我。

“看过呀。”我说。

“你跺你也麻。”靳海发挥他的方言天赋，惟妙惟肖地用东北口音模仿着小品里的经典台词。

“换谁都会有被关注下的应激反应的，和上台表演的怯场一个道理。”杨安说，“中国人在这方面更加严重，恨不得不要有任何人关注到自己。”

我点点头，服务员开始上菜，此时我才发现这家韩式烤肉店的不同来。餐桌中间没有装配烤盘和排烟装置，而是在大厅中间有开放式厨房一般的长桌，两两并排地分布着十六个烤制工位，服务员给我们端上来的烤好的菜品就来自这里。作为客人，只需要点菜并且告知烤制的熟度、上菜的速度即可。

“这家韩式烤肉店倒是新奇。”我说着，掏出手机拍了张毫无构图的照片，发给凡昭，告诉她我正和杨安、靳海在吃饭。

“嘿嘿，你说巧不巧，我今天和安仔在办公室里喝了大半天普洱茶，肚子里的油水都被刮得干干净净了，想着晚上来顿烤肉的时候，你的信息就在群里冒出来了。”

“老天爷吃饭都想着你。”杨安笑道。

“你们俩真好，每天都可以凑一起聊天喝茶。”

“那也是赶巧了这几天安仔在，我们正和你们集团公司共同研发新应用场景的材料呢。”

“啊，原来那个公司是你们新成立的？”靳海说完，我倒是有了印象，节前童舒的确给了我一份新材料研发的立项申请，但是上面所使用公司名称并非杨安和靳海在杭州成立的公司，而是在深圳重新成立的新公司。

“对呀，为了全方位地抱住贵司的大腿，我们在深圳重新设立了公司。”

在靳海有些神秘的表情中，我回忆着那个和集团公司有些神似的公司名称，有些恍然地准备说话时，靳海将柠檬水的杯子和我的碰在一起，说：“看破不说破，咱们先吃肉。”

我顺着靳海的话闭嘴吃起烤肉来，内心的恍然已经变成了吃惊和了然，以我对杨安技术能力以及靳海商业运作能力的了解，不出意外的话，他所说的全方位抱紧集团公司的大腿，指的是在未来我们集团公司可能通过二级市场募集资金投入他们新成立的公司中，实现公司规模的迅速扩张。想到这儿，刚入口的这一块烤肉变得有些五味杂陈起来，这对我来说务虚的一年，对杨安和靳海来说很可能是未来飞腾的奠基年。他们专心于事业、家庭，把自己的生活过得有滋有味，而我这一年则在与凡昭的猜疑拉锯中毫无建树，就连此刻，我都还抽出一丝的精神在关注空空如也的手机屏幕，想着：这么久了，为什么凡昭还没有给我回复信息。

强烈的内心落差让我失去了一些聚会的兴致，如果不是和凡昭约定的旅游城市太远，我一时间萌生起来开车去找凡昭的念头或许会变成接下去占据我脑袋的主要东西。我做了几个活动脖子的动作，掩饰自己突然低沉下去的情绪，强打着精神对付起更多的烤肉来。

“你相信，人有能量的说法吗？”我很确定杨安在问我问题之前，和靳海交流了一次眼神。他们俩似乎都有着看透人的能力，尤其和杨安说话时，我都觉得他的眼里藏着透人心魄的力量。他这时候看我的样子，也仿佛看到我的情绪变化，我的内心在回避和面对之间挣扎着，不自然地挤出一个肯定的回答：“应该有吧。”

“李泌，都是同学，我就直说了。”杨安搓了搓自己的脑门，似乎想尽量做出温柔的表情，可惜他飞速运转的大脑除了让他的眼珠往上方左右转动外，并没有能力支配他的脸部做出缓和他人心情的表情。

“嗯，你说。”我放下筷子，努力地看向杨安。

“今天刚刚见到你的时候，我觉得你的能量在这里。”杨安说着把手放在和自己胸前高度的地方，然后突然下落，掉到了桌子下面我看不见的地方，说，“就在刚才，我觉得你的能量突然掉到了这里。”

我觉得思绪混乱起来，在关注凡昭是否回复信息以及眼前杨安的表达之间往返着，目光也在手机屏幕和杨安之间闪烁了一个来回。我似乎试图找到一个姿势或者话语来掩饰我混乱的内心，但却无济于事，只能顺着杨安的话说：“嗯？怎么说？”

“其实我说的能量，是情绪能量，它不是多么奇特的概念，用我们学物理的人能够理解的方式来说，参考电磁波，在同样波长下，频率越高的能量越强。”杨安帮我回忆了已经有些模糊了的物理知识，我机械地点头，思绪好歹因为有需要我参与思考的东西出现而开始变得清晰。

“我看过一个对于情绪能量频率的分类理论，来自一个叫霍金斯的英国人，他把人们的所有情绪，划分了从低到高的不同频率，从低到高是：羞愧、内疚、冷淡、悲伤、恐惧、欲望、愤怒、骄傲、勇气、满意、主动、宽容、理智、爱、喜悦、平静、开悟……”

“安仔总是能够用他的直觉感知到这种能量频率，当然只是对于能量高低频率的定性感知。”靳海拍拍我的肩膀，说，“别担心，他没法对你进行定量检测，如果能定量，啧啧啧，安仔就是神一般的存在了。”

“那，我刚才是个什么情况？”我问。

“如果从刚才那些霍金斯理论中去挑选能够代表你刚到这里以及刚才状态的词汇，你能挑选出啥？”杨安拿出手机，把刚才他说的一系列常人完全没法记住的词汇敲击成文字在微信群里发出来。我拿起手机，先看了看没有消息提示的凡昭头像，才又点进群聊对照这十多个词认真看起来。这些词汇给我曾经经历的那些混乱状态加上了具体的名字，它们都能对应上我和凡昭相处中那些属于我的感觉，我不自主地叹了口气，说：“看起来，我觉得除了那能量最高的‘开悟’我不敢说有之外，其他的我好像都经历过。”

“你是说，刚见到我们的时候，到刚才，你都经历过？”杨安显得有些疑惑。

我认真想了想，斟酌了措辞，说道：“是这样，刚到这里之前，因为被自以为行人关注下导致了瘸腿，我是有些‘恐惧’或者是‘愤怒’的；当见到你们之后，我应该是‘满意’和‘主动’的；再后来，听到你们事业上的进展，我回顾自己这段时间的工作后，我应该有‘羞愧’和‘内疚’的感觉。”我一边说着，手也同刚才杨安那样从桌面升起到胸口再放到桌面以下，对杨安的直觉好奇起来，“哟，你是怎么做到的？”

“难以描述，完全只是一种直觉，能量低的人站在我身边，我会自然地觉得有一个黑洞一般的存在在用他的低频能量拉低我的能量，让我产生不舒服，想抵抗或者逃离的感觉。”杨安嘿嘿笑着，说，“上次和你吃饭，对你的能量感觉也是如此，忽高忽低，极其不稳定。”

我点点头，意识到自从和凡昭的关系变化后，我原本相对平和的情绪就变得起伏不定，思绪混乱、难以专注的情况也越发频繁地出现……

“如果安仔专门做算命的生意，遇到这样的人就可以说：‘这位兄台，我看你灵台气息混乱，近来可是有所思虑……’保准一说一个准，然后腰包里藏一堆从义乌批发的灵符道具，随喜请神，一本万利，估计能比在公司赚得多……”靳海摇头晃脑地模仿算命神棍调笑杨安，好像刻意地帮助我把有些凝重的心绪稍做缓和，然后他轻轻地问我，“李泌，你是遇到啥事儿了吗？”

我一时语塞，不是不愿意说，而是不知道从何说起，和凡昭之间的点点滴滴纷至沓来，缠绵的美好、等待的焦灼、悬吊的紧张……这些情绪好像小时候捏的橡皮泥，不论多么五彩的颜色，只要混到一起不停捏合，最终都会变成棕黑色系，看得甚是恶心……

52

“我不知道怎么说，感情问题吧？”我说。

“为伊消得人憔悴？”靳海问。

“有点。”

“衣带渐宽终不悔？”靳海笑。

“那倒没有。”

“那就是心不甘情不愿地被人弄得不上不下、不汤不水、不高不低、不惊不乍的吧？”靳海用的词汇让我不自觉地想到做爱，当然这些词汇只能描述那些低质量的做爱，对于描述我和凡昭之间的做爱完全不相符。然而，我和凡昭的相处中，如果剔除做爱的部分，则处处都符合这些词汇，但是为什么只有做爱如此和顺酣畅，我找不到答案。和凡昭做爱的细节就那么开始在我脑袋里盘旋，凝结成实实在在的性欲，让我在和另外两个男人的饭局中，在铺满韩式烤肉盘子的桌子底下，不可抑制地勃起。在杨安透人心思的眼神和表情落到我身上之前，我低下头认真给盘子里的烤肉裹上均匀的粉料，放在生菜叶子正中间，铺上一片薄薄的生蒜，用手像卷包袱一样将生菜叶子严严实实地包裹住它们，一口放进嘴里，咬碎，咀嚼，牙齿和舌头一起认认真真地感受不同食物反馈的力道和味道，一门心思都在嘴里。性欲仿佛清晨的薄雾，顶不住完全露出身形的太阳。

“和烈日当空相比，好像有点薄雾的清晨还是挺舒服的。”说出口后，我才意识到自己驴唇不对马嘴地接了靳海的话。

“朦胧美？”靳海没有往别处想，他大概习惯了和杨安之间交流的机锋重重，把我沉浸在思考中胡乱回复的话当成了具备特别含义的言语。他按照他的理解继续说：“确实朦胧和不确定性总是富含美的成分，因为在迷雾散去之前，总是有无限想象的，有位哲人说过：‘在预订小姐后，在等待小姐到来之前的时光，是最美好的。’”

“什么哲人这么无聊……”

“你伟大的同学，大学同班班长，庆池。”杨安笑的时候，额头上泛光。

“但是哦，如果迷雾散去后，清晰和确定呈现出来，你看到的不是你期待的玩意儿，就比较难办了。”

“所以，庆池找的小姐不合口味？”我很难得地在和靳海的交流中有跟上节奏的想象。

“她走进来就踢开鞋子，开始脱衣服，脱光光后用一口东北话质问我：‘你咋还不脱呢？’我瞬间就进入了贤者时间，把钱给她，让她快点走……”靳海说，“刚才这是庆池的原话。”

靳海模仿东北话的腔调让我脑子里的裸女年龄增加了数十岁，仿佛小时候帮阿妈照看我的婶子在准备帮我洗澡，毫无性感可言。我们都大笑起来，庆池如果此时此刻听到我们的笑，不知该做何感想。

“其实我们的人生好像总在追求点什么，而追求的时候，也似乎只有这种不确定感才让我们有一种正在追求的自我确认。”

不得不说，靳海曲解我的意思却引向了合理的回馈，莫名其妙地给了我一些对凡昭迷恋的思考，但是具体是什么，一时间还说不清楚。

“有时候，我总觉得我们的人生就像一个生产车间。”靳海看着我说，“你也做过生产车间管理，车间正常生产经营阶段，管理者都会更希望车间员工、生产物料、生产设备、制造工艺、整体环境……也就是人、机、料、法、环都趋于一种稳定，不要有巨大波动，生产车间就能够以一种较为平稳的效率和良率生产出产品。在达成这种稳定平衡的状态里，任何剧烈的波动，即便是往好的方向的波动，都会带来产线的波动，可以说，它们都是不好的。”

“比如供应的物料品质突然特别好，生产线的效率和良率突然提升了一大截，看起来固然鼓舞士气，但是一旦物料品质恢复到正常状态，效率和良率的数据就会下滑，对车间来说就是一种退行，来自车间本身或者领导的压力就悄然而至，波动带来的连锁反应就产生了。”

“由奢入俭难。”我说。

“Bingo！”靳海打了个响指，“还是你的用语凝练。”

我一点都不觉得自己用语凝练，反而靳海喜欢用隐喻或者比喻的方式对我理解一些自己的情形颇有帮助。凡昭好像就是我这个原本稳定的生产线突然吃上的细粮，让我的心神品味到了更美好的味道，当这样的细粮撤走，变回原来的粗粮时，我这条生产线其他方面反而不适应起来，开始调用各种各样的资源去找寻那吃细粮的感觉，结果当然是身心疲惫却全然不得要领。我若有所思：“彼之蜜糖，吾之砒霜。”

“李泌你太有悟性了。”杨安竖起大拇指，脑门油光发亮熠熠生辉，仿佛烤肉和啤酒的油脂都到了他脑门上。他指着我坐下来时随手放在桌上的牧马人车钥匙继续说：“就好像这车子，出厂一般都有规定是多少号汽油，你的车子要加95号汽油，而我和靳海的车子要加92号汽油，这都是车子出厂设计带来的建议。但是现实生活中，因为95号汽油比92号汽油贵，大多数人就认为95比92更好，于是有的爱车人士也愿意给自己的车子加更贵的汽油，结果反而导致一些车子的发动机积炭更严重。”

“这么看来，最近我这条生产线，确实经历了一些剧烈的波动。”我拍拍自己的胸口，想用一些浅显的例子来形容凡昭给我带来的迷恋导致我当下的状态，但是仍旧缺乏靳海那样信手拈来的能力，只有作罢。

“看来，这个供应商给你这个生产线供应的物料，品质波动很大呀。”靳海笑道，指着桌上的烤肉说，“一会儿烤得很嫩，让你吃得嘴里爽滑；一会儿烤得很老，让你嚼得后槽牙疼……”

靳海就是能够用各种各样的例子来把我带进实际情形里，我不得不频频点头：“你这么会找例子，很让我嫉妒啊。”

“你能说出嫉妒，就是没有嫉妒了。”靳海接着说，“你想一下，你的生产线上，遇到物料品质波动很大的供应商，怎么办？”

“打入不合格供应商名录？整改品质后，重新经历试用流程，通过后再进入合格供应商？”我迟疑地说，“好像，我没法这么干呀。”

“增加一个条件，这是个具备稀缺物料生产能力的战略合作供应商，你咋办？”

“和他一同整改产品品质？”这话说得我自己都不相信。我和凡昭之间关于关系的沟通从来未曾有成功的情形，更别提一同改善了。我摇头，说：“好像无法共同改善。”

“说明这个供应商和你这个生产线之间的合作是不对等的，你把她当成战略合作伙伴，她却没有。”靳海笑眯眯地，继续说，“而且很有可能，她不仅没有把你当成战略合作伙伴对待，反而要求你用战略合作伙伴的方式对待她。”

我不得不点头。

“你知道，什么叫‘有毒的人’吗？”

我不得不摇头。

“‘有毒的人’这个词最近挺流行的，我有一次和安仔讨论了这个词的定义，我们对这样的人有一个定义，就是‘双标的人’。”

“就是对别人有一套标准，但是自己却可以随意突破这套标准的人。”杨安说话的时候，用手摸了一下自己油亮的额头，好像是意识到了自己脸上的油腻，拿了纸巾取下眼镜，全方位地用力擦了擦脸，戴回眼镜继续说，“我有一任女友，极其讨厌厨房台面或者地面有水渍，在我做饭的时候她偶尔进入厨房，看到我因为洗菜而留下的水渍，就会发脾气，但是她自己做饭的时候就能弄得到处都是水渍，我如果拿她的要求来给她反馈，那就完蛋了。当然，最终我们也因此真的完蛋了。”

“有毒的人，双标的人。”我默念，觉得凡昭就是这样的人，但是一时间又不愿意完全承认这个事实。

“面对有毒的人，怎么办？”我问。

“最好的办法，离开她。”靳海的手从空中挥落，像是要斩断和有毒的人之间看不见的关联。

我不知如何作答，心里有些不舍。

“如果离不开她，就搞清楚自己为什么留恋。”杨安的手从胸前收拢，放在心口位置，像是要弄清楚内心的真实期待。

所以，我究竟该怎么做呢？一切好像又回到了原点，只不过，之前的问题答题变成了选择题。对于选择题，在书面考试中，它都有有限的选项和限定的作答时间，然而人生路上的选择题，却并非如此。

杨安和靳海用尽浑身解数给我呈现的事实，并没有带来我和凡昭相处状态的改变。我们仍旧每个月都见面，不管在哪个城市，我都负责订票、改签和退票，我们都住高级酒店，都逛最繁华的商场，都买名牌衣服，都买各种各样的进口零食，都买在当时看起来不用的东西，都吃当地最有特色的美食，都在早晚各做一次爱，都在夜里做完爱后吃一份消夜，都在早晨做完爱后一起抽烟……每次见面，我们都在赶路，相处的时光都像在补课，补的是那种备考前突击罗列知识点的课，学生们只顾死记硬背，完全不知道从何理解。自从凡昭所在的公司因为行情问题解散后，她能够和我分享的也只剩下家庭生活的琐碎，因此挤出来的知识点零零碎碎毫无关联，但是总体的轴线是清晰的——她的家庭生活了无生趣，在家庭生活之外常常生出各种兴趣，但是一旦尝试也是了无生趣。

我们几乎每次见面的主题都是完成凡昭突然冒出的某种兴趣尝试，去某个城市、参加某个活动、体验某个项目、感受某种生活……她总能从各种渠道找到一些她感兴趣的东西与我谈论，我总会将这项兴趣进行快速调研，完成初步的行动计划去唤起她尝试的兴趣，在百无聊赖的日常生活中为她拉开一扇尝试兴趣的窗口，继而她会在付出的时间、金钱方面有所踌躇，而我则大包大揽地将所有的费用承担下来，让她没有后顾之忧。

最初，我十分满足于带她感受更多不同兴趣时她的雀跃灵动，那总能让我看到最初那个极其富有生命力的凡昭。后来，我渐渐发现我更加需要的，只是和那个富有活力的她做爱的感觉，所有的那些看起来为了完成她某项兴趣的准备，在最后看起来都像是性爱的前戏。有时候，我跳出来在某种意象中看自己的行为，像极了动物世界里为了求得配偶垂青而翩翩起舞的雄鸟，摇头晃脑叽叽喳喳，看起来笨拙无聊又急不可耐。凡昭因为感兴趣事物而唤起的活力都会在高潮之后完全退去，留下空虚至极的乏力和即将回归琐碎生活的沮丧；而我则不得不和凡昭重复唤醒兴趣达成行动的过程，一遍又一遍。

我和凡昭的关系也就如此往复，见面时都能感受到身心交互的爱情，分离后也都感受到分崩离析的冷漠。我们无法就相互之间的关系或者未来开展沟通，我们就像被卡在《土拨鼠之日》的气象播报员，无法往前再走一步。但是细细品味，其实或许是我们都不愿意往前再走一步。于是这道人生路上的选择题，不知不觉在我面前又摆了一年多。

53

我总在偶尔纠结自己和凡昭关系的时候对自己说：“车到山前必有路，船到桥头自然直。”

具体山上有没有行车的路，桥下有没有过船的洞，我一无所知，甚至车为什么要往山那边开，船为什么要往桥那边走也是两眼一抹黑。这不是乐观主义的姿态，更像是自暴自弃的拖延。

2016年很快到来，时间理所当然地推着我跨过了而立之年这个不可思议的门槛，不用我专门去闹明白“而立”的含义，已经有人帮助我在事业、家庭两个方面做了总结——事业有成，无家可归——母亲当然不用这么凝练的词句，但是表达的意思大概如此，言辞中透着对我的无限怜悯。在她看来，事业再有成就，没有一个能称之为家的港湾终究还是孤魂野鬼。我相信，母亲说我是孤魂野鬼的时候还带着无奈和抱怨。在父母亲的眼中，我大概是个因为躯体缺陷而变得孤僻、寡淡的儿子，有着根植在内心的自卑，所以有着行走在亲情边缘的行为。他们大概也因此有一些对抚养我的过程中未能给予充分支援的愧疚，所以对于我的成家相关的进展未做苛求，这是无奈，但是我因此而呈现出一种毫无进取的态度则让他们有所埋怨。自从妹妹成家后，父母的精力也就围绕着妹妹所成立的小家庭转悠。这一年春节，我的妹妹又顺利诞下第二个孩子，大家庭也好小家庭也好都围绕着新成员产生着一系列变化，唯独我对自己作为舅舅的角色毫无感受。整个春节，对亲情的疏离乃至陌生感充斥着我，让我像是客串了一部毫无票房的电影，自己都忘记自己客串的究竟是何角色。

不过，我清楚自己并非父母眼中呈现出心理缺陷的角色，只不过和亲人如此的相处方式让我无须付出过多的精力做出改变。各有各的生活，彼此相安无事，维持着一种岁月静好的平衡，似乎是最省力的模式。就像我维持着和凡昭这种不清不楚的关系，归根结底，我并不孤僻寡淡，我只是在生活方面显得更懒罢了。我的生活像一把原本调好弦音的吉他，而我是不会也懒得去调音的主人，对吉他的要求只是在需要弹奏的时候能发出声响就行，至于是否发出正确的音高音色毫不在意，因为我可以用优于常人的唱功大声演绎，盖过那可能错误的和弦，但是我从来没有想过，如果琴弦断了，该怎么办？

这年的4月，不记得具体日期的某天，我在电闪雷鸣狂风暴雨中香甜地睡了一夜——不知何时我更容易在风雨雷电蛙叫虫鸣这样的自然背景音中获得更好的睡眠，甚至开始会在某些阴雨天专门腾出时间来睡觉——早晨醒来，我靠在床头打开电视，看了会儿新闻中播报的因为此次强对流天气，导致道路积水、路面塌陷、大树连根拔起等情况带来的各种损失，伴着新闻的播报声又迷迷糊糊地睡了近一个小时。再次醒来时，电视已经莫名其妙地关机，房间里充斥着如有实质的寂静，它仿佛将房间撑大了一圈，让我好像比以往更加远离天花板，一种难以揣测的沮丧笼罩着我，起床和继续睡觉都变得毫无意义。

那一刻我想，如果我死在这间屋子里会是一种什么光景？可以确认的是，我不会以死亡的状态在这里待太久，每天必然和我联系的童舒会找到我，多半会像上次靳海找到我一样和物业人员用备用钥匙打开宿舍门，接下来物业人员多半会发出惊呼，而童舒多半会冷静地呼叫警察并同时通知公司。再接下去会是一系列确认我已经完全是一具尸体的流程，具体如何我也不明所以。然后公司会通过我在公司留下的家庭联系方式找到我妹妹或者直接找到我的父母，向他们通知我的死讯，同时也会在公司内部以及供应商客户等相关方发布我的讣告，上面书写我的死因，表达沉痛悲伤之情以及告知治丧办法……

所谓的身后事在我脑子一步一步地推演到此，我想，如果我没有在公司担任这样重要的职位，这个过程又会是如何呢？我会在何时被发现？

房租刚刚缴纳一整年，按照前两年租住的状态来说，房东没有任何光临这套属于他房子的可能。来自父母的电话联系周期大概是半个月，有时他们打了电话而我正好在忙而没能及时接到的情况也是有的，事后忘记回电的情况也是有的，那么父母联系我的周期可以拉长到一个月甚至更久。凡昭呢——在公司发现我尸体的流程中我竟然没有推演到她——和她倒是每天都联系，只要我不及时回复她的信息，她就会在微信里对我表达强烈的不满，但是也仅限在微信里——我们只在约定见面前后一阵子偶有电话联系——只要我持续不回复微信，她多半也就不会再追问我的情况……

这样想下来，我只可能在发出能够穿透墙壁的强烈尸臭味时被鼻子敏感的邻居或者日常巡查的物业保安发现。按照当前的天气，应该在两三天到一周的时间，这么看来我也不会以尸体的状态寂寞太久。不过如此的话，尸臭味大概就是我往这个世界发出的最后信号，关于这个信号，我该如何让它表达出与常人不同的信息？在山林里散养的鸡和在窝棚里饲料喂养的鸡吃起来口感和味道都有很大不同，是否代表我也可以通过某些方式来改变死后尸体腐烂的味道？我的大脑飞速运转，开始在空中罗列出一个比较散养鸡和圈养鸡之间差别的表格来。在膀胱传来的尿意让我不得不下床之前，我已经从饮食、运动、环境等多方面进行了比较，记忆力的限制已经让那悬浮在空中的表格内容发展到只要新增一些就会消失一部分的程度，这番对死亡的思考已经无法继续，我终于决定起床。

我憋着尿意站在卫生间镜柜前刷牙，仔细查看镜子中的自己，心境因为刚才的胡思乱想而变得诡异，无论如何这种对镜子中自己的审视都像在查看一具尸体，面无表情死气沉沉。我叼着牙刷脱下裤子尿尿，积蓄一夜的尿中竟然飘出淡淡的咖啡味，想起昨夜睡前还喝的咖啡，这显得理所当然，我的思绪又飘回了调整尸体腐烂味道的课题上来——要喝多少咖啡才能让尸体腐烂的时候发出咖啡的香味？

手机铃声和振动声同时响起来，铃声是我不知名的悠闲的吉他曲，振动声的节奏却急促暴躁，和铃声完全不合拍。我吐掉满口泡沫，拉好裤子走回床边，床头柜上因为振动而移动的手机显示是妹妹来电，通过听筒传过来的声音却是母亲。

“攘娃儿，你阿爹病了。”母亲的声音不似以往脆亮，嘶哑而沉闷，像在沙漠中脱水行走许久的人对着一口同样干枯的深井第一次开口说话。

“怎么？”我未经漱口的嘴里残留的牙膏泡沫让我发出的声音含含混混，像是在嘴上蒙了一块湿纸巾。

“阿妹和你说。”母亲的声音落下，妹妹的声音就响起来，似乎手机一开始就在妹妹手里，她说：“阿爹昨天早晨起来就肚子疼得很，没到医院就疼晕过去，直接进了抢救室。”

“医生怎么说？”

“阿爹血小板很低，只有10，昨天做了CT和彩超，今天会出结果。”妹妹说的数值和检查词汇我都能听懂，但是全然不明白这和父亲进抢救室有何关联，想来妹妹必然也有如我这样的疑问，一切都要等医生传达后续的信息。

“我马上出发回来。”

“我在给阿爹办转院手续，昨天医生就建议我们转院到昆明，你直接到昆明。”

“好。”

我预订的最早一班从深圳到昆明的航班，在昆明落地时，妹妹带着父母已经抵达。

54

在机场打车时，大学军训时阎教官和靳海偶然的对话场景在我脑子里冒出来，一时间，我好像回到了那个跟随阎教官巡查岗哨的深夜，月明星稀，军营里只有秋日蝉鸣虫叫，在距离岗哨约莫十米处传来靳海铿锵的呵斥：“站住！口令！”

阎教官喊：“炮弹！回令！”

靳海喊：“鸭蛋！”

这些莫名其妙的口令和回令来自军训时我们的苦中作乐，阎教官走进后看清楚是靳海，夸赞道：“很有军事素质嘛。”

“哨兵职责所在。”当时的靳海不苟言笑。

“家里出身军营吗？”

靳海点头。

“我看你夜里睡得很浅，紧绷着弦不累？”

“有的弦一旦松懈，就要出事儿的。”

我昨夜香甜的睡眠和近两年慵懒的生活状态就是靳海口中松懈的弦，它终究到了不得不调整的时刻，拽紧琴弦调音的好事者全然不懂得照顾松懈已久的琴弦所能承受的张力，粗暴地快速旋拧着弦扭，让琴弦在琴枕上发出牙酸心颤的摩擦声。

我心思紊乱地坐进出租车里，任由它带着我从幽暗的地下停车场钻进春日黄昏的昆明。天边七彩的晚霞和满街的繁花争奇斗艳，它们试图强行平复我复杂的心绪，这让我生出一种奇异的警觉——父亲病危，我理应保持悲伤焦灼的情绪，不能因为外界的瑰丽而有任何松懈——然而出租车如有神助地穿过一条街巷，遮天蔽日的蓝花楹将如梦似幻的极致绚烂投影进我的眼帘，让我不自觉地平静下来，被压抑的不该有的喜悦溢出来，继而跟随着不得不有的羞愧和焦灼，让我唇边带笑，眼里含泪。

兵荒马乱地抵达医院之前，我的手机里没有闯进任何来自凡昭的信息。若在以往，早晨发出的“早安”在没有得到回复的时候，我都会有无数的胡思乱想，这不得不让我调用更多的能量集中注意力在工作上。如果持续没有回复，我会在大概中午的时候追问一个“小昭，你还好吗”之类的信息，在表达我关心的同时追问一个现在看来可有可无的回复——凡昭对于回复太晚有三种可能：睡懒觉、有事忙、忘记了——可悲的是我似乎就是需要这样的回复才能重新拥有专注做事的能力，否则精神上就始终支离破碎，手头的事情也往往一拖再拖，这导致我常常不得不在下班或者周末继续留在办公室完成因为拖延而滞后的工作，无可救药地在员工眼里成为工作狂式的领导。而今天，我这是第一次想起凡昭没有给我回复，早晨关于自己死亡后尸体被发现的猜想中，对凡昭不会对我没有回复有所担忧的假设可以变成实实在在的结论。我突然觉得这个结论理所当然，又觉得我对此结论平静得不可思议。

如果没有挂上医院的标志以及塞进统一制服的医护人员，医院看起来和一个大商场没什么区别。都有富丽堂皇直通顶楼的中庭，中间布置着问询处，往后有上下不同楼层的直梯，左右两边有上下传动的扶手电梯，人们在其中来来往往上上下下，前往不同的房间采购不同的商品或者服务……

“您好，请问您需要点什么？”

“我左边的肺感觉不太好，来看看买副新的。”

“好的，您这边请，这里有我们新一季推出的肺，功能性和时尚性都有升级。”

……

“您好，请问维修处在哪里？”

“请问您要维修什么？”

“我之前买的右耳朵有点松了，想重新缝一下。”

“哦哦，外观缝合处在一楼西南角，如果是内脏维修的话，是在东北角。”

……

在找到父母亲以及妹妹之前，我的脑子里难得地充斥着毫无道理的想象，这些想象在看到躺在走廊边临时病床上沉睡的父亲时戛然而止。护士的声音挤进来：“家属呢？到医生办公室来。”

父亲被留在走廊里，我和妹妹、母亲三人先后走进医生办公室，来到主治医生的办公桌前，像不明所以被叫到老师办公室的学生。医生开门见山地说：“看了你们那边医院传过来的资料，初步认定是胰腺癌肝转移，还需要做增强CT和核磁共振复查。”

沉默在一瞬间笼罩了我们，仿佛在一时间堕入声音隔绝的真空中，连自己的心跳和呼吸都无法听闻。医生像是熟悉这样的场景一般自顾自整理档案，慢条斯理地在电脑上录入后续检查的单据，然后恰到好处地在母亲呢喃着“怎么会，一个月前他体检都一切正常”之后说：“胰腺癌为什么称为癌中之王，就是因为其病因不明确，症状不明显，往往一经发现，就已经是中晚期。”

无声中，惊恐和忧虑通过母亲的手颤颤巍巍地落在医生的办公桌上，妹妹扶着她坐下。医生的话语仍旧有条不紊：“总之，一切还是要等增强CT和核磁共振复查确认，以我的经验，建议把PET CT也做了，这样容易确认具体转移情况。病房方面，我建议你们到住院部确认一下，有什么病房都先住进去，即便是独立病房。”

我不停地点头，示意医生按照他的经验开设检查单据，设置治疗方案，一切都如程式化地推进着。我看似冷静地从妹妹和医生手中接过所有的资料，前去办理缴费入院等手续，内心却依旧毫无头绪。路过父亲床边时，他闭着眼睛睡着，除了皮肤看起来比之前更加黄一些之外，好像并无特别大的变化。彼时的我还不知道那是因为胰腺癌导致的黄疸，只觉得原本就有些疏离的父亲变得更加陌生，在他身上原本就浅淡的人类情感一时间更加飘忽淡薄，难以寻迹。那一刻我终于品味到我那挣扎在平静和焦灼之间的情绪来源，那是对父亲从小要求我是“泰山崩于前而面不改色”般期待的曲解，我只是以刻意的自我平静予以实践，毫无其中智慧冷静的内核。现在，泰山真的崩塌时我毫无成竹在胸的应对方法，只会提醒自己不要怕不要动，笨拙又固执。

在缴费窗口，余额不足的提示给了我新一层次的挫败，原本还自以为可取的事业有成和收入可观变成收银窗口人员的温馨提示：“这几张卡都显示余额不足，你再想想办法？”

我点头，然后懊恼自己只会点头的举动，丧气地捏着毫无贡献的银行卡和信用卡从缴费队伍中落荒而逃。在急诊大楼外的马路牙子上一屁股坐下准备抽烟，摸遍全身才想起在机场时就把唯一的打火机丢在了火种回收箱，那叼在嘴里原本可以促动我深呼吸缓解压力的香烟立刻成了引爆我情绪的导线。我将那即将冲出口的喊叫克制在胸腔，在我脑袋里回响起强烈的嘶吼，狠狠地将香烟捏碎摔在地上，用脚踩住，碾压，再踩住，再碾压……一切都在压抑中无声地进行，包括冲破眼眶的泪水。

天擦黑，路灯亮起，我从剧烈的波动中平静下来，明白自己眼下除了借钱别无他法，没有多少犹豫地拨出靳海的电话。

“李泌，我和安仔也正好想到你，今晚一起吃饭不。”靳海接电话的动静都如此，好像时刻都有充足的生命能量，让人不自觉地将丧气收起来，尽可能用稍显明亮的状态去做回应。然而此刻我像是完全泄气的轮胎，轮毂和地面之间已经没有任何可能撑开距离的气体，压抑嘶吼的喉咙让我发出一种金属和碎石地面摩擦的声音：“靳海，我想找你借点钱。”

在靳海没有回复之前，我咳嗽了一声清理掉拥挤在嗓子的压抑，继续说：“我爸进医院，我缺钱了。”

“把卡号给我。”靳海的果断让我刚平复的眼泪又冲出眼眶，人体对诸如眼泪、口水之类的分泌物的控制机理真是乱七八糟。我哑着嗓子说了谢谢后挂掉电话。

我发出银行卡号后不到五分钟，靳海发来信息：“李泌，你我现在是甲乙方关系，直接转账不合适。我让朋友用她的卡给你转了钱，有什么能帮忙的你开口，别客气。”

银行转账21万元的信息同时到达，来自陌生姓名：苏筱。

55

父亲从发病到离世，只用了两周。

十四天，连那年的4月都没有过完。

医生安排的一系列检查只是不断为父亲的病症加上一个看起来更加具体的名称：胰腺癌，胰腺癌肝转移，胰腺尾癌肝转移，胰腺尾癌哪哪都转移……至于治疗手段，则随着病名更加具体而变得越发束手无策。每次拿着费劲巴拉检测获得的报告单找医生解读，都像是在提前明确死亡原因，那每天掉落的血小板数值，则是临近死亡的倒计时。

父亲似乎对自己的死亡心知肚明。在转院第二天增强CT和核磁共振结果出来时，他要求知道自己病情的真相，听完医生对胰腺癌肝转移的确认以及再次重复胰腺癌是癌中之王的背景知识后，他显得十分平静。他在母亲和妹妹中午去打饭的间隙和我说了这辈子最多的一次话。

没有长篇的回忆，没有不甘的期许，没有细碎的遗憾，全是一条条一项项的交接和交代。交接的是归属于这个家庭里男人的责任，从贵重物品存放地点到太阳能热水器的开关方式，他把他所担负的家庭日常事无巨细地交接给了我，不用我刻意品味就能知道所有的事项都围绕着母亲，一如他几十年的生活。交代的事情只有两件：不插管和火化后骨灰撒入怒江。

说完长篇话后的父亲显得精神状态良好，像是卸去了背负一生的重担，随时都可了无遗憾地魂归天冥，即便后续PET CT的结果提示癌细胞已经转移到了全身能说得出来的各处器官，父亲也只是一笑了之地和医生说：“那就多给我开点止痛药吧。”

死亡在父亲面前变成了一种圣洁的回归，任何一丝的悲伤似乎都会给他的平静安详带去污染。我们都不得不平静下来，陪伴父亲走完最后一程。

在完全陷入昏迷前，父亲开始排像融化巧克力的黑便，尿像冲泡太久的红茶的棕尿，吐像浓缩芦荟胶的汁液，滚烫肿胀发绿的身体也越来越像绿巨人。如果没有那些难以描述的味道，我可以把这一切描述成美好的可爱的事物，然而那层层叠叠散发的味道犹如腐烂的淤泥，毫无分寸却如有实质地捅在我的舌根，身体老老实实地不断拒绝这些恶臭，也在不断压抑肠胃翻滚呕吐的冲动……所有能够刺激眼耳鼻舌身的信号都在告诉我们，父亲已经走在死亡的路上，死亡第一次以一种一步一个脚印的实在方式呈现在我们面前。

那几天，每当给父亲擦拭身体时我常常疑惑，为何这味道就是死亡？为什么它对于我们就是臭的？是死亡遵照人类的好恶进行了天然设置，还是人类为了辨别死亡进化出了特别的好恶识别方式？一切思考都没有答案，父亲依旧没有过多的言语，只是近乎漠然而坦然地接受自己的消逝。

第十三天，父亲的意识开始变得时而清醒时而模糊，心率奇高，血压却不断下降，半梦半醒之间不断呢喃着完全听不懂的音节，能够听明白的只有“疼”这个字，然而我们已经完全喂不进止疼药。医生查房建议插胃管抢救的时候，父亲突然睁开眼睛，直勾勾地盯着我，我握着父亲的手说：“不插管，不抢救。”

父亲那原本神光摄人盯着我的眼神柔和下来，视线的焦点似乎穿透了我的身躯，落在我身后无尽远的地方。随后，父亲缓缓闭上眼睛，叹气一般说了最后一句话：“长大了啊。”此后就陷入了彻底的昏迷。凌晨3点12分，父亲的原本平躺的身体似乎往下陷落了难以察觉的距离，血氧血压同时归零，带着死亡的召唤就此为自己的生命画上终结的符号，留下突然冰冷的沉寂。

“你阿爹走得没啥遗憾，蛮好蛮好。”母亲拍着父亲的肩膀，没哭也没笑，只是深吸一口气说，“准备回家吧。”然后她神情漠然地低头转身，眼泪在地上砸出滴滴斑点……我试图上前扶住母亲，她右手捂着脸，左手甩开我即将扶她的双手，继而蹲在地上大哭起来。我伸手还想扶她，她埋头在膝盖，双手乱挥推开我，哭叫道：“你阿爹哪里没有遗憾，他的遗憾就是你啊！”

母亲闷在膝盖里的叫声在我听来撕心裂肺，伸出的双手在空中无意识地停留。母亲没有让我有任何思考的余地，情绪激动地用头在父亲的床尾狠狠撞击，我着急地伸手去挡，在挡下她最后一次重击之前，她已经狠狠地撞了四下。妹妹也着急地过来拉住母亲，轻拍我的手示意我别急，等待母亲平静下来。

这是我第二次看到母亲这样的悲痛，初中的某天夜里晚自习后回家的我，还没进门就看到母亲靠着门板蹲坐在地，回忆里她的哭声呜呜咽咽，一边哭一边颤抖，声嘶力竭地喊叫：“妈呀，我咋个这么命苦啊……”接下来的一秒母亲就开始用头往后撞着门板，客厅里坐着的大人们立刻乱作一团，将母亲从门边拉开。

我的思绪还没来得及深入回忆，就被面前已经哭得无力的母亲拉回现实。她抽抽噎噎的身体开始软瘫，坐立不安。她哭着说：“让我哭死算了，你阿爹不管我了，你这个做儿子的平时都不关心我，这时候来关心我干什么？！”她一边哭着一边站起来，冲着父亲的遗体继续哭诉，“你个老不死的走得轻巧啊，死都要给儿子装个体面，你说说你儿子又能怎么样？”

我的内心掀起滔天巨浪，父亲安然离去的宁静被母亲生生撕裂，以为让父亲瞑目的自我被颠覆得一无是处。我一直惶惶然呆立地看着母亲，心如死灰。临近早晨，母亲伏在父亲的床尾睡着，我如行尸走肉一般在妹妹的指挥下整理收拾着一切。母亲醒来后，仿佛不记得对我的狠厉指责，表现得一切都没发生似的。

在父亲遗体进入火化炉之前，凡昭发来信息："是不是不和我联系也不觉得有什么？"

我："我最近在医院处理事情，你还好吗？"

凡昭："我不好。"

我："你怎么了？"

凡昭："都是乱七八糟的事情，就是烦。"

我："我最近也很多事情，抱歉没能帮到你，我挺难过的。"

凡昭："你帮不到我，有啥子好难过的，我觉得很可笑。"

……

我毫无情绪波动地熄灭手机屏幕，抬头看着蓝白色火焰在焚化炉里升腾起来。它们看似毫无温度地卷过父亲的遗体，继而变得通红而耀眼。如果父亲离去那夜的一切未曾发生，我会坚信，如果父亲还能做出任何表情，那会是带着平静的微笑，因为席卷而来的烈火和排山倒海而来的肿瘤，于父亲来说并无差别。不论他人怎么看，父亲只要自己认为人生旅程已经无悔无憾，既然死亡的号令下达到眼前，他也就可以安详地离开。他最后那一丝对我是否长大的执念也悄然放下，给我真正上了"泰山崩于前而面不改色"的一课。然而母亲的哭喊让我一时间无法看清父亲以何种的方式在火焰中消散，他在离开时不给我留下任何愧疚和缺憾，试图完整自己也完整我们的尝试，终究功亏一篑。我双眼一眨不眨地盯着那刺眼的烈火，泪水终究漫过酸涩，滑过脸颊。

火化完毕后，我第一次知道火葬场的工作人员会对焚化炉进行清理，逝者的骨灰会经历冷却后进一步敲碎，并归笼称重。父亲的骨灰重六斤七两，不知是否和他出生时的体重相近。这么看来，生死之间人们怕是连重量都无法多带走一丝。出生时包在襁褓中，用双手捧在怀中带出产房；死亡时放在骨灰袋里，用双手捧在怀中放进骨灰盒。奇妙的轮回感在我的手中经过，脑子里不断回放父亲陷入昏迷前说的那句："长大了啊。"

父亲撒入怒江的地点是母亲选的，选取的方式很简单——我开着车沿着怒江边的省道逆流而上，某一刻抱着父亲骨灰盒睡着的母亲突然睁眼说：“就这吧。”

我踩下刹车，临时租来的商务车缓缓停在一条省道往东的岔路口，无名的碎石土路在河谷中支出一条前往怒江边的通道。我看着母亲，她摩挲着父亲的骨灰盒说：“刚才，你阿爹动了一下，把我弄醒了。”

“那就这了。”我往右拨动方向盘，从柏油路面过渡到碎石土路的商务车发出沙沙咔咔的声音。几乎同时，初夏的暖阳悄然隐进薄薄的云层，微风鼓动，细雨飘然而至，无声而绵密地沁润进这片河谷，一切都如干枯的雨花石突然放进清澈的山泉水中一般透亮起来。放眼望去，近处青草葱翠，稍远的怒江激荡着白色的浪花蜿蜒而过，江对岸山峦如黛，层叠交织延伸出一片更宽阔的谷地。车子在松软的碎石土路上左右摇摆，我们在车里被这景色震惊得无法言语。

我们在怒江边停下，推开车门，切实走进这片美景中，细雨微风柔和地贴到脸上，带来充满生机的青草香。我从母亲手中接过父亲的骨灰盒说：“阿爹倒是会选地方。”

“谁说不是。”妹妹从后座下来，在路边捡起一根枯枝，敲敲打打地在稍有杂草遮蔽的小径中走在前面。我们随着她走到江边，几块露出江面的岩石恰到好处地引导我们走到稍微深一些的江面。

父亲的骨灰撒向怒江前，我捧在手中看了看，灰白，闻了闻，无味，从未经历的空虚肆无忌惮地涌上来，我哭出声来：“阿爹，走好，攘娃儿长大啦！”

我们挥手，父亲就在这儿随江散去……

56

丧假返回，一切似乎都没有发生。

一个月前的我好像在深圳按下一个暂停键，然后返回家乡处置了一系列可以成为人生重大转折的事情后，回到深圳在由宿舍前往公司的路上重新按下启动键，一切我在此的生活立刻统统回归。

我坐在毫无变化的办公桌后，童舒汇报着我熟悉的一系列工作项目。一个月来大部分的进展都符合预期，我不动脑地在每一条正常的进度汇报后点头，恍惚间甚至生出父亲从未离开，又或者是父亲从未存在的幻觉。我开始在脑海深处挖掘属于自己和父亲的回忆，能够明确的是那些记忆都在，甚至比以往更加清晰，只是它们似乎正以一种能够觉察到的速度消散着，仿佛遵从某种感召和指令。我觉得那是来自父亲的意志，感觉上甚是奇妙。

“近期项目进展的情况就是这些，别的没有特别事项了。”童舒完成汇报，把文件夹合上抱在胸前，等待我的回应。

我从恍惚中收拾心神，觉察到自己脸上正挂着一种莫名甚至可能是神经质的笑容，连忙摇了摇头，仿佛觉得这样就能造成别人“眼前一花”的效果，结果当然是失败的。我看着童舒忍俊不禁的表情，叹了口气说：“不好意思，刚才走神了。”

“您辛苦了。”童舒摇摇头，说，“给您做杯咖啡？”

“谢谢。”我点头说，继而补了一句，“两杯吧，给你自己做一杯。”

童舒一边点头一边起身，在我的办公桌角上放下文件夹，走到我办公室的另外一个角落操作咖啡机，香味很快在整间办公室中四散开来，两杯咖啡很快放在我的办公桌上。

“拿铁还是美式？”童舒问。

“美式吧，不好意思。”我以往总喝的拿铁，此刻突然就决意换成美式，莫名其妙的话跳出我的嘴巴，“我打算断奶了。”

“扑哧……哈哈哈哈。”童舒终于笑出声来，立马又压抑下笑声，只是神情一时半会还无法控制，脸颊很快泛出红色来，“不好意思不好意思，本来不该笑的。”

我摆摆手说：“放开笑，没啥，我刚才只是有些疑惑自己并不如想象的悲哀。”

童舒控制住表情，微笑说：“说明没有遗憾。”

我点头，端起美式咖啡，中深度烘焙的咖啡豆在口中留下香醇的苦涩，重复了一句：“没有遗憾。”内心却想，是真的没有遗憾吗？

“说到遗憾，嗯……”童舒接着话头，但是欲言又止。

“怎么？”我感觉异样，我们之间的对话，从来没有这种不直接的情形。

“有件事情，或许应该和您说，但是我这里的信息更多是捕风捉影，所以能够确信的只有呈现出事实的结果，那些揣测过程只能当成八卦闲聊。”童舒谨慎地措辞，我很快明白她的顾虑，点头说：“那就先说结果，再说揣测吧。”

童舒点头，把咖啡杯放到办公桌子遮挡的区域，我猜测应该是放在了大腿上。她说：“杨总和靳总的公司最近发生个很大的变动。”

“嗯？”我和杨安、靳海是大学同学的事情在集团内不算特别的秘密。靳海敏锐的商业眼光和杨安出色的技术能力，让他们在深圳成立的公司迅速成为集团在关键新材料方面的战略成员，股权结构上也产生了巨大变化：先是深圳公司成了总公司，由杨安和靳海以自然人作为股东进入，杭州公司则成为深圳公司的全资子公司；紧接着在去年集团公司也完成了对深圳公司的定向增发，让后者成为集团公司上市公司合并报表的成员。

虽然我在这一切过程中只是看客，却不可避免地总有人猜想我在其中发挥着不可告人的作用。这样的猜想当然从没有过直面对质，我也就从未关注。

“靳海在他们公司内的股份清零了，并且卸任了总经理的职位。”

“什么？”我震惊。

“这是事实的结果，从工商信息上能够看到，靳海已经不在股东信息里了，总经理也变成了杨安。”

“那揣测的过程是什么？”我的心情很快平复，问道。

“传闻是杨总和大股东联手做局踢他出局。”童舒说着，再次强调，“这只是坊间传闻，我觉得多半不是事实。”

“嗯。”我点头，赞同这样的说法，但是内心却疑窦重生，追问童舒，“他们公司新的股东构成是什么样的？”

“按照变更的情形，靳海的股份全都变成了杨安的。”童舒点开手机，给我看工商信息披露软件上的信息。就在两周前，他们公司发生一次股东变更，杨安和靳海两人一起的股份占比没变，只是靳海的名字在变更后消失了。现在杨安和靳海的公司需要变更股权，不是夏天流汗多了衣柜里随手取一件短袖换上那么简单，不夸张地说，衣柜里没有可供替换的短袖，得从织布开始制作新的短袖才行。这么看来，或许在我向靳海借钱更早的时期，这项变化就已经发生了。

我有些气恼，觉得杨安、靳海从未和我提及这事儿有些不地道，却也明白这种气恼毫无道理，他们不说有不说的理由。我一口气喝干咖啡，像喝了一杯白开水，完全尝不出味道，憋闷的感觉在无意识中驱使我抽出烟来叼在嘴上。童舒则很识趣地告辞离去，以免给我制造在女性面前吸烟的不礼貌形象。办公室的门关上的第一时间，我就给靳海拨出电话，但是没有得到接通的信号，连打三遍都是无人接听，再打第四遍时，靳海回复了一个手机在挂断电话时可以选择的自动回复短信：抱歉，现在不方便接电话。

我丢开手机，在桌面皮质的写字垫板上发出沉闷的啪嗒声，香烟很快在我嘴里明明灭灭地变短。在抽完这根烟之前，我决定直接去杨安、靳海的公司问清楚情况。

5月的深圳，烈日已经能轻而易举地把车子变成烤箱。我启动了牧马人的引擎后第一时间打开车窗和空调，跳下车，站在一边的树荫里，打算用一根烟的时间等待车内烫屁股的真皮座椅冷却下来。我往太阳的方向吐烟雾，躲了一半身子在云端里的太阳向天边丢出几道光柱，直直地插向那些远处的高楼。我眯着眼，开始想象亮着裙边的云朵是威武无匹的天王，细想应该是挥舞智慧之剑的南方增长天王魔礼寿。他挥动着光柱，像小时候我用细竹棒砍削狼巴草一般，光柱轻而易举地截断高楼，断开处以上的楼层直直地从空中坠下，轰然落地，扬起满街的尘埃。一栋栋大厦被削平，但是因为高低仍旧不一致，就继续砍削，一节一节地尽可能均匀，原本气势勇武大开大合的天王在我的想象中变得温柔细致小心翼翼起来，在他翘起兰花指拿捏高楼比画切割之前，我摇晃脑袋把这无聊的想象驱散殆尽。

然后，凡昭的样子莫名其妙地闯进我的脑袋里。那是初次见她时，在海棠花下脸红的样子。于是我意识到这又是一年的五月了，五年前的五月我认识凡昭，三年前的五月我和凡昭的关系升温变得特殊，而今年的五月我和凡昭的相处倒回了五年前未曾相识的时候。这段感情一时间看起来好像也经历了一种轮回，即便当下我内心仍有些隐痛，时间久了最终也将了无痕迹。是否杨安和靳海之间的感情，也会经历这样的破灭？我不愿相信却也无法笃定，只有丢了烟头跳上车，去找杨安问个清楚。

57

杨安的办公室古色古香，如他本人一般。

不知道从哪里老宅子拆过来的两扇木质门板，分别变成杨安的办公桌和稍矮的茶台，古朴的黄棕色门板表面看起来只是经过简单的除虫和清漆处理，岁月侵袭留下的痕迹尽皆保存完整，触手都是光滑的坑坑洼洼，只在写字区域铺了一层或许是亚克力材质的垫板。杨安的座位后则是不知道哪里淘来的同样色系的博古架，不用摸也知道，照样坑洼且光滑。博古架上满满当当的书籍，横七竖八地塞满能够塞进的所有缝隙，让人忍不住担心用料如此纤细的博古架能否撑起这么庞杂的知识重量。

我在杨安对面坐下，同样用榆木做的厚重条凳不得不让我产生兴师问罪之前的调侃：“杨总，你这个办公室平时不接待客户吧？”

杨安看到我进门的时候就已经站起来忙着收拾桌面，腾出端茶倒水的空间来。他从青瓷茶盘中拿出一个深棕色的杯子放在我面前，说：“接待得少，要接待也在靳海的办公室里，不过再少也为了你准备了专门的杯子，云南的窑烧杯，据说是名家烧制的，底下还有款。”

我翻起杯子，底下并不居中的地方，写了个特别的“李”字，整个字在杯底的右侧面弯旋到底，像一轮残月，细细品味，倒是别有一些“拙”的味道，立马让我有种爱不释手的感觉，仿佛这个杯子就是属于我的。

“你好像和它建立链接了。”杨安老神在在地坐在自己的椅子里，一边烧水泡茶一边说着，神棍气质浓烈地冒出来，让我没来由地有些不快，说：“你看我进门的时候，没感觉出来我有情绪吗？”

“有啊，像一朵乌云压进来的。”杨安仍旧笑着，这更加让我恼火，捏着杯子的手一时间有摔东西的冲动。但是想到那和我有实在关联的刻字，又终究舍不得。

杨安一定在我情绪翻滚的时候觉察到乌云涌动雷声隐隐，但是他始终保持着同样的微笑沉默着烧水备茶，等待我自行冷静下来。片刻后，我把手放回到门板桌上，稍微避开一条较深的缝隙，将窑烧杯放平。杨安紧接着捏起泡好茶的盖碗往窑烧杯里倒入汤色清亮的茶水，说：“先喝茶，其他的慢慢聊。”

我吸口气的同时翻了下白眼，低下头喝茶，茶很香，没有任何涩感地润进喉咙，留下淡淡的清甜，暂时抚平了我焦躁到喉咙干涸的情绪。放回茶杯，示意杨安继续倒茶的同时，我问："靳海的股份，是什么情况？"问话出口，又觉得问得不够究尽，换了个问法："你和靳海，怎么了？"接着又觉得这不是我想问的问题，又改口说："不对，这好像不是我想问的。"

"你想问：'靳海发生什么了？'对吗？"杨安说出了我最想问的问题，我不得不点头。

"先回答你问的两个问题吧。"杨安自己也开始喝茶，我注意到他使用的是一盏做成猫头鹰造型的黑色陶瓷杯，此刻它的眼睛正对着我，像是发呆又像是能穿透我的思想，恍惚间好像猫头鹰的喙上下开合起来。杨安的声音继续响起："靳海的股份，是靳海做的决定，明面上全部归了我，私底下他的还是他的，我的还是我的。"

我沉默，这回答在意料之中。靳海应该出于某种个人考虑，和杨安私下达成了股份代持抑或是借贷之类的协议，协议的形式或纸质或口头，这些都无法问得更加细致，于是问题自然而然地还是来到了杨安所说的——靳海发生什么了？我看着杨安，等待他继续说下去。

杨安没有继续说下去，而是反问了我一个问题："你觉得靳海是个什么样的人？"

面对杨安常常冷不丁的问题，我总觉得莫名的恼怒，像一个饥肠辘辘原本只是来高级餐厅吃饭的客人突然被要求自己进厨房烹饪一样，恨不得摔门而去。我深吸一口气，耐下性子摇头说："没有想过，我回答不来。"

"其实，我也不完全清楚他是什么样的人。"

杨安的回答让我想一拳打在他脸上，无奈门板做的桌面实在太宽，让我只是又深吸了一口气，严肃地说："你再用这样的聊天方式，我要翻脸了啊。”

“嘿嘿嘿嘿。”杨安掩饰尴尬地干笑几声，老实说，“不好意思啊，和来询者或者公司下属聊天习惯了，不自觉就把自己放在了循循善诱的角色里，我调整一下。不过，其实你仔细想想，是不是你也不知道你想知道什么，或者你想知道的程度，所以你问不出问题，只能我们一起分析你想问的问题。”

这么说倒是像点意思，我点头，认可杨安对我的判断，重新收拾自己波动的情绪，说：“那就我来一点点问吧。”

杨安点头，举着重新泡好的茶碗，示意我喝茶，在我喝完后继续倒上。

“靳海为什么要和你做那样股份和职位调整的决定？”

“因为他觉得未来他可能会对公司造成负面影响。”

“什么负面影响？”

“因为个人行为导致公司形象受损，具体影响不好说。”杨安转动着眼睛，顿了一下又说，“这么想来，其实所谓的影响，是来自靳海自己的想象。”

“想象？”

“他觉得，自己身上发生的一些事情，会在未来造成强烈的负面影响，他甚至为此还在婚姻中选择了净身出户。”

“啊？”无论用什么方式发出动静都已经无法表达我的震惊。我仿佛看到靳海的人生在某个高点陡然坠落，断崖式地掉进深渊，我追问：“他到底发生了什么？”

“在我看来，发生了什么不重要，重要的是靳海觉得只有这样做，他才能坦然地面对未来的生活，真实地表达自己的内心，所以这些都是他需要做的。”

“我不明白。”我有些丧气地喃喃，觉得内心莫名地空掉了一块。

“我也不完全明白，只是隐约觉得，这是他当下，能够找到不违背自己内心的方式。”

我更加糊涂了，有什么样的事情需要靳海用如此极端的方式来应对？

“那他现在去哪儿了？”我问。

“前阵子办完公司交接后，我陪他回了一趟江西老家，然后他自己出发去了成都。”杨安倒掉泡得失去味道的茶叶，从茶盒里拿出新的一包茶叶，问我，“换个茶尝尝？”

我点头，反正刚才喝的是什么茶我同样一无所知，杨安就算给我换上一碗稀饭我也照喝不误，我只想搞清楚更多事情：“回老家？去成都？”

“靳海净身出户是在去年，之后，靳海的妻子，嗯……现在叫前妻吧，带着女儿回了老家成都。靳海这次回江西老家，是去和父母坦白一切的。”

“坦白了以后，自己也去了成都？”我感觉到一种无可救药的荒诞，仿佛看到靳海在一条尽是一个接一个火坑的路上行走，蹦蹦跳跳地不亦乐乎，荒诞至极。

“是的。”

“他到底发生了什么？”我无力地问。

“他没说，只说到了合适的时候会告诉我们。”杨安已经把新的茶泡好，往给我涮洗了的杯子里重新倒入茶，比刚才那份茶更加清亮的茶汤在杯中旋转着上涨。杨安恰到好处地抬手，留下七分满的一杯茶。

“我们？”我很难得地捕捉到了一个关键词。

“在你进门前不久，靳海给我发了信息。”杨安笑得神秘兮兮的，把手机点开放在我面前。靳海微信界面上留下一句话：“安仔，李泌给我电话被我挂断了，实在没有和任何人沟通的情绪能量，他多半会来找你，你帮我和他解释吧。”

“好吧。”靳海料事如神一般地把我规划好了，我带着兴师问罪的心情到来，虽然没有得到最终的答案，但是却庆幸地看到杨安和靳海之间那无限信任相互托付的关系依旧。我散去内心的疑虑，放松下来。

“不用担心靳海，他在一个属于他自己的成长道路上，只有他自己破茧破局才能行。”杨安说着，继续给我倒茶。我觉得如果现在我站起身来离开，肚子里多半能发出半桶水摇晃的咣当声。我环顾了一下杨安的办公室，问：“你就没有茶点啥的？”

“有有有。”杨安起身，到作为茶台的门板桌下方抽屉里翻找起来，埋着头问我，“坚果、牛肉干、巧克力、瓜子、饼干、豆腐干……都要啥？哟，还有薯片……”

没等我回答，杨安就已经一股脑儿地抱了一堆，往本来就有些凌乱的办公桌上一放，说道：“杨安有约茶话会，欢迎李泌。”

58

杨安丢在桌面上的零食一时间让我有些反胃。

那堆零食一看就知道全都来自我和凡昭常逛的进口超市。一开始认识凡昭时对尝试进口超市食品的新鲜感已经无影无踪，现在我对它们的记忆只有难吃和贵，进而能够联想到的就是凡昭选择进口超市的虚荣以及每次都超量采购的毫无节制来。此前对凡昭怀有的深刻爱意现在看来充满着不可思议，我是如何迷恋上这样空洞的女人的？我内心充满对自己的质问，伸手把除了瓜子和豆腐干之外的那些大包小包推到一边，说道：“快把这些难吃的脏东西拿走。”

“你可真识货，这些都是我们公司买来专门招待欧洲客人的。”杨安顺着我的手揽过那堆零食，它们顺势从办公桌侧面掉落，噼里啪啦填满一个放了半箱书的纸箱，完了杨安说，“这些玩意儿要口味没口味，要口感没口感，的确难吃之极。”

“我之前有个女友也老爱买这些东西，死贵死贵的。”我嘴巴好像突然失去了把门的，说了一句让我自己都吃惊的话来。

“咦，十分难得听你提到和女友这么细节的话题。”杨安说着拆开瓜子，倒在桌上形成一座小山，往自己和我面前都放了个青瓷小碟子，做出洗耳聆听的姿态来，神情稍显谄媚。

杨安的模样让我一时间到达一个能够分享那已经终结感情的状态里，自然而然地把刚才内心的疑问说了出来：“就在刚才，看到这些进口零食的时候，我对自己有种莫名其妙的质疑，对自己被一个空洞、物质、喜怒无常……的女人所深深迷恋觉得不可思议。”说话过程中，我控制住了在使用一系列形容词描述凡昭时冲到嘴边的“有家有室”，也同时明白那是我坦白和凡昭关系中最后的禁区。

“这是在尝试给自己由爱生恨找一个显而易见的借口呗？”杨安边说边嗑瓜子。他的左边上门牙有个肉眼可见的小豁口，瓜子头部一进入这天然的通道口就发出“咔”的一声破壳脆响，再顺从地往里滑进到靠近尾部，发出“哧”的一声稍显沉闷的碾压式声响，瓜子仁和瓜子壳就此分离，速度快得惊人。“咔哧咔哧”声音此起彼伏，没有停顿。我奇异地没有觉得这个声响聒噪烦闹，反而像是鼓动我的表达欲的掌声，来自缩着身子仰头用期待眼神看着我的杨安。

“大概就是这个意思，不过这种由爱生恨，会更多变成对自己的质疑，好像这段感情给自己烙印上了什么污点。”话题一旦打开，就像推动了原本静止的车轮，让它继续滚动向前是一件更加轻松的事情。我继续说：“但是这种自我质疑又让我有些不舒服。”

“想找到一个理由让感情的破灭变得合理且容易接受，但是又不愿意把自己搭进去。”

“嗯，好像是这样的。”

“所以这就是既要当婊子又要立牌坊呗？”

“啊？”杨安突如其来的直接让我下意识地回避他一直投向我的目光。我试图用吸烟来掩饰我的不知所措，掏出烟后重新迎接杨安的目光。杨安则放缓了嗑瓜子的速度，把烟灰缸往我身前一推，笑道：“抽烟可以，回避问题不行。”

点烟的间隙里，我突然明白为什么那么多人无法戒烟，因为戒烟不仅仅只是戒除身体对尼古丁的依赖，还要戒除的是某些生活习惯，比如当下，我实在想不出抽烟之外的方式来缓解内心的尴尬。

“我记得，我和你说过，你要搞清楚自己留恋的是什么。”杨安提醒我，让我想起上次和他以及靳海吃饭时的谈话来。我深吸一口烟，让香烟入肺，憋了一会儿，想象肺泡全力工作，贪婪地将烟雾中的尼古丁抢食一空，然后吐出残余烟雾，继而脑袋一片空白。

我摇头，杨安继续启发我：“换个问法，你和她相处，哪些情景你最愉快？”

我意识到这问题的答案一直都毋庸置疑地存在，我的留恋毫无疑问，是和凡昭相处中的某种感觉。我说：“我觉得她某些时候的雀跃灵动让我留恋。”

“还有吗？”

我迟疑道：“和她做爱，很是酣畅淋漓。”

“还有吗？”

我稍加思索，摇头。

“所以，你留恋的是和她之间的新鲜感和性爱。”

我不得不点头。

“是不是觉得说出来有些羞耻。”

“确实有些羞耻，不过也是不得不承认的事实。”

“只要承认了，就好办了，就不用和自己玩爱和恨之间来回反复的游戏。爱和恨本质上来说是一回事儿，都是在乎，都是想要有关系，而爱的真正对立面，是不在乎，无所谓，没关系。”

“这意思就是，我还爱着她，只不过需要一个放下的过程。”

“如果要我说，你也不爱她，你只是需要这份因为她给你开启的新鲜感和性爱罢了。”

我有点恼怒，觉得杨安诋毁了我对凡昭的爱意，但是想起最近这一年多和凡昭毫无进展的相处，以及每次流程式的相处过程，又不得不沉默下来。

“爱这玩意儿，在我们所有人的概念中都较为特别，只要冠上‘爱’这个字，无私、崇高、长久等美好属性都随之而来，再附加上一些我们每个人自以为是的补充，往往表达出来的东西都不伦不类。”杨安说这些的时候，语气感慨萧索，好像久经情场已然大彻大悟一般。他给我倒茶，说：“其实你承认自己只是追逐内心的那些欲望，事情就没那么难以理解了。太多人把‘爱’这个定义附加到感情里后，理想上拔高了双方的感情，掩盖了自己真实的内心，然后就迷失了，控制、欲望疯长，猜测、算计都来，哪里还有什么‘爱’可言？”

我喝茶，沉默，低头听着杨安说话，手无意识地沾着滴落的茶水画着各种形状，爱心、五角星、正方形、三角形、不知道什么形……最终又涂成一团，看茶水因为表面积的增加而快速消失，同时消失的还有和凡昭之前那不清不楚的迷雾，让我看到自己真真实实的卑劣。我又抽出一根烟，一边点一边说：“好像你说得对。”

“嘿嘿，你也别沮丧，多数人都如此，在感情中都那么自以为崇高，实质上全都有所企图，爱情、亲情、友情，全是如此。”杨安指了指自己书架上那些乱七八糟的书籍，说，“以爱之名的事儿多如牛毛，不信你把书翻烂，全都是这些玩意儿。”

我继续抽烟，点头，看到自己真实的卑劣是不舒服的，仿佛一幢屹立多年雄壮华丽的建筑突然间被告知地基完全不中用了，第一时间能想到的只有完全推倒重建，一种一切都白费的感觉让人不得不捶胸顿足焦躁不安。我说：“真的承认自己只是追求欲望，倒是能理解了，但是确实不舒服。”

“那是，突然间自己就从某种崇高的高度落下来，变成俗不可耐的平常人甚至是自己觉得鄙视的小人，谁都会觉得难受。”杨安说，“但是你换个想法呀，如果一直自己以为是崇高的，这就是一种实在的人设垮塌，一切都需要从头再来，但是承认自己是小人，那些幻想出来的崇高不过就只是梦境，现实中连地基都没有，那就老老实实重新建就好了。”

“那为什么那么多人都不愿意承认或者直视这些呢？”

“有个专业的词汇，叫‘面子成本’，就是你对某些人承认自己不对所需要付出的心理成本。”杨安笑嘻嘻地说，“这个词是我自己编的，不过它真实存在，人们都在自身欲望和自尊之间找寻一个平衡点，当撑起这个平衡点的东西遭到破坏时，人们就会开始权衡‘面子成本’和破坏重建之间的关系。”

我开始有些听不懂，不过好在杨安继续说着：“比如你刚才，在我的引导下破除了一个自以为是的‘爱’，实则是你对新鲜感和性欲的追求的平衡点。在我们之间，‘面子成本’比较低，你大概觉得破了也就破了，但是换一个人来指出你的这个问题，比如你的父母，你会怎么样？”

想象中演绎了一番母亲追问我感情的状态，我不得不说：“我可能会强烈地告诉他们我对这场爱情的坚持。”

“对咯，这就是‘面子成本’。面对不同的人，它会变化的。”杨安得意扬扬的神情露出来，嗑瓜子的速度变快，继续说，“如果再换个情形，是你的女友，嘿嘿，前女友，她来问你问题，以你刚才那种状态，你肯定坚持得更狠，弄不好就在内心不断地坚定自己对她的爱意了。”

“确实如此。”我感叹，“你这对人心的把握，有些可怕了。”

“其实也是最近才反复思考这个点的，源头也是靳海。”杨安说着，直了直身子，深吸一口气感慨道，“我陪靳海回家，感受到了我们这代人如果想要成长所需要的必经历程。”

59

“或许，我们这代人都需要经历那种从原生家庭逃离，再回归原生家庭的过程才能成长。”

杨安以这样的结论开头，为我讲述了他陪靳海回江西老家这段经历。

大学时，靳海在提及自己的籍贯时基本不用回答，来自他家乡的旅游宣传标语让大江南北都知道江西有一个叫宜春的城市，结合靳海那因为庆池传播出来“肾不好”的个人属性，靳海在好友里有不少开玩笑的资本。

在这座叫宜春的城市里，靳海家虽在一个人口只有不到十五万的山区城镇，却因从他爷爷往上三代都以行医为生，在中医骨科中颇有造诣，家传秘方调制的接骨生肌药膏灵验无比，干的也常是伤筋断骨之时的急救活，逐渐在小地方颇有名望。几代人的打拼，让靳家在县城的居中区域拥有一座占地面积约一亩地的庭院。

在靳海通过长辈闲聊拼凑起来的家族记忆中，父亲和爷爷之间关于中医世家的传承也有过多次冲撞。当父亲穿上戎装之后，这种关于传承的争执才告一段落。只不过靳海从未真的清楚自己儿时那个行走军营指挥若定的父亲，为何在自己离家进入大学校门后如此执着于重新振兴中医家业。

杨安陪着靳海开车返回家乡几乎用了一整个白天的时间。从清晨出发，下午3点多抵达。他们从这座城镇最繁华的道路穿过，在建筑物最集中的城市广场边靳海驾驶商务车轻轻巧巧地拐过一个弯，进入一个勉强够一辆车通行的巷子里。商务车随着这条巷子缓缓爬升，再行驶约莫一百米就抵达尽头——靳海的家。

那是一幢看起来占尽地利的庭院，背后是坡度平缓的矮山，据说之前也是靳家的药圃，后来被县城收回成为城市的森林公园，草药被阔叶树林替代，经过岁月的浇灌后尽皆高大挺拔。正值初夏，那从嫩转深的绿色让眼睛舒服得恰到好处，偶尔在这密林中传出的清亮鸟叫，让整个环境显得更加幽静。靳海家总占地约一亩，其中三百多平方米的院子，两百多平方米的建筑，整个庭院被白墙红瓦的围墙包围。墙并不怎么高，杨安觉得自己一米六五的个头如果想要翻越应该不算难事。白墙是贴了不知名石材的白墙，红瓦在走近看后发现是最外侧有红色的瓦当，而其他瓦片则还是传统的黑瓦。作为主体的建筑同样是白墙黑瓦红色瓦当的用色，建筑整体方方正正，如果不是每层楼的西侧半边都有凸出来的阳台，整栋建筑可以说毫无特色，和一般的农村自建房无异。但是如果明白其建设背景是在五十年前，由靳海的爷爷最初建设，在二十多年前由靳海的父亲翻新的，那这样的建筑风格也算可圈可点了。只不过仍旧挡不住杨安对这样的宝地上建了一幢如此普通的建筑有种捶胸顿足的冲动。

庭院在靳海父亲翻新的年代没有考虑到汽车的出入，商务车只能停在门外的路上。杨安随靳海下车，走进庭院，看到的则是另一番景象。按照杨安的想象，中医世家的院子，或许会有因为药圃或者制药工具带来的凌乱，总体应该有种来自中医特有的古朴气质——门后或许是一条小路通往房屋正门，两侧或是长满精心打理草药的泥土地，或是错落有致摆放着制药工具的石板地面——然而事与愿违，整片院子都是硬化得走上去梆梆响的水泥地面，从拳头大到商务车轮胎大的花盆拥挤在西南和东南角落，随意地长着些或能看或能吃的植物。同样是绿色，杨安的眼睛在进门前后体验到了舒适性的两个极端。

靳海的母亲从屋里迎接出来，十分客气地招呼杨安进门，这位身形瘦小头发花白的母亲几乎是一路小跑到了大门边，挽着靳海往屋里走，步履轻浮眼神恍惚，杨安亦步亦趋跟在身后，总有种她突然会支撑不住倒下的错觉。进入屋内后，原本这个巷子里的静谧突然增加了一种阴暗的属性，不知为何进门的客厅和厨房显得阴阴暗暗的，和院子里的明亮区别甚大，让杨安没来由地觉得发冷。进门的杨安下意识地想去开灯，但是宾客的身份让他只是有想法未有动作，靳海则心有灵犀地替他问了为何不开灯的问题，来自母亲的回答是："大白天的开什么灯。"

这是来自父母那一辈人刻在骨子里的节约朴素，钱是一分一分积累的，容不得挥霍，稍微付出一些身体健康或是舒适性的代价也无可厚非。最终灯还是没有开，即便有杨安这个客人。

杨安在坐下前扫视了一眼客厅和厨房，面对这加起来没有任何公摊面积的一百平方米左右的空间，他生出一种无从描述的虚弱感来，实在是陈列的东西太多，不论从空间、功能还是从物品作为逻辑出发点去描述都是一项巨大的工程。不说别的，在这宽阔却阴暗的空间里，远离南墙窗户的东北角最深处有一片更加阴暗的空间，放着一张老旧的宽约两米的实木床。床的一半摆放着密密麻麻的书籍。另一半则呈现有人刚刚睡醒了起来的状态——被角掀开一边，床单褶皱卷曲——90年代装修风格淘汰下来的黄色三合板矮柜包围着整张床，同样密密麻麻塞满了灰扑扑的书籍。偶尔留出几个空格塞着些瓶瓶罐罐抑或是石头之类的东西，整个充满着不明所以的气息。对书籍有着特别情感的杨安压抑着自己去探究那些书籍的冲动，没敢多看，毕竟作为开放空间的客厅中塞进了相对隐私的床榻，如果还像品味他人客厅时的欣赏态度就有些冒犯了。

在面对大门约五米处的长椅上，杨安随着靳海坐下，长椅红木材质，能坐三人的椅面是一整块浅色纹理的大理石，坐上去寒气逼人。椅背颇有心思地镂空雕刻成二龙戏珠的模样，美中不足的是镂空处满是积灰，和红木椅的漆面纠缠黏合，显得非常难以清理。

靳海坐下来后就在抬头发呆，杨安循着他的眼神望去，很快明白了室内阴暗的原因。客厅和厨房并非南北通透，只在南墙开了两扇并不大的窗，西边的窗户在二楼的阳台下方，天然光线较少，而东边的厨房窗子则因为排烟的关系密密厚厚地附上了一层油腻和蚊虫尸体，已经完全谈不上采光。杨安可以感受到靳海平日里那种独属于他的特别气息衰败下去，整个房间里的气氛一时间冷寂下来，在杨安面前仿佛放着个无法看见也不会破灭的气球，它快速膨胀，充斥整个房间，把所有东西都逼到墙边后仍旧不罢休地鼓胀，窒息和压抑越来越强的同时还无法发出任何行动和声响，只能默不作声地等待。至于等待什么，无从知道，虽然很快从楼上传来下楼的声音，但是当靳海的父亲冷着脸庞出现时，杨安知道他并非解决这困窘气氛的人。果不其然，靳海的父亲走到餐桌边，拿了两个茶杯往桌上不声不响地一顿，往里倒了两杯原就泡好的凉茶，转头对靳海和杨安说："两位客人来了，旅途辛苦，喝杯凉茶吧。"

杨安尽可能挤出微笑地接过茶杯，道了声谢的同时感受到同样接过茶杯的靳海欲言又止，一种吵架的架势悄然冒头又迅速偃旗息鼓，在和杨安对视时靳海不自然地扯动嘴角，露出无奈的表情。窗外天空的乌云攒动，一早在新闻里播报的台风终于按照对其预测的路线滚滚而来，房间里面更黑了，杨安的内心在呐喊："开个灯吧。"但是靳海一家人仿佛进入了另外一个维度，都在眼神不交汇的前提下各自沉默着。时间久了，杨安开始觉得自己是那个进入另外维度的人，他被那个不可见的气球挤在了外面，而靳海一家人在气球里面，开始用杨安听不懂的语言说话。

独属于这个县城的方言对杨安来说完全无法理解，即便从靳海一家人的动作表情中试图揣测一些旁枝末节也是无能为力。靳海和他的父亲一直都冷脸坐着，互不看彼此，但是一直在发出声音，语速奇快且发音生硬，往往是一方的声音没停另一方的声音就响起来。

渐渐地，靳海父亲不断地提升着自己的音量和音高。靳海起初还尽量克制保持平稳，不久也失去控制，两个人终于开始对视着大声说话。他们各自变成了另一个人，或者是兽，用尽所有不涉及肢体对抗的方式争辩着些杨安听不懂也看来不需要懂的东西。靳海的母亲在给大家削完梨子以及关上房门后，也加入了这个对抗中。她先是和靳海父亲对抗着，不多时又转向靳海，再而又转向靳海父亲，混乱由此而生。这一家三口开始各自为政又两两随机组合地对抗，虽然没有动手，但是他们之间的一切都混乱不堪不可收拾。

杨安不无尴尬地嚼着手中的梨，内心觉得莫名其妙，在这个阴暗逼仄的房间里，手捧着谐音“离”的“梨”，是否寓意着这场混乱导向的某种结局？杨安自顾自想着，下意识地想起来开灯，却看到阳光短暂地拨开台风天的乌云，由西南向东北照进厨房的窗子，方方正正地落在集成灶台上，再通过集成灶台的玻璃面反射到房间顶端，将房间从阴暗的色调中拽出来片刻。房间里正争吵的三人也在阳光闯进来的一瞬集体失语，仿佛他们争吵的内容是无法在太阳底下暴露的，那如风暴一般在三人之间肆虐的旋涡渐渐消散停转，三人露出极度难看的脸色。乌云再度爬上太阳的身子，靳海在房间又要快速落入阴暗之前，起身开了灯，他的父母像是在开灯后突然意识到杨安的存在似的，切换了语言和表情，开始行使待客之道来。

靳海的母亲开始张罗晚饭，靳海的父亲则和杨安寒暄起来，先是聊些从深圳到此地的路况，再到即将来的台风，进而不知不觉绕到了养生方面的话题来。毕竟作为中医骨科世家，此类话题最是拿手。他和杨安从五行阴阳到人体时辰，从风邪湿热到健康调养，聊得有表有里清晰自如，只是杨安越聊越觉得他提及此类话题的目的并非和他交流，而是为了在旁征博引时，用靳海以及靳海母亲作为反面教材，仿佛在和他投诉这个家庭没有他的痛心疾首就会有更多问题发生。而杨安从靳海以及他母亲对作为反面教材的漠然态度看得出来，或许没有靳海父亲的痛心疾首，三人之间经久不衰的风暴会平息得更快。

炖了一下午的药膳老鸭汤由靳海的母亲端上桌来，靳海的父亲很快给杨安介绍起这一锅他精心准备的药膳配方，从当归、黄芪、黄精、天麻、芡实、薏米……杨安在他列举草药名称时根本来不及默数，只模糊地知道这一锅老鸭汤中光是草药就用了十数种。杨安看着那作为主要食材的老鸭肉块散落在漂着黄亮油花，看起来棕灰浑浊的汤里时，实在无法动起任何食欲，即便这一天车马劳顿确实想吃口热饭。

无奈实在是推脱不了主人家的热情，杨安在靳海父母的劝说下硬着头皮低下头以嘴就碗，沿着碗边缓缓地吸了口滚烫的老鸭汤。汤入口后，给了杨安新的惊喜——这汤里竟然丝毫没有放盐——嘴巴里只有说不出来的味道和口感，像是含了一口用油泡过的没有味道的黑芝麻糊，吞也不是不吞也不是。

靳海和杨安同样埋着头喝汤，靳海的父亲则自斟自饮地喝酒，从那酒深棕的颜色来看，必然也是经历无数特制药材加持的成果。靳海的父亲见杨安看他手里的酒杯，开心地问："喝点？"

杨安忙不迭地摇手说："不不，不了，我不喝酒。"

"这可是用一种野果泡的酒，你们是真不识货呀，嗨，我自己喝。"靳海的父亲将酒杯端起，伸出嘴唇深嘬一口，夸张地发出"啧——啊"的感慨声，露出享受无比的表情。正当他打算摇头晃脑地再品评一番自己的药酒时，目光落在对此视而不见自顾自吃饭的靳海身上，神色突然就转冰冷，此后整张餐桌归于平静，四人各自用餐，食不知味。

60

晚饭后，大雨如约而至，在庭院里砸出噼里啪啦的动静，靳海领着杨安逃离了一楼，来到他在三楼的房间里。

那是一间让杨安十分羡慕的房间，从北进门，南边直通阳台，入门右侧的北墙和东墙是整整两面墙的书架，从靳海小学开始到去往大学之前的所有书籍都在此存放，齐齐整整密密麻麻。从书架横梁上的贴纸以及书脊上的标签可以看出，靳海专门对这些书籍做了分类，便于他自己查阅。南边靠窗是一张约莫长两米、宽一米的大书桌，桌面右侧是一台老式的电脑，球屏显示器堆叠在方块式的主机之上，键盘和鼠标都卷着线放在了电脑的右侧面，看起来已经完全没法使用；桌面左侧靠窗则整齐地摆放着挂满大大小小毛笔的笔架子、一瓶簇新的墨汁、一方三十二开本书籍大的砚台以及一个差不多直径的白瓷笔洗；居中则是几叠厚厚的供写字用的纸张，报纸、毛边纸、宣纸皆有。入门西侧用衣柜和帘子隔出了同样宽敞的卧室区域，里面除了一张大床和摆满书籍的床头柜别无他物。

“这真是我梦想的书房啊。”杨安环顾一周，啧啧感慨。

“小时候的白天通过这扇窗，几乎可以俯瞰我们县城，那时候我就喜欢在这里看书、写字，累了就看看远方，不过现在楼房多了，看不远了。”靳海在书桌前斜靠着，看着浓黑的雨夜中远处县城广场的灯光，手无意识地拂过整铺着吸水毛毡的桌面，说道，“虽然还是很怀念那样的生活，但现在实在不想在这里多待一会儿。”

“下午，你们在争论什么？”杨安关上门，走到靳海的书桌前拉开椅子，包了布片的红木椅子没有在木地板上发出任何声音。他从笔架中拿下一支毛笔，摸着那已经开笔的笔尖坐下，用询问的眼神看着靳海。

靳海苦笑着摇摇头，从桌角拿过墨汁在手里摇晃着，发出沙沙哗哗的声响，随后打开砚台盖子，往里面倒上一汪黑漆漆的墨汁，轻轻推到杨安面前，示意他可以随意尝试泼墨的乐趣。杨安也不客气，抽出一张报纸在毛毡布上铺开，装模作样地将笔蘸饱了墨，也没掭笔就往纸上画去。一滴浓浓的墨汁在毛笔行进的半空中滴落在报纸上，炸出一滴带溅射状边缘的墨点，杨安顺势把毛笔点在墨点上胡乱涂抹起来，待毛笔墨汁消耗到合适书写的程度时，他才尝试在报纸的另外一边写下自己的名字，字迹歪斜笔画凌乱。

“小时候，我每天都要在这里写一篇大字。”靳海说着从杨安手里拿过毛笔，仔细地蘸墨掭笔，在报纸上写下好几个“安”字，一边写一边说，“这是颜体，这是柳体，这是欧体，这是魏碑，这是隶书，这是行书……”

“啧啧啧，有书法童子功就是不一样啊。”杨安无不羡慕，又是一通感慨，“比起我那种附庸风雅，你这是有真材实料的。”

“小时候，我父亲培养我很是花了心思的。”靳海说到这里，也开始如杨安涂抹墨点那样胡乱将刚才写的字一个个涂抹成漆黑的方块，他无意识地涂抹，也似乎在无意识地说，“只不过现在他老了，突然把小时候培养我的那些东西一股脑儿要推翻了。我接受不了，他却觉得理所当然，所以就经常这么争论。”

此时，窗外的雨突然大起来，沿着四楼阳台滴落在三楼阳台的雨点发出噼噼啪啪的脆响，掩盖了当时的敲门声。正当靳海和杨安对着突然提高声浪的雨声陷入沉默时，端着托盘的靳海的母亲推开门进来，杨安看到这个眼袋有些浮肿的老太太用不无歉意的神情说：“敲了好几下门，你们可能没听到。”

靳海用方言说着大概是回应的话，从母亲手中接过托盘放在书桌上。托盘里是两杯水和一盘切好块的各种水果，他们来来回回又继续说了些什么，最终靳海将母亲请出了房间，关上门。走回到书桌边的靳海又是露出苦笑摇头的表情，说道：“明天你走后，接下去几天有的我受的。”

“怎么？”

“刚才我母亲的架势，是打算继续下午的争论，被我以我们俩劳累开了一天车的理由请出去了。”

“来自父母辈梦想延续的压迫？”杨安问。

“多少是对了。”靳海说，“你觉得我们家这么大的庭院，最大的问题是什么？”

“父母辈日益迫切的中医世家传承和儿子茁壮成长的自我实现意志之间不可调和的矛盾？”杨安其实在进门的时候就清楚地知道，经历两代的中医世家，想要保持继续兴盛，靳海家一脉单传的微薄人丁是无法满足要求的。

“嘿嘿，一定程度是对的，不过不够确切。”靳海继续拿起毛笔涂抹报纸，说道，“如果从小我父母就培养我接手家里的中医传承，我应该会是理所当然接过衣钵，让靳家的骨科传承得以长久延续。只是可惜，从小我接受的教育是让我独立、自主地从农村走向城市，从山路走向宽广大道，持续学习，找寻并且实现更远大的人生目标。长大了突然变成了让我守着这座庭院，多生几个孩子，这种转变，我不明所以，也难以配合。”

靳海说着，涂抹完最后一个字，几个黑色墨块方方正正排列得规规矩矩，毫无生趣。

杨安点头，表示理解，他说出自己的猜测：“所以，我斗胆猜一猜，你回来的目的是告诉父母你在事业和婚姻上的决定，而他们并不关心你为何有此决定，关心的是你能否回来守着这座庭院，多生几个孩子？”

“你还真是个神棍。”靳海哑然失笑，杨安说的一点没错。他低下头在报纸上还残留的空白处写下“高山流水”四个字，然后又是同样地涂抹，说：“其实也是我带着不合适的期待回来，父母就是父母，他们不会也不可能如你我这样的关系。”

“嘿嘿，人呢，如果往下看，看到的都是张着嘴巴只顾找你要吃要喝的下一代；往上看，看到的都是撅着屁股只顾冲你拉屎放屁的上一代。在你看来，下一代毫无能力，只知道向你索取你也需要的东西，是赤裸裸的索取者；而上一代则自以为是，只知道倾情奉献你觉得毫无价值的玩意，是恶狠狠的给予者，全都不如你的意。”

“有意思的比喻，我可以好好品味品味。”

“不论你做啥决策，要走什么样的路，你都会成长的。”杨安拿过靳海手中的毛笔，也同样写了“高山流水”四个字。大约是有些熟悉了毛笔的触感，这次写下的四个字有些杨安平日用硬笔写字的感觉，虽然笔画横竖均匀毫无笔锋，但字至少不难看了。写完，他将笔放回靳海手中，说：“需要我做什么，你说就行，我一直都在，等你和我分享你全新的生命历程。”

靳海点点头，接过毛笔，就着刚才母亲端进来的水在笔洗里涮洗，黑色很快淹没笔洗的底部，毛笔则回复到灰白状态，看着无法再恢复纯白色的笔尖，说道：“花有重开日，人无再少年。”

“换个思路，谁道人生无再少，门前流水尚能西。”杨安嘿嘿笑着，把毛笔接过来插在自己的那杯水里反复涮洗，说，“咱们可以想着要把它洗干净，那就有无数的办法能把它洗干净，多洗几次或者用些清洗手段。当然，咱们也可以换个思路，虽然洗不干净，灰白色、灰色、黑色就不好看吗？它能在你手里成就一幅传世佳作，就算秃了头又能咋地？”

“嘿嘿，好。”靳海笑，抬头看向窗外渐渐平息的风雨，说道，“走吧，送你去酒店。”

“走。”

“第二天，我从酒店直接离开靳海老家返回深圳。此后，我和你一样，没再见过他。”杨安说完来自他四月和靳海返回靳海家乡的故事，我们陷入了短暂的沉默。我仍旧有对靳海的无数疑问无从出口的茫然，不仅是出于关心，更是有种隐约的直觉——在靳海需要解决的人生难题中，也有我想要寻找的答案——我更迫切地想知道在靳海身上发生了什么，却好像只能像杨安那样，静静等待答案的揭晓。

61

从杨安那里获得了更多疑问后，我度过了极为挣扎的两个多月。

两个多月里挣扎的主题是自我否定，自我否定的源头是羞愧，它来自原本父亲离去时令人欣慰的平静淡然，来自母亲那如灵魂出窍一般的狠厉指责，也来自原本对凡昭觉得轰烈笃定的爱情。在深圳生活的点滴都在提醒我，我挥霍了无数奔波在路上的时光去给予凡昭陪伴，却忽略了对父母的陪伴；我挥霍了无数毫无计划的钱财去满足凡昭的兴趣梦想，却在父亲重病期间需要举债来支付治疗费用；我挥霍了数年的感情去向凡昭证明自己的爱情，却实际上只是为了满足我内心卑劣的欲望……

我终日惶惶，觉得自己一无是处，脑细胞尽皆活跃在罗列无数指向自己的罪责上。偶尔生出的理智提醒我不能如此下去，但是一旦停下罪证的罗列，一种“不知羞耻”的新罪责将冲上来占领思绪，让我不得不再次沦陷。我还是偶尔给母亲打去电话报个平安，母亲也仍旧如同那夜的指责从未发生一样，只不过谈话始终在回避有关父亲的一切，在有些恍惚的瞬间，我甚至会以为那一夜也是一场梦。和凡昭的联系则很自然地停在父亲火化的日子，偶尔点开那在微信界面里不断沉没下去的聊天框，我都有无限复杂的情感，终究还是什么都没说。三个月里，我体重下降了近二十斤，身边的同事不无关心地询问时，我总是很容易地拿出牙疼和胃疼的借口来——四颗磨牙很应景地先后牙髓炎发作需要根管治疗，胃则很配合地常常烧心疼痛——而我内心十分清楚的是，即便是牙疼和胃疼，它们都来自那无法放过的自我。我确定我病了，心理上的病，但是我却无端认为没有人能够帮到我，能够帮到我的只有自己，于是我倔强地独自咀嚼自己的内心，越咀嚼越不是滋味。

为了转移注意力，我在6月养了一只手表盘大小的巴西龟。初次见到这只笨拙的小生灵时，它不认生地在花鸟市场的浅盆里往我伸出的手指爬行，极有分寸地从我手指上摘走一颗绿豆大小的饲料，于是我把它买回了家。思绪纷乱时，它成了我消耗精力的主力军，趴在桌上往龟缸里一颗一颗地喂食成为我每日放空的极佳手段。为了给这只乌龟营造更好的生存空间，我先是把它的龟缸做了干湿分离，让它能够在水池和泥土之间自由来回，后来陆续增加了造景石和青苔，再后来又用小水泵造了经久不息的流水，然而它却在这日益优化的环境中逐渐消沉下去。7月初，它开始不再进食，窝在青苔下一动不动。7月底，我在接到集团公司安排前往成都分公司预计三个月长期出差任务的当天，看到它死在水池里，四肢头颅尽皆软塌塌地露在龟壳外，随着流水浮沉旋转，对我费心地准备将它放到办公室里，在出差期间由童舒代为照料的安排视而不见。

“你倒是个省心的家伙。”我看着它那丧失生命力后被水泡得拉丝的皮肤，笑着几乎要流下泪来，自嘲道，“我却是个连你都能养死的家伙。”

我将乌龟埋在龟缸的泥土里，犹豫再三，打消了将整个龟缸丢弃的念头，反正明天即将出发，停灵几个月倒也无妨。不知抱着什么想法，我又将龟缸的水流打开，给水池补满水，在石台上倒满龟粮，为青苔喷上一层保湿的水雾。做完这些，我开始收拾即将长期出差的行李，期间给靳海发了个信息，告诉他自己即将开展在成都的工作，希望能够见一面。

信息发出后，倒也没有期待回复，毕竟靳海在离开家乡返回成都后，仿佛人间蒸发一般，微信不回复，电话不接听。我自顾自继续收拾行李，在客厅摊开两个大号行李箱，往里面归整一些需要携带的零零碎碎。我在房间内外翻翻找找走进走出，不知从何时开始将成堆的过期药品和零食从架子上、抽屉里翻出来丢在垃圾箱里，继而开始丢弃有些损坏的杯子、碗碟、雨伞、热水壶、炒锅……在准备丢弃使用太久的被褥时，记忆中跳出旧衣捐赠的信息，于是将准备丢弃的被褥被套、衣服全部整理到一起，站在那些和凡昭逛街购买的一柜子衣服前时，丢弃物品的感觉正在兴头上，让我没有丝毫犹豫地将那些簇新的服饰连同衣架一股脑儿地塞进同样需要废弃的真空收纳袋里……

如此折腾一番，行李箱只收拾了半箱，需要丢弃和捐赠的东西倒是在门口堆成了小山。做完这些，我心满意足地在客厅矮凳上坐下抽烟，脑子开始回放刚才丢弃和凡昭购买的一柜子衣服的场景，那是这个屋子里和她的唯一链接，在脑海镜头中那果断丢弃它们的我显得坚定而果决，充斥着拿得起放得下的气魄。我好像抓住了某种自我充能的电源，脑袋里开始一遍又一遍地重复这一场景，一遍又一遍品味那种挥刀斩乱麻的内心力量，直到这一场景变得平淡无奇才罢休。当这一重复的场景消停下去，脑子又塞进一个匪夷所思的念头，它让我开始思考自己和凡昭做过多少次爱，我的大脑开始计数，在超过二十的时候疑问开始闯进来——我该以相拥的夜晚计算次数，还是以自己的宣泄计算次数，还是以凡昭的高潮计算次数——混乱的问题让我的思考无法再进行下去，只觉得越发烦躁起来。

我用力摇头，试图驱散和凡昭相关的一切思绪。新的一根烟被点上，狠狠地抽上几口，脑子突然好似愿意放过我一般地平静下来，进而周围的一切都沉寂下来，只剩下窗外传来的蝉鸣和虫叫。我点亮丢弃在沙发上的手机，发现时间已经翻过了零点，来自靳海的信息在手机屏幕上显示着：“好的，你到了告诉我。”

我连忙回复：“今天（已经过了0点的今天）下午5点成都落地。”

靳海的回复也很快：“好的，天气热，吃个乐山钵钵鸡怎么样？”

我：“好，你说了算。”

靳海发送了一个定位：“就这个定位吧，晚上7点，自行前往，咱现在不包接送。”

我：“要得。”

靳海：“好，晚安，一路平安。”

我：“晚安。”

我从没有如此迅速地回复一个男人的信息，也没有如此期待见到一个男人，而在见到这个男人之前我所经历的一切都出奇地顺利。我在不到一个小时内完成两箱行李的归整，另外还收拾了一个小型的登机行李箱。之后用了不到半小时完成冲澡洗漱，在清空杂念的状态中沾到枕头就入睡，一夜无梦结结实实地睡到自然醒。白天到来后的起床，洗漱，早午饭，物业上门清理垃圾和回收旧物，公司司机到达，接我前往机场，托运行李，安检，登机，起飞，落地，领取行李，成都公司司机接机……一切都顺序紧凑不麻烦地发生着，我像是坐上了一个通往靳海的传送带，稳定而轻松地来到他发送的定位地点。

下车后，成都公司司机自行离去，我一转身，在成都7点依旧明艳的夕阳中，看到恢复了和大学入学时同样“杨梅”寸头，穿着黑T恤、黑短裤、黑人字拖的靳海。他冲我扬起头微笑，恍惚间我仿佛看到了大学开学时初次见面的靳海。

此时我才发现，靳海选的地方似曾相识，店铺招牌是在门板大的木头上烧出“翻转面馆”四个字，但是店铺地点完全不是曾经的地点。

“别瞅了，就是之前学校南门的那家面馆，后来那片商铺租金疯涨，老板开不下去跑这里来了。”见我在打量面馆的招牌，靳海笑着解释，“你看那块木头烧出来的店招，如假包换。”

至此，我确认这是我们在校期间常吃的面馆。所谓翻转面馆，主要卖的是奶汤面和钵钵鸡，店名翻转，是因为卖的东西名称和实际完全不符。奶汤面用的不是奶汤，而是用猪软骨、猪蹄、鸡等食材熬制的高汤，汤色白浊如奶，浓郁鲜香。同样的，钵钵鸡也不是鸡，而是竹签串制的各色素菜、豆制品以及鸡杂牛杂，泡在麻辣鲜香口味的汤料中，用海口大碗盛了凉凉，吃的时候自取，结账的时候数竹签数量即可。

我感到莫名的开心，和靳海在路边六十厘米见方的木质小矮桌边蹲坐下，当手肘撑到膝盖时候愉悦的心情更是增加了一层放松，我感慨道：“好久没这么吃饭了。”

“还是原来的老味道，当然价钱终究是要涨一些的。”靳海说话间，老板端上一盆钵钵鸡，放在小桌子正中，不一会儿，在距离桌沿剩下不多的空间里挤进来两碗奶汤面。

我们驾轻就熟地挑选自己喜欢的菜品吃起来。钵钵鸡麻辣爽脆，奶汤面醇厚劲道，两者实在是绝配，我们唏哩呼噜吃到满足才停下。我看着桌子对面的靳海，夕阳在我背后发出最后一丝余晖恰巧落在他的脸上，显得尤其黑亮。

“黑了。”

“瘦了。”

我俩同时说话，同时笑起来。

“安仔和你说了我的情况吧？”

“说了，但是好像等于没说。”

“那是，我自己也在找答案。”

“三个月了吧？还没有眉目？”

“没有，不过多多少少能够有一些‘安住’的力量。”

“‘安住’？”

“安心住下，安心住在当下。”

“哦哦。”我若有所思，自己近几个月的混乱状态好像开始有了一丝含糊不清的眉目。它一闪而逝，让我突然着急起来。

“别急着解决问题。”靳海的声音打断我紧绷起来的思绪，我看向他，他伸手在自己眉间轻拍着说，“你别皱眉，让自己放松放松，像我们这样的人，一旦自我纠结起来，挺遭罪的。”

我伸手向自己的眉间，触手明显的沟壑让我自己吓了一跳，不用照镜子也能知道我累月的挣扎已经在这里留下明显的愁苦痕迹。

“我之前也有过如你这般极端内耗的阶段，这内耗一旦在心里有一分，你就得调用另外一分的心理能量去压制它，这时候你的心理能量就只剩下了八分。”靳海说着伸出双手上下合掌，说道，“如果你的内耗有五分，那恭喜你，你剩下的五分全都要参加战斗，那你能够用来对付其他事情的心理能量也就丝毫不剩了。”

“你也经历过？”我想到什么，说，“我上回为了找你去找的杨安，内心总觉得你能帮到我。”

“嘿嘿，冥冥之中的特别感应吗？”靳海露出有些坏的笑容，“你如果早一天找我，我大概还会选择消失，而晚一天找我，我则已经在一个给自己安排的心灵之旅的路上，咱们也就不会见面吃这顿饭。”

“心灵之旅？”我好奇，“去哪里？”

“藏地的一座寺庙。”

62

“我也要去！”

我脱口而出，一种来自内心强烈的急迫让我不得不向着靳海追下去，我也想和他一同出发。靳海倒是没有露出什么为难的表情，只是平静地深深地看了我很久，继而自嘲地苦笑一下，点点头，说：“一起去可以，不过我有些要求。”

“嗯？”别说有些个要求，我觉得他提无数个要求都可以。

“沉默和时间，是治愈心灵创伤的良药。”靳海说，“你听过这句话吗？”

我摇头。

“这话的来源各种各样，很多有名的人都说过类似的话，我忘记了从哪个时期开始，改编了这句话。”靳海又是自嘲地笑笑，说，“独自开长途车，是治愈心灵创伤的良药。独自开长途车，不仅具备时间、沉默两个条件，还拥有了车子这样一个对于自己来说具有抱持感的空间。”靳海看我有些疑惑，解释了一下新出现的词汇：“抱持感，心理学的词汇，通俗理解，你就想象婴儿在母亲怀里入睡的感觉就行了，主要说的是安全、托举、保护，等等。”

我点点头，靳海继续说：“在抱持感之外，还因为自己驾车而拥有了一个让你双手双脚都得以束缚、不乱摸乱动的要求，你没法去玩手机，没法胡乱抖脚……”靳海突然嘿嘿一笑说，“也没法心血来潮手淫一把。”

我拍着手点头，太有道理了。

靳海说：“所以我是给自己制造了这样一次对自我的疗愈，而且目的地是一座寺庙，在那里我会随心地住几天，然后差不多了就返程回来。”

“那我这……”我突然觉得有些不好意思，一个人自我疗愈的决定，他人似乎没有任何理由去打搅，就算是厚脸皮也不行。

“没事，我在想，你的出现，或许也是我这趟旅途的一环。”靳海说，倒是让我想到了那天被靳海带入开启对死亡认识的夜里，我也抱着这样既来之则安之的态度第一次近距离地经历了死亡，一饮一啄自有定数的宿命感在这即将前往寺庙的旅途中悠悠然生出来，有些奇妙。

“不过，我的要求就来了。”

“嗯嗯，我听着。”

“首先，开的车子，还得是我的那辆已经十一岁的饱经风雪的车子，在前面连绵不绝的雨季中，它还不堪重负地经历漏水淹车的烦恼，目前算是勉勉强强治好了，不过没有经历多天的太阳暴晒，它内部多少有点霉味。”靳海有些挑衅意味地看了看我，说，“哦，还有哦，它是轿车哦，不是越野车，惜命的话，这车不是好选择哦。”

“没事，我也决定了。”我没有丝毫犹豫，此刻，我跟着靳海出行的这决心怕是比靳海自己出行的决心更加强烈。

“那好，另外呢，既然我决定的一个人开车的旅程，这一路，仍旧只能我来开车，并且，在开车的时候，不许说话。我也在开车的时候，当你不存在。”

“呵，这个，有意思。”我乐了。

“当你不存在，是真的当你不存在，而且你也只能坐在后座，因为我会在副驾堆满我自己的饮水、饮食等东西，这样启停什么的我全然随心。”

“好的，没问题。”我欣然答应。

“当然，紧急情况除外。”靳海咧嘴笑，说，“紧急情况主要是比如，你憋尿憋得膀胱都要炸了，或者一个湿屁怼在屁眼上就要崩出来了，再有就是危及生命安全了什么的，这些才叫紧急情况。”

“没问题，我准备点塑料袋，就算拉尿崩屎的紧急情况也不打扰你。”我表情严肃。

“那还是算了，真有那情况你还是到路边去崩吧……留在车里味儿大受不了。”

“嘿嘿，那行。”

“出行时间，估计一周到十天，没问题吧？”

“没问题。”我心里其实还在盘算着用什么借口，但是想来都不难。

事情就这么决定了，晚饭也就到了散场的时间，我们各自回去收拾行李。靳海给我发了明天早上集合的定位，叮嘱我只要像出门旅游一样带好换洗衣物即可，其他的他已经准备充分，足够两个人使用的。末了，强调了一句：“记得带点厚衣服，高原早晚温差能有20℃。”

有了靳海的提醒，我回酒店前到商场应付式地买了两件长裤一件羽绒马甲以及一件夹克外套，结合我自己准备的那些衣物，想来足够应付这一周多的行程，此后一夜无话。

第二天一早，我吃了个饱饱的早饭，喝了杯浓浓的冰咖啡，解了个顺畅的大手，一身清爽地提前来到靳海给我的定位地点。

到达定位地点，才发现这是一处靠近河边茶楼门前的空地，私人搭设成为停车场。在这片空地上不用太用心地寻找，就知道那辆白色的老福特车必然是靳海说的十一岁的老车子——它从后备厢到引擎都有不同程度的掉漆，露出里面有些锈蚀的铁板——当然，让我辨别出它的更重要的原因，是停车场里只有这么一辆三厢轿车，其他的都是底盘高高气势汹汹的越野车。

不一会儿，靳海推着两个行李箱，身上挂着大包小包慢慢走来，远远地和我点了点头。靳海用提着大包小包的手见缝插针地按下车子的解锁键，我十分识趣地打开后备厢，里面已经整整齐齐地码放了六箱纯净水、一箱牛奶、一箱咖啡，剩余的空间刚好可以放进我的一个行李箱和靳海带来的两个行李箱，其余的大包小包都是些干粮零食。靳海将其一部分放在副驾驶的位置上，另一部分丢在后座，拍拍手说：“给你也准备了干粮零食，路上吃喝全有，想睡觉或者不想睡觉都随你。只要上了车，你对我来说可就不存在了。”

我不说话地点点头，并且比了个OK的手势，仿佛沉默的约定在此刻就开始生效。随后我拉开车门坐上车的右后座位，想象自己已经隐身。靳海上车，自顾自地在车子前面的手机支架上夹好手机，设定导航，从我的视角可以看到导航上靳海设定的第一站是阿坝州的州府马尔康市，途经点则是汶川地震的遗址。我下意识地想出口发问，又被生生咽了回去，发出一声吞口水的声音。我在沉默中呆呆地看着靳海完成导航设置后，系好安全带，挂空挡，松手刹，启动引擎，挂行驶挡，随后车子缓缓驶出停车场，汇入河边渐渐因为上班多起来的车流中。这奇异的旅程，算是开始了。

车子目标明确地往高速路口驶去，我只能看到靳海毫无表情的侧脸。他对这趟旅途计划已久，必然有自己的想法，或许此刻在他脑袋里正在把此前的种种预演和当下的现实重叠交会起来，碰撞出许许多多全新的感悟。而此刻的我呢？在今早出发前，我还揣着上车就睡觉，下车就尿尿的念头，此刻却觉得这样做未免严重辜负了此趟近乎天有定数的旅程。我继续发了会儿呆后，萌生了一个对于当下的我来说绝妙的念头：我要用意念夺舍靳海——这只是我措辞的玄乎，其实也就是我要尝试把这段旅途，变成是我一个人的旅途，我也像靳海那样在这有抱持感的空间中，用沉默和时间，用束缚双手双脚的状态，完成对自我的疗愈。

我往后排座椅的中间挪了挪身子，一边避开驾驶室后视镜的区域，一边找寻一个最佳的视野。在想象中，我的面前也出现了方向盘，右侧也出现了手刹和挂挡，一切都和驾驶位置上的一模一样，我开始了属于我的驾驶。

高速路口很快抵达，我们沿着导航指示的路线行进，面前出现了一条没有中间护栏的高速弯道，对向的来车和我们擦肩而过，当我还在犹豫该往哪边行进时，靳海已经自如地操纵车子开在了正确的道路上。我暗自为自己的驾驶水平感到懊恼，不仅开车不耐久，认路的能力更是低下，如果换成是属于我的驾驶，怕是手忙脚乱得根本无法把这趟旅程变成心灵疗愈之旅，只会增加自己的沮丧、焦躁和懊恼吧。

我慢慢把假装在驾驶的手放低，让自己从后排座椅中间的凸起位置滑回了右后方的座位——这一路，我不睡觉就是了——我改变了主意。

63

不可预知的旅途开始了。

虽然从天气预报上看来，接下去的天气都以天晴为主，但是我们出发的时刻，天仍旧是阴天，不是那种灰尘蒙蒙的雾霾阴天，而是水汽蒙蒙的阴天。坐在车内因为有空调的关系，在这样的天色背景下还觉得有些微的寒冷，但是事实上刚才我们整理后备厢时，两个人都出了一后背的热汗。这种闷热的阴天总像是暴雨来临前的预兆，但是天气预报却斩钉截铁地显示着大太阳图标，让这未来的天气变得不可预知，就像这趟不可预知的旅途。

和未来的不可预知相比，高速路则还是那平平无奇的样子。路面平平常常，护栏平平常常，绿化带平平常常，就连路过的车流也平平常常，偶尔有一辆用五颜六色的塑料筐装载蔬菜瓜果的农用车路过，都能让我眼前一亮。当车子驶出成都地界，开始沿着进入川西高原之前的平原地带行进时，郁郁葱葱的旷野才显出一些旅途风景的格调来。

每年的六七月，川西的雨季几乎都会带来肆虐的泥石洪灾，不过今年这些丝毫没有影响到川西坝子上的这片旷野。此时这片连绵的绿树农田正吃饱喝足地展现其生机勃勃的魅力来，如果有阳光从云层中透出，相信它们会毫不犹豫地把身上还挂着的些许水珠抖落干净，肆无忌惮地汲取来自这亘古不变的阳光的馈赠，茁壮成长，往秋天大步前进。

灰色的阴天背景中，隐隐透出快要冲破云层的阳光，将雨季留下的水蒸腾成迷迷蒙蒙的水雾。它们没能挡住川西高原山峦的模样，让我们很容易就看到远处层层叠叠、颜色深浅可辨的群山，和近处这些广袤的农田平房遥相呼应，俨然一副传统的中式水墨山水画。此刻我脑中没有任何古人在阴雨时节描述的感伤诗句，反而是周杰伦“天青色等烟雨，而我在等你”更加呼应此刻的画面。这水雾氤氲中的山峦，勾起我对那夜凡昭酒醉后一丝不挂的回忆，但是这样的回忆已经全然无法打败眼前这秀美的自然风光。比起对一个具体的人、具体的物的热爱来说，好像此刻我对这山山水水的爱，更加让我觉得感动。我也乐意让这样的感动继续下去，至少在这样的时刻，凡昭对我来说，只是一场完全远去的旧梦而已。

在我思绪纷飞的时候，靳海的手机振动起来，有电话拨入，没等我看清来电的人是谁，靳海已经十分果决地挂断电话。看来，这趟旅途中，靳海也关闭了一切信息的接收，除了让我们行驶在正确方向上的导航，手机里的短信、微信、电话……一概都不存在了。

我佩服靳海的决心，也下意识地把手机关了静音丢在一边，犹豫了一下，来自工作的焦虑如期而至。我安慰自己此趟成都出差主旨是为了成都公司的优化重组，我带领的项目组都是经验丰富的同事，前期调研本身就需要耗费半个月到一个月的时间，这个阶段，有我没我应该不成问题。但是思来想去，又将手机捡回来开起振动模式，顺带发了微信交代童舒我接下去有一段无法自如回复信息的旅途，如果有紧急事件再电话，其余事项都发送信息等我夜里回复。就此，工作的焦虑被驱散，我重新看向前方。

远处迷蒙中的山峦开始渐渐变得清晰起来，我们这两匹试图找寻自己心灵疗愈旅程的马儿丝毫不领会“望山跑死马”的古训，不管不顾地跨过川西坝子，冲进川西高原。往后，又是平平无奇的一段高速公路，路边的山都是那种不算太高而且没什么可以描述的大土堆，看起来并不茂盛的植物在上面潦草敷衍地生长着。这种山一会儿出现在左边，一会儿出现在右边，偶尔两边都有，偶尔两边都没有。在这种无聊的景色中，偶尔穿一个山洞隧道，偶尔看到路上面有另外的高架路穿过，仅此而已。

在这种千篇一律的无聊中，我在某个瞬间突然接收到了来自山峦的压迫感，那些原本低矮的山变得高大俊朗起来，我的感官也像是从量变突破到了质变。我仔细留心路边的路牌，原来，汶川就要到了。

靳海循着导航的指引将车开进了映秀汶川地震震中遗址附近的路边停车场，熄火下车后，我终于得以问出在他设置导航时我想问的问题：“怎么想的要来看看？”

靳海用莫名其妙的眼神看了我一眼，说：“路线上要路过，是你你不来瞅瞅？”

我接受了他莫名其妙的眼神，点点头说：“先上厕所吧。”然后我们俩占据了景区厕所的两个坑位，我一边释放一边看着厕所门内侧一些用油墨印上去的广告，都是宣传人类最原始欲望诉求的广告，被人认认真真地居中喷在门板上，恰好在我抬头的前方。我在洗手时和靳海吐槽景区对于这些小节上的缺失，靳海却说：“地震震完了，生活还是得继续的。”

“……”我无言以对，往水池里甩掉手上的水跟着靳海走出厕所，他没有直接往景区入口走，而是顺时针沿着景区的外围，慢慢绕了一圈。这一圈，按照靳海的步伐来，他怎么走，我就怎么走，他在哪里停留，我就在哪里停留。我们默默绕开在入党宣誓雕塑前拍照的人群，在一片香樟树林中闻了会儿香樟树那有些清雅的味道，在岷江边听了会儿那还因为雨季汹涌的滔滔江水声，看了会儿远处高耸的大山。在外围除了较高的地方偶尔能够窥探到废墟的一角，我们的视线都被围墙或者是长势喜人的松柏挡住。这一圈的行走中，靳海如何想的我猜不到，而在我脑子里来来回回想的只有一句话：无论那场地震在地面上撕扯出多大的伤口，它终究会过去。

进入遗址后，在那断裂的钟表盘之前，天空恰到好处地飘下雨来，我和靳海就站在这久久地看着，思绪无从前往，在眼前停留一会儿，又飞回曾经的那段记忆翻找一会儿。从我的角度，正好能够看到国旗，在废墟楼体破碎的窗户外，也能看到入党宣誓雕塑一角——也是五星红旗的五颗星星，这遥相呼应的视角让我忍不住掏出手机拍下这两抹在阴云密布的断壁残垣中明艳的红色。

在我们身边不远处，有解说员低声和一群游客做着详尽的解说。一位母亲承接着解说员的解说在尽其所能地将这场巨大灾难解释给自己六七岁的女儿听，和她强调当下她们所拥有的幸福生活有多么来之不易。我莫名地在内心滋生出一些不屑的心思来，那孩子的眼神分明是懵懂的，她多半不明白自己的幸福生活和这场灾难之间的关联，她甚至可能都不明白自己当下的生活为什么就叫幸福生活，此刻她母亲苦口婆心的灌输好像毫无意义。所有没有经历过那场地震的人都无法真正明白当时震中人们的感受，只能通过这些遗迹去想象那种惨烈，即便他们现在站在这里，也只是看到这被大地撕扯开的裂痕和坍塌的楼房；即便他们在这恰到好处的绵绵阴雨中强行唤起内心的悲哀，也只能体验这短暂的感动；而或许真正从地震废墟中走出来的人，此刻体验的已经是平静、安宁，甚至是喜悦了。

走出遗址，我问靳海："你怎么看保留下这样的遗迹的意义？"

"给经历灾难的人以缅怀的对象，让他们切身体验'逝者已矣，生者如斯'；给未经历灾难的人以浅浅的印象，让他们在未来经受苦难时留有唤起自身力量的火种。"靳海挥挥手，说，"好像这些就够了，也就是意义了。只不过，有的人从灾难中走不出来，带着无限的仇恨或者委屈去体验所谓'生者如斯'，终究给自己徒增烦恼；而有的人遇到苦难的时候自大到怼天怼地，不用这些力量去唤醒自己，那也白搭。"

我自惭形秽："你咋就想得那么深刻呢？"

"那话怎么说来着，人教人教不会，事情教人，一教就会。"靳海取下眼镜甩甩已经在上面糊成一片的绵绵细雨，叹了口气说，“我这不就是被事情按在地上摩擦的人吗。”

“我们都是。”我说。

64

我们默契地拒绝了一路招揽用餐的商家，回到沉默的车内空间里，继续上路。

经过一段国道后，我们重新进入高速公路，路况提示告诉我们已经进入山区高速，但是我好像仍旧没有太过感知，只是明白除了大山就是大山。细雨微微，青山翠秀，水雾氤氲，偶尔遇到几处山石嶙峋，都是些近期因为雨季塌方带来的植被剥离，总体来说，和当下的我们无关。偶尔经过河谷，岷江水在此狭窄处奔腾肆虐，黄色的水体在急弯里席卷出无数白色的浪花，尽显汹涌翻腾，但是再过去一些，河面开阔起来，它又恢复温温暾暾的平静流淌模样，除了颜色还是泥沙的颜色之外，看不出凶狠的痕迹。在这种沉默的时间里，我不得不往更深远的方向去思考看到的景色，自然而然地将河流和人生起伏不定联系到一起，继而想到不论多么宏大广阔的事物，都不可避免有着如岷江平静和肆虐的两面。人生可以平凡普通如小溪流，也可以波澜壮阔如海洋，但是它们除了个体的大小区别外，究其起伏的性质，毫无特别可言，一种没来由的无意义感滑过我的思想，又被我抛离出去，因为此刻的我，不想也不需要这份无意义感。

在这条蜿蜒的高速公路上行驶，前面的山就像剧场舞台拉开的幕布一般，左一张又一张地被拉开，然后左一座右一座地往后退去，渐渐地开始显露出山区高速的独特场景来——连绵不绝的短短长长的隧道和桥梁。

在暗无天日的隧道里穿行久了，我不可避免地想起那经常重复的行车梦境，也是在暗无天日的隧道里最终遭遇各种噩梦惊醒的细节，我开始感受到这样的隧道穿行带来的压迫感。进入隧道的时候，巍峨的群山像巨人一般俯视我们，在隧道群相连处我们在两座山之间的闪现，那巨人的眼神仿佛看着囊中猎物的老猫一般不屑。我们之于群山，只是渺小到不能再渺小的沙砾而已。我们在重重复复的隧道里穿行，偶尔隧道内非常人性的标牌提示距离出口还有多少千米，但是它并不提示我们往后还有多少的隧道，任凭我们在过完一条又一条的隧道时期待走出下条隧道后，能好好看一看久违的天空……

靳海终于是开累了，他冲进一个服务区，停好车后熄火，从副驾驶座拿过一个抱枕，调整座椅靠背后旁若无人地躺下，十分凶狠地睡了一觉，连打的呼噜都像在和谁吵架似的。我看着窗外飘荡的细雨，没道理地怀疑靳海是在用打呼噜的方式将不能说话的憋屈感宣泄掉，觉得极其不公平，于是我在后排也躺平睡觉，幻想自己开始打呼噜，打得比靳海更响那种。

睡完觉，上厕所，再出发，我们进入一段连续的上坡过程中。靳海的车子轰鸣声不断增加，但是速度却没有丝毫的变化。我看看身边袋子里的干粮零食，那些包装袋都已经鼓囊囊地撑胀开，预计此地的海拔已超过三千米，发动机的进气量开始显得不足。此时靳海这辆饱经风霜的老爷车就像一头光喊叫不使劲的老牛，在主人面前发出费劲的哞哞叫声，身体装模作样地往前拱，但是身上挂着的犁耙就是不挪窝。我感受到靳海在尝试用力踩下油门，带来发动机一阵阵轰鸣的声浪，但那种声浪并非一鼓作气欢快地升高且随之带来车子速度的改善，而是在轰鸣中透露着一种无法再进一步的哀号时，他就又不得不又松开油门，以降低发动机爆缸的风险。如此反反复复地，终于在通过一条在我印象中极长的隧道后，迎来海拔下降的路段。不久之后，我们就到达了第一天行程的目的地，阿坝州的州府，马尔康市。

在酒店停车场停车熄火后，发动机的轰鸣散去，汽车的抖动停止，靳海和我在车里呆坐了会儿，一种仿佛浑浊液体停止搅拌后的尘埃落定在车里发生着。那些悬浮在空气里的紧张、新奇、深思平静下去，饥饿感不约而同地让我们的肚子发出一声惨呼。

“嘿嘿。”靳海笑着拉开车门，下车后伸了个几乎要往后下腰的懒腰，说道，“下车觅食去，天大地大，吃饭最大。”

我跟着下车，高原傍晚的凉风袭来，让短裤短袖的我们俩显得单薄起来。我们分别从行李箱里抽出薄外套穿上，锁闭车子，开始沿着马尔康市穿城而过的梭磨河往下游走去。这座去年才撤县建市的州府极小，据说才不到五万的户籍人口，路上行人极少，清清冷冷的，连雨季的梭磨河都显得静悄悄。我们找了家看起来开办多年的餐馆坐下，每人要了一份蹄花汤，各点了一份炒菜，我要宫保鸡丁，靳海要的肝腰合炒，都是经典的川菜。

餐馆侧面用简易的玻璃隔断隔出的厨房传来灶台天然气开火的喷鸣声。靳海抓了一把店里作为餐前小吃的香酥豌豆站起来，一边吃一边饶有兴趣地走近看厨师的操作。我直起腰顺着靳海的目光看去，厨房里身材瘦小的厨师左手控锅右手执铲，食材在锅铲之间翻转飞舞，在灶台喷射的火焰中融合飘香。不多时，我们面前就摆好了我们点好的菜品。

“这俩菜，我现在都会做。”靳海用筷子虚点了一下两道还带着锅气的炒菜，说道，“这三个月来，我每天生活只有四件事：带娃、做饭、锻炼和读书。而且日程极其规律，早起，晨练，做早餐，送孩子上学，买菜，读书，做午饭，读书，做晚饭，接孩子放学，读书，睡觉……”

靳海毫无铺垫地谈起这三个月的生活，让我怀疑我自己是否在某个时刻问过他这个问题，然而我确信从昨天到今天，类似的问题从未从我嘴里跳出来过，只是在内心的确想要知道。

迎着我疑惑的神情，靳海露出一个紧皱眉头的表情，指着皱紧出“川”字纹的眉间说：“这是我尝试在精神内耗中安住下来的方式。”说完他松开表情，将软烂脱骨的猪蹄夹散，就着店家自制的辣椒蘸料放进嘴里吃起来。

“做菜，还是规律的生活？”

“都有，在那无止境的精神内耗中我问自己一个问题，人生最重要的事情是什么呢？”靳海说着尝了颗鸡丁，又各尝了一块猪肝和腰花，继续说，“后来有一天，安仔和我说：‘最重要的事情，肯定是每天都要做的事情。’于是，我就想到了吃饭和睡觉。”

“这么简单？”我诧异，但是又觉得无可辩驳。

“就是这么简单，能把每天都要做的事情做好，你就能找到安住的状态了。”靳海指了指两道炒菜，“换我炒这俩菜，水准多半差不多。先说宫保鸡丁，这道菜口味的关键是炒出干辣椒以及宫保汁融合出来的煳辣荔枝味，一般更建议选鸡腿肉，先切丁，上盐、酱油、料酒、少许淀粉码上味道，炒制过程是先下鸡丁，后下干辣椒、花椒粒、蒜片、姜片，炒出干辣椒的煳辣味道后放入切成小段的大葱节，翻炒几下后就可以倒入调配好的宫保汁。宫保汁很简单，白糖、陈醋、酱油、水淀粉按照顺序依次减少一点，配点纯净水搅拌均匀，倒入锅中稍微煮一会儿，倒入酥脆的花生米后迅速翻炒至勾芡，就可以出锅了。”

我有些出离地看着靳海眉飞色舞地描述宫保鸡丁的炒制过程，好像看到了一个不认识的靳海。靳海浑然不觉我的异样，继续介绍肝腰合炒的制作过程，而我则在恍惚间只接收到“猪油”“豆瓣”“泡椒泡姜”“急火快炒”等零碎的词汇。

“是不是觉得，听我说这些炒菜的细节有点无聊？”靳海应该是早就注意到我思绪的飘离，露出一种了然的表情。

我点头承认：“确实，好像和自己无关，也有些……”

“有点低级，或者无意义。”靳海说出我不好意思说出的潜在词汇。

我点头。

“我也觉得如此。”靳海笑得很灿烂，露出明显是故意的得意神色，说道，“对于自己做一日三餐这件事儿，一开始我也觉得它低级，因为在印象里它很简单，从小到大我们多数时候都从别人的手中获取它，不论是父母提供的还是在饭店里拿钱买，它们都在自己需要的时候可以及时出现。但是自己去尝试之后，它低级的印象背后是繁复的食材、调料、火候、顺序的配合，复杂程度完全不亚于一个化工生产车间，于是对它低级的印象逐渐消散。当然，接着对它无意义的感觉会冒出来，无意义感的来源，是来自它的商品属性以及我为此付出的时间。我计算过，一日三餐，我需要为买菜、烹饪、洗碗等付出的总时间超过三小时，同等时间里，我们如果在工作岗位上，应该能够很轻易地获取买到它们的金钱。一种自己做它们完全是在浪费时间，同样时间里自己完全可以做更多有意义的事情的观点自然而然地生成，进而变成一种对一日三餐的无意义感。你是不是也这么想的？”

我再度点头，我的确认为靳海不应在这样的日常琐事中消耗挥霍他原本应该付诸智慧的精力。

“我到现在，也还有这个想法，不过有种可能算是倔强的力量让我坚持下去，并且我体会到，当我继续坚持用心地面对这一日三餐时，那些低级感和无意义感变得容易对抗。刚开始我还认为或许是因为做饭的过程环节紧凑让我无暇思考，后来我发现我能够在做饭的过程中看到它们冒头，并且平静地看着它们出现又消失。”说到这里，靳海放下筷子，左手在下右手在上，双手合掌伸到我面前，继而拿开右手，说，“我的内耗还在，但是我可以把压制它的力量拿开了。”

我恍然，却又心有不甘地问：“那，要如何消除内耗呢？”

“哈哈，别急，我也没有答案，但是我知道，答案很可能会在这趟旅程中出现。”靳海大笑，重新拿起筷子吃饭，我竟也平静下来，对他的预测只感觉理所当然。

吃饭，成了当下最值得专注的事情，此后一夜无话。

65

第二天一早，我被酒店房间不知道是电梯还是中央空调发出的某种低频振动声吵醒，那声音不像下雨声那种背景白噪声一般欢快柔和，更多传达给我的是烦躁的感觉以及某种奇怪的意向。它告诉我：这种声音听多了我的智商会显著下降。紧接着我就对自己这种意向哑然失笑，看了看手机，才早晨五点，因为祖国幅员辽阔，东西部时差的关系，此刻的窗外还没有透出明亮的光来。我侧头看看隔壁床上的靳海，他好像一夜都是同一个姿势，仰躺着，发出沉稳的呼吸声。

我在手机上查看今天的行程，从马尔康出发到目的地寺院，一路将不再有任何高速路段，全程看起来也就四百多公里，但是导航给出的参考时间是大约九小时。我再次侧头看了看还在沉睡的靳海，内心对靳海能否开完全程产生了怀疑，但是还是十分克制地打消了问他是否需要我这个替补驾驶员的建议——既然靳海原本就有自行出发的计划，那么这样时长的路程对于他来说，也是在计划内而已。

7点钟，靳海醒过来，在还没拉开窗帘的房间里，他首先看到的是我被手机屏幕照亮的脸，他问："你没睡好？"

"5点钟左右有个机器低频振动的声音，吵醒我了。"我说。

"不会高反出现耳鸣了吧？"靳海的表情不像是在关心，更像在幸灾乐祸。

"瞎说，这里海拔才两千六百米，我老家海拔也差不多要两千米了，不至于高反。"

"那就好，嘿嘿，起床，准备出发，今天包括中途休息时间，估摸着要在路上折腾十多个小时。"靳海一边说一边从床上把自己弹起来，走到窗边将遮光窗帘拉开，明亮的阳光透过纱帘洒进房间里，靳海大大地伸了个懒腰，说，“天晴了，真不错。”

“老规矩？”我问的是全程靳海自己开车，我不说话的老规矩。

“当然。”靳海说着，开始穿衣，随后迅速完成洗漱，我则保持比他慢半拍的节奏，以免造成抢位和拥挤。

我们回到车上，在进入车子之前，靳海拍了拍白色老福特的引擎盖，说道：“老伙计，今天海拔要上四千了哦，你得扛住呀。”

“所以，真的不用我替补？”我还是没忍住。

“没事，你看着我开就好。”靳海的语气让我有点感到被轻视，不论如何，我也是能够提供两个小时替补时间的。两个小时内，靳海完全可以获得很好的休息。不过，当车子一旦上路，我那能够提供替补的自信心很快被瓦解殆尽——这条路，再给我十个胆子也没有信心坚持开上两个小时。

山区道路的复杂程度超乎我的想象，而这刚刚经历过塌方和泥石流洗礼的路段就更加让我心惊胆寒。刚离开马尔康市，道路就变成仅能供两车通行。我们的一边是汹涌的几乎和路面齐平的江流，另一边是摇摇欲坠看起来随时可能垮塌的山石。每个急弯中，我都不由自主地在穿过这支出地面的山石下方时祈祷它不要有丝毫的松动。一路上，数不清的塌方区域只是紧急疏通出了能够让车辆通过的宽度，有些落石的体积规模甚至超过了一辆轿车，偶尔还能看到砸坏的公交站牌、垃圾桶等公共设施。靳海仿佛非常熟悉这样的路况。他自如地操纵着老福特车在这路段穿行，他和车子似乎达成了某种契合，即使是在过弯时都能保持六十码的速度。

我开始关注起靳海的驾驶习惯来，发现他在往右边过弯时，右手停留在方向盘上，左手肘部撑住驾驶室的门把手；往左边过弯时，他的左手停留在方向盘上，右手握住换挡杆，手肘撑在驾驶室中间的扶手上。总之，身子保持不动，大概用这样的方式，他能够很好地判断车子过弯的情况，在尽可能不损失速度的情况下丝滑地转过一个又一个的急弯。我终于彻底打消了自己能够作为替补驾驶员的念想，就算靳海让我尝试驾驶这样的路段，他也一定没法安稳地睡觉，光是想象我自己驾驶的画面，就已经紧张得让我脚指头抠着鞋底了。

开了一个多小时，经过了好几个河谷后，我的注意力才从这险要的山区道路抽离出来，开始看到区别于昨天阴雨水雾的蓝天白云。越是往西走，海拔渐渐升高，距离天空也更近一些，更加清澈的空气抹除了城市里天空呈现的那种颗粒感，配合饱和度更高的蓝色，让天空展现出一种无与伦比的深邃感。在这深邃的天空下，尽是极富个性的巍峨群山，山上怪石嶙峋，松柏林立之间常常有山石滚落碾压出的痕迹，干脆利落地露出泥土的本色，给大山增添几分擦伤。滚落的山石或掉在底下汹涌奔腾的河流中，激起一些意外的水花；或砸在人类开辟的这些蜿蜒的道路上，造成一些对于人类来说天大的麻烦……我的内心不可抑制地再次感觉到自己的渺小来，对于那些自己烦恼的事情再也提不起回顾咀嚼的兴趣，仿佛它们之于我，就如我之于这群山。

临近中午，靳海连续驾驶三个多小时后，在一处国道驿站停下，我以为他又要像昨天那样狠狠地睡觉时，他已经拿着纸巾往厕所走去。我有些好笑地跟下车，也走进厕所，解完小手后站在厕所门口抽烟，肠胃不合时宜地蠕动起来，给我传达了便意的信号。我重新探头进厕所问靳海："你带的纸够不？"

"够，你蹲吧，我一会儿出来递给你。"靳海的声音藏着笑意，说，"我刚才不是听到你已经嘘嘘了吗？"

"不知道，可能肠胃觉得'来都来了'吧。"我一边蹲下一边说。

"古话说得好。"靳海一边提裤子一边用四川普通话说，"见人屙屎钩子痒……"（看到别人拉屎自己也想拉的意思）

我回应一个皮笑肉不笑的嘿嘿声，从隔间门板底下接过靳海传递过来的纸巾后，认认真真地完成了肠道蠕动所传达的任务。等我走出厕所，靳海正和一名人民警察站在驿站的一面旅游全景图前聊天，见我走近，靳海十分顺手地从我裤兜里掏出烟来给警察递上一根，我则十分识趣地打燃打火机点上。这名看起来和我们年龄相仿的人民警察虽然抄着一口北方腔调的普通话，却是地地道道的本地人。他给我们细致地介绍了阿坝州的旅游路线，能看得出来，他非常负责，对这片土地异常熟悉，对每个景点的特色和游历的建议都头头是道，可惜我们这趟旅途只是穿越阿坝州前往甘孜州，要不然按照他的建议进行一番游历应该能有很大收获。

我们和警察表达了感谢后准备继续上路，在我们解锁车子上车前，警察大声告诉我们："往前走，应该都是坦途了，记住，山区道路别乱打方向，就算有情况，撞上去也比乱打方向要好。"

我有些莫名其妙，靳海则大声再次说了感谢的话，启动车子，我们又回到沉默的旅途中。

渺小的我们逐渐进入海拔更高的区域，除了道路一侧偶尔出现的悬崖以及更多的一百八十度盘山弯道外，往后的路途果然如警察所说的一般，是一路坦途。我们能看到的山也开始变得柔和，覆盖山体的松柏渐渐变矮甚至消失，取而代之的是郁郁葱葱看起来均匀平滑的高山草甸，在明艳的阳光下翠绿茂盛，充满生命气息。我开始想象自己置身于那片高山草甸，在柔软的草面舒舒服服地躺下，鼻间飘来的是清风抚动而来的淡淡草香，身上暖阳和煦，蓝天深邃幽静，这该是多么惬意的体验。然而，我清晰地知道，我也只是在短暂体验中能够有惬意的感觉，真的让我生活在这样片土地上，我将会体验到更多的真实，那些草甸里飞舞的蚊虫，雨季的泥泞，牛羊的体臭……所有的这些都将在原以为的浪漫美好中逐一出现，一个个地打破我的惬意体验。所以，有时候远处看到的美好，就安安静静在远处看着就好。

海拔已经临近四千米，大概是没有了在高速路上的速度要求，老福特车今天倒是表现良好，没有出现昨天那种大喘气的情形，顺顺利利地带着我们随着盘山公路在一座又一座海拔超过三千五百米的山峦上起伏穿行。终于在某一时刻我意识到，我们已经在我刚才认为置身其中只会有短暂惬意的高原草甸之中了。我不需要再用仰视的方式去寻找那些高山草甸，因为它们就在我们脚下，就在不远处相邻的山峦之上。刚才还想着“有的美好就在远处看着就好”的我早就推翻了这个观点，我几乎要忍不住和靳海提议停下车子的时候，靳海在一处上坡边的沙石岔路停下车子，挂住车挡，拉手刹，熄火，下车。

我们站在这片岔路边，沉默了好一会儿，并非在车内沉默的习惯，而是眼前的美景让我们忘记了感慨。这片碰巧遇上的泥土岔路并非行车道路，它陡峭地往下通往一片广袤的草场，在草场中是一汪高原湖泊，它毫不费劲地将蓝天白云放在自己身上，展现出宝石般夺目的魅力，也毫不吝啬地滋养出这片丰饶的草原，滋养着周围错落的村落。远远看去只有黄豆大小的牛羊马匹颜色各异地散布在草场上，想来应该在悠闲地享受这大自然肥美的馈赠。在这风景的一处角落，我找到了一个躺着的牧民，与我想象中躺在草坪上不同的是，他躺在停靠在草场中的三轮车车斗里，车斗里有什么看不清楚，但是从他抱着手机跷着二郎腿躺着的姿势来看，此刻三轮车车斗的舒适程度肯定可以和五星级宾馆柔软的床铺相比拟。我和靳海对视一眼，都从对方眼中读到难以抑制的欣喜，旷野的风在这阵欣喜中带来温和的问候，我仿佛能够从中闻到水草夹杂着阳光味道的芬芳，能够体会到躺在车斗里牧民的惬意……此刻，我最真实的想法是：即便让我经历在此生活的种种困扰，只要能再站在这儿享受这壮阔的美景，感受这比心旷神怡还要充盈的气息，一切都值得。

我们伫立了良久，直到身后车辆的声音不能再被忽略，我们才飘飘悠悠地从梦幻世界中回到现实。我们不约而同地长叹一口气，转身回到车上，让旅程继续下去。

后来的路上，靳海还像这样在路边临时停了一次车，这次没有看到什么美景，而是靳海帮助了一辆转弯时不注意跑出路面，卡在路阶上，无法通过自身动力脱困的车辆。靳海都没有等到我下车就已经和那被困车辆的人共同配合推出了车辆，没等车主人表示感谢，靳海就已经往回跑，只是在身后传来一声“谢谢啊”的喊声时头也不回地挥了挥手。

最后的路程，我们在高原的平路上奔驰，道路两边都是广袤丰饶的草原，牦牛常常随心所欲地出现在我们前进的道路上，挑衅一般慢慢吞吞地让出仅能够一辆车通过的道路。临近夜里8点，这里还如同白天一般，夕阳仍旧在发挥着它的余热，照亮我们目的地寺庙那庄严殊胜的大门，而在它遥远的背后，皑皑白雪覆盖的山峰则闪着更加耀眼的光芒。

我们就这么到了这座有着三百多年历史的寺庙。

66

灰柱、红墙、金顶、黑边的建筑风格层叠出好似佛塔一般的寺庙大门，高大巍峨、庄严神圣，穿过它的我们好似穿过一道与世间无形的隔断，缓缓融进这片海拔四千米高原上的净土。

在我们即将前行的道路侧面，一队僧人沿着高处的缓坡走下。他们尽皆穿着深红色的僧衣和明黄色的披肩，或三三两两地交谈行进或一人独自缓步前行，夕阳将他们的身影拉长，铺在仅够一辆车通过的道路上。靳海放慢车速降下车窗在他们身后缓慢行驶，像不小心闯入他人客厅的客人一般小心翼翼，生怕发出一丝声响打扰他们的专注宁静。

一名落在队伍最后的僧人注意到我们的缓行，高声呼叫了句什么，前方的僧人都在回过头打量我们的同时走向路边停下，为我们让出车辆前进的空间。

车里瞬间充满了不好意思的意味，路过他们身边时，我试图露出表达感谢和恭敬的笑容，然而在那情形下，我的表情管理一时间有些失控，自我感觉露出的是皮笑肉不笑的表情。靳海一定和我一样，大约是慢了担心僧人们站立太久，而快了担心扬尘扑面带去不敬。他控制的车速也变得不知所措起来，忽快忽慢地从安静等待的僧人们面前经过，来到设立在这座寺庙中的西康历史最悠久的第一所高级佛学院。

在佛学院停车场里，靳海一边跺脚一边走下车，仿佛在甩掉刚才的遭遇中残留在身体里的尴尬。他在对着夕阳伸开的懒腰中对我说："还好我预订的是个标间，否则咱俩要抱在一起睡觉就糟糕得很。"

"你是怎么想的要来这里？"我憋了一路的疑问终于问出口。

"我如果说在墙上挂了一张地图，随手用飞镖扎的你信吗？"靳海说着打开后备厢，开始往外倒腾行李。

"我好像能信，这像你做的事儿。"我犹豫了会儿说，"不过，真扎得这么准吗？"

"当然不可能那么准，我的目标是寺庙，那就找飞镖落点最近的寺庙就好了。"

"那倒是。"我点点头，开始和靳海一同折腾行李，接待我们的佛学院住宿管理大姐高高大大，比我们都高半个头。她很负责地没有下班，将房卡交给靳海后才锁闭大厅的接待窗口离去。在她将要走出停车场转弯时，突然转头，一双粗大的马尾辫子在空中画出两个半圆，冲我们喊道："对啦，你们定的房间是有热水洗澡的，但是今天你们千万别洗澡，以免高原反应出问题。"

"谢谢大姐。"靳海入乡随俗地用双手合十的手势表达感谢，目送管理员大姐离去。

然后我们需要将三个行李箱、六箱纯净水、一箱牛奶、一箱咖啡、若干袋零食干粮弄到我们二楼的房间里。在提着重物走上楼时，我明显感觉到呼吸困难胸口发闷，高原反应如期而至，让我不得不在楼梯的转角处大口喘上几口气。靳海则比我表现得好得多，整个搬运过程，我只完成了我自己的行李箱以及两袋零食干粮的搬运，剩下的全都是靳海的功劳。在完成这一切后，他也只是站在房间的窗户前深呼吸几口就缓解了身体的不适，他的身体素质依然让我佩服至极。

环视我们即将居住几天的房间，除了没有牙具、浴巾、拖鞋、吹风机、空调、沐浴露和饮水外，热水淋浴、热水壶、抽水马桶、床铺、床上用品、书桌、衣柜、沙发等一应俱全，这坐落在四千米海拔的高原寺庙的居住条件，比起我曾经在峨眉山登顶过程中和几十个人同住的大通铺来说，已经远远地超越了预期。

靳海休息片刻后，继续倒腾行李。他将一双拖鞋丢在我坐下休息的床前，又将一套牙具和浴巾抛在床上，随后拿出几瓶氧气递给我，说道：“洗漱用品啥的，正好多备了一份，这是你的，另外这玩意儿，这几天你可以把它当烟抽。”

我哭笑不得地接过氧气，撕开一罐来缓解我有些无法平稳下来的呼吸。靳海则从行李箱里又拿出了刚才房间里没能看到的吹风机、沐浴露、洗发水等，在卫生间浴室柜的架子上摆放整齐。然后将外套和长裤取出，用自带的简易衣架撑开在衣柜里挂好，在这期间还用热水壶烧了两次水，一次烫了一遍水壶，第二次才加进纯净水煮开。一切都在我还在舒缓急促呼吸的过程中井井有条地发生着，末了，靳海拍了拍手说：“走，吃饭去。”

我看向窗外，夜里9点多钟，黑蓝色的夜幕已经将夕阳残留下的零散光辉驱赶到了山峦之后，问道：“这个点，还有饭吃吗？”

“看，素食餐厅还亮着灯的。”靳海站在窗边，指向窗户的左下方，就在停车场白色老福特车停靠的南侧有个小门上，明明白白地用藏语和汉字写着“素食餐厅”的字样，我惊奇地说：“我刚才怎么没看见。”

“那就下楼好好瞅瞅。”靳海利利索索地套上薄外套，对我说，“你也穿上薄外套，保暖才不至于加重高反。”

我点头，取出新买的羽绒马甲穿上，和靳海一同下楼。因为高原反应带来的轻微不适暂时消退，我这才有精力关注起身边的一切，而一切也开始用十分新鲜的方式回馈我。在较平常更为低矮的走廊中，我闻到一丝浅浅的难以言表的香味——后来我知道，那大概应该是酥油以及燃香混合的味道——我尽可能缓慢地沿着楼梯往下走，在木地板温柔的吱呀声中，将身体控制在心跳即将加速而未加速、呼吸即将要气喘而未气喘的奇特状态里，欣赏着沿着走廊和楼梯墙壁悬挂的照片及唐卡。那些我不知名的佛陀抑或是金刚和汉地的完全不同，我被他们垂眉搭目的眼神吸引，想遍所有词汇后只能用“慧悲”来形容，心有不甘却觉得这只有这两个字能够在此使用。

下到一楼，靳海已经在走廊外朝里站着，冲我做了个摊开手的手势，说道：“餐厅打烊了，逛逛还是回房间吃干粮？”

我揣测了一下自己的身体状态，觉得还是回房间休息更加稳妥，也没多废话，转身就开始往楼上走。楼梯木板的吱呀声开始变得空灵，一种逐渐远离地面的眩晕感笼罩住我，心跳和呼吸突然间变得急促混乱，无法抑制的战栗从肩膀开始席卷至全身，鸡皮疙瘩起伏过后身上泵出一层燥热细密的薄汗。这高原反应猝不及防地加重，让我失神地在原地缓缓坐下，头开始隐隐作痛，内心则升起无比的懊恼和沮丧。

靳海将我扶回房间，在氧气之外，又给我提供了他准备的浓缩葡萄糖。大概是看出我的低落，他一边忙碌着准备晚餐一边说：“高反很正常，我第一次来藏地时，也高反，头疼加低烧，赶紧花钱住了带氧气的酒店，惜命要紧。”

“来过这？”我闷着氧气罩子发出嗡嗡的说话声。

“当然不是，上次到的拉萨，这里可没有供氧的酒店。”

“哦。”我点头，仍旧对自己不堪的表现感到消沉，不甘心地说，“我以为自己不会高反的。”

“人经常有种特别的毛病，就是被自己的意志绑架。”

“面子成本？”我想到和杨安交流中的词汇。

“哟，和安仔交流过类似话题吗？”说话间，靳海已经将两盒自热米饭撕开包装，在上层格栏里布置好饭菜，往下层加热包一边加水一边说，“面子成本，是我们常常用来说面对他人的，而意志绑架，更多是自己对自己的。”

“嗯？”我看着靳海盖上自热米饭的盖子，热气开始随着加热包遇到水后的反应蒸腾，从盖子上预留的小孔中冲出，发出轻微的嘘声。

“这现象其实很常见，通俗来说就是你觉得自己行，但是身体很诚实地告诉你扛不住了，但是你仍旧不甘心，觉得还能再坚持坚持，结果身体确实不行，然后你对自己产生深切的失望和自责，进而可能会进行由浅入深的自我怀疑，渐渐地可能会发展成自我否定。”

我听着关于“自我否定”的关键词，脑海里开始在一片空白和自我否定之间徘徊，我问靳海：“你有这样自我否定的时候吗？”

靳海深深地看着我，房间里沉默下来。他用手轻轻敲击着已经被烫软的自热米饭盖子，每次敲击的瞬间都带来更多的热气涌出。他的呼吸声音变得粗重起来，继而深深地叹了一口气：“我不仅有，我甚至觉得自己有罪，还自己把自己关进了惩罚的监狱。”

“我……”我一时间欲言又止，仿佛看到自己头顶上方有个虚幻的自我，他嘴唇翻飞，向我表达着无声的狠厉，而我很清楚那嘴唇试图表达出来的语句：“你也有罪！”

轰隆声中，强烈的偏头痛向我右半边头部袭来，疼痛欲裂，牵动右眼也酸胀难忍。

“头痛？”靳海询问。我皱着眉缓缓点头，解释道：“我一向有些偏头痛，我的包里备有止痛药。”

靳海帮我取出布洛芬，再次取出一瓶浓缩葡萄糖让我送服，将时间上已经超时几分钟的自热米饭推到我面前，说："吃了饭先好好睡一觉，不着急。"

我点头，完成任务一般将饭菜吞下，胡乱洗漱后也没换衣服就躲进被窝，沉沉睡去。

67

高原的第一晚我睡得出奇香甜，日常6点起床的闹钟叫醒我时，气喘、头疼等身体不适通通消失。一同消失的，还有靳海。

我斜靠在床头，环视井井有条的房间，靳海带走了一个背包和一些东西，在我的床头柜上留下一张字条：

李泌：

我去爬南边的雪山，三到七天就回。

我们都带着各自的课题来到此地，别急，好好品味。

如果想要返程，随时都可以，自己安排，不用等我。

靳海

字条边是老福特车的钥匙，规规矩矩地放在床头柜的正中间。

我对此似乎毫不意外，只在内心对靳海此举是否有因我的出现而产生变化的可能性稍做思量，就轻松地放下，又迷迷糊糊睡了个回笼觉，直到被一阵由轻到重的敲门声唤醒。

门外站的是住宿管理大姐，开门后她把我上下打量了一番，大声问："你没事儿吧？听说有些高反症状？"

我摆摆手，轻咳一声清了清一夜未发声的喉咙，说道："没事了没事了，睡了一夜已经好了。"

“确定没事儿了？”大姐伸手拍开玄关处的廊灯开关，在灯光下又仔细看了看我的脸色，点点头说，“嗯，看起来没啥事儿，等会儿下楼，到我那里给你测个血氧，然后喝杯酸奶吃点东西。”

“啊，好，谢谢啊。”我被大姐的热情闹得有些不知所措，大姐则毫不在意地挥挥手，转头下楼。我胡乱刷了几下牙齿，用手掬着冰凉的水漱了口，顺便抹了一把脸，又尽可能快地走下楼，身体没有昨天那样不堪，但仍旧不能快走。

我来到一楼大厅，在靠窗的木质茶几边的长椅上坐下，搅散了香炉冒出的一缕烟尘，与汉地完全不同的香味让我精神为之一振。我好奇地揭开古朴的铜质镂空香炉盖子，查看那圆锥形状的棕红色的藏香。

“好闻吧？”大姐不知何时端着两个碗出现，把它们放在我面前说，“我刚来这边的时候还觉得这味道奇怪，后来越闻越好闻。”

“谢谢大姐。”我一边拾起靠在酸奶碗边的调羹，将撒在顶上的葡萄干和酸奶搅到一起，一边问大姐，“您不是本地人？”

“我从内蒙古来的。”大姐说着，蹲下，从茶几抽屉中拿出指夹式的血氧仪，在我左右手的食指上各测了一次血氧，数值显示97%和98%。她将血氧仪往茶几底下一丢，说道：“没问题，看来你适应得还挺快。”

“嘿嘿，可能我老家海拔也不低的缘故。”

“这玩意儿可没谱，我老家海拔也一千多，到这里我也晕乎了快俩月的。”大姐起身坐在茶几侧面的椅子上，指着身边大厅门外的素食餐厅方向，“我弟弟就在那个餐厅做厨师，他在内蒙古病恹恹的一个，到了这里，啥事儿没有，你说气人不。”

“哈哈，那这玩意儿确实没谱。”大姐略带东北口音的普通话让我不难猜测她大约来自靠近东北的内蒙古，我问她，“大姐怎么会来这里？”

“我啊？鬼迷心窍呗。”她没多说，岔开话题指着给我的两碗食物说，“你快吃，酸奶是寺庙自己做的，那个像麻花一样的点心也是藏地的，我叫不来是啥，你多吃点，反正对身体好。”

我连忙点头，往嘴里挖了两勺不带葡萄干的酸奶，入口就是纯粹的奶香和纯粹的酸，质地黏稠厚实，咽下去之后则有一丝香醇的回甘。

“你就着葡萄干和这玩意儿吃，更好吃。”大姐热情地催促我，大麻花辫在她肋下一甩一甩地。我连忙加快吃东西的速度，结果后续囫囵吞枣一般，没有品出特别的味道。在我满口拥挤的时候，大姐开始问我问题：“你们这是第一次来？”

“嗯嗯。”我鼓着嘴巴点头。

“你那朋友起得可真早，他去哪儿了？”

“他给我留了个字条，说他爬那座雪山去了。”我好不容易咽下满嘴的食物，尽量清晰地回答大姐，手指着西南方，那座雪山的方向。

“天哪，他之前来过高原吗？他知道那雪山的海拔吗？六千多！他就穿今天早上那身衣服去的？什么装备都没带就爬雪山？他不要命啦？”大姐问出一连串问题，音调越来越高，仿佛恐怖片背景音里一般，从缓到急的蜂鸣声在我脑袋里响起，我有些难以置信地问：“有那么严重吗？”

“就连本地的康巴汉子独自上雪山也很困难，何况最近山里还有棕熊出没，你朋友这不是胡闹吗？！”大姐表情严肃地问我，“能联系上你朋友吗？快喊他回来，他这样真要命。”

我意识到事情的严重，拨出靳海的号码，关机的声音传回来。我点开免提键，让大姐也听到那毫无感情的关机提示，大姐摇了摇头，看我手机屏幕上“靳海”俩字像在看一个不懂事的调皮捣蛋鬼。

“怎么办？”我试图用言语表达出着急的心情，却发现自己的内心并不着急，似乎对靳海有种天然的信心。

“去都去了，又联系不上还能咋办。”大姐把麻花辫往脑后甩去，右手在身后虚空中画了个圈说，“只能去各个大殿祈福了。”

若在别处，这是个玩笑话，但在此时此地，这话最是靠谱。我认真地吃完最后一块藏式糕点，用调羹将碗内残存的酸奶划弄到一起吃掉，问大姐：“祈福有什么讲究吗？”

“那还能有啥讲究，随喜呗。”大姐拿起我吃完的空碗，起身往自己的房间返回，要进门前又是转头甩动两条大麻花辫，说道，“可以先去北边的主殿，法王殿什么的走走，不过你得慢慢走，不行就开车过去。”

“好好好。”我朝向又甩回后背的大麻花辫点头，收回视线时墙壁上老式挂钟的分针“喀”的一声卡进挂钟最上方，随后叮叮当当地响了八下，饱睡一夜外加一个回笼觉竟然才到八点，一种小时候在许久不穿的衣服中找到零钱的感觉让我欣喜起来。

大厅外的廊道里开始响起“沙沙沙”的脚步声，从窗口斜看出去，一群稚嫩黝黑且平静的面庞从北侧长廊尽头陆续出现。他们一边整理着自己的僧衣，摆弄着斗篷在走入阳光里时往头顶披上，斜斜地穿过停车场往西侧高坡上的一座大殿走去。从我所在的这栋房子背后升起的朝阳已经洒向这片高原净土，让那些尽是金色的屋顶齐齐发出耀眼的金光，那金光下深红墙面上绿、蓝、红、黄、白的方方点点仿佛藏匿着无限奥秘，吸引我去探个究竟。

我起身回房间，牛饮了一瓶靳海留下的罐装咖啡，冰凉的液体从喉咙滑下，给身体带去振奋的感觉，继而换上长裤，在短袖外面套上羽绒马甲和夹克，在夹克口袋里塞了一瓶纯净水就出了门。走出停车场，沿着昨天来时的路往北行进，刚才络绎不绝的僧人已经隐没在各个殿堂中，放眼望去万里无云的蓝天下这片高原谷地中只有我一人。这种在广阔天地下孤零零的状态让我有种被人窥视的不自在感，下意识地尽可能去找寻身边的其他活物。好在我很快找到了从天空飞落在屋檐上的乌鸦以及路边草丛中远远探出头的土拨鼠，它们都漫不经心地看我一眼，继续自己的忙碌，这让我内心稍安。

高原的清晨气温还不到10℃，我夹克袖子里的空荡荡的手臂微微发凉，让我不自觉地把双手抱到胸前，慢慢地在强烈但是暂时感受不到明显温暖的阳光中走向北方一片金光璀璨的殿宇。

行过大约三百米，我来到昨日那队僧人走下来的斜坡，发现此处是条岔路，左边平缓延伸到一处圆形的大殿，右侧则蜿蜒向上，想来是去往主殿的方向。略一犹豫，我走向左侧，既然来了，一处处的殿宇我总是要一一走过去的。既然大姐说“没有讲究”，我也就随性而行，畅快的感觉让我不自知地加快了行走的速度，在登上了那座圆形大殿前的三十多级台阶后，剧烈的心跳让我不得不弯下腰撑住膝盖大口喘起气来，对靳海的担心终于在此刻明明白白地蹦出来。

呼吸稍缓后，我支起身子转头看向南边方向的雪山，昨晚和靳海未能完成的“有罪”探讨的情景清晰起来。我深深叹了口气，无声地问雪山方向的靳海：“要如此惩罚自己？你又是为何呢？”很快那个昨晚我用偏头痛暂时搁置的自我重新冒出来，他站在我面前说：“你也有罪。”

我无奈而虚弱地喃喃：“那我又该如何做？”

我承认自己的虚伪，承认自己的贪婪，承认自己无与伦比的恶，但是我又该如何去向死去的父亲解释他期待成长的儿子是这般卑劣？我又该如何获得他的原谅和理解？我又该如何弥补他对我无尽的失望？

无能为力。

68

我从那声色俱厉给我罪恶审判的虚影中穿过，它毫不犹豫地融入我的身体，随着我来到殿门前，横亘在门前的脚手架提示我大殿正在修缮，无法进入。

我摇摇头，往大门右侧走去，绕着大殿外围转了一圈，朝向不同方向的门全都挂着拳头大的挂锁。我越走越是沮丧，第一间殿宇就对我完全关闭了所有探索的通路，不论是为靳海祈福还是找寻内心的答案，全都无从谈起。不远的前方，即将回到让我心跳气喘的台阶，我放慢脚步，闭上眼睛，深深呼吸一口，整理沮丧的情绪，打算前往更高处的主殿。

“咦，你好早啊。”

我诧异地睁眼抬头，看到一名身材瘦小的女士，浓密的黑色头发紧紧扎束成一个盘在脑后的大大的发髻。她略有些方的脸上未施任何粉黛，黑红的面庞上除了一双眼睛清澈有神之外一切都普普通通。她的手隐藏在略显宽大的红色冲锋衣里，露出一串挂满钥匙的铁盘。

她拉起我前方左侧的一扇偏殿门上的铜锁，一边找寻钥匙一边对我说：“转佛殿要顺时针转的，你走反了哦。”

见我愣神，她又问了一句：“第一次来？”

我点头说：“是的。”继而转头看向自己逆时针转过大殿外围的来路，踌躇道，“那我……是不是要走回去？”

“哈，那倒没事，我正好要走一圈开门，我带你走吧。”

“那，谢谢啊。”我有些不好意思地道谢，看着她熟练地找到对应的钥匙打开第一扇偏殿门，问道，“您，是这儿的负责人？”

“不是，我只是义工，这个文武百尊坛城是我上师在负责。”

“坛城”“上师”，一些新名词从她嘴巴里蹦出来，在我脑子搅起一层雾水。我点头，有些茫然地发出一声“哦”的回应，自己也不知道是明白还是不明白。

她摇晃着把粗铁制的门闩移到一边，推开木门，走进一步，侧身示意我进门。

我伸出左脚往门槛里迈步，同时问：“这，有什么规矩吗？我完全不懂得。”

“一般来说，藏地的寺庙进入都是要脱鞋的。”她见我尴尬地收回已经迈进门槛的左脚，连忙说，“最近我们这里在修缮，地上都是灰尘，所以不要紧。”

我又将撤回的左脚放回门槛内的木地板上，发出讪讪的笑来。她多少看出我的窘迫，问道：“你只是来旅游的对吗？”

“呃，是，不过也好像不是。”我想到自己主动凑近本属于靳海的旅程，一时间找不到合适的词汇来形容自己在此的身份，既不是旅人也不是朝圣者，如果真要说起来，更像是个落荒的人。

“没关系，这是个很殊胜的净土，你就算什么都不懂，只是来走走看看，保持恭敬之心就行，不用拘束。”她说完，从进门右侧的矮桌上取出一支香，用打火机点燃后夹在手指间，转身朝向高坐在佛龛中的金色佛像站立，微微仰头看向佛像，嘴唇轻启，似乎在念诵什么，进而双手合十，高举过头顶，然后往下在自己的额头、嘴唇、心口各点一次，接着在佛前跪下，双手撑地，低头以额触地，随后重新站起，如此重复三遍后，合十在心口微微鞠躬。

做完这些，她手持燃香走向佛龛左侧的桌台，举着燃香从左到右走过，向我解释道：“一般来说，进门可以供香，像我刚才那样对佛跪拜，然后从左到右，也就是顺时针方向供养十方诸佛，还可以对他们顶礼。”说着她做了一个用额头轻触供桌的动作，神色自然平静，丝毫没有他人观摩的不自然。她手持燃香走到最右侧后，返回门边继续说：“这些都是基本的仪轨，另外每个大殿我们都可以随喜地供养佛菩萨，那些供桌上留下的钱物就都是随喜的。”

“仪轨”，新的名词又出现，我这才看到那从左到右和佛龛相连的供桌上不仅间隔均匀地摆放着不同大小材质的佛像，还在几乎是任意地方有着不同面额的钱币，五毛、一元的居多，偶尔能够看到五元、十元的，暂时没能看到更大面额的。

“如果没有带现金怎么办？”我问。

“也可以扫码，不过好像只有几个大殿有扫码的地方，你可以找带了现金的人换。”

“如果随喜的金额恰巧是自己身上所带现金没有的面额，怎么办？”我问了个连自己都觉得绕的问题，解释道，“比如我只有一张十块钱，想随喜一块钱，怎么办？”

“这也简单，自己过去找零就好。”她指向那些零零落落在供桌上的纸币说。

“不会觉得这样有和佛祖讨价还价的意思吗？”我问。

“不会的，随喜就好。”她微笑着回答，走到门边，面对我，拾起矮桌上的一小筒线香问我，“你要试试吗？”

“好。”我抽出一根线香点燃，学着她的模样走到佛龛前，仰头和这座我不知名的佛像对视，内心像被人临时庆祝生日要求许愿一般一片空白。我侧头问她：“我需要说什么或者想什么吗？”

“没有讲究，有所求无所求都没事，恭敬就好。”她平静地站在门前，略显干裂的嘴唇轻轻闭合，带着浅浅的微笑。

我不再说什么，双手举过头顶合十，往下在额头、嘴唇、心口停留，俯身跪下，用额头触碰地面，原以为会有的不自在并没有出现，也没有因为叩拜的动作产生卑微的感觉。如果不是在和佛像对视，我几乎已经忘记这是在叩拜，更像只是完成了一套广播体操动作。随后，我开始举着燃香从左到右走过供桌，线香燃烧的红点明明灭灭地飘散出丝丝缕缕的烟雾，消散在空中。我没打算问这些神情各异的神佛怎么称呼，生怕太多新的词汇自己记不住会带来不敬。

“走吧，我们去下一间看看。”

“不会耽误你吗？”觉察到她还静静地站在门口，等待给我领路介绍，我有些不好意思。

“不会的，我现在在忙的事情就是开门。”她一边说一边转身，到下一间偏殿，同样熟练地打开门。这回我和她一起完成整套流程，除了膝盖、双手和额头多了一些尘土，我依旧是脑袋空空。然后是再下一间偏殿，又一间偏殿，原本逆时针很快就走完的一圈路程变得漫长起来。我们渐渐走到坛城殿的阳光面，活动后的身体此刻终于感受到来自阳光的暖意，羽绒马甲领子贴着脖子的区域已经冒出细微的汗水，经历跪姿的左腿也开始有些不自在起来。我在她寻找下一扇门钥匙的时候弯下腰，轻轻揉了揉左腿膝盖。她大概用余光看见了我的举动，说道："你可以跪在佛龛前的地毯上，那样不痛一些。"

"哦，好的，谢谢你。"我拍拍左腿直起身子继续说，"倒不是跪疼的，我左腿本身就有些瘸，走得慢就看不出来。"

"好的，那我们走慢一点。"她对我说出身体毛病没有任何异样的反应，手上因为没有打开门锁而换了一把钥匙，还是没打开，又换了一把。在这空当时刻，我才有机会仔细打量她，年龄很难揣测，没有妆容的皮肤可能因为高原环境的影响有些黑里透红，但没有明显的皱纹等岁月痕迹；下颌骨有些突出导致她的脸看起来有些方正，但是她扎在脑后的头发足够浓密，如果披散下来应该可以很好地遮盖住脸形的缺陷。我想着些有的没的，发现她仍旧没有找到对应的钥匙时，好像已经过去了很久的时间。我探着头看向她问："需要帮忙吗？"

"没事，我一个个试一下就好。"她没有停下动作，手掌小小的，显得抓着的钥匙盘奇大。指甲上有酒红色的美甲，随着指甲的伸长而只残留在指甲前端大约不到三分之一的区域。如果是凡昭，美甲在她手上不会存在超过一周就已经被她或抠或撕地毁坏殆尽，然后又费尽心思找到新的喜欢的颜色款式重新做上。我想到凡昭，之前她给我带来的新奇和雀跃现在变成了毫无计划和动荡，但我偏偏被这样的她弄得鬼迷心窍，荒废了数年的精力、金钱和时间。羞愧和懊悔以及直射在后背的阳光让我原本细微的汗水多起来，我有些烦躁地扯开夹克的拉链，把羽绒马甲也敞开一半，掀动夹克让一些凉风带走我后背的热意。

“高原的温差很大，你别马上脱衣服，容易着凉。”说话间，她已经打开门锁，拉开门闩，站在门前的阳光里，示意我可以进门。

“谢谢。”我的思绪被拉回来，羞愧和懊悔中增加了一种不该在此地想到凡昭的自责。为了让自己的注意力留在当下，我尝试和她说话：“麻烦了你这么久，还没问你怎么称呼呢。”

“我们在家修行的人一般互称‘师兄’，不过上师给我的名字‘嘎玛’，你可以叫我‘嘎玛姐’。”

“嘎玛姐？你比我大？”其实问出这句话我就觉得自己虚伪，她肯定比我大，我很确定。

“我孩子都上大学了，应该比你大得多。”她眼睛依旧清澈，没有看透我的虚伪，或者应该是无所谓我的虚伪。

“哦哦。”我不好意思地笑笑，说，“我叫李泌，你可以叫我小李。”

“好的。”嘎玛点头，我们迈步跨进偏殿门里。

依旧是同样的仪轨过程，不同的是我内心多了些杂音，不再是脑袋空空，但是却是多重自我混乱不堪地纠结缠斗。我似有所求却冥冥之中有种克制自我的力量让我表现得别无所求，似乎空空如也的欲念表现在佛菩萨面前才是空前的智慧。然而，隐隐中我似又能揭开那自我克制的力量看到那蠢蠢欲动的欲念……当最后一次叩拜结束，我起身将双手合十在胸前微微朝着佛像躬身时，嘴唇无声颤抖地默念了两个字：“凡昭……”

滚滚轰鸣在脑袋里炸响，我拿着燃香浑浑惶惶地站在原地，全然不知所措。

69

“这是米拉日巴尊者。”

嘎玛的声音让我有些涣散的眼神聚焦在面前的一尊佛像上，这尊枯瘦的佛像虽然同样垂眉搭目，但是却有与别的佛像光头或肉髻不同的满头黑发，这些黑发缠绕成绺状垂至脑后。他盘腿而坐，左手扶膝，右手在右耳后展开，似乎在聆听着什么。

“他应该算是藏传佛教中最为传奇的一位人物。”

“能说说吗？”我恍惚着，试图让嘎玛说得更多，好让我继续恍惚。

“当然可以，不过我只能说个大概，有的细节不一定准确。”嘎玛虽然这么说，但也没有什么不好意思的迟疑，将拿在手中的线香放到供桌前一个横着燃香的香炉中后，继续说，“米拉日巴尊者出生在一个很富裕的家庭里，但他在很小——好像是七岁时——父亲就病死了，只剩下他和母亲以及妹妹。他的亲戚——应该是他的伯父——侵占了他的家产，让他们过着极其贫困的生活。他的母亲非常痛恨这个迫害他们一家的伯父，就让米拉日巴复仇，还省吃俭用让他去学习了巫术。米拉日巴是很有天赋的人，那些黑巫术一学就成，于是就回来复仇。他挑选了一个他伯父举行宴请的日子，用巫术把他们一家人，以及来参加宴请的无辜的人都咒杀了，一共死了三十五人，还召唤来冰雹，毁坏了全村的庄稼。做完了这些之后，米拉日巴的内心开始悔恨，觉得这事情做得是不正确的，于是他开始寻找弥补这些恶业的办法，认为佛法是能够化解他的恶业的，于是就改信了佛教。之后，他开始到处求法，但是一直没有得到传法。直到他拜到玛尔巴上师的门下。”

嘎玛说着指向米拉日巴尊者身边居中的大佛像，说道：“就是这尊佛像，他是藏传佛教噶举派的创始人。玛尔巴上师并没有直接给米拉日巴传法，而是让他到河里搬运石头建造九层塔楼，告诉他如果建好了就传法给他。于是米拉日巴就开始每日盖楼，但是只要他把楼一盖好，上师就让他拆了重建。这个九层塔楼他建了拆，拆了建，一共建了九次。这个过程大概用了六年多的时间，上师还是没有传法给他，就连师母都看不下去了，就伪造了一封信和信物，让米拉日巴去和上师的大弟子……”嘎玛又指向最右边的佛像说，“也就是他……去学法。结果米拉日巴一走，玛尔巴上师大哭，告诉师母他让米拉日巴建塔楼是为了消除他的‘恶业’，只有消除恶业才能修炼秘法，否则是无法修成的。果然，就算是他大师兄传法，米拉日巴还是没能学到什么，不过后来上师让大弟子带着米拉日巴回到自己身边，他也终于能够学到玛尔巴上师的全部密法。当米拉日巴修成后回到家乡时，他的母亲已经去世，他的妹妹也不在了，那些曾经被他伤害的人都来找他复仇，于是米拉日巴就躲到深山里去闭关修炼，闭关的时候只吃荨麻，导致全身都是绿色的，就这么闭关了九年后才出关。后来他一直修行传法，声望也一天天高了起来，有许多人都来追随他，包括之前他的仇人，他也成了藏族地区家喻户晓的人物。”

嘎玛的声音停下，一阵风掠过，打乱我手里线香的烟雾，穿过我敞开的衣服，寒意从冰冷的汗水贴上我的后背，让我重新拉好羽绒马甲拉链，内心的小人像站在一片无边无垠的雪地，天旋地转间，眼前这尊米拉日巴尊者在空中活动起来，一幅幅场景清晰却无声……他举手引动满天冰雹肆虐席卷整座村庄；他光脚行走在满是碎石沙砾的河滩上找寻足够建设塔楼的巨大石块；他在失去一切亲人的村庄痛苦遗憾；他在众仇人的追杀下忏悔躲避进入深山；他苦修苦行闭关忏悔弥补罪业……

“他，是如何面对那些罪业的呢，我是说，他怎么从那些罪业的自责中走出来？”我有些语无伦次，母亲在父亲离去后那如梦游一般的情绪爆发再次清晰地显现在脑中，那和靳海一路行来已经暂时消弭的内心挣扎开始翻滚，无可遏制地自责搅动起来。

“你也说了，面对罪业，米拉日巴尊者没做别的，就是面对而已。”嘎玛依旧神情平淡，只在说“面对”二字的时候加重了些许语气。

我茫茫然地点头，说：“谢谢你和我说这些，我似乎是带着一些疑问来到这里，但是一时间也想不清楚。”

“不急的。”

嘎玛轻轻说完，转身前往下一个房间，我依旧跟在身后，只是不知为何想要快速逃离的感觉开始紧紧抓着我。它起初只是让我有些心不在焉，继而是魂不守舍，再后来，它变成了搅动肠胃和膀胱的生理信号，试图逼着我就范。然而这时我却倔强起来，坚持着随着嘎玛走完后面的几间偏殿。

从最后的偏殿走出，我们重新走回到正殿前方，嘎玛指着殿门前不知何时到来，站在脚手架上修缮殿门上方花纹的匠人说：“正殿这两天在修缮，然后会在里面布置坛城，你后天也可以来看看。”

“再次谢谢你。”我说，虽然内心依旧茫然，但是似有什么确定的东西在生长。

“不用那么客气。”嘎玛双手合十，我也做了同样的动作。

我开始往台阶下走去，眼睛开始望着来时在路边看到的厕所方向，背后突然再次传来嘎玛的声音：“李泌，你可以去度母殿坐坐。”

我转头，顺着嘎玛的手指望向西侧的高处，在如梯田般分布的僧舍包围中看到一座看起来不大的殿宇。

“其他地方不去，度母殿是一定要去的。”嘎玛大声说。

“好。”虽然一时间不知道度母的含义，我还是大声地答应下来，然后看着嘎玛转身穿过脚手架侧面的缝隙，消失在大殿门里。

肚子愈发疼痛起来，我有些慌乱地走向那座路边的厕所，它除了模样上是用了水泥糊了墙面之外，十分简陋和原始。浓烈的臭味扑鼻而来，我仿佛看到那些排泄物的分子无孔不入地闯进我的口腔鼻腔——从某些意义上来说，在这里大口呼吸无异于在品尝排泄物——于是我尽可能缓慢但是又确保充足地平稳着呼吸，小心翼翼地在能够直接看到化粪池的蹲位上完成一切动作，生怕那看起来很薄的水泥板无法承受我的重量而断裂。

重新走进阳光里的我稍显轻松，听从嘎玛的话，往度母殿方向走去。沿途的僧舍都是同样的造型，白墙的一楼和棕红墙的二楼，屋顶的房檐斗拱一般往外挑出约莫半米，用多彩的方色块点缀着。虽然僧舍看起来都相似，仔细看却能够看到新旧的区别，老式的僧舍一楼是土夯墙，为了确保结构稳固呈现梯形，二楼则是滚木排列的墙壁，看起来像碉堡一般，而新式的僧舍则都是方方正正的砖墙，似乎少了些韵味。在僧舍间的小路穿行，风不知是停了还是找不到吹进来的路线，四下里除了我的脚步声再无其他声响。所有的僧舍都关着门窗拉着帘子，没能碰到任何一个人。如果不是原本湛蓝的天空中不知何时出现的云朵还在缓慢移动，我会误以为自己走进了一个时间静止的世界。

来到嘎玛指引的度母殿，掀开门廊悬挂的遮阳毯子后，我面对的是如同刚才文武百尊坛城的偏殿一样锁闭的大门，伸手拾起古旧斑驳的木门上的那把铜锁，锁扣紧密锁紧，冰凉而沉重。我反身走出门廊四下张望，试图看看有没有看护在此的僧人，却没有任何发现。抬头只能看见亮得刺眼的白云以及低处的僧舍和旷野，再往远处看，就又是靳海前去攀登的雪山，看起来一片洁白平静，但我知道那里或许肆虐着刺骨的寒风和难以行走的冻土冰层……

已经走得疲累的我没理会落在身上已经有些炽热的阳光，将夹克脱下罩在头上，在度母殿门前的台阶上坐了下来。夹克遮挡了直射眼睛的阳光后，刚才的一切显得相对温和明媚起来，和靳海开车抵达这里之前的一个片段被回忆起来。那是夕阳下的一长段盘山发卡弯道，老福特车在这些呈一百八十度回转的弯道里来回折返一路往山上行驶。当我们迎着夕阳时，只能看到夕阳在一层薄云之后糊成一大团刺眼的光球，其余尽皆是阴云密布的天空，整片景色仿佛脾气暴躁且肮脏丑陋的老头，让人不想靠近。而当我们背着夕阳行驶时，我看到的是高原上依旧清澈的蓝天白云，有些云朵还被从背后照射而来的阳光染出些许的五彩颜色，仿佛身着白底印花连衣裙的婀娜女子在蓝天中旋转起舞，给人抑制不住的喜悦，只想凑到近处仔细观看。在相同的地方，站在不同的方向，所见所感截然不同。

或许，我和母亲就站在这样不同的视角，看到了不同的父亲，不论是我看到的，还是母亲看到的，都只是父亲的一部分。父亲走后的日日夜夜里，我在自责挣扎中从来没有想过和母亲一同去了解真正的父亲，而是陷入毫无裨益的悔恨和羞愧中，用绵绵不绝的罪责来自我审判。这种自我折磨犹如开着老福特车一味奔向那阴云密布和刺眼光芒，不顾前方是断路悬崖，也不让自己回头去看那背向夕阳的绚烂美景以及同样能够往山上行进的盘山弯道。

“自己把自己逼到死胡同里啦，挺可笑啊李泌。”我突然开怀起来，好像有了答案，“嘎玛说的‘面对’，一点都没错呀。”

我决定在等到靳海后，去面对一切。

70

当有了决定，内心的挣扎能够被暂时放下，我好像感受到了靳海所说的安住的力量。

注意力抽开，那些内心的挣扎一时间也没有露出狰狞的獠牙，像是一只护食的恶犬，当威胁渐渐离开它时，它也就收起獠牙自顾自地舔食盆，看起来乖巧得人畜无害。我开始注意起身边之前没有注意到的东西来。

先是高原的风开始鼓荡起来，吹散我笼罩在夹克下的热意，高空的云也加快了飘荡的速度，在空中伸展翻滚。小得只有绿豆大的几只苍鹰在云中闪现翱翔，它们在飞往西南边山岗的过程中越变越大，肩部、翅膀边缘和尾部的白色清晰可见。它们稳稳地在一些碎石上降落，消失在某些石块背后。沿着山岗，隐约有条小路蜿蜒向下，路过几座山腰上的房子后通往早晨佛学院僧人前往的大殿。此刻，那些僧人似乎完成了上午的课业，陆陆续续往我住宿方向的建筑缓缓返回。在我身边，石板铺就的台阶下一株松柏支出一根树枝，将一颗松果搭在斜坡路牙上，在风中摇摇滚滚煞是可爱；在斜坡往下一些，蓝紫色、淡黄色的野花成簇成簇地占据条石之间的缝隙，挥洒着鲜艳的生命力……

“这是什么花呢？”我自言自语，被那些小花所吸引。

“蓝色的是翠雀花，黄色的是金露梅。”不知何时，一名女士已经站在台阶边。她的整个头部隐匿在遮阳帽、墨镜以及防晒面罩下，而瘦高的身子则隐匿在长袍一般的黑色防晒服下，除了握住念珠的左手，全身上下几乎没有一处暴露在光线下。我无法从这些武装全身的遮挡中看到来人的表情，一时间不知如何反应，只能微笑点头，对她的提示表示感谢。

她抬头，黑色墨镜似乎在看向我身后的度母殿，或许多少猜测出我坐在这台阶上的原因，说：“这半个月寺里都在主殿还有佛学院那边做法会，所以这些殿宇开门并不及时。”

我恍然，明白了为何到处都看不到僧人的原因。

“你想进度母殿？”她问。

我点头，拍拍屁股站起身来说：“门锁着的，没进得去。”

“你等会儿。”说罢，她转身走下缓坡，打开度母殿边上不远处的一间僧舍走了进去，留下我在原地，拍着手抖落从屁股上沾到的灰尘。

不多时，她已经返回，手中拿着一把穿着黄色绳结的钥匙，远远向我晃了晃，脆声说：“我带你进去。”她走上台阶，迎着我诧异的目光，嘿嘿笑道：“那房子是我上师的，他正好负责度母殿。”

“这里是有很多的上师吗？我以为整个寺庙只有一位上师。”再次听到“上师”这样的词汇，我忍不住问。

“上师有很多，这寺庙只有一位是法王，大后天下午他就会在法王殿传法，你可以去看看。”说话间，她已经提着拖曳到脚踝的防晒服下摆走上台阶，从我身边经过时候，指了指北边高处的殿宇群，“法王殿就在那边，最大的那座。”

“哦哦，好啊。”我答应着，随着她重新走进度母殿的门廊。她用那把黄铜钥匙打开了那把将我阻在门外的大锁，推开门后，她左右脚跟相碰，一双橙白色相间的板鞋轻轻巧巧地脱离她的双脚，随后她右脚先抬，迈过门槛。我则在之后用有样学样双脚互踩地脱鞋，她头也没回地提醒我：“迈左脚哦，男左女右。”

我点头照做，左脚跨过门槛，一尘不染的原木地板让我滑出一个趔趄。为了防止跌倒，我的右脚快速跟进门槛支撑左脚快要丢失的力量，然后失去平衡地一屁股坐在门槛上。我尴尬地抬头，一时间，难以言喻的震撼全然笼罩住我，那是来自满天神佛的俯视。在这从未光临过的藏地寺庙里，我被那佛龛、供桌、穹顶、立柱、经幡、墙壁上精美绝伦的佛像深深吸引。不需用言语表达，那些造型各异的佛像金刚无比自然地向我传达他们所指代的特殊精神意义，引动我灵魂深处的颤抖共鸣，一度忘记了呼吸。

这种感觉仿佛过了一瞬，也仿佛过了很久，于那满天神佛而言，我只是摔在他们面前的一个无知孩童。他们善意而温和地注视我一会儿就各自散去，留下似有似无的回味。

那位女士大约是进门后就开始脱去从墨镜到防晒服的一身防护，再转身时只看到我呆坐在门槛上的场景，出声询问：“你怎么啦？”

“第一次来藏地的寺庙，被镇住了。”我站起来，拍了拍屁股上并不存在的尘土，看到一位穿着牛仔裤、身着深紫色针织短袖衫的女士。她有着和瘦高身材极不匹配的短发圆脸，眼睛很大，双眼皮不知怎么的和眼睛之间差了一截距离，看起来好像眼睛下方的眼袋长到了上方，让这扇心灵的窗户变得有些怪异，让我不自觉地想到大眼金鱼。往常和人说话都会直视眼睛的我不敢将目光在她的眼睛上停留太久，转头看向大殿正中的金色佛像，问道："那就是度母？"

"是的，她也叫多罗菩萨，是大家常说的观世音菩萨眼泪的化身，是最为慈悲的。"

"原来度母就是观世音菩萨的化身，但是她看起来和汉传的观音菩萨完全不像。"莲花法台上的度母有着看起来并不规矩的坐姿。她的左脚蜷曲在踩踏出莲花法台的右腿之下，使得整个身子往右边略微倾斜。她的右手手心朝天地搭在右膝盖上，一根明黄色的绸缎从这只手延伸到下方供桌，左手拇指和无名指贴合成我不知名的手印，亮出手心的一只睁大的眼睛。侧头微笑的脸上眉目修长，慈悲祥和。

然后她走到正中间，朝向度母佛像进行着礼佛的仪轨，和嘎玛教给我的仪轨不同的是，她跪下后将全身伏地，双手在地上向前伸展合拢在面朝地面的头顶合十，然后再起立重复，我很快明白，她磕的是长头。我没有如她那么做，仍旧按照嘎玛教给我的方式礼佛，随后顺时针绕一圈佛殿。在这一圈中，我得以更加清晰地看到那些神态各异的精美壁画，不自觉地感叹："这太美了。"

"是的，别说你第一次来觉得震撼，我每次来都觉得看不够。"在快要转完大殿时，她在殿门侧的墙边软垫上盘腿坐下，示意我也可以坐下，"如果想多看会儿，可以坐下来看看，我等你看够了再关门。"

我点头坐下，学着她盘腿，但是左腿并不听话，只能将它伸直，盘着右腿坐下。

"对了，你从哪里来的？"坐下来的这个动作，好似打开了紫衣女士的话匣子。她开始不停地问我问题，而我则尽可能地不和她那有些奇怪的大眼睛直视着回答问题。

"深圳。"

“怎么来的？”

“开车来的。”

“呀，那你好厉害，深圳过来，开了几天？”

“不不不，我飞机到成都，和朋友开车过来的。”

“成都开车过来也不近的，你们有两个人换着开还好，开了几天？”

我开始发现，她总是夸赞一句，夹带一个问题，若在平常我或许会警惕这样的对话，但或许是因为在满天神佛的注视下开展的谈话，我反而更愿意毫无顾忌地如实回答她的问题：

“我没开车，我朋友一个人开的，开了两天。”

“呀，那你朋友好厉害啊。”

“我也觉得。”

“你们什么时候到的？”

“昨天晚上。”

“你们是路过这里？”

“不是的。”

“专门来这里？”

“算是吧，我跟着我朋友来的，他挑选的目的地。”

“你们是佛教徒吗？”

“我不是，我朋友应该也不是。”

“那怎么会以这里为目的地？”

“他大概就是想找个清静的地方，思考一番属于自己的人生课题吧。”

“嗯嗯，那这个地方的确是很合适的，那你呢？”

“我也有自己想要寻找的答案。”

“哇，那你们俩像是西行求法的同道呢，挺厉害的哦，你们都没有高原反应吗？”

"我那朋友身体素质挺好的，没反应，不过我昨晚有一些反应，今天好了。"

"恢复力和适应力很强嘛，你朋友今天没和你一起过来？"

"他今天一早爬那边那座雪山去了。"

"哪座雪山？"

"就是站在外面能看到的那座雪山，南边。"

"我的天，他好厉害，他之前爬过雪山吗？"

"没有。"说完我又有些犹豫，改口，"应该没有。"

"一个人去的？"

"应该是一个人去的，不过他之前也没有和我说什么。"

"他不要命啦？"无法掩饰的惊恐在这句问话中传达出来，让我不自觉地将视线从漫无目的到处扫视的状态拉回到她的脸上。她的眼睛睁大了一圈，透出惊恐的同时倒是让她上眼皮得到压缩，除了好像看起来变成三眼皮之外原有的奇异眼袋消失不见，好看多了。我想到早晨管理大姐连珠炮似的一串问题——超六千米海拔、毫无登山装备、沿途还有棕熊出没——我终于开始对靳海的状况担忧起来。

我摇摇头，说："我昨晚高反睡得早，一早起来他就不见了，宿管的大姐说他一早背了个包就出门了，她也说我朋友不要命了。"

"你快把他叫回来啊！"她说话的时候，言辞很严肃，命令和焦急混在一起，让我有种她怎么会比我还着急的莫名其妙的感觉。

"早晨打了电话，关机了。"我无奈，摸出手机再次拨出靳海的电话，返回的声音仍旧是关机的提示。

"对了，他是不是和前几天来这里的那几个登山者一起去的？"她似乎想起什么，突然站起来走回到入门处开始穿戴那些防晒装备。

"什么登山者？"我摇头，也站起来。

"就在满愿塔那边有几个房车，来了有一段时间了，那几个年轻人也是说来登山的。”说话间，她已经穿好防晒长袍，扣上帽子戴上墨镜，手里拿着铜锁和钥匙，说，“走，我带你去找他们问问。”

在她锁门时，我重新走进高原正午的阳光里，强烈的热意让我很快脱去夹克和羽绒马甲，一种被一环扣一环驱使着在这座高原净土抽丝剥茧的奇特感觉冒出来，让我有些期待接下来的旅程。

71

下到度母殿的台阶底下，她又让我等等，然后消失在她上师僧舍的侧面。

不一会儿，发动机的轰隆声传来，然后她双脚尖点地驱使着一辆摩托车再次出现，那长到脚踝的防晒衣被她卷到腰部，看起来像穿了个黑色的裙子。她将摩托车完全开动到路面上之后，侧头向我叫道：“上来，我们走。”

“摩托车？”我诧异。

“我上师的。”她看向我，从话语中听出些笑意，“是不是担心我不会骑？”

“不是的，是脑子里突然出现穿着僧衣的上师开着摩托车在旷野中驰骋的画面，觉得有些怪异。”

“为什么怪异？”

“僧人不都骑马的嘛。”说出口，我就意识到这是我被电视、电影植入的刻板印象，现在的僧人别说骑摩托车，开汽车也应该十分正常。

“哈哈，你《西游记》看多了吧。”

“嘿嘿。”我挠挠头，有些笨拙地上了车，坐定后将身子往后倾斜，左手抓着脱下来的衣服，右手撑在摩托车后的行李架上。

“我们过去有一公里多呢，走路我可受不了，开摩托车省事儿。”她说着，和我确认，“坐好了？”

“好了。”我的话音刚落，撑在身后的右手突然受力，摩托车在僧舍间的小路上突突突地蜿蜒穿行，很快路过文武百尊坛城，往我来时的方向奔去。风声猎猎作响，沿途有穿着藏族服饰的人们迎面走来，老少男女都有，几乎都左手拨弄着又长又古朴的念珠串，口里念诵着我就算听到也不明白的经文。

我仰头看天，空中的云越来越多，它们从北边的远处源源不断生长出来，往南边一路翻滚，就快要占据太阳下方的领地。我转头，在身后不远处似有一道光明与阴影之间的屏障，在由北向南地向我们平移而来。我们在摩托的轰鸣声中不断逃离，追随光明奔驰而去，但是身后的阴影终究轻易地将我们笼罩，失去阳光的风很快带上一丝凉意，将我身上的热意带走。

她开着摩托车从我住宿的地方经过，继续往南边开去，大约过了三百米的距离，一座巨大的圆形白塔在路东边一座大殿身后显露出来。金色塔尖上看起来像是个巨大的转经筒，往四面八方散出的一条条经幡，在风中抖出丰富的色彩。

“那就是满愿塔。”她大声说，在话音落下的不久就在满愿塔的入口前停下，然后右手指向路西侧旷野中五六十米处的两辆白色房车，说，“我说的那群登山的年轻人就住那里，我们过去问问。”

“好的。”我有些笨拙地下了车后，她的右腿在摩托车后座上方画出一道干脆的弧线，和左腿并拢，原本提高到腰部的防晒服顺势垂下，又将她保护在防晒套装之中。她先我一步跨进长着茂密杂草的旷野之中，沿着两道隐约的车辙走向房车。

我跟在她身后，看着不知名的杂草在她黑色的防晒服下摆留下清晰可见的银白色碎屑，猜测她多半也知道这些杂草是什么名字，但是在询问杂草名字之前，我决定先问她的名字：“那个，还没问你怎么称呼呢。”

“卓嘎。”她头也没回地说，也问道，“你呢？”

“李泌。”

“哈哈，有意思的名字。”

“嗯？”

“升国旗结束后，主持人会说‘礼毕’。”

“嘿嘿，还真是发生过这样的事情。”我笑起来，问她，“你们好像都有藏地的名字？”

“我们？”

“今天我在这里碰到的汉族人，都有藏族名字。”

“那都是上师给我们取的名字。”

“原来如此。”

说话间，我们已经站在房车门前，她用手指关节叩门，同时大声喊着：“有人吗？有人吗？”

风吹动杂草摇曳发出沙沙的声音，房车里却没有传回应答的声音。卓嘎重复了一遍敲门的动作，依旧没有回应。她抬手从口袋里摸出手机，有些恍然地说：“一点多了，她可能吃饭去了，我们走，去餐厅找。”话没说完，她就开始沿着另一条车辙印往回走，防晒服下摆又沾上新的一些草屑。

我转身跟上，迎面而来的北风急促而湿润，再抬头看北边的天空，已经被乌云占据，绵密密黑沉沉的。

“要下雨了。”我说。

“是的，下了雨很冷的，要注意保暖哦。”

“嗯嗯。”我看向南边雪山方向还仅存的一片蓝天，内心稍安，一种后知后觉的疑问蹦出口，“那些登山的年轻人，是已经下山了吗？”

“不是的，他们前两天才上山，有个小女孩留在这里看守他们的营地。”

“小女孩？”

“哈哈，暴露我的年龄了，二十出头在我眼里也就是小女孩。”

我没敢也不知道怎么在女性年龄的话题上继续接话，打了个哈哈，继续跟着卓嘎走回到摩托车边。一位汉人正快步从满愿塔边顺时针而过，左手拨弄念珠右手拨动着遍布满愿塔最低一层的转经筒。他看见我们，扬了一下头以示招呼，脚下不停地继续往前走。

卓嘎招招手，和我说：“那是我朋友，他发愿绕行满愿塔一万零八百圈。”

“一万零八百圈？”我吃惊，但是只是纯粹对数字吃惊。

“厉害吧？这个满愿塔，一圈大概五百米。”

我内心快速计算，得到数字五千四百千米时才从吃惊变为震惊，张了张嘴说不出话来。

“我给他算了一下，他像这样转一圈大概是三分钟，总共大概要二百七十个小时才能转完。”

“他每天转几个小时？”

“他打算每天转三个小时，用三个月转完。”

“好大的决心啊。”

“是啊，这是巨大的功德哦。”卓嘎卷起防晒服，重新跨上摩托车，一边启动一边说，“他已经绕了两个月了，前两天听他说已经绕了七千圈了。”

“看来他要提前完成了。”我一边默算一边上车。

“是的，他打算这个月转完后，赶在10月之前去转山。”

“转山？”

“冈仁波齐峰，藏传佛教认为那里是神山。”卓嘎说了个我略有印象的地名，在摩托车转向时，我的目光从靳海前去攀登的雪山以及满愿塔掠过，内心对靳海非得登山有了一丝隐约模糊的明悟。

天空中有雨滴落在我的额头时，卓嘎载着我将摩托车停进住宿楼的门廊里，随后大雨倾泻而下，瞬间打湿了住宿区停车场里的一切。我跟着又一次卸去全身防晒武装的卓嘎沿着门廊走到素食餐厅里，在零散就座的用餐人们中卓嘎很快找到了她所说的小女孩，此刻她正裹着毯子坐在餐厅入口正对的西南角，靠着窗侧头看着雪山方向。

“我们先去打饭，然后过去找她。”卓嘎带着我往打菜窗口边走边说，“这里吃饭，你先拿自己想吃的，然后吃完饭了去结账的地方告诉他们你吃了什么，他们算好账你付钱就行。”

我点头，在寺庙里理所当然应该是这种结账方式。打菜窗口已经做好了五大盆菜，看起来都是以川菜手法炒制的素菜，油炸土豆片、青椒茄子、香辣花菜、麻辣豆腐、清炒葫芦片。我学着卓嘎在一个盘子里每样菜都盛了一些，打了碗米饭就走向西南角。卓嘎口中的小女孩远远看到卓嘎，伸出手摇晃打招呼，走近后，我觉得卓嘎说她是小女孩一点儿都没错，不论真实年龄如何，她看起来就是一副还未成年的样子，身材瘦小脸庞稚嫩，毯子从她脑袋上滑落下来后，露出两根高高扎在头顶两侧的马尾辫。我心里恶趣味地想：就算马尾辫绑得再高，还是弥补不了她身材娇小的事实。

卓嘎坐下来就开始相互介绍我们，她分别指着我们其中的一人对另一人说名字：“蚂蚱，李泌。”

我和小女孩友好地对视，微微一笑算是打过了招呼，但是事实上我并没有听清楚卓嘎说的名字，也或许是我无法相信这个小女孩叫“蚂蚱”这样奇怪的名字，大脑自动模糊化处理了这个名字，事后想来，在那个地方，叫什么名字应该都不奇怪。

卓嘎对小女孩说：“蚂蚱，你朋友上雪山了吗？”

这时我听清楚了，这个小女孩真的就叫“蚂蚱”，昆虫的那个“蚂蚱”。

蚂蚱点头说："去了三天了。"

"能联系上他们吗？"卓嘎问，同时看了看我。

"怎么？"蚂蚱也顺着卓嘎的目光看向我。

我措手不及地吞下炸土豆片试图说话，土豆片表面的些许辣椒粉在喉咙里干巴巴地停留，让我剧烈咳嗽起来。卓嘎很快起身给我端来一杯水："呛到了？别急别急，缓一缓，我来说吧。"

然后她俩的视线从我身上离开，接着卓嘎给蚂蚱说了关于靳海的情况。在她的描述里，靳海成了自认为身体素质不错，带着自己的人生课题自负上雪山的莽撞人。

"听李泌说，他朋友应该没有充足的准备，对了，姜姐姐早上看到他出门的，我去问问。"卓嘎说着起身消失在餐厅门口，我则终于清理掉喉咙里呛人的异物感，再次喝了几口水，对蚂蚱说："不好意思。"

蚂蚱笑着摇头，露出一口雪白整齐的牙齿，门牙很大，其他牙齿则都特别小，看起来更像个小孩子了。

"卓嘎说的姜姐姐，应该是这里住宿的管理员大姐，我朋友天没亮就出门，只有她看到了。"

蚂蚱还是笑了笑说："那等姜姐姐来问问情况吧。"

72

卓嘎带着姜姐姐来之前，我和蚂蚱都没说话。

我虽然被辣椒粉呛着喉咙，却被麻辣鲜香酥脆可口的土豆片勾起了食欲，饥饿感像从某个遗忘的角落伸出手来紧紧握住我的双手，不停往嘴巴里划拉着饭菜。蚂蚱则一直小口喝着杯子里的热水，把身上的毯子越裹越紧，像是有无尽的寒意需要驱赶。

一碗饭一盘菜很快消灭殆尽，我在犹豫要不要再去打一碗时，卓嘎带着姜姐姐来到了桌边。

“蚂蚱，姜姐姐看到李泌朋友出门的。”

“那个小伙子怎么了？”姜姐姐看到我，又追问了一句，“你朋友联系上了？”

“没有，打了几次电话都是关机，所以有些担心。”

“他出发的时候，是什么装束？”蚂蚱的声音插了进来。

“穿的棕色的冲锋衣，裤子鞋子没注意，然后背了个包。”姜姐姐回答。

“背的包是什么样的？”

“黑色的，不是登山包，不怎么大的。”姜姐姐的回答，让我想起靳海路上随身带的那个背包，补充说：“那个包我知道，大概……”我四下看去，试图寻找一个相似大小的物品，却没能成功，只能用手比画个大概。

“这样的背包，两天的物资都装不下呀，更别说帐篷以及登山器械了。”蚂蚱有些老成地摇头说，“如果是这样，你朋友真的就是去找死的。”

蚂蚱说的“找死”，和姜姐姐以及卓嘎说的找死有本质的不同，没有感慨、惊奇以及疑问，只有冷静和审判。她诚实得像个不懂得委婉措辞的小孩，一时间让气氛有点尴尬。

卓嘎像是对蚂蚱的言辞见怪不怪，说道：“蚂蚱，你问问你上山的朋友，有没有碰到其他登山者。”

蚂蚱点点头，从裹着的毯子里掏出一部对讲机，捏着通信键呼叫：“秋天秋天，我是蚂蚱，收到请回话。”然后她将对讲机放在桌子上，有些不屑地继续说，“我们登山，都是有充足配置的，你朋友手机关机，应该是想节约电量在需要的时候用，但是我们登山用的都是对讲机。”

话音刚落，从对讲机中传回了一个男性的声音，声线有些沙哑和低沉："秋天收到，蚂蚱请讲。"

蚂蚱没有捡起对讲机，只是用一根指头压着通信键，呼叫道："你们有没有碰到其他登山者？"

"没有碰到，怎么？"

"寺院里今天一早有个新手上山，几乎没有准备，你们有没有看到？"

"没有看到。"

"你们是不是明天登顶？"

"是的，我们已经能够看到雪线了，下午找地方扎营休整，凌晨开始登顶。"

"如果在返程时候碰到独行的登山者，劝他和你们一起返回。"

"好的，他是什么情况？"

"听起来没有任何准备的新手，独自出发，现在手机关机，联系不上。"

"没有任何准备？"

"据说只背了个小背包，估计也就带点食品饮水。"

"老天，他这么虎吗？"

"不知道啊。"

"这里情况复杂得很，滚石很多，另外，确实有棕熊。"

"你们沿途留一些标志提醒吧，让他下山。"

"好的，希望他能看到并且听话。"

"是的，你们多关注吧，收线了。"

"好，会关注，不过该说不说，他真是找死，收线了。"对方大概并不知道我们都能听到他的声音，发出如蚂蚱一般的审判。一时间，我们都陷入了沉默。窗外的大雨持续着，在空气中蒸腾出白茫茫的水雾，挡住了原本能够看到雪山的视线，甚至连近处满愿塔北边的殿宇也无法看得清楚。

“我不太知道登雪山的难度，但是他这样真的就是找死吗？”对于雪山，我的确一无所知，但是对于靳海，我还是莫名地有种信心，这种信心毫无道理，却驱使我问出一些可能在蚂蚱看来非常幼稚的问题。

蚂蚱的确在用看三岁孩童的眼神看我，然后深吸一口气，像是在内心劝说自己耐着性子，说道：“不好意思，我们登山的人，早就把自己的命给了山峰，所以‘死’这个字可能太容易说出口了。”

“但是，我们把生命交给山峰，是我们对山峰敬畏的开始，因为敬畏，我们会做好一切充足的准备。我们需要面对的不仅仅是高海拔带来的缺氧低温之类的影响，还有雪崩、冰崩、滚石、恶劣天气，就像今天这种雨，你去从头到尾地淋一淋就知道有多难熬。另外还有各种复杂的地形，有的地方你必须要爬上往外凸起的斜坡，就像你要从这些寺庙的墙爬上去，越过挑出来的屋檐上到屋顶，没有工具怎么上去？还有，刚才你也听到了，山里还有棕熊这样的野生动物，它可不是传说故事里装死就能躲过一劫的猛兽，你如果装死那就是真的死了。”蚂蚱说得毫不客气，然而从理性的角度去思考她说的这一切，确实无论哪项都是致命的。我的心情开始不断下沉，忧虑迅速覆盖了本来就没有根基的信心。我抬头看向蚂蚱、卓嘎和姜姐姐，问道：“现在，我能做什么？”

发出声音的仍旧是蚂蚱，也只有她对此情况最有经验：“等吧，明天我们的人登顶下来后如果找到就带回来，找不到你就报警吧。”

“报警有用吗？”我问。

“报警了，也是等。”蚂蚱翻了个白眼，一字一顿地说，大概也觉得自己说话太过直接，毕竟是靳海自己要去登山，不是我的原因，然后语气稍缓地说，“如果你朋友不是个那么不要命的人，或许在某些路段也就知难而退了。那样的话，可能能自己回来，或者被我们的人捡回来。”

“如果是那样，就最好了。”我点头表示同意，心里开始期待靳海到山里就遇上不用工具无法攀上的岩壁，然后无奈地自己返回。

“别担心了，再去度母殿拜拜，为你朋友供个灯，祈福他平安归来。”卓嘎说了如姜姐姐一早提议的办法，兜兜转转，这竟然仍旧还是当下最有意义的办法。

我无可奈何地点点头，再次望向此刻被雨雾隔开的雪山，雨越来越密，没有停下来的迹象，靠在窗边的蚂蚱在把对讲机收回毯子后就再没伸出手，不知何时将双腿也缩进了毯子，看起来在紧裹的毯子里应该双手抱膝的姿势。

“蚂蚱，你是感冒了吗？”卓嘎也看出异样，站起来坐到蚂蚱身边，用手贴上她的额头，“我的天，你这发烧怕不得有快四十度了。”

“没事的，昨晚睡到半夜房车没电了，我没注意到，结果着凉了。”蚂蚱自己摸了摸脑门，重新裹紧毯子说，“刚才过来吃饭的时候就觉得身上发疼了，本想吃完回去车里吃药的，结果下雨了。”

“那你得赶紧吃药，高原上的感冒可不容易好，你等会儿。”姜姐姐说着站起身来从餐厅走了出去，不多时又从打菜窗口边上通往后厨的门走了过来。她往桌上放了几盒药，除了我熟悉的布洛芬外，还有维生素C、退烧药和退热贴。蚂蚱没客气而且熟练地喝下退烧药，吃下布洛芬和维生素C，卓嘎则在同时把退热贴给她敷好，做完之后，蚂蚱才对姜姐姐说了声谢谢。

姜姐姐摇摇头又起身往打菜窗口走去，再回来时往蚂蚱面前放了一碗热气腾腾的姜汤，说道：“这是生姜挤水后连同姜块一起熬的，比较辣，但是驱寒。”

“好，谢谢。”

姜姐姐面对感谢仍旧摇摇头，麻花辫一甩一甩的，继而又像是想到什么似的说：“你刚才说房车没电了，可以开到这边来，我接个电源给你充电。”

“好，谢谢姜姐姐。”蚂蚱捧起碗，因为太烫，又放下后将手伸到毯子下重新托起碗，顺着碗沿一点点喝起来。

我突然有种很奇怪的直觉，今天所碰到的所有人都有一种共同的特质：她们都很热情地帮助那些需要帮助的人，这种热情是实实在在表现在她们和他人之间的行为和语言上，但同时这种热情又和她们自己的内心有一层清晰的界限，这种界限之下她们的内心是某种平静。这种平静如果不去体会和理解，很容易被认为是冷漠甚至无情，但我知道不是，她们只是愿意热情付出，也能够接受事情发展不如她们所期待的那样，甚至能够接受事情发展到最坏的地步。换句话来说，她们对别人的关心是真心的，照顾是真心的，但是同时对别人的不在乎也是真心的，真是不可思议的矛盾结合。

顺着她们的这种平静特质延伸出来的，是她们也会欣然接受来自他人的帮助和关心，并不因此有无法偿还抑或是打扰他人的顾虑，更没有自己不应该获得帮助的那种矫情，这也还是不可思议的表里如一。

73

大雨从中午开始下，一直到后半夜才消停。

这一整夜，我睡睡醒醒，只要醒来就给靳海拨打电话，全都是关机状态。在昆明等待凡昭的夜晚总在我给靳海拨电话时一闪而过，那些凡昭不接电话不回信息时的焦灼没有在等待靳海的过程中出现，我毫无头绪地品味着这种不同情感之间的差别，也似有似无地有些抓不住的感悟，但是睡到完全清醒，就将它们忘得一干二净。

早晨6点，日常的闹钟叫醒我，虽然觉得意犹未尽，但是我却怎么也无法再睡着，爬起来狠狠地往肚子里灌进一整瓶矿泉水。我将喝空的矿泉水瓶捏小，盖上瓶盖丢进垃圾桶，然后看着房间墙角整齐摆放着的六箱矿泉水发了会儿呆。那只是很常见的一箱十二瓶六百毫升的矿泉水，靳海在搬运的时候就将它们码放得如一个立柱一般。最上方的那箱打开着，只剩下三瓶，我瞥了一眼垃圾桶里我捏小丢弃的三个空瓶，看来靳海在离开的时候，带走了六瓶矿泉水。大脑在进行这种简单的计算时总有一种奇怪的感觉，仿佛遗漏了什么，却稀里糊涂没有灵感，于是我又翻开两箱牛奶以及一箱咖啡查看存量，靳海带走六瓶牛奶和三瓶咖啡。至于干粮之类的，我并不知道靳海还带了多少东西，无法推测。

我拉开窗帘，让已经有些明亮的光线进到房间里，然后我看到靳海整齐摆在书桌底下的行李箱，终于，刚才感觉遗漏的东西清晰起来：从靳海准备齐全的行李来看，他原本的打算应该是在这里安安静静居住一段时日，静静思考自己的人生课题，然而现在的他却鬼使神差地前往高原雪山，置身于极端威胁的境地中，而这一切可以说是他临时起意率性为之，也可以说是因为我这个不稳定因素的突然出现，导致他原本清静的计划被打乱而不得不另寻清静……

因果关联像是若有若无的丝线，一端随着我的想法爬满全身，另一端则飘出窗外直刺向南边的雪山，奔向生死未卜的靳海。虽然我知道有的想法是大可不必的自寻烦恼，但“靳海做出登雪山决定的重要因素中必然有我”的想法无可避免地缠绕住我，让我不自觉地深吸一口凉气。浓烈的不安让我不得不做点什么，于是再度拨打靳海的电话，依然是关机的提示音，然后我开始在昨天卓嘎建立的聊天群中发送向蚂蚱询问雪山上情况的信息，蚂蚱的回复很快：“秋天他们凌晨出发，现在已经顺利登顶，我已经让他们延长下撤计划，在途中寻找你的朋友。”

卓嘎的信息很快也在群里显示出来：“别太担心，起得那么早，赶快吃点东西，等下我来带你去听法王传法。”

蚂蚱跟着说：“我也要去。”

卓嘎：“好的，那我一会儿开车过来。”

看到她们的回复，我内心稍安，在群里回复完“好的”之后，就开始胡乱吃干粮，喝牛奶，喝咖啡。然后开始胡乱在房间里前后左右踱步活动，力求在出门前排空肠胃的重负，在听闻法王传法时保持身心的轻盈。事实证明，大部分事情，都是越想就越不能成的，我并没有如愿在出门前排便，但为了避免卓嘎等待，只能先出门了事。

卓嘎今天开的是一辆奔驰越野车，从车窗看进去，她应该是依然如昨天那般全副武装的防晒装束。在我进入副驾驶位置的过程中卓嘎一直侧头看我，然后说道："嗯，你看起来比我想象中状态好。"

我耸耸肩膀，一边系安全带一边说："也是睡睡醒醒，给我朋友打了无数电话，都是关机。"

说话间，我看到蚂蚱从昨夜就开到停车空地充电的两辆房车方向走过来，虽然依然裹着毯子，但看起来精神状态已经好了很多。看来长期登山的人身体素质的确不一般。

"我看你房间的灯光到凌晨才熄灭。"蚂蚱一边上车一边对我说，"别担心那么多，生死有命。"

"不过话说回来，你朋友毫无征兆地这么做，的确让人担心。"卓嘎等待蚂蚱关好车门，一边开车一边说，车子很快拐出停车场往南开去。

天气出乎意料的好，太阳依旧缓缓升起，湛蓝的天空一片云彩都没有，长满杂草的旷野像是根本吸不饱的海绵，除了露水和因为寒冷飘浮的霜雾，丝毫看不出来下了一夜大雨的痕迹。再看向雪山的方向，更是和昨天没有丝毫区别，灰色的区域还是灰色，白色的区域还是白色，形状还是那个形状，我问蚂蚱："昨天雪山下雨了吗？"

蚂蚱在我身后停顿了会儿，终究还是发出声音："本来不想回答你的，但是你对雪山的了解是空白，只能勉强回答你，雪线，也就是常年积雪的那条分界线，以上是下雪，以下就是下雨。"

我不用转头，都感觉到蚂蚱的无可奈何，干笑了一声，想象自己的后脑勺冲蚂蚱露出一个尴尬的表情。卓嘎大概是为了缓解气氛，张嘴说话：

“蚂蚱他们可厉害了，他们的职业就是到处爬雪山，拍拍视频、拍拍照片、写写文章，就有钱收入，继续做最喜欢的事情，看最壮美的风景。”

“确实好厉害。”我配合感慨，心下其实有些不以为然。

车开过满愿塔，卓嘎那发愿转一万零八百圈的朋友已经在快步地行走，仍旧左手拨弄念珠右手拨动转经筒。卓嘎伸出手招了招算是打了招呼，车速不减地继续向南开。

“对了，你知道她为什么叫蚂蚱吗？”

“怎么？”

“她男朋友，也就是爬雪山队伍的领队，你知道叫什么吗？”

“秋天？”我说，然后恍然大悟，“秋后的蚂蚱？”

“哈哈，对呀，你好聪明，秋后的蚂蚱，就是秋天身后的蚂蚱。”卓嘎很开心，奔驰车在旷野中的速度突然变快，惊得路左边的几只野鸭扑棱棱地飞向一座看起来应该是人工开凿的小湖里。

“可是……”我突然欲言又止。

“可是秋后的蚂蚱，蹦跶不了几天是吧？”蚂蚱的声音在身后冷冷地传来。

“啊？”我彻底尴尬起来，“不好意思，我……”

“没事的，这确实也是含义之一，我前年爬山下撤时摔了，膝盖损伤，确实蹦跶不了。”再听来，蚂蚱的声音也并不冰冷，反而有些促狭和玩味。我转头看看她，果然她稚嫩的脸庞上带着狡黠的笑意，不禁松了一口气，说道：“吓了我一跳，我以为说错话让你不快了。”

“嘿嘿。”蚂蚱难得地发出笑声，但是我已经回过头看前方，没能再看到她的笑容。

“哈哈，原来还有这个含义，你们年轻人真有意思。”卓嘎这么说，总让人觉得她像是大了我们很多的长辈，我试图再次通过观察判断她的年龄，却仍旧只看到戴着墨镜和防晒口罩的脸。

车子穿过一道小桥和桥后的牌坊，远处再次看到一些金色屋顶的殿宇，在路上的行人变得多起来，大都是僧人和藏族人，也有一些汉族人。卓嘎放慢车速，在一群一群的人群之间穿过，说：“他们都是去听闻老法王传法的，老法王快八十岁了，最近连续一个多月每天早上传法半小时，附近很多人都赶来听闻的。”

大约因为信仰问题，我没有生出如卓嘎那样兴奋期待的情感，但当车子在殿宇群之前的停车场停下，看到来听闻老法王传法的行人已经连成一条长龙时，我不自主地拘谨起来。我们随着人群行走，看起来前往老法王传法的路线有着特别的设置，我们需要通过一条土路绕过几座佛塔，再往东通过一段木板铺设在湿土地表面的路桥，绕过一座巨大的佛像——卓嘎在这里轻声告诉我这是莲花生大士——然后再往西行走，绕过一些僧侣生活区的房舍后再又向南行走约莫三百米，进入矮山环绕的山谷中，才到达听闻老法王传法的空地。

一路上，几乎没有人说话，连脚步声都几乎听不到。在土路上，如果闭上眼睛行走，会觉得自己仍旧走在无人的旷野里。从昨天一个上午不见人影到今天看到如此多的人，某种不真实的感觉始终挥之不去。我在卓嘎的指引下在老法王传法的空地边上找到一块屁股大的泡沫板，将它当成临时的坐垫坐下，身边的人群也大都如此，他们坐下之后都十分认真地整理坐姿，除了我之外，几乎所有人都能将双腿交叉盘腿而坐，更厉害的人可以将双脚脚心朝天地放在另一侧的膝盖上，然后在膝盖上盖上毯子或者是衣服。做完这些后，他们就静静地用左手拨弄着念珠，等待老法王传法的开始。

我很快就知道为什么人们要在膝盖上盖上毯子，这里清晨的温度仅有5℃，虽然有泡沫板的阻隔，可寒气还是无可阻挡地让我的下半身变得冰冷。我僵硬的左腿则在给我持续传递着不自在的感觉，让我不得不频繁地调整姿势。

我缓慢转头四下查看，试图寻找一块有阳光的温暖空地挪窝过去，却发现太阳还在东侧的山坡之后，冒出来的光芒照在西侧的山坡顶上，暂时一丝都没落在这片空地上。我无奈地继续挪动左腿，在不碰到左边和前方人的情况下艰难地找到一个还算能够坚持的坐姿。空地前方铁栅栏上面的广播开始传出声音，四下里瞬间寂静，原本就不说话的人们仿佛一瞬间连呼吸心跳的活动都停止下来，只剩老法王唱诵经文的传法声音。

74

事实证明，有的东西，听不懂也能有领悟。

从广播喇叭传出来老法王的声音低沉浑厚，或念、或唱、或吼、或吟、或叹，每段经文似乎都有不一样的表达方式进行配合，这或许能够辅助经文内容，传递出更深层次的含义。然而对于不懂藏文的我来说，老法王所传递出的声音，就是毫无含义的音节。

我有些无聊地将手放在左腿膝盖上轻轻揉搓着四下张望，发现随着老法王的声音变换，听闻传法的人们似乎也成区域、成区域地跟随老法王发出同样的声音，但是往往这一片的人们跟随一段，另一片的人们跟随另一段，不知道是否是因为每个人会的不一样，还是有些既定的潜在规律。

不知从何时开始，有各色的哈达从人群后面往前传递，不是那种人与人之间伸手交接的传递，而是投掷向前。哈达落在谁的前方，这个人就会拾起来往前投掷，直到其抵达最前方的人群。这对当下的我来说必然是最有趣的活动。我开始乐此不疲地将落到我身边的哈达都捡起来往前投掷，甚至看到更远处的哈达无人投掷时，还会有起身去帮助投掷的冲动。人很多，但是哈达传递的效率很高，这样的活动只持续了不到五分钟，我就又回到枯坐听经的状态中去。

“鸭子听雷”我心想，这个词在此刻形容我的状态最为贴切。我看了看卓嘎和蚂蚱，她们都端坐着闭目凝神，丝毫不被身边的动静所影响。我有些觉得自己无趣起来，好胜心又或者是好奇心让我也开始闭上眼睛，认真听起老法王发出的声音来。

仍旧是无意义的音节，除了觉得仔细品味下有些独特的韵味之外好像也没有什么别的收获，我暗自摇头，开始担心自己这样枯坐半小时后需要别人帮助才能站起来的丑样。左腿已经冰冷僵硬麻木，我不论怎么调整姿势都无法缓解，不得不用两只手开始揉搓它，试图让它得到舒缓。更加让人难堪的是，我的肠胃开始实施它日常规律的蠕动，向我传达早晨没能进行的排便意图。

我深吸一口气，用意念将这些身体上的不适压制下去，开始尝试发出和老法王那样相同的音节以转移注意力。我发现如果要发出那样的声音并不容易，首先就是音节的不容易，藏语的发音似乎踩在我们日常语言习惯的盲区，需要仔细调整口腔和舌头才能模仿出来；另外是那些低沉的音调需要通过嗓子最深处才能发出；再有就是那些看似平常的震颤，保持它们在每个音节和音调中持续发声又是个重大的挑战。我专注在这如闯关卡一般的层层困难中，暂时忘记了来自肉体的痛苦。在一段不知名的经文中，我身边的众人同时发出声音，和我喉咙深处的震颤形成内外同频的呼应，一时间我的脑袋里仿佛打开了一个新的空间，来自外界的一切包括我的肉身在那一刻都无法感知，只剩下来自这个空间的空灵和震撼，让我在一种无限困意又无限清晰的状态中快速抖动。某些刹那，我甚至在一片眉间亮白的领域中看到在老法王传法空地上的自己，如梦似幻，又真切无比……

等我再次睁眼时，身边的人群已经开始起身散去。我像是经历了一场高质量的回笼觉一般神清气爽，左腿并没有麻木僵硬得站不起来，肠胃的蠕动也不知在什么时候不甘心地退去，不知是天色亮起来的原因还是别的什么，看一切都显得特别清晰一些。

我一边感受这奇特的状态一边跟着卓嘎、蚂蚱往来路返回，对靳海会平安返回的信心又莫名其妙地升起来，早晨那些焦灼忧虑荡然无存。

“走吧，我们再去吃点热乎的早饭。”卓嘎指向来路不远处的一栋房子说，“那里也是个素食餐厅，大馒头特别好吃。”

“好的。”蚂蚱和我几乎同时回答，但是当我开口发声时，左腿和肠胃里的不自在像是得到了回归的指令，同时发作起来，让我不得不询问厕所的方向。在走向卓嘎给我指明的厕所过程中，那个曾在云端看到端坐自我的幻象仿佛回归落地，我也明白自己终究还是个平凡无比的普通人，靳海也是。

卓嘎推荐的大馒头的确好吃，我一边咀嚼，一边试图和她们描述我在听闻老法王传法时的特殊感受，却在脑子里转了无数的词汇没能出口，那是一种怎么描述出来都不对味的感觉，思来想去，我最终放弃了描述的意图，转而问起卓嘎关于佛前供灯的规矩来。

“没有特别的规矩，恭敬就行，心诚则灵。”卓嘎的回答和嘎玛如出一辙，但是我却因为刚才的体验对“恭敬”“心诚”有了不同的品味，很认真地点点头。

“你打算去给你朋友祈福供灯吗？”卓嘎问。

“是的。”我又侧头从窗子看向雪山的方向，太阳已经将它积雪覆盖的顶峰照射得耀眼璀璨，一条若有若无的坡道从山峰上曲折蜿蜒往下，消失在看起来很近的松柏之间。

我问蚂蚱：“我又要问不专业的问题了，那些看起来像是路的地方，是不是登山路线的选项之一。”

“是，也不是，那些谷坡，有时候是很好攀爬行走的，有时候则是泥石流或者雪崩留下的松软土层或者碎石层，走上去很费劲，还比较危险。”蚂蚱解释得很耐心，但是继而又说，“李泌大哥，这些专业的问题，你还是少问吧，秋天他们会在山上认真找的，等会儿你就好好跟着卓嘎姐姐去供灯吧。”

“哦哦，好的。”我哭笑不得地继续咀嚼馒头，卓嘎则在一边偷笑地看我吃瘪。当我眼神看向她时，她故作神色一凛，用严肃的语气说：“李泌你快吃饭，吃完了我们返回路上一个个大殿地去供灯。”

我很配合地点头，扮演起听话的角色，匆匆将剩下的馒头塞进肚子里。

返回停车场的路上，卓嘎带我到僧人生活区的店铺换了些零钱。她告诉我，虽然可以在随喜的时候在供桌上用他人随喜的纸币进行找零，但是总是会在恭敬的内心多出一些算计成分，终究是瑕疵。在她的建议下，我直接换了三百张一块钱的纸币。

“哪里有随喜就放一两张，大大方方地。”卓嘎凌空做出肆意发钱的动作说，“随喜布施，本身就是功德，好好体会。”

“体会什么？”我问。

“体会那种不计回报也不影响自己的布施。”卓嘎认真地说，“也就是慈悲心和菩提心。”

我似懂非懂，将三百张纸币放进口袋，继续在僧人生活区的一间礼佛用品店中漫无目的地东看西看。很快，我的视线在一串念珠上无法离开，那一百零八颗珠子斑驳杂色透出古朴和精致，照看店铺的僧人告诉我它使用的材质是牦牛角。当僧人将它取出放在我手上时，我的第一想法是应该把它送给靳海，这种莫名的链接感让我毫不犹豫地将它买了下来。

走下店铺台阶，我将念珠拿起来迎着太阳查看，试图看看它是否真的有某些玄之又玄的丝线飘向雪山，结果当然是没有。我自嘲地一笑，低头将念珠一圈一圈盘在左手手腕上，准备跟上卓嘎和蚂蚱，一抬头，迎上的是卓嘎将墨镜耷拉到鼻尖露出的疑问眼神。我把刚才那种奇异的感觉说给卓嘎听，卓嘎斩钉截铁地说：“那你朋友一定还是好好的呢，别担心。”

我点头，再次拨打靳海的手机，再次听到关机的提示音。

“走吧，卓嘎姐姐，今天麻烦你带我到所有能去的殿宇供灯吧。”我学着卓嘎斩钉截铁的语气说。

卓嘎把墨镜摘下，瞪大眼睛认真看着我，然后点点头说：“你这可算是发愿了哦，那今天你就得独自坚持下来啦。”

“走吧。”

75

这一整天，卓嘎开车带着我来到寺院主殿后，我们一路徒步行走到各个殿宇供灯礼佛。

卓嘎像是此间的主人一般，能够叩开任何一扇关闭着的殿门，能找到每个大殿中的燃香和供灯。有她在，我像是开了绿色通道的车辆，畅通无阻。然而供灯并不如想象中简单，我本就僵硬的左腿在经历了超过两万步的行走以及数不清的跪拜后终于到了一个极限的边缘，在作为最后一处殿宇的满愿塔前，它毫不客气地用断开神经连接的方式告诉我它立刻、马上就需要休息。

我看着满愿塔顶端被夕阳染得金光闪闪的巨大转经筒，心里泛起一种发的愿最终无法满愿的宿命感来。卓嘎看出我的异样，示意我在满愿塔门前的长椅上坐下休息，问我：“你怎么啦？”

“我这个腿，不会动了。”我拍着直挺挺的左腿。

“高原上走路和跪拜，的确容易受伤的，休息休息我们再继续，最后一处大殿了。”卓嘎给我加油鼓劲，但是她并不清楚我的情况。事实上到了下午，我就只能一瘸一拐地行走，她大约没在意，只认为我是在高原上爬高爬低加上跪拜导致的疼痛。

“我这是小时候的病根，小儿麻痹症没有治好导致的。”我试图用自己认为卓嘎听得懂的方式进行解释，“平时慢慢走看不出来，走得快或者走得多了，它就不听使唤甚至罢工了。”

“所以这会儿，它罢工了？”卓嘎惊讶地看着我。我点点头，说：“现在它就好像不是我身体的一部分，我怎么驱动它都不听使唤。”

“那看来今天确实过量了。”卓嘎坐在长椅上弯下身托着腮，看着我的左腿，喃喃地说，“不过，还得再坚持一下，满愿塔满愿塔，转完了，就满愿了哦。”

“谢谢你，我稍微休息一下，看看能不能行。”卓嘎为了陪我完成我的发愿，这一天一路陪我也只是一起喝了些水和吃了些干粮，我觉得我必须有坚持完成的决心。我想：只要左腿有一丝的恢复，我可以尝试单脚跳跃完成最后一个殿宇。当然，就算它依然毫无反应，我爬也要爬完最后一程。

在长椅上一边坐着一边揉搓着左腿，蚂蚱大概是在停回原地的房车里看到了我们，裹着毯子提了个塑料袋走下来，给我们送来一些牛奶和面包。在和卓嘎了解到我的情况之后，蚂蚱似乎对我有了些耐心，她教我用左手按摩右手的虎口位置某个穴位，以及用左手握拳敲打小腿外侧膝盖下方的某个穴位，我都一一照做。

夕阳的光辉开始往西边的山岗后隐没，山岗上的房子开始陆续亮起灯来。我们所在的路上也开始亮起间距极长的路灯，一种考试即将交卷但是我仍旧空白了答题卡的焦灼让我着急地拍打依然毫无反应的左腿，浓烈的气恼和沮丧把我紧紧裹住，几乎要情绪崩溃地吼出声来。

然而，我没能吼出任何声音。事实上，在那一瞬间，我们三人都陷入了饱含无限惊喜的沉默中——在我们所坐长椅的路对面，从草丛中钻出一只狐狸，它径直走到我们面前不到一米处坐下，仰着头看着我，以及我们。

这是一只棕红色的狐狸，成年柯基犬的大小，耳朵尖上有黑色的毛，屁股两侧、四肢以及尾巴末端则有白色的毛。它就那么静静地坐着，除了尾巴偶尔扫过地面甩到另一个方向之外，一动不动。而我们也像是被施了定身咒语一般，忘记了动作，甚至呼吸。

时间不知过去多久，神秘出现的狐狸打了个哈欠，左右歪头看了看我们后起身往满愿塔里走去。我们随着它的移动慢慢侧身。它转过椅背位置后背对我们坐下，回头看向我们，又打了个哈欠，百无聊赖的样子，似乎在等待我们的跟随。

我们三人对视一眼，仿佛明白了些什么，都缓缓站起身来。我的左腿一时间似乎恢复了一些支撑的能力，虽然仍旧僵硬，但它能够勉强支持我站起来，并可在短暂的时间作为一根支撑拐棍，让右腿可以在它还有支撑力的瞬间跳跃前进一小段距离。我在第一下跳跃时似乎惊动了狐狸，它快步往前窜出一小段距离，见我们没有跟上，又停下来在原地坐下，旁若无人地梳理自己的毛发。我尝试减小跳跃的距离，让动作尽可能轻盈。我的余光看到卓嘎在我跳跃时下意识地伸出手打算给予我支撑，但是碍于我独自供灯礼佛的发愿，她没有真的扶住我的手臂，而我调整跳跃距离后，左腿也很给面子地暂时适应了这种行进方式。

这只富有灵性的狐狸仿佛知道我的身体状态。它在我一步一小跳的行进节奏中开始往前行走，四只小脚在地面上的弹跳节奏和我如出一辙，除了身体比我轻盈，弹跳的样子比我协调好看之外，行进的距离恰好踩在我的速度上。这种奇异的引领给了我难以言喻的鼓励和力量，我开始随着它来到满愿塔转塔的外围通道入口处。当我开始用右手转动第一个转经筒时，狐狸的速度明显开始加快，我不得不一边转动转经筒一边通过右手在转经筒的墙壁上借力更快地跳跃——在用这种方式提升行进速度的瞬间，我突然觉得它是故意提速，让我发现可以通过这样的方式提升行进速度和减轻左脚压力的。

在前所未有的惊疑不定中，我们三人跟着狐狸走完半圈满愿塔。它尾巴末端的白色犹如一盏小灯，在黑暗中指引着道路。半圈走过，狐狸在满愿塔东侧通往内部的入口处等着我们，看样子它并不打算带领我们进入内部，但是它坐在门口用爪子轻点地面的样子分明是让我们自行进入。我甚至觉得它在有些不耐烦地催促："你们快点，我在外面等你们。"

我们三人仍旧无声地对视一眼，脱了鞋子一步三回头地走进木地板铺设的内部通道。直到我们抵达内部，行礼叩拜后准备向左拐弯时，狐狸仍旧坐在原地，打着哈欠颇为不耐烦的样子。

我不禁好笑，轻声对卓嘎和蚂蚱说："咱们是不是出现幻觉了？"

卓嘎伸手摸了摸供桌上的香炉，快速缩回手说："烫的，不是幻觉。"

蚂蚱则直接用手靠近燃香的红点，在几乎要接触到时同样缩回手说："烫的。"

她俩做完这些，转头看我，我有样学样地去碰触那燃香的红点，同样是烫的。我不甘心地让手指头多停留一会儿，但也就是一会儿，再收回到鼻子前时，已经有一些焦香的味道。我对她们点头，说："烫的，要熟了。"

我们都从各自的脸上读到了不可思议和惊喜，在满愿塔内部的行走也变得走马观花起来。我浏览着塔内构筑到天顶的墙壁上摆放的诸多佛像，随性地把身上最后一些零钱放在供桌上。转完一圈后，在内部找到酥油灯供上，再转身看向来时的通道，狐狸依旧打着哈欠坐着，一副无所事事的样子。

随着我们的返回，它又开始顺时针在我们前方领路，直到引领我们回到路边的长椅处。它在原地整理了一番自己的毛发，抖了抖身子，头也不回地重新跳入草丛，消失不见。我们三人坐回到长椅上，默不作声。

我盯着狐狸消失的草丛，试图从中找到些什么端倪，但是那只是在这片高原中再常见不过的杂草旷野，远处能看到蚂蚱他们的房车，再远处能看到一座平缓的山坡，夕阳就从这山坡的背后落下，此时已经毫无光辉透出，天空的色调介于蓝和黑之间，既看不到天空也看不到星星，更看不到那些盘旋的苍鹰。我再转头看向西南方向，雪山也已经在黑暗中完全看不清，往下也只能看到僧人生活区的一些稀落灯光。

草丛中再次传来窸窸窣窣的声音，吸引我们三人再度注视那狐狸消失的地方，不过我们很快就意识到那只是来自高原的一阵寒风。它从旷野斜斜吹过来，先拨弄草丛发出声响，这才落在我们身上带来一阵寒意。我下意识地继续开始揉搓左腿，却在左手碰触到左腿膝盖的瞬间惊出一身冷汗——进入满愿塔后直到坐下来之前，我好像都在正常行走！

在我无比惊恐的时候，蚂蚱说了句让我更加惊悚的话："走吧，李泌大哥，还没转满愿塔呢。"

一时间，天旋地转。

76

惊悚的不仅是我，卓嘎的反应比我更加剧烈。

她几乎是用屁股把自己从长椅上弹了起来，站着用无比惊恐的眼神看着蚂蚱。

蚂蚱先是装出惊奇于卓嘎反应的表情，但终究没能绷住，坐在椅子上前仰后合地咯咯咯地笑出声来，带着长椅和我一同抖动起来。

"哎呀呀，开玩笑的，开玩笑的。"蚂蚱一边摆手一边解释，"我看大家都比较沉默，就逗你们一下。"

"你，你，你这……"卓嘎语无伦次，显然是真被惊到了，她仍旧有些不敢确定地问我，"李泌，刚才发生了什么，你说说。"

我描述了一番狐狸带领我们走满愿塔的情节，卓嘎才放心下来，重新坐在椅子上，但仍旧心有余悸地拍了一下蚂蚱的手臂："别这么开玩笑，我的心都要被你吓得跳出来了。"

蚂蚱伸手挽着卓嘎，嘴里不住地道歉，大家的情绪才算渐渐平稳下来，然后才开始一起回味这不可思议的境遇。

“有一些不同的是，我刚才意识到我从进入满愿塔内之后，到回到这儿坐下来之前，走路都是平日里正常走路的样子。”我说着拍拍自己的左腿，继续说，“它现在也是有反应的，我觉得自己能够继续走路。”

“我相信某些动物是有灵性的，我和秋天曾经还被一只松鼠带过路，送给我们一些坚果，让我们挺了一顿饭。”也难怪蚂蚱在刚才敢开那样的玩笑，总在户外穿行的人们想来多半是有和动物自然相处的经验的。

“卓嘎姐姐，狐狸，在佛教里面有什么特别的含义吗？”我把卓嘎当成一个对佛教无所不知的人物，当然在当下的三人之中，卓嘎必然在佛教方面是我们的老师。

“我也说不好，有菩萨身边修行的白狐，代表的是智慧和灵性，但是也有扰乱心性的狐狸，代表的是人们的魔障。”卓嘎说着，有些难以确信地再次问我们，“刚才那狐狸出现后的全过程，都真实发生了吗？”

我和蚂蚱这下都没说话，疑窦丛生的我突然想起什么，举手看向在塔内为了确认是否是幻觉而捏住燃香头的手指，被烫伤的暗红色皮肤还在。我把它展现给卓嘎说：“应该是真实发生的。”

“要不然，我们再走进去看看？”蚂蚱站起来，看着我说，“李泌大哥，你还能走不？”

我试着站起来，左腿确实恢复了知觉，能够如平时那样正常行走，于是点点头，说：“走吧。”

我们再次沿着无法确定是幻境还是现实的绕塔路线行走，仿佛看见前方仍旧有那只狐狸在领路。再次走进满愿塔内部的我们恭恭敬敬再次行礼，然后走进去看到了那七盏我点燃供奉的酥油灯仍旧火焰明亮，酥油已经熔化形成一小汪清澈见底的液体，明明白白告诉我们它们已经燃烧了有一阵光景，当然也确确凿凿地告诉我们刚才的一切真实发生。但是究竟这一切是何预兆，不得而知。

等我们又回到长椅边时，我们都没坐下，这只狐狸的出现让本来纯粹的供灯祈福变得扑朔迷离起来。至于卓嘎和蚂蚱的内心滋味如何我无法揣测，但是对于我而言，首先我本身就无法确定这样的供灯礼佛是否能够达成为靳海祈福的目的，现在则更加无法确定我是否如自己发愿那样完成了所有的供灯，进而达成了祈福的圆满。因果之间像是突然出现了某种断裂般的错位，让因不是因果不是果，一切都开始有些混乱不堪。

带着这种混乱和思索，我们三人几乎是就地解散，各自回了各自的住处。

我回到住处之后，饥饿感驱使我塞下了较平常多出一倍的食物，几乎将靳海留下的干粮一扫而空，光牛奶就喝了三瓶。然后我顺利地洗了来到高原的第一次澡，虽然我觉得自己的身体已经一定程度能够适应当下的环境，但还是谨慎地在洗完澡之后用吹风机将身体以及头发吹干，避免一切感冒的可能。

靳海准备的一切都很充足，吹风机是高速吹风机，它带走我寸头中的水汽甚至比浴室花洒淋湿它还要快，不到一分钟我就干净爽利地穿上准备睡觉的宽松衣服，准备结束这一天的精疲力竭。

我掀开自己那张床的被子坐下，再度给靳海拨打电话，但是在那一刻我开始担心靳海会接起电话，某种莫名的直觉让我觉得：靳海一旦开机，危险的事情必然已经发生。我如愿以偿地从听筒里听到了靳海关机的提示音，心满意足地将手机丢在床头柜上，关灯躺下准备睡觉。我的脸贴到枕头上时，触碰到了在洗澡前随意取下丢在枕边那串打算送给靳海的念珠，这一天的经历开始在脑海中回放，从来没有哪一天的回忆如此饱满，几乎能够细分到分钟的情节开始推演，历历在目，详细至极。脑子突然被这样庞大的数据充斥得有些头痛起来，想睡却睡不着，今天的种种片段星星点点地不停闪烁着。我无奈地坐起来，重新开灯，将念珠放到床头柜上，然后靠在床头板上发愣。

靳海留在书桌下的两个行李箱重新占据我的视野，像是对我发出无声的召唤。我长叹一口气，翻身下床，将它们都抽出来放在地上，这是一黑一灰两个大小相似但是功能不同的行李箱，灰色的行李箱是分体式的，拉链构成的外袋是供放电脑和随身零碎物品的，而黑色的行李箱是一体式的。

我尝试打开它们，结果十分容易，靳海并没有调整开箱的密码，那三个零的密码甚至让我有理由相信靳海从买来行李箱开始就没有变更过密码。两个行李箱里的东西不同，摆放的整齐程度却相同，所有的空间都被分类利用得近乎完美，上衣、裤子、外套、袜子、内裤、拖鞋、护膝、药品、电源线、相机、电脑、电筒……所有的东西都有其应该存在的空间，环环相扣井井有条得让我窒息。

窒息的原因很简单，由行李箱展现的情况看来，靳海几乎什么都没有从行李箱里带走，那个姜姐姐看到的黑色背包里到底装了什么？够不够靳海在那少有人踏足的雪山支撑到他想要到的地方？能不能获得他想要的结果？之后还能不能顺利返回？……一连串的疑问开始取代刚才占满脑袋的当日记忆，反而让我脑子轻松许多，躺回床上再咀嚼了会儿这些只有靳海回来才可能有答案的问题，安然睡去，一觉到天明。

新的一天，也就是靳海走后的第三天，我起得太晚，在食堂直接吃了午饭后窝进佛学院僧人参与的文殊法会会场，在大殿的角落随意找个地方坐下，开始听那些听不懂的经，看有时候好看有时候怪异的法会仪轨。然后不知何时开始打了个介于迷糊和香甜之间的盹儿，醒过来时身边不知何时已经坐满了在家修行的人。他们无一不是坐在自己带来的坐垫上，盘腿闭眼，左手拨弄念珠，口中念着经文，而醒过来的我则津津有味地看几个十六七岁的僧人趁堪布不备私下里玩手机游戏……一个下午就如此匆匆而逝。傍晚，我脑子空空肚子空空地在素食餐厅碰到蚂蚱，她告诉我秋天仍在寻找，暂时没有任何踪迹，对我来说，这是好事。

再新的一天，也就是在靳海走后的第四天，我仍旧睡到将早饭和午饭放在一起解决，然后前往法王殿听闻老法王传法。据卓嘎说这是一整个下午的老法王传法，有甘露有灌顶，十分难得。说实在的对这一切我都不懂得深意如何，只是既然肉身已经在这净土之中，总得去凑凑热闹。来到法王殿，果然热闹，四面八方赶来的藏人已经完全地占据了法王殿大厅和门廊，黑压压的怕是已经有上千人，完全无法再往里挤。我没有真的凑热闹，而是在门廊外找了个不影响人行走的台阶坐下，耳边听着法王殿里传出来的老法王的声音，看会儿蓝天白云，看会儿雪山旷野，看会儿藏族孩童在广场嬉戏打闹，看会儿乌鸦在殿宇顶端胡搅蛮缠……又是时光飞逝的一天，同样在脑子肚子都空空如也的时候在餐厅碰到蚂蚱，不同的是，秋天他们也都在。

“这就是李泌大哥。”在我端着饭菜走近时，蚂蚱向一个瘦得十分精悍的男人介绍我，不用问，他一定就是秋天。

秋天站起来向我伸出手，黝黑瘦削的脸庞在笑起来时皱出竖向的纹路，看起来好像脸上的皮肉之间没有丝毫脂肪。我放下饭菜和他握了握手，相互笑着点头以示认识了。

他有些不好意思地捋了捋乱糟糟的头发，说：“对不起啊李泌大哥，我们在下撤途中增加了找寻的范围，但是没有发现丝毫其他人的行踪。”秋天的声音以及说话方式和对讲机里那位判若两人，在对讲机里我想象他是一名果决强悍的登山领队，而此刻的他却显得有些优柔寡断客气有余。

我保持着礼貌，感谢秋天的帮助，同时也觉得找不到靳海的行踪大概也是好消息：“不管怎么样，没有消息就是好消息吧。”

“这么想也对。”蚂蚱似乎有些诧异我对靳海情况的态度转变，不过诧异之后，应该也没有更多别的情绪。

“既然这样，我就再等下去吧。”我想，左右无事，我也极难得有如此独处放空的日子，索性等到靳海说的第七天。至于到时靳海有没有归来，到时再说。

77

靳海走后的第五天是由童舒开启的。

开启的时间过于早，凌晨两点左右我被来自童舒的电话吵醒。她很抱歉地告诉我这个时间点打扰是因为她得到董事长将要到成都分公司视察的通知，作为督导分公司优化项目的负责人，我理应出现在迎接董事长视察的队伍中，并且需要汇报工作。

“李总，目前得到的信息是明天，现在过了零点，我说的明天是再翻过去零点的明天。”童舒的在电话那头有些着急地问，“您在哪里？今天能赶回来吗？”

一般来说，童舒只会问“能赶回来吗”，而不会问“您在哪里”，这是这么多年来她作为职业化秘书中难得的行为。我略一沉吟，如实地将当下自身的情况告诉了她，时间、地点、人物、事件……除了没有描述自己复杂的心情，其他都真实地告诉童舒，最后我问她：“你觉得，我该怎么做？”

电话那头沉默了一会儿，我在这个空当里起身到书桌上拾起几天没敢动的香烟，叼在嘴里一根，拾起打火机打燃，准备点上。

“首先，您先别抽烟，高原本身就考验心肺功能。”电话那头的童舒言辞严肃，打火机在我手中迅速熄灭，她接下去的话也从听筒传递过来，“其次，我觉得您可以就刚才和我说的这些，如实向董事长汇报，征得他的谅解。”

“我明白了，谢谢。”我点头，所有的怎么办，都不如坦诚地面对。童舒的办法，是最简单的办法。

“这是我应该做的，嗯，我补充一点，我觉得您现在就和董事长发送信息最合适。”

“好的。”我拿掉嘴里的香烟，连同打火机一起放回书桌。

“您注意身体，我先挂了。”

“好的。”

电话收了线后，我站在书桌边放空了一会儿，拉开椅子坐下开始编辑给董事长的信息，比告诉童舒更为详细地告诉董事长我和靳海当下的情况，并对会错过董事长到分公司视察请求谅解。信息发出后，我将手机放下，重新拾起刚才没能抽的香烟点燃，轻轻浅浅地抽了一口。自从来到这高原寺庙后我就没敢再抽一口香烟，几天下来倒是没有对香烟朝思暮想的瘾头，此刻抽一口竟然觉得香烟的味道带上了一股难以言喻的酸腐臭味，像是在深度腐烂的淤泥里撒上了柠檬水，我的嗓子眼泛起不可抑制的恶心。我站起来将香烟丢进卫生间的马桶里，心想着原来自己抽烟时别人闻到的也是这样的味道，然后下定决心戒烟，有这样恶心的臭味加持，想来戒烟不是难事儿。

再回到桌边，董事长的回信在屏幕亮起：“明白了，安心处理，我过两周再来。”

因为自己的真诚换来信任的愉悦感让我对着屏幕笑起来，回复了感谢之后回到床上，中断的睡眠很快接续而上，呼呼地一觉又睡到临近中午。

起床吃过早午饭，我没有再去各处殿宇行走，而是在童舒的建议下将近期成都分公司的优化工作进展做了个框架清晰、计划明确的汇报材料发送给董事长，这是我没有思考到的职场礼仪，童舒帮我思量得很周全。

董事长在我发送出汇报材料的邮件后不到半小时就给我打来电话，告诉我他说的让我安心处理就是真的安心处理，不必如此劳师动众地耗费精力，他相信我在返回成都后可以很高效出色地完成他交代我的任务，也再次叮嘱我靳海是他也非常欣赏的年轻人，如有任何需要帮助的，随时找他。

挂断电话后，我侧头看向窗外，那已经西斜的太阳在山岗上方不远处直直地将光辉洒满房间，温暖的阳光味道充斥了整个房间。原来在前几个我不在的午后，这个房间是这样的光景。这个下午我在伏案办公中悄然而过，久违的凝神专注给予我一种充能的愉悦。我站起来伸了个舒服的懒腰，脱光上衣扑进洒满阳光的床里，电脑关机般地又睡了一觉。

再次醒来，已经没有任何阳光的踪影，我看了看手机，已经九点过半，惊觉我这一趟关机重启般的睡眠带走了三个小时的时间。我爬起来一边活动趴得有些僵硬的脖子，一边翻看手机里来自卓嘎和蚂蚱那些她们下午在法会现场观摩的照片。那是些穿着繁复服装和面具的僧人在法王殿外大型广场上舞蹈的场面，据卓嘎说这叫金刚舞，是藏传佛教极其盛大的仪式，具有“见即解脱”的圆满功德。她们一直在小群里呼唤我前去观摩如此难得的神圣场景，我在工作中途回复她们我今天有必须完成的工作汇报后就没再关注群消息，她们则很贴心地用照片和录像的方式不断给我分享仪式中的场面，期待我也获得无量而圆满的功德，直到仪式结束。我并没有不能到场观摩仪式的遗憾，倒是有因为她们的分享带来的温暖，对佛教虽然没有信仰，却因此产生了对信仰佛教的人的好感。

我没有开灯，就着一丝夜色来到窗边。因为早就过了用餐的时点，素食餐厅已经关门，窗外除了路灯和山坡上活佛居所的灯光外漆黑一片，远处的山岗已经和天空连成一片，无法分辨轮廓。还没有真的走进过高原的夜晚，我这么想着，喝下一瓶牛奶后打算出门走走。

穿好长裤长袖，裹紧羽绒马甲和夹克，带上靳海留在行李箱里的电筒后，我准备出门，某些莫名的念头闪动一下，回到床头柜前将那串念珠戴在左手腕上，关门下了楼。

高原的夜晚温度下降得奇快，在太阳的光芒消失时，稀薄的空气完全没有能力挽留白天留在土壤中的热气，只能任凭它们升腾而去，让气温从20℃直接降到10℃以内。人体则好像略有差别，一下午阳光似乎晒进了我的身体里，让我即便走到户外仍旧觉得自己能够大方舒展开身躯，一时间并不能感受到寒意。

我走到停车场大门前，犹豫了一下决定还是往满愿塔方向行走，一轮蛾眉新月在西边的山岗上挣扎着落下地平线，难以向这片土地挥洒它的光辉，但是满天的星星则因此显得更加明亮起来。我走在路上，在两盏路灯之间的相对黑暗的区域抬头看天，城市里无法看见的星空和银河璀璨夺目，一团白雾从我的口中感叹而出，在这星光中散去，更多的光芒显现出来，它们争相亮相，向我展示着一种亘古不变的存在，难以言喻的感动充斥着我的胸膛，很快便热泪盈眶。

“啪嗒。”万籁寂静中的一丝声响尤其明显，我低头，前方路灯下有一个熟悉的身影，蹲坐在路灯的正下方歪头看着我，是那只狐狸。它见我看向它，低头叼起地上的一团东西，转身，慢条斯理地往前走去。

我无法不跟上它的脚步慢慢往前走，始终保持着半盏路灯间隔的距离。它应该能够听到我行走的声音，从未回头看我。渐渐地，我走回到第一次见到它的地方，它在上次消失的路边，将叼着的那团东西丢下，看了我一眼，又窜入草丛消失不见。

我不可思议地走进查看，发现那团东西是块石头，在寺庙附近河滩中再常见不过的石头。黑、灰、白、棕几种颜色毫无规律地相互点缀，表面看起来粗糙不堪，毫无特点可言。我内心无比荒诞地弯腰捡起它，愕然发现它竟向我传递着一种近乎完美的抓握感，不大不小不重不轻，尺寸严丝合缝地把它身上那同样舒适惬意的寒凉感传达到手心的每一寸皮肤，这几乎就是为了我左手量身定制的完美石头。我惊叹出声，猛地想起要去寻找那神秘的狐狸，但是草丛中已经寂静一片，黑沉沉的无法找到丝毫痕迹。我悻悻然走到满愿塔外的长椅上坐下，交替着在左右手之间把玩这块石头，眼睛则没有离开过狐狸离开的草丛，脑子里的不真实感和手中的真实感相互交战，再次混乱不堪。

高原的风鼓荡开来，窸窸窣窣沙沙拉拉的声音从右到左地在旷野地里响起来。如果在白天，应该能够看到旷野杂草丛卷起一层层的浪花，然而现在这股寒风卷起的是我身上的一阵战栗，寒意从身体右侧滚到左侧，这阵风仿佛毫无礼貌地直接穿透我的身体，带走暖意，留下寒凉。我无奈地往后靠在长椅背上，仰头看向星空，但是在路灯下完全无法看到星光，只看到黄色的路灯光芒砸落在我的身上，恼人地刺眼。

寒风鼓荡过后是一片如有实质的沉寂，从南边的远处，传来若有若无却渐渐清晰的脚步声……

78

靳海走到我面前时，我用那块普通又奇异的石头狠狠地砸在自己的右臂上，钝器猛击在肌肉上的疼痛像是在内部引爆了一个鞭炮，往外散发尖锐又肿胀的难以忍受的痛感。

“哎嗨！你怎么……”靳海显然对我的行为感到措手不及和不可思议，伸出的手没能拦住我坚定不移的行动，用惊奇的表情看我，在从头顶照下来的灯光下，惊奇得十分夸张。

“我看看是不是在梦里。”我解释，眼前的靳海和五天前没有太大区别，除了肉眼可见的胡楂之外，吸引我的是他身后那个巨大的背包。它从靳海的臀部一路延伸到头顶上方，如果单论体积它恐怕比靳海本人还要大，看起来装下饮食、饮水、帐篷、登山工具等丝毫不成问题，这和姜姐姐描述的小黑背包完全不符。我困惑地问：“你这背包哪儿来的？”

“一直在车里放着呀。”靳海解下沉重的背包放在地上，一屁股坐在椅子上，长长地伸了个懒腰，扑面而来的浓郁的汗味让我终于确认这是靳海，实实在在的靳海。

“你登上雪山顶了？”我问。

“谁说我要登顶来着？”靳海把头靠在长椅背上，侧头看我。我一时语塞，回忆里靳海留下的字条内容的的确确只是提了要去雪山，从未提及登顶的事宜，一切要登顶的说辞都在我这里源起，制造了整整五天的焦虑。

“嗨呀……”我哑然失笑，却也如释重负，说道，“是我以为你要去登顶，这几天遇到的几乎所有人都说你就背个小背包去登顶那就是找死，哦，是宿舍管理大姐说你一早背了个黑色背包就出了门。”

“嘿嘿。”靳海依旧把脖子架在椅背上仰着头说，“所以让你担心了这么些天吗？”

“就是啊，这里大大小小的佛殿我可都给你供上灯了。”我的右手在黑暗中的四面八方划拉一圈，然后从左手腕上取下念珠串递给靳海，“这是给你的。”

“嘿嘿，谢谢啦。”靳海坐直身子，从我手中接过念珠串，在手上盘玩端详了会儿，一圈一圈地卷到左手腕上戴好，然后双手展开扶着椅背，仰头往空中长长地舒出一口气，说道，“我倒是真想过登顶，但是也知道惜命的。我在第一天上午就在那群山中找到一汪比我们来的路上更美丽的湖泊，于是就地扎营没挪窝了。”

“怎么不开机报个平安？”

“手机掉湖里了，捡上来后一直就没敢开机，丢这里面没动过。”靳海说着拍了拍那巨大的背包底部，无不遗憾地说，“就连那山上的美景都没能用手机拍照记录，只能在我记忆里了。”

“与世隔绝的五天。”

“是啊，与世隔绝的五天。”靳海突然用肩膀把自己弹离长椅，伸手提起背包说，“走吧，回去让我拾掇拾掇，然后我们去屋顶看星星去。”

“好的。”我和靳海一同返回，中途我偶尔转头看向狐狸消失的地方，它没有再出现。

回到房间，靳海用了一些时间冲洗风尘和刮胡修面，在吹风机响起后不久，他裹着自带的浴巾走出来，在行李箱里找出合适的衣服穿上。他胸前的疤痕在热水澡之后清晰可见。

“你那条伤疤，到底是怎么来的？”我靠在床头百无聊赖地问起曾经很好奇的问题。

“嘿嘿，反问你。”靳海套上衣服穿上裤子，问道，“你品味一下，大学的你和现在的你，哪个你更想知道答案？”

“大学时候的我。”我承认，“现在问你这个问题，其实就是无聊了，你怎么回答都好像无所谓。”

“对咯，很多东西时间一过，就没那么重要了。”靳海啪嗒地打了一下响指，从那巨大的背囊中找出野外露营用的防潮垫，在自己的床铺上抱起被子和枕头，说，“走，抱个你自己的被子枕头，我们上屋顶看星星。”

在靳海提议往楼顶走之前，我根本不会想到在这里我可以上到一栋楼的楼顶。我跟着他循着台阶往上，看他轻而易举地解开通往楼顶矮门的挂锁。我不得不怀疑如果前几天靳海在的话，那些锁闭的殿门应该能够更加轻而易举地进入，甚至他匪夷所思的脑回路能把我带到一些常人无法到达的角落。

在高原那让人精神振奋的寒凉里，靳海很麻利地用一只手将防潮垫铺好，将另一只手环抱的被子和枕头作为缓冲垫顺势倒在上面，翻身躺好，侧头看着我说：“来，躺下看星空。”

我在他脑袋左侧丢下枕头，站在防潮垫上将被子抖开，仰头的一瞬间，那比我生命中任何时候都要璀璨耀眼的银河星光洒落下来，而在我顺势躺下时，那抖开的被子仿佛是抖开了一片星云，让我梦幻一般地坠入了无边的星河。我的胸膛里好似有无穷多的感慨需要抒发出来，但是却没有任何词汇和声音可以配得上这绚烂浩瀚的景色，于是我只能张大着嘴巴，无声地感叹。

“知道我为什么叫靳海吗？”靳海开始像大学我们寝室夜谈那样说起话来，“小时候，我父亲说我出生那天的前夜，他在看《资治通鉴》，嘿嘿，我相信他至今都没看完那套书。那天他恰好看到秦始皇在出巡途中驾崩的情节，然后他睡着，在梦境中再睁眼时屋内漆黑一片，能看到的只有窗外漫天璀璨的星光。他说自己从来没有在现实中见过那么清澈广大而且拥挤的星河，按照那样的规模，得叫星海。之后他的视线回到房间里，发觉窗前站了一位穿着黑色长衫，头戴珠冠的人，在看到这人的第一眼我父亲脑中就只有‘秦始皇’三个字，他也不知道哪来的信心认定这就是入睡前在书里驾崩的秦始皇。在那梦中的这位秦始皇没有说一句话，只是在让我父亲感受到自己的存在后，就飘飘忽忽地往星空，哦不，星海飞去，而我的父亲也不自主地随着他飘向星空。他们在银河为背景的天幕下飞翔，飞着飞着秦始皇开始越变越小越变越年轻，直至成为一个小小的婴孩，这时那一身黑色的帝王袍服也随风飘散在银河星光的间隙中，只留下紧闭双眼紧握双拳的小婴孩，慢慢落在我父亲怀中。而这个时候，我父亲停留的地方是在银河中的一颗红色星球，梦里的他又知道那一定是火星，就是那颗星。”靳海指着南方天空区域里最亮的一颗星星继续说，“然后第二天，我母亲就生下了我，而且从历史上秦始皇的生辰来看，和我是同一天，于是我父亲就因为这个特殊的梦给我取名靳海，并且认为我的未来应该是星辰大海。”

“父母给孩子的名字，都有着特别的期待。”我想到父亲，他对我的期待大概就是想让我能做个内心强大富有智慧又沉稳淡泊的人。

“父母对孩子特别的期待，唉……”靳海发出一声意味深长的叹息，沉默了会儿，问我，“你觉得，我是什么样的人？”

“对人真心诚意，有侠义之心，不畏惧挑战，能同情弱者。”在夸赞他人方面我一直不善言辞，但此刻我却如有神助，从来没有这么顺溜地说出赞美一个人的语句，仿佛它们早就准备好了。

果然，靳海也侧头看我，表情狐疑：“这不像你平时说的话呀，哪里背的台词吗？”

“还真不是，它们就像在我脑袋里准备好给你的。”我诚恳地说。

“你说的这些特质都是我期待自己能够拥有的，但是我却连最基本的都没能做好。”靳海把头转回去继续看着星空，眼神在璀璨的星光下显出些落寞，粗重地深吸一口气呼出来，继续说道，“我最期待的自我，其实听起来很简单，‘真实’两个字就行，我和安仔讨论过无数次这样的话题，得到的答案都逃不出这两个字。”

“就好像两点之间直线距离最短一样。”我伸手在空中比画着用看不见的线连接两个星星。

“说得对，不过，这里有一个很大的坑。”靳海一边说一边嘿嘿笑着。

“什么坑？”

“两点之间直线距离最短没错，但是要建设直线距离的通路，往往都是最难的。”靳海说着指了指星空，说，“哦，现在是农历月初，月亮下山了，本来想说从我们这里到月亮为例子的，直线距离的确最短，但是为什么航天器要设计那么复杂的轨道呢？”

“技术能力吧？没有足够的瞬间推力达到速度，就不得不考虑地球引力、逃逸速度、弹弓效应……”

“没错，就像我们来的路上，那么多盘山公路，都知道直线距离最短呀，但是没有架桥、通隧道的能力，当然只有费劲巴拉地修盘山公路了。”

我若有所思，隐约能够揣测靳海说这些的原因，问道：“所以，你说的坑，就是类似这样的困难？”

79

“没错，这个坑，就叫‘认识自己’。”靳海向星空伸出双手，往后伸展相扣，枕在后脑勺下，说，“我和安仔探讨‘真实’的下一步，就是剖析何为自我，逻辑上来说，只有认清自我才能够保持‘真实’，然后这个坑就开始了。”

“认识自己，那么难吗？”回忆里靳海和杨安的诸多对话闪动，在认识自己这个话题上的内容很多，但是确实没有如何明确的最终答案。

“不仅难，更难的是我还想快点填满这个坑，就好像两座山之间的盘山公路都还没有修明白呢，就想着直接架桥，还想架高速路桥。”

“那是挺难的。”

“更有意思的是，修高速路桥的技术还是一边学一边架的。”

“所以你和杨安才对心理学那么感兴趣？”我恍然。

“我们试图寻求认识自己的种种办法，在心理学领域最丰富，然而，因为它的发展历程，循着心理学的脉络去求索，更是让我走进了深坑。”靳海又深吸长叹了一口气。

“为什么这么说？”

“我发现心理学，尤其是来自西方那套玩意儿，在应用到心理咨询领域后太过强调自我以及个体了，不论是积极心理学、人本主义、完形心理学、精神分析……所有学派的心理咨询应用都在强调个体和自我，强调尊重自我真实的声音以及提振自我的自尊水平。它们看起来还在试图解决人类幸福的这个基本路线上，但是其实是更加赤裸裸让个体欲望得到激发和释放，最终让人们陷入更深的深渊中去。”

“我不太懂你说的这些流派，但是，你说的欲望深渊，我理解。”我很无奈地承认靳海说了一堆我无法理解的东西，但是当他说到关于尊重自我的真实声音时，我很自然地想到自己和凡昭，也同样很无奈地承认自己在和凡昭的关系中，本质上也是我的个体欲望得到激发和释放的过程。这段最初看似对我很美好的经历本质上丑陋不堪。

“看来，你这几年也有些自己的经历。”靳海咧着嘴嘿嘿笑着。

“嗯，不知不觉也是个有故事的人了。”我说。

“嘿，说得好的是故事，说不好呢，就是事故。”靳海说的让我内心一紧。对我来说，和凡昭的相处像是风花雪月的故事，但是对于凡昭抑或是其他人呢？我不敢往下思索“家庭”这两个字眼，那是我内心卑劣而无法直视的深渊。一时间，我陷入近乎窒息的沉默，甚至不敢直视璀璨的星空。

“我这些年，就在事故中挣扎着。”靳海把我开始杂乱的思绪拽回来。他调整了一下头靠在手上的姿势，继而是从头到脚的位置都被调整了一遍，看起来像是在被子里柔韧性极好地打了一个波浪，继续说：“即便到现在和你讲述，我也需要像刚才那样为自己即将说出的话加油鼓劲，然后才能相对坦然地说出来……苏筱，这名字你熟悉吧？”

“啊？”我在记忆中搜寻片刻，很快想到了靳海借钱转账给我的卡号主人，对着星空点点头，“记得，你这不会是催我还钱的暗示吧？”

“哈，如果催你还钱，就直接问了，不用什么暗示。”

“嘿嘿，我开玩笑的，她是谁？”

“她就是那个属于我的事故。”

“所以你……”靳海说完，我已经明白为何他会做出事业、家庭等方方面面退行的举动，但是仍旧不能理解为何需要如此激烈，疑问也脱口而出，“但是你……”

“我知道你想问什么，我一开始也不知道为何需要如此，甚至也有怀疑自己何必如此。这是我挣扎了近两年才终于做出的抉择，因为其他选择我的心都无法安住。”

“安住”，又是这个词汇。

“而当我的心安住之后，我大概明白自己为什么要这么做，还是因为那个我对自己‘真实’的追求。”靳海伸手在星空中从左往右拨弄，像是翻动书页一般，说，“再回到刚才我说的，心理学应用在心理咨询领域太过强调个体和自我的论调上来，我在所谓的爱与欲望之间挣扎内耗，其实就是强调个体和自我的走火入魔。”

“嗯？”

“现代太多人的迷茫，在我看来就来自过度地强调个体和自我，由此滋生的自由主义就好似没有根基却只是一味追求更高的摩天大楼一样，在享受片刻高处自由风光就会轰然倒塌。”靳海拍拍自己的脑袋，感慨道，“这是我体验过后的感受。”

“算不算是欲望和现状之间的落差挣扎。”

“没错，人在这个世界上，天然在追求某种完整感，而且也很天然地试图从外界寻求这种完整感，一旦在某些人、某些事、某些物上面找到了这种感觉的回馈时，很容易认为必须要有这个具体的人、事、物后才能获得完整感，然后就会开始为了重新获得完整感而不惜代价地尝试付出。”

“这种感觉，会不会被误以为是，爱？”我再度想到自己和凡昭的相处，替那个曾经为了性爱欢愉而讨好她的我感到无比尴尬和羞耻。

“会啊，当然会。”靳海用鼻子发出嗤笑声，“多数人分不清楚爱和欲望的区别。”

“非常赞同，回头看，我也只能清楚知道我那是欲望而不是爱。”我点头感慨，内心某处像是松开了一个硬块。有的事情虽然内心承认了，但是说出口后的感受是有质的变化的，仿佛同样是零度的冰块和水，柔和度完全不一样。我侧转头看向靳海，问：“但是，什么是爱呢？”

“你还记得我们来时路上的那片湖吗？”靳海问。

“太记得了。”站在岔路边突然看到的那片广阔湖泊以及丰饶草原在星空的天幕中毫不费力地呈现，甚至那旷野的暖风、水草的芬芳以及那一刻我和靳海难以抑制的欣喜都在脑海里重新涌现，鲜活水灵。

“如果开车返程，你还会去看它吗？”靳海问。

“会，如果可以，我想像你那样扎个帐篷住几天。”

“你会想长期住下去吗？”

“我还真想过！”在旅途中关于这些思考很快闯进来，我兴奋起来，“我们在还没有到那片湖泊时，我第一次看到那些高山草甸就觉得美得想留在那里生活，但是我很快想到，远处看到的美好，是因为我没有体验过真正走进去之后的那些不美好，比如说一屁股坐下去湿漉漉的土壤，还有无数咬人的蚊虫，还有牛羊马粪便等等。但是当我看到那片湖泊的时候，我觉得如果让我长期在那里生活下去，那些生活困难我都可以尝试克服。”

“看起来，你爱上那个地方了。”靳海咧嘴笑着。

“看起来是的。”

“你住下来后，会尝试改造它吗？”

“不会，只会在尽可能低的限度内去创造满足我自身生存条件的空间。”我脑子里全是那片美景，补充说，“我还会尽我的能力去养护它，让它保持那样的美丽。”

“有人破坏它的话，你会保护它吗？”

“当然会。”

“未来你会离开它吗？”

“会吧，当然，在那里一辈子想来也不难。”

“你如果离开它会带走它吗？”

“怎么会！”

“你会阻止别人去那里居住吗？”

“如果去居住的人是去破坏它的，我会尝试阻止。”

“也就是说，如果不懂得它的美，或者不能和它和谐相处的人，你会尝试阻止。”

“是的。”

“嗯，这就是我当下理解的爱，就像你对那片湖，理解、尊重、爱惜、保护、支持，但是不试图占有。”靳海说完，又是深吸长叹一口气，说，“当我懂得爱和欲的区别之后，我已经离开了那片湖。”

我好像明白了些什么，但是又好像更加糊涂一些，想问问题又不知道怎么问话，只能沉默着等待疑问自己浮出口。

夜很深，不知几点，我们在沉默中看着越发明亮的星空，黑色天幕不知何时已经不是那些点点银色星光的主场，银河中无数星云开始加入黑色天幕的狂欢。它们的色彩从暗红到黄绿无比丝滑地过渡，无法准确分辨它们的边界，却又明明白白知道它们有边界。宇宙中的奇异浩瀚似乎总带着这种既和谐却绚烂的冲击感，让人向往却无法捉摸。

80

我仔细分辨那些星云的边界，却陷入无意义的混沌之中，侧头问靳海：“对真实的追求，有那么重要吗？”

“如果犯了错，你会怎么做？”靳海没有回答，问了另一个问题。

“承认错误，立即改正。”我不假思索。

“如果犯的是罪呢？”靳海追问。

“可能会看情况。”我诚实地说，“但是无论如何，自己犯下的罪行，东窗事发的时候，总是会去面对的。”

“非得东窗事发吗？”靳海没有让我回答，而是自顾自说下去，“我看过一个专门采访入狱后贪官的节目，好多贪官都在东窗事发时说自己如释重负，感慨自己终于可以不用背负着沉重的包袱过日子了。然后他们也会后悔，后悔自己失去了信仰，堕落了云云，也有些人会后悔自己没有更早地醒悟，和组织坦白什么的。如果是你，你会怎么做？”

“很难说。”我想到自己和凡昭畸形关系发展的历程，自惭形秽地补充道，“如果我是官员，怕是被腐化的时候都不自知，而发现自己已经犯罪的时候还心存侥幸吧。”

“这其实很正常，趋利避害是人性。”靳海在被窝里伸了个懒腰，“我也是如此，而且在侥幸之余，我还一边体会着沉重的内心罪责，一边用各种方式找寻自己犯罪的原因，现在看来也是十分的荒唐可笑。犯了罪，首先想的不是认罪改错，而是想用内心的自我谴责来代替刑罚，用找寻犯罪原因来合理化犯罪的事实。”

“但是，我觉得这也不能完全说是错的吧？找到了原因，不是应该能更清楚认识自己，更能够改正吗？”

“我也是这么以为的，结果你猜，我找到了什么原因？”靳海在星空下的神情，蒙上了一层难以描述的荒诞神色。

“从自己身上找原因？”

“对了一部分，我天真地剖析到了原生家庭，现在我会觉得，西方心理咨询在引领人们寻找自我的时候，总是尝试强调原生家庭带来的影响，而且更加强调负面影响。但是事实上，所有的影响没有自己作为主体去应对，都不可能成立。这种对原生家庭的剖析无异于是一种绝对正确的废话，谁没有经历原生家庭的影响？原生家庭就是每个独立个体的生长环境，必然有影响的，盲目片面地强化原生家庭带来的负面影响，在更多时候，也在强化家庭内部的矛盾。”靳海说到这里转头问我，“还记得我们讨论过一个‘有毒的人’的概念吗？”

“记得。”我说，“双标的人，对自己一套，对别人一套的人。”

“其实大部分人都是这样的人，包括我们从小仰视、钦佩、敬爱的父母，他们同样分不清楚爱和欲望，同样会用以爱为外壳的付出奉献来要求自己的子女回馈满足自己的欲望，我们只是不愿意去承认而已。不过，在我们不愿意承认的同时，我们也是那个分不清爱和欲望的人，我们和父母之间，相互都是有毒的人。”

“杨安和我说过一句话，他说：‘我们这代人都需要经历那种从原生家庭逃离，再回归原生家庭的过程才能成长。’”我想起杨安和我说他陪靳海回老家的故事，以及我在听那故事时杨安传递出来的压抑。

“没错，逃离的原因，其实就是我们对父母那种完美化期待的破灭。我们天然认为父母的爱是无私的，但是当父母将自身的期许放在我们身上，和我们的生活追求有所不同时，我们的落差是巨大的，于是我们也会变成在父母眼里有毒的人，因为我们对父母的期待，也是我们自己的欲望，和爱无关。”靳海发出自嘲的笑，侧头看着我说，“你信不信，这是我刚刚才醒悟的道理，在此之前，我都还带着原生家庭的一些怨气，不过现在想来，我做出那些激烈的行为，还反过来期待父母的理解包容甚至支持，确实荒唐得很。”

“确实，你那些举动，换谁都会想问个明白的。我不就冲到杨安办公室打算兴师问罪了嘛。”我也侧头看着靳海，问他，“你为什么要那么做？”

“我们这样的人，其实挺自以为是的。”靳海拍了拍自己的脑袋，说，“我们应该都算是脑袋比较发达的人，在学习和工作中更是用智力吃饭，在这些领域很容易做出出色的策划，让具体的项目完成，渐渐地，也容易把脑袋里闪电一般的思维结果当成真相，我就深受其害。

“然而，思维这些风驰电掣的直觉判断基本只能在工作领域奏效，因为工作场所总是条件逻辑清晰的，这不代表它能在日常生活中发挥同样的作用。就像在最初的牛顿力学时代，人们觉得自己只要通过穷尽物体相关的参数，就可以预测未来。这好像我们初中常做的物理题，知道物体重量、重力加速度、表面摩擦系数、作用在物体表面的力以及方向等等，然后我们就可以计算出物体前进的距离。这种计算做得多了，正确得多了，人也就迷信了，自以为强大到能够预测未来改变世界了。但遗憾的是，我们的思维就像那孙悟空，他就算有着一个筋斗十万八千里的能力，也无法立刻取得真经。唐僧历尽八十一难，才是取得真经的必要条件。唐僧就是我们的肉身，八十一难就是实实在在的经历体验。可以很极端地说，就算没有孙悟空，唐僧磨磨蹭蹭挨过了那八十一难，爬到了西天，他一样能取得真经。”

“就像我们来到这里，可以开车可以走路可以飞机，那些都是载具而已，肉身没有在这里，就不算来过。”我边想边说，尝试跟上靳海的思路。

“是的，人终究难以用想象来代替体验。”靳海又一次向星空伸出手，说，“就像现在的我们，如果让没有来过这里的你去想象此刻的体验，能一样吗？”

“完全不可能一样。”

“可惜我呢，就自以为是地认为自己想象的是可以一样的。”靳海又往星空中叹了口气，白色的雾气很快散去，他带着自嘲的笑容说，“我不想做那些东窗事发的贪官，于是我自首了，并且以为如此激烈的退行多多少少能够抵消自己的罪责，也认为这么做了就应该有原谅、理解和支持，很天真吧？”

“我也多少猜到，你应该是在赎罪。”我想到了嘎玛，于是问靳海，“知道米拉日巴尊者吗？”

“知道的，藏传佛教的传奇人物。”

“你去雪山的日子里，有个在家修行的人和我讲了尊者的故事，我当时的感触，也在赎罪上。”

说实在的，我只见过靳海在学习、工作以及休闲时刻的样子，无法想象靳海作为一个家庭煮夫的情状。在想象中，我也只能用见过的他代入具体的场景，比如一头长发干净清爽而潇洒无比地在开放厨房里处置食材，端出一盘盘美味佳肴，然而理智告诉我这不太现实。纵马驰骋在草原上牧羊的少女身上还带着花样的芬芳，这种情节只能在武侠小说这样的成人童话里出现，而靳海和我，都没有生活在童话里。

“所以，这几个月，你都在做尊者没有做的事情。”

“是的。”

“你觉得痛苦吗？”

“在出发来这里之前的某个阶段，我的确有一种被困在那个状态里终身无法解脱的痛苦。”靳海用手摩挲着寸头发型的脑袋，发出粗糙手掌滑过坚硬发针的摩擦声，“之前的头发太长了，夏天做饭汗水不仅能让脑袋重上一斤，还会有一种雾气笼罩在脑门上的不清爽感，于是某天我自己拿推子推了个一干二净。所以偶像剧那种风轻云淡的帅哥下厨场景全是骗人的，现实情况是做一顿饭必须弄个满脸汗水油腻。我现在连香水都用不上了，身上是纯正的中国式香水味——油烟混合香型，辣椒前调，葱蒜中调，花椒尾调。”

“哈哈，那你还说做饭让你安住了？”我脑子里靳海在厨房忙碌有了现实的画面和味道。

“安不住的状态是在更早之前，那种欲望和现实的落差，让我有种担心自己无法实现人生目标的焦虑。”

“什么欲望呢？”

“好问题，在最初，我认为那是我的人生理想，再后来，我发现那只是我习惯于在工作或者学习之中，享受那种几乎能够立刻反馈的创造乐趣以及能够自由选择的权利。”

“我没明白……”

“通过工作和学习，我们能做成一个项目、推动一些技改、学到一些知识、通过一场考试，所有的这些，短则几天长也不过一两年就能够获得成果，然后薪酬、奖金、期权、股份什么都来了，职位、文凭啥的都提升了，阅历也增长了，都是即时反馈的创造乐趣。而自由选择的权利也一样，这里干得不开心不愉快，可以选择换公司，换领域，换行业，只要你有能力，都可以自由选择。”靳海用手隔着被子拍在我的身上说，“这些，都是你和我这样的擅长的领域，其实就是我们的舒适区。”

“没错，我回到老家，会觉得和一切格格不入。”我想到那些在老家尴尬的同学聚会，以及在家里看着父母妹妹忙前忙后无法融入的状态。

“是不是还会有点自己的优越感，不屑融入？”靳海笑得有些得意。

“被你说准了。”

“但是事实上啊，这些不是生活真实的样子。我每天都去同一个菜市场买菜，经常光顾的蔬菜摊位和猪肉摊位都认识我，他们不论我买多买少，都乐呵呵地帮我选菜切肉，告诉我怎么做菜怎么料理不同部位的肉，他们的生活真就比我们认为的生活要低级吗？或者说，我们真就比他们懂得生活吗？我看不见得，更多的还是我们自以为是而已。”靳海突然又指向星空，说，“你说这会儿我们能够看到这么美的星空，是因为什么呢？”

“因为高原的海拔，稀薄的空气，远离城市的灯光……”

“还有今天早早就落山的新月。我们总以为那些灯红酒绿的色彩，那耀眼的阳光，那皎洁的月光才是自己的生活，却不知道，它们在这片浩瀚的宇宙里有多么渺小。它们才是蒙蔽我们双眼的黑布，是我们追求真实、追求星辰大海的绊脚石。”靳海的手在空中挥舞着，声音愉悦眼睛放光，“每一个我们能看到的星辰，都比我们还要丰富，那些我们自以为普通平凡的人或者事，都比我们那些看起来高大上的职场还要丰满。等我想通这些，我就发现我那些退行的决定，就像脱下自己的层层盔甲，把我带到了全新的更加真实的风景里，让我有了安住的力量。”

我从来没有如靳海这般思考过人生，但是随着他的描述，嘎玛带着我第一次在佛前叩拜的情景自然浮现，叩拜时那种原以为卑微的感觉没有出现，让我好像能够理解靳海所说的那种退行后，卸下层层盔甲的感觉。

那是退一步海阔天空的心境。

81

“知道我为什么要选择寺庙作为目的地吗？”靳海问我。

“来看星星？”我随意回答。

“嘿嘿，星星是肯定要看的，我在来之前就无数次梦到看星星。现在看来，当时这些梦，都是内心茫然的显露。我虽然有了内心安住的状态，开始能够区分爱和欲望，但是对于那种担心自己会永远被困在某个状态的焦虑茫然就滋生出来，终究不得不去面对，却又面对得不得要领，直到有一天我看了一本书的一段话。”

“嗯？”

“那句话说，如果你认为‘诸行无常，诸漏皆苦，诸法无我，涅槃寂静’这四句话是正确的，你就已经是个佛教徒了。”靳海说着左手握拳，从拇指开始一根一根地撑开指头，先撑开拇指，“然后这本书开始解释这四句话，先是诸行无常，是指世间的一切都是变化的，都是无常的，也就是我们以前常说的一句真理‘这个世界唯一不变的，就是这个世界一直在变’。”

我笑，这话的确不论在我们物理学习还是辩证唯物主义的学习中常被提及。

“于是我想到，我太认可这句话了。看，我不就是变了吗？我自以为的优秀卓越，顺利美满，也因为我自己的罪恶而七零八落，但是我一面认可这句话，一面又无法容忍这种无常发生在自己身上，十分矛盾和可笑。”靳海说着又撑开食指，“然后我看到诸漏皆苦，是说一切情绪感受都是痛苦的根源，不管是坏的情绪感受还是好的情绪感受。坏的情绪感受是痛苦的很好理解，而好的情绪感受为什么是痛苦呢？因为我们为了去追逐它们而付出很多，如果还是得不到，就会是痛苦，而就算一次得到了，也可能有某一次得不到，还会是痛苦。”

我点头，想到对凡昭所做的种种求恳，觉得背脊脸皮都在发烫。

“说得多对啊，我们不管好的坏的追求，只要有这个追求在，就可能有痛苦，欲望只要存在，就会导致苦痛降临。我以为是对真实的追求，却把自己引领到了一种无法真实的境地里，至今我也只能和少数几个人完全讲述我的这段经历，又怎么谈真实呢？所以我会选择退行，选择赎罪，期待原谅和理解，但是我发现这种赎罪好像遥遥无期，我甚至怀疑，我是否一辈子都需要如此赎罪，我该怎么办？”靳海接着撑开中指，“接下来，我看到诸法无我，涅槃寂静，是说世间的一切其实并没有一个固定不变的‘自我’，但是我们其实都被这个不存在的‘自我’蒙蔽住了，只有意识到这一点，才可能涅槃寂静。

“我的天，我当时看到最后，实实在在地骂了一句粗话。”靳海在空中收回手，拍在自己的被子表面，感慨道，“当时我呆愣了很久，震惊了很久。因为我太赞同这四句话了，并且最后那句话点醒了我，我那些只是退行，用行动赎罪的行为，觉得只要把自己暂时放低放下，如此才得寂静的方式其实并不完整啊。真正的答案是这个‘我’并不存在，那还有什么困在某处的迷茫呢？那一瞬间，我的内心不仅仅是安住了，而是安宁了。那一刻我就觉得，从某些意义上来说，我也是佛教徒啊。既然是佛教徒，自然得到寺庙看看。”

“好嘛，那我这莫名其妙地叩拜了这里所有的大殿，算不算也是佛教徒了？”我笑道。

“嘿嘿，谢谢你啊。”靳海也笑，“其实在来这里的路上，我就已经觉得不虚此行了，这一趟，更像是还愿。你呢？”

“我？”最初追随靳海而来想要求得内心困惑答案的我不知道在哪里消失了，也许通过不可知的旅途遗失在草原湖泊中，也许通过各处殿宇的叩拜中掉落在佛陀金刚前，也许是仰望星空的感慨中消散在满天浩瀚里……总之，不见了。

我一时语塞，恍惚间竟有种隔世的茫然，转头看向靳海，他竟然已经闭眼睡去，手缩进被窝，被角严严实实地裹住自己的脖子。星光下，只有一颗和大学时一样的杨梅头脑袋。

“嘿嘿，挺好的。”我深吸一口气，也将手缩进被窝，在银河之下合上眼睛，沉入睡梦。

第二天，我和还要在寺庙多留几天的靳海告别，前往附近的机场乘坐飞机返回成都。

大概一周后的早晨，我又做了那个重复多次的梦，梦中的我在隧道穿行之后冲过一个隧道之间的路桥，飞跃群山之巅来到靳海曾经抵达的雪山之上。那汪湖泊果然秀美，并不大的湖面像镶嵌在山谷中的一颗蓝宝石，山谷的风吹动着湖水，湖水鼓动着靠近岸边的鹅卵石相互撞击，发出水泡浮出水面似的咣咣声。我走到靳海扎营的湖边，在他身边坐下，学他的样子把脚伸进湖里，清凉透骨，阳光透过清澈见底的湖水，在我们的脚背留下晃动的光影。不远处，棕熊站在水里拍打着鱼群，狐狸坐在岸边打着哈欠。靳海侧头迎着阳光张嘴说了些什么，高原的风呼啸而来，吹散了他的声音……

我醒过来，酒店的电视一夜未关，新闻播报：“昨日夜间，雅叶高速康定至泸定段某处隧间桥垮塌，目前尚不清楚人员伤亡情况……”

此后，我再也没有见过靳海。